京门风月

❹ 轻花雪月

[下]

西子情 作品
XI ZI QING
WORKS

江苏凤凰文艺出版社
JIANGSU PHOENIX LITERATURE AND
ART PUBLISHING, LTD

第二十二章

偶遇秦钰

京　门　风　月

秦铮眯起眼睛：“据说这位北齐公主在北齐先皇大限之日和其母一起失踪了，是什么时候回北齐皇宫的？”

“去年腊月。”言宸道，“她母妃是昔日先皇去北荒狩猎遇到的一个民间女子，后被带回北齐皇宫，生下了她。当初我姑姑颇有微词，但是挡不住先皇喜欢。先皇不准任何人问询她母妃的出身，自此皇宫便无人敢问。后来她和她母妃在先皇大限、太后逼迫她母妃殉葬时一起离开了皇宫，查不到踪迹后，姑姑便作罢了。去年腊月，她突然回了皇宫。总归是北齐当今皇上的妹妹，顺理成章，她还是北齐皇室的公主。”

他口中的“姑姑”，便是北齐的玉太后了。

秦铮见他和盘托出，看不出虚言隐瞒，一时也不好再咄咄逼人，遂点点头。

谢芳华想着去年腊月正是她姑姑病重的消息传出之时，她无法脱身，让言宸代替她去了北齐。她看着言宸，问他：“那时候是我姑姑病重之时，据传言已经药石罔效。”

言宸点点头，见秦铮不再说话，对谢芳华说话时，语气又温和了些：“当今皇上一直知道她和她母妃的落脚之处。总之，你姑姑病重无人能医，当今皇上束手无策之下，想起了她和她母妃，便派人去请了她回宫诊治你姑姑。”

谢芳华一怔，原来她突然回到北齐皇宫是北齐当今皇上请回去的。

“若不是她先一步回了北齐皇宫，我就算日夜兼程赶回北齐，恐怕也晚了。”言宸对她道，“她稳住了你姑姑的病情，我赶到之后，才有了出手医治的机会。”

谢芳华只知道是言宸救了她姑姑，却不知道齐云雪出手这茬儿，她一时无言。

“她母妃是什么来历？”秦铮看了谢芳华一眼，也讶异竟然有这样一件事。

“出身情花谷。”言宸道。

秦铮了然，这就可以解释齐云雪为何会媚术了。

“你写信的时候，怎么没有说她还帮助救了我姑姑？”谢芳华看着言宸，若是他在信中提了这件事儿，她怎么也会对齐云雪表明谢意的，哪怕对方不想出手救李沐清，她昨日也不会冷下脸对她说那样一番话。

“我也是后来才知道的。”言宸道，顿了顿，他解释，“你晓得，媚术不是什么正统武功，若是北齐公主通媚术的事情传扬出去，于北齐皇室有损，当今皇上大约是基于这个顾虑，才没有外传。”

谢芳华恍然：“有道理。”话落，她歉然地看着言宸，斟酌着道，“我见到她时，她说了些话，对我来说，不太中听，我……驳了回去，实在抱歉。”

言宸忽然失笑：“我们虽然自小有婚约，但她是她，我是我。以你的性情，应该是她实在过分了，你才驳了回去，你不用对我道歉。”

“你就不问问她都说了些什么吗？我在一旁可是听得清楚。”秦铮见言宸这样说，心里有些不舒服。

“轻歌对我叙述了一二，我也猜得到。”言宸不以为意，淡漠地道，“我倒没想到她会因我而对付右相府的李公子。”

“她因为李沐清查你才出手，可见对你的一番情义。”秦铮意味深长地执起谢芳华的手，笑着道，“有些情分，不会随着时间而消失。就如我对华儿，她去无名山之前，我就念着她。八年后回来，我便迫不及待地将她拴在身边。如今每日对着她，我的心里别提多欢快了。那云雪公主此一行看来，她对你怕是与我对华儿一般，情深似海，宸兄莫要辜负了美人恩才是。”

谢芳华听罢想扶额，秦铮这是……什么破比喻？

什么叫作杀人于无形，说的就是他吧？

她想甩开他的手，可是他的语气如此真挚，她也不想让他在言宸面前失了颜面，只能任他胡言乱语，面上却不由得红了。

言宸微愣，也没想到秦铮会说出这番话来，他看着二人，眸光动了动，闪过一丝情绪，须臾，他淡淡一笑，不置可否：“我与她，若是真有缘分，自然会成连理；若是没缘分，有婚约也不会成。”顿了顿，他也对秦铮意味深长地道，“铮二公子既然对她情深似海，就莫要辜负了她才是。”

“那是自然！”秦铮眉梢扬了扬，暗想言宸果然厉害，面上露出坚定的情绪，毫不犹豫地表明心迹。

“那就好。”言宸看向谢芳华，对她道，“你且放心，谢云继是你姑姑的儿子，若是她带走了他，定然不会害他性命。我稍作休息后，便返回北齐去找她。”

“你刚进京就要离开？”谢芳华皱眉。

“我见你在京中很好，有铮二公子从旁协助庇护，我在与不在，想来都无大碍。”言宸道，“你早派了争云、夺日跟在谢云继身边，可还是被她悄无声息地带走了，恐怕只有我去，才能够一探究竟。”

“你只管去寻她。华儿既然是我的未婚妻，我定然不会让她有什么事的。”秦铮当即表态，他可不希望言宸一直待在京里，最好言宸去追他自己的未婚妻，其间二人哪怕没感情也纠缠出感情来，才不会惦记着他的女人。

言宸点点头。

谢芳华有些不舍，但也知道齐云雪如此厉害，恐怕只能他亲自去拦。

“这片紫竹林后面是什么景色？”秦铮忽然问。

“是一片种着碧水莲的青湖。”言宸道。

“碧水莲？”秦铮扬眉，忽然放开谢芳华的手，站起身，“我还没有看过碧水莲，不知宸兄可介意我去观赏一番？”

他说的是“我”，不是“我们”，自然是排除谢芳华了。

谢芳华一怔，看着秦铮，他这是……给她和言宸单独说话的机会？他什么时候这么大度了？

“自然不介意，铮二公子请。”言宸这时对秦铮刮目相看了，知道他即将离开京城，大度地让出空间让他们单独说话，本来他一直觉得铮二公子太过张狂霸道，不会准许自己看中的女人与别人有什么牵扯，没想到，这人竟懂得用这等谋略来笼络她的心。

秦铮俯下身，对谢芳华耳语：“给你两盏茶的时间。”

谢芳华看了他一眼，点点头。

秦铮转身出了凉亭，穿过紫竹林，向那边的青湖走去。

他离开后，言宸和谢芳华一时没说话。

过了片刻，言宸道：“铮二公子说等了你八年，可是真的？”

谢芳华点点头，声音很轻：“我昔日并不知道他等我，那时候，我对他的印象，仅仅是在我爷爷寿辰时，他和燕亭打架，把燕亭打伤了。我对纨绔子弟向来没什么好感，尤其他是太后的心尖子，英亲王府的嫡出二公子，我只觉得他张狂霸道，不分场合行事。我回京后，你也知道，他用尽手段，我才晓得他等了我八年。”

言宸颔首，眸光微露怆然：“有这么一个人痴情等候，无论于谁，都是福气。”

谢芳华抿唇，手指不由得攥住衣袖边角，又恍然想起秦铮说过她这个小动作，她慢慢地松开手，低声道：“言宸，你这回回北齐，还会再来南秦吗？”

言宸眸光微深，凝视着谢芳华，一时没说话。

谢芳华捧着杯盏，抬起头，与他对视。

两人不约而同地想起几年前，在无名山阴暗的山洞里，谢芳华拿出婚约的条件，言宸言明他有未婚妻，后来，婚约作罢，他们歃血起誓……

那时候，一个一心想出无名山，一个一心想护忠勇侯府。

谁也不承想，来往多了之后，心境却不复如初。

"当初的誓言一直有效，你还是天机阁的主子，我不会扔下天机阁的。"言宸收回视线，沉声道，"如有必要，自然会回来。"

谢芳华微笑："你是北齐的小国舅，没必要对我如此。这五年来，天机阁已经拴住了你，若是你想离开，我不会不同意的。"

言宸嘲讽地一笑："什么北齐小国舅，不过是世人给我的称谓罢了。玉家与其说是我的家，不如说只是生我的地方。天机阁是我一手创建，才是我所认为的家，你即便让我离开，我也未必想离开。"

谢芳华心下一暖。关于他为何离开玉家去了天机阁，她从来不曾问过，他那些被疯和尚带走的传言，过了这么久，早已经真假难辨了，但有一样她清楚，他对玉家没什么好感就是了。她诚心诚意地道："天机阁自然是你的家，永远都是。"顿了顿，她又补充，"也是我的倚仗。有你在天机阁坐镇，比什么都让我踏实。"

言宸闻言终于露出一个舒心的微笑来。

谢芳华也露出笑意。

少小结盟，多年情义，就算错失姻缘，不能白首，但能做一生挚友，也是机缘深重。

两盏茶后，秦铮准时地从青湖出来。

谢芳华见他出来，便站起身，对言宸道："既然云雪公主不会害云继哥哥，你就不必急着赶路了，好好休息几日。"

言宸点点头。

"我回府了。有什么事情，让轻歌传信给我就是。"谢芳华又道。

言宸颔首。

秦铮似乎心情不错，夸奖了青湖两句，拉着谢芳华向外走去："宸兄不必送了。"

言宸也没客气，目送着二人携手离开。

二人走后，他立在凉亭中许久没动。

秦铮拉着谢芳华出了言宸所在的院落后，嘴角一直高高翘着。

较之秦铮的好心情，谢芳华的心情有些低落。

秦铮很快便察觉了，知道这低落十有八九来自言宸，言宸刚落脚便打算回北齐，她肯定是不舍的，但他也不点破，而是对她轻快地道："今日天气不错，咱们去南山坡放风筝吧。"

“不去。”谢芳华摇头，她没心情。

“为什么？难道你今日有别的事情不成？”秦铮看着她，佯装不解。

谢芳华想了想，对他道：“今日是谢氏米粮老夫人出殡的日子，我早上刚从谢氏米粮府邸吊唁出来，现在去南山坡，万一被有心人看到，对同族长者不敬的名声很可能传出去，所以哪怕没什么事情，也不能去放风筝。”

秦铮唔了一声：“你说得有理，倒是我欠考量了。”话落，他思索了一下，“要不然去茶楼听曲吧。”

谢芳华同样没有多大兴趣，恹恹地道：“我想回府。”

“昨日没睡好？”秦铮瞅着她，心下有些揪紧，她对言宸就这么在意？

谢芳华见他脸上的明快退去了些，也意识到自己过于纠结怕是让他也没有好心情了，立即隐了情绪，摇摇头，柔声道：“睡好了。不过昨日舅舅进京，皇上摆设宫宴，他吃得那么晚才回来，我还没与他说上话，我想回去看看他昨日睡得可好，与他说会儿话。”

秦铮见她改变了神色，虽然心情依然不好，但还是顾及着他，心下一松，也跟着柔声道：“那好吧，我送你回府，顺便也和舅舅叙叙话。娘亲舅大，我得在他面前多晃悠，让他知道我的好，他才会在你跟前为我说好话。”

谢芳华闻言顿时笑了，瞪了秦铮一眼。

秦铮见她笑了，提着的心放下了一半。

二人一起向忠勇侯府走去。

言宸所在的院落偏僻，距离忠勇侯府有些远，二人步行也没有急着赶路，两盏茶后才来到了主街，却跟大长公主府的马车迎面碰了个正着。

车夫认出了秦铮和谢芳华，扭头对车里说了一句，车帘幕从里面被缓缓挑开，金燕露出脸，吩咐了一句：“停车。”

秦铮跟没看到似的，没理会，继续往前走。

谢芳华念着金燕那日在茶楼特意提醒，她才能及时进宫救了秦铮的交情，拉着秦铮停住了脚步。

金燕在车内抿着嘴笑：“铮表哥，芳华妹妹，你们这是出来逛街？”

秦铮没答话。

谢芳华笑着道：“闲来无事，出来转转。你这是要去哪里？”

“听说玉宝楼新出了一批胭脂水粉和首饰，我要去看看。”金燕没有因为秦铮不理她而觉得难堪，反正秦铮从小到大就惯于不理会人，她也习惯了，只笑着对谢芳华道。

谢芳华点点头，玉宝楼她前世便知道，是南秦京城有名的珠宝脂粉楼，皇宫里的娘娘们也都爱玉宝楼里的胭脂水粉。

“铮表哥，你和芳华妹妹若是无事，不如一起去逛玉宝楼吧。”金燕打量着谢芳华素净的衣裙，见她头上只戴了一支珠钗，别无他物，遂诚心地建议道，“芳华妹妹今日的穿着打扮实在太素雅了。”

秦铮倒将这句话听到了心里，偏头瞅着谢芳华。

谢芳华微笑道：“今日是谢氏米粮老夫人出殡的日子，我早上去吊唁，只能这么素净。”

金燕恍然：“即便如此，你往日的穿戴虽然华丽，但也没刻意打扮过，不如去挑些喜欢的，好好打扮一番。你若是刻意打扮啊，这南秦京城里，谁也美不过你去。”话落，她扫了秦铮一眼，用绢帕捂着嘴笑，“今日铮表哥却是穿着华丽，你们这样站在一起，实在是让人看得有趣。”

秦铮闻言蹙了蹙眉：“那就一起去吧。”

谢芳华讶然，瞅了秦铮一眼，若是往日，秦铮才不屑别人说什么呢，如今这是转性了？想起今日她乍看到他刻意打扮过的样子时的情形，顿时觉得有些好笑，一时没搭话。

金燕本来以为无论她怎么说，秦铮都会不为所动，更甚至嗤之以鼻，没想到竟然这么快就同意了，她讶异之下，觉得秦铮真是对谢芳华上心，见谢芳华不语，她笑着邀请：“没几步路了，既然铮表哥都同意了，芳华妹妹，你还犹豫什么？一起去吧！你眼光好，也可以帮我参谋参谋，我今日可是打算多选些样子呢。”

话说到这份儿上，谢芳华自然不可能推辞，她笑着点头：“这些年我一直在府中闷着，眼光怎么会好，不过倒是能开开眼界。”

金燕闻言想起谢芳华大病了多年，如今方才好了，能出府走动，暗暗叹息，一边下了马车，一边道：“芳华妹妹可不要谦虚，就算你多年不出府门，但是忠勇侯府什么好东西没有？你的眼界若是还算低，那这天下女子的眼界都不够看了。”

谢芳华闻言失笑，想着金燕可真会说话，又瞟了一眼秦铮，果然见他翘起嘴角，似乎觉得这番话甚是中听，她一时无语。

秦铮就是一旦听到别人说她好，耳根子就软得跟什么似的。

金燕也察觉到了秦铮的笑，他的态度转变得如此明显，让她暗暗心惊了一下。

三人一起向玉宝楼走去。

不多时，三人就来到了玉宝楼。

玉宝楼的伙计不识得从来没登过门的谢芳华，但是识得秦铮和金燕，见秦铮牵着谢芳华的手，也猜出了谢芳华的身份，连忙毕恭毕敬地将三人请了进去。

玉宝楼面向的是南秦京城各大府邸的女眷，所以不像寻常的脂粉店铺那般有闲杂人，里面有几个大臣的家眷，见三人来了，身份高些的上前搭了两句话，身份低些的连忙避开了。

玉宝楼内的人对金燕很熟悉，所以对于她的出现并不感到意外，但是对于秦铮和谢芳华的到来，可以说得上是惊喜了。

掌柜的听闻铮二公子和芳华小姐到来，连忙从后面出来，热情又小心地接待。

“掌柜的，听说玉宝楼来了一批新的首饰和脂粉，你拿出来给我和芳华妹妹看看呗。”金燕笑着道。

掌柜的连连道好，一边指挥伙计往外拿东西，一边笑呵呵地道：“二公子，您今日怎么有空和芳华小姐一起过来了？您和芳华小姐一来，咱们这小店真是蓬荜增辉。”

秦铮心情好，懒洋洋地笑道：“金燕表妹一直夸你家的店铺做得好，我们便来看看。”

掌柜的立即对金燕感激地笑了起来，连忙道：“咱们这店铺是百年老字号了，一直承蒙宫里的娘娘们和各府的夫人们厚爱。您和芳华小姐、金燕郡主看中什么随便挑选，我都算你们七折。”

金燕闻言顿时欢喜地道：“铮表哥，芳华妹妹，我今日可是跟着你们沾光了！我往常来，掌柜的还是看我娘的面子，才给我八折，今天你们二人一来就是七折，可真是天大的面子了。”

掌柜的连忙笑道：“铮二公子和芳华小姐第一次来，这是小店的荣幸，自然不能赚铮二公子和芳华小姐的银两，就是图个高兴。”

“你可真会做生意！怪不得将祖传的店铺做得这么好。”金燕夸奖那掌柜的。

掌柜的谦虚地笑着，将首饰一件件摆出来，递到谢芳华和秦铮的面前。

玉宝楼的首饰的确没的挑，尽管谢芳华出身忠勇侯府，忠勇侯府也收藏了不少上等珠宝，玉宝楼这些首饰还是令她眼前一亮——每一件都经过精心雕刻，做工精细，材质上乘，甚是华美。

金燕顿时笑开了，拿起一对十足金的玲珑孔雀耳环，左看右看后，问谢芳华：“这件漂亮吗？”

谢芳华看了一眼，伸手拿起一对翡翠的凤凰奔月耳环，看了片刻，跟金燕手里的对比了一番，对她道：“你手里那对和我这对雕工相似，但我觉得这对更好些，凤凰奔月，华而不奢。”

秦铮一直看着二人，闻言点头：“我也觉得华儿手里拿的那对更好，金奢玉雅，孔雀不如凤凰大气。”

金燕闻言仔细一看，顿时惊呼：“可不是吗！我一下子被这金色晃了眼睛，倒没看到它旁边的翡翠更好些。”话落，她看着谢芳华，“芳华妹妹你可喜欢这对耳环？”

言下之意，你若是喜欢，你就要。

谢芳华摇摇头，笑着将簪子放在她手里："你戴着最是合适，凤凰奔月不适合我。"

金燕闻言喜滋滋地道："那我就不客气了。"话落，对那掌柜的道，"这对先给我收着，我再看看别的。"

那掌柜的连忙接过，连连点头："芳华小姐真是好眼光！"

秦铮听了，弯起嘴角。

谢芳华笑了笑，不置可否。

金燕又看了片刻，忽然眼睛一亮，伸手指着远处的一支珠钗道："那支我觉得漂亮，芳华妹妹，你看呢？"

谢芳华已经注意到那支珠钗了，玉质剔透，如清澈的碧湖，能一眼看见底。样式虽不是多新颖，但是钗头镶嵌了两朵雅致的玉兰，栩栩如生。整支簪子在一众金闪闪明晃晃的簪环中不是太出彩，但是自有清丽之美。

实在难得一见。

"嗯，漂亮！"谢芳华点头。

"我看最适合你，铮表哥，你说是不是？芳华妹妹身上有如兰似雪的清贵之气，若是太张扬的簪环，反而夺了她本身的气质，这样的事物佩戴上，才与她相得益彰。"金燕诚恳地对秦铮道。

秦铮微微颔首，对那掌柜的道："将那支簪子拿过来看看。"

"哎哟，三位真是识货的人，这是里面最好的簪子！巧手师傅为了这一对打了半年之久，今日早上刚刚拿过来，本来我想收着不卖的，还没来得及收呢，三位就来了。"掌柜的立即小心翼翼地将那支钗拿了出来。

脱离了众钗，就如明珠被拂去了尘土，霎时光芒四射。

"好簪！"秦铮赞了一声。

"真是好漂亮啊！"金燕也忍不住赞叹。

谢芳华却揪住了掌柜的刚刚那句话，问他："你刚刚说是一对？这么说还有另外一支了？"

"芳华小姐可真是仔细，没错，还有一支，在后面的匣子里。"掌柜的立即道。

"去拿来看看。"秦铮对他道。

掌柜的闻言点点头，去了后屋，不多时，拿着一个精致的匣子出来，他打开匣子，只见里面躺着一支男士式样的簪子，他道："据巧手师傅说，是发现了一块好玉，他为了不浪费一丝一毫的材料，想来想去，便做了一对簪。"

秦铮看了一眼，立即道："这一对我要了！"

“二公子啊，这本来是小老儿留着镇店的，这一对簪子您想要，价钱上可不便宜啊，毕竟是巧手师傅费了半年才做出来的，不说雕工和时间，只说这玉质，便不寻常，据说这是暖玉，就算是冬天，也能够拔下来放在手中暖手。”掌柜的道。

“你开价，爷都付给你，废话那么多做什么！”秦铮摆摆手。

“好嘞！”掌柜的本来不舍得，闻言自然不说二话了，连忙小心地将那对簪子包了起来。

金燕知道秦铮这是给他自己和谢芳华的，有些羡慕：“这对簪子不只芳华妹妹戴着适合，铮表哥戴着也适合，真是让人眼红。”

秦铮勾唇：“你眼红什么？大姑姑还少了你的穿戴不成？今日你只管拣喜欢的买，算在我账上。”

这是喝水不忘挖井人吗，感谢金燕邀请他们来这里？

谢芳华难得见到秦铮大方，不由得好笑。

金燕羡慕的情绪顿时消散，脸色明媚得如牡丹绽开，她立即抓住机会揪着秦铮确认：“铮表哥，你说的是真的？那我可真的放开手买了啊！”

“自然是真的。”秦铮瞥了她一眼。

金燕扭过头，悄悄对谢芳华道：“铮表哥除了对大舅母大方外，可从来不对别人大方，连假以辞色都不干。往常跟我说句话都难得，更别提送礼物了，我今日可是沾了你的光！”

谢芳华失笑：“那这回你可要抓住机会，过了这个村就没那个店了。”

金燕重重地点了点头。

她的声音虽小，却瞒不过听力极佳的秦铮，但他当没听见。

金燕又低头挑选，不一会儿，又看中了一支珠钗，询问了谢芳华的意见，谢芳华点头，她让掌柜的给收了起来。

看过了珠钗，掌柜的便拿出了玉佩、项链、手环、扳指、绢花头饰等物。

金燕选了一只手镯和一对绢花头饰。

谢芳华没有看中的，便作罢。

掌柜的又拿出文房四宝，金燕显然对这些不感冒，谢芳华看中了一方砚台，偏头问秦铮：“这是蓝溪林海的玉砚，你要不要？”

掌柜的立即惊叹：“芳华小姐真是见多识广，这块砚台正是！”

“你送我，我就要。”秦铮对她道。

谢芳华瞪了他一眼，对掌柜的道：“将这方砚台包起来吧。”

掌柜的立即点头，笑呵呵地给包了起来。

“你对铮表哥也好得可以。”金燕对谢芳华耳语，想起她对秦钰多好，秦钰却是不冷不热地对她，一时有些郁郁，人比人得死，货比货得扔，真是应了这句话。

看过了首饰，又走到胭脂水粉处，金燕挑了七八盒，谢芳华也选了两盒。

挑罢，金燕看着一堆东西感叹："我今日可是赚了，不花自己的银子，却买了这么多好东西。"

谢芳华暗想，只能说她今天运气好，碰上秦铮心情好。

掌柜的笑呵呵地将东西包好，将账单递给秦铮。

秦铮看了一眼，对他道："稍后会有人来给你送银子。"

掌柜的连连笑着点头。

三人带着东西，出了玉宝楼。

在门口，正巧碰到了秦钰、秦怜、李沐清和李如碧四人。

迎头遇上，几人俱是一怔。

金燕一眼便看到了秦钰，一怔之下，又惊又喜："钰表哥？你怎么也来了这里？"

秦钰的眸光扫过金燕又惊又喜的脸，看了她身旁的秦铮和谢芳华一眼，微微一笑："是怜妹妹听说玉宝楼来了新的胭脂水粉和首饰，非闹着让我带她来看看。"话落，他扬眉，"没想到你们三人早一步来了，好巧。"

"是我在街上遇到铮表哥和芳华妹妹，便邀他们一起来了。"金燕笑着道。

秦钰点点头，看着秦铮和谢芳华，扬眉："原来是受表妹所邀，我就奇怪堂兄是从来不踏足这种地方的，而芳华小姐也不是那等爱胭脂水粉的女儿家。"

秦铮冷哼一声："谁是你堂兄！"

"你虽然只比我大了月余，但也是大，一脉同宗，难道你说不是就不是？"秦钰看着他，"你这话说出去，别说父皇听了会跳脚，就是大伯父和大伯母也不干。"

秦铮闻言，无法反驳，见秦怜在一旁偷笑，他一个眼风扫过去，冷声道："你的脚不是崴了吗，怎么还出来？"

秦怜手里拄了根拐棍，见秦铮冷眼扫向她，她一个哆嗦，不敢看他："崴了一下而已，今天若是不来，好东西都被人抢走了。"

秦铮的目光落在她的脚上，眯了眯眼睛，忽然偏头对谢芳华道："她的脚崴了，我娘定然心疼得不行，不如你给她看看，让她早些好。"

谢芳华意会，对秦怜道："昨日王妃说让我过去看看你，但是因为李公子的病情比你的重，我便没顾上去看你，如今碰上正好，就借这玉宝楼里屋一用，我给你看看吧。"

秦怜顿时惊了一下，连忙摇头："孙太医给我看过了，说养两天就好了，哪里用劳烦芳华姐姐。"话落，她瞪了秦铮一眼，"哥，你也真是的，就算芳华姐姐懂些医术医理，你也不能就这么使唤人啊，尤其还是在外面，传扬出去，大家该说我在未来嫂子面前忒娇气了，我可不想被人啧口水。”

秦铮冷笑一声：“你是没病装病，怕被看出来吧？”

秦怜更惊，瞪着秦铮，一时结巴了：“谁……谁说的……我才没有装病！”

“那你怎么不敢让华儿看？”秦铮瞅着她，冷然道，“枉娘昨日心疼得要死，我看你在皇宫里待得久了，分不清亲疏远近了！你若是那么喜欢皇后娘娘，就干脆滚回宫去，我回府让娘将你过继给她！你还喊皇婶做什么，直接喊娘，做公主，认他当亲哥哥，岂不是比你这身在王府、心却向着皇宫强？还能明目张胆地做你愿意做的事情，谁也不能说你什么！”

秦怜听罢，脸唰地白了，几乎站立不稳，不敢置信地看着秦铮。

秦铮不再看她，拉着谢芳华绕过几人，离开玉宝楼门前。

他刚走出几步，秦怜哇的一声哭了。

秦铮当没听见，拉着谢芳华，走得轻快而稳当。

李沐清和李如碧一直站在一旁，还没与秦铮、谢芳华说上话，就见秦铮说了秦怜一通，就这么走了，李沐清想了想，追了上去。

李如碧见哥哥追上去，犹豫了一下，也随着追了上去。

随着四人离开，玉宝楼门口就剩下秦钰、秦怜、金燕了。

秦怜扔了拐杖，蹲下身，哭得甚是伤心。

金燕舍不得走，便站在一旁，看着秦钰，秦钰却目送着秦铮和谢芳华的身影，面上看不出什么情绪。金燕发觉，这两位表哥，铮表哥的喜怒多数时候都放在明面上，虽然不好相处，但是摸透了他的脾性，还是很好说话的；钰表哥却不是这样，无论什么时候，他看起来都是温和、难辨喜怒的，从小到大，她因为喜欢他而关注他更多，可是这么多年下来，她还是不了解他，在他面前，她从来就拿不准说哪句话能让他高兴。

不多时，秦钰发觉了金燕在看他，收回视线，看了金燕一眼，眸光清淡，只是一眼，便蹲下身，看着哭得伤心的秦怜道歉：“都是我不对，若不是我自作主张让你装崴脚，你也不会被他训，怜妹妹别哭了。”

秦怜不答话，依旧哭得伤心，一抽一抽的。

秦钰无奈地叹了口气：“他也就说说罢了，不会真的怂恿大伯母将你过继给母后的，回头你买完东西，我和你一起去大伯母那里赔不是好不好？大伯母疼你，不会责怪你的。而且错在我，也不在你。”

秦怜依旧不说话，继续哭。

秦钰似乎没办法了，看了金燕一眼。

金燕大体明白了缘由，见秦钰有求于她，她自然没法不帮，也蹲下身，对秦怜道：“这里是玉宝楼门前，怜妹妹你就算再伤心，在这里哭像个什么样子？传扬出去，不只皇后舅母要背个教导无方的名声，大舅母也会受你连累，被人猜测诟病。趁着现在没什么人，你快起来，妆容都花了。”

秦怜闻言立即止住了哭声。

金燕伸手扶起她，掏出绢帕给她擦去眼角和脸颊上的泪：“玉宝楼里面是来了许多新鲜的好东西，你还进去选吗？选的话，就进去吧，我帮你参谋；不选的话，就赶紧回府给大舅母赔不是。”

秦怜没了心情，摇摇头：“不选了！回府！”

金燕看向秦钰。

秦钰点点头，对秦怜道：“走吧，我送你回去。”话落，对金燕道，“多谢表妹帮我劝住了这小丫头，回头我将谢礼送去大姑姑府上给你。”

金燕身子一僵，讷讷地道：“钰表哥客气了，我就说了一句话而已，这哪里算帮忙。”

“对我来说这就是大忙了。”秦钰笑笑，不欲再多说，带着秦怜离开了玉宝楼。

金燕目送二人离开，在玉宝楼门前又站了片刻，想起方才看到李如碧了，她似乎跟着她哥哥追着秦铮和谢芳华走了，金燕叹了口气，以前谢芳华没有出来的时候，她和李如碧明暗较劲，如今才觉得可笑，无论是秦铮，还是秦钰，她们都够不上。

秦钰的目光一直落在谢芳华的身上，她若是再看不出来，那就白活这么多年了。

他们果然是应了普云大师说的情劫吗？

秦铮拉着谢芳华刚转过街道一角，便被李沐清给追上了，他拦住秦铮：“你走得这么快干吗？明知道我追你，还跟看不见一样。”

秦铮停住脚步，瞥了他一眼：“有事儿？”

“没事儿就不能与你说句话了？”李沐清苦笑，“我如今可不敢再自大了，我对你的未婚妻也不敢再有什么非分之想了，你不用再这么防备我。”

谢芳华闻言颦眉，不记得李沐清是个什么话都会说得直白的人，如今这番话，他这是媚术之下大难不死转性了？

秦铮眯起眼睛，盯着李沐清，似乎要看进他的眼底：“当真？”

“当真！”李沐清看了谢芳华一眼，颔首，“我有几斤几两，是时候掂量掂量了。大丈夫有所为，有所不为，明知不能为而为，毁了兄弟情义不说，也毁了自己，何苦来哉？”

秦铮呵的一声笑了：“行啊，李沐清，你都有这种悟性了，这媚术没白中啊！”

李沐清尴尬地一笑，伸手捶了秦铮一拳：“你就别笑话我了！我这回的跟头栽得大，但也心服口服。”

秦铮也捶了他一拳，笑着问：“你追上来就是要跟我说这两句话？”

李沐清正了神色，对秦铮施了一礼："数日前，你在皇宫被皇上和皇后暗算中了'锁情引'之事，妹妹与我说了。那等关头，你若是不顾我妹妹，她定然毁了，我这个做哥哥的理当谢你。"

"你从法佛寺救了我一命，相抵了。"秦铮仿佛没看到李如碧来到近前，不以为意。

李如碧因为跟着哥哥追赶秦铮和谢芳华，来到近前时有些气喘吁吁，却听得李沐清和秦铮这句话，脚步猛地顿住。

"我昨日回府后，思索了一夜，以前有些事情，我是做得不对，该跟你道歉。'锁情引'之厉害，天下多数人都知晓，那等关头，你还念着兄弟之情，念着右相府清誉，我就算心里曾经想过什么，也不该想了。"李沐清诚挚地看着秦铮，话锋一转，目光也落在谢芳华脸上，微笑道，"当然，若是你有朝一日弃芳华小姐于不顾，那我也不会袖手旁观。"

秦铮闻言冷哼一声："永远没有那一天，你干脆死了心，不用做梦了。"

"我也希望没有那一天。"李沐清啧啧一声，忽然笑道，"就算没了我，还有个秦钰，我想你以后也未必能省心，有眼睛的人，都能看到她的好。"

秦铮脸一沉："李沐清，你是成心想让爷不快是不是？"

"哪里。"李沐清咳嗽了一声，笑道，"我今日追上来，除了与你说这一番话外，还想请你的未婚妻准我一件事儿。"

秦铮的眼睛眯成一条缝："不准！"

李沐清叹了口气："我还没开口，你也不问问是什么事儿，就拦住我？"话落，他看着谢芳华低声道，"我知道言宸进京了，我想见见他。"

谢芳华讶异，没想到李沐清竟然想见言宸，她挑眉："你见他做什么？"

李沐清犹豫了一下，对她压低声音，几乎用唇语道："你知道，我私下调查了他才中的媚术，本来有你挡着，我就算装不知道不去见他也无碍，但是我还是想见见他，一是好奇他是什么样的人；二是因为在平阳城的那个庶出妹妹，我见了他之后，也能让她死心；三是因为燕亭，我隐约查到，燕亭是他带走的。"

他说话是背对着李如碧的，又是唇语，李如碧自然听不到。

秦铮看得分明，冷哼一声，倒没反驳。

谢芳华想了想，对他道："他刚进京，需要休息，就算离开，也不会太急。这样吧，明日晚上，让秦铮带你去。"

李沐清闻言看了秦铮一眼，拍拍他的肩膀："兄弟，怎么样，搭个桥吧？"

"算你识相。"秦铮吐出一句话，算是应了，心里美滋滋的，却不外露——谢芳华说让他带李沐清去，其实是在彰显他在她心中的地位。

李沐清何等聪明，顿时笑了：“既然今日晚上没事儿，那么，来福楼，我请客，喊上子归兄、程铭、宋方，我们好久没在一处吃酒了。”

“成！”秦铮答应得痛快。

“我陪妹妹去玉宝楼再看看，你们这是……要回府？”李沐清回头看了李如碧一眼，见她眸光似痴似怨地看着秦铮，心里叹了口气。

“嗯。”秦铮点头。

“那就晚上见。”李沐清挥挥手。

秦铮也不再逗留，伸手拉上谢芳华离开。

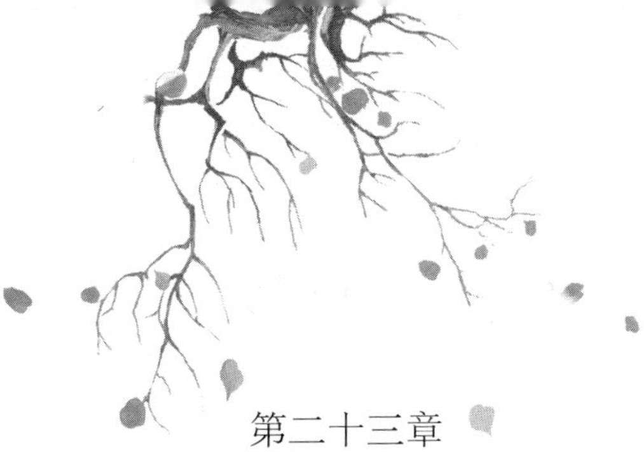

第二十三章
成婚之事

直到二人走得没了踪影，李沐清才收回视线，对李如碧道：“妹妹，天下又不止秦铮一个好男儿，你也看到了，他一颗心都拴在谢芳华的身上，眼里心里再也装不下别人了。本来我也喜欢谢芳华，但经过他中了‘锁情引’却救了你，以及我中了媚术谢芳华又救了我后，我想了一夜，有些东西，放下其实并不难，难的是一味地钻牛角尖。越是得不到，越是苦，不如放下，一身轻松。”

李如碧闻言看着李沐清，见他眉目舒展，前些日子隐隐的郁气和暗沉消失于无形，又恢复成了曾经那个优雅谦逊、温和有礼的哥哥，她低声道：“哥哥，你真的放下了吗？轻松了吗？”

李沐清一笑：“能不能放下不过是一念之差。”

“可是喜欢一个人，难道真的能做到说不喜欢就立马不再喜欢吗？”李如碧幽幽地道。

“放下不代表不喜欢，而是让自己放下负担。”李沐清看着李如碧，“妹妹，也许你现在不懂，以后你就懂了。人活一世，不是只有男女情爱才是情，我得不到情爱，但是可以得到兄弟之情、朋友之义，以后也能与她谈笑，岂不是比得不到造成怨愤痛苦一生强？”

“你怎么知道就一定得不到？”李如碧忽然想起谢芳华在皇宫对她说的那句话，不由得声音拔高了些。

“如果是寻常人，也许能去争取，也许能得到，但是秦铮和谢芳华……”李沐清摇摇头，“秦铮等了谢芳华八年……嗯，等着她病好，谢芳华为了秦铮连皇宫这样的龙潭虎穴也只身闯了进去并救出了他，你觉得，你就算争取，有望吗？”

李如碧咬紧唇瓣，她不得不承认，在谢芳华面前，她的骄傲在皇宫那日已经被彻底粉碎。即便身份互换，那一日，以她的本事也救不出秦铮，林太妃那个至关重要的关口她就过不了。她至今不明白林太妃那日为何要帮她，但显然，林太妃不是因为她而帮她，而是谢芳华派人提前打过了招呼，林太妃才出手相帮。

她的神情渐渐变成了无望的凄苦和颓然。

“走吧，去挑几样你喜欢的首饰和胭脂水粉。这些日子娘为你都憔悴了许多，你不开心，娘也跟着你难受。”李沐清拍拍李如碧的头。

李如碧点点头，默然地跟着李沐清折回了玉宝楼。

秦铮和谢芳华辞别了李沐清和李如碧后一直没说话，直到回到忠勇侯府。

站在忠勇侯府门口，秦铮看着忠勇侯府高高的烫金匾额才感慨道：“我没想到齐云雪这媚术倒是帮了我，看来下次再见面，我还是得谢谢她。”

帮他什么？帮他让李沐清醒悟？谢芳华翻了个白眼。

秦铮轻笑：“今日想要心情不舒畅也难啊！”话落，他如进自家大门一般地进了忠勇侯府，衣袂翩翩，脚步轻快，俊美风流，洒脱贵气，霎时成了忠勇侯府内的一道风景。

谢芳华跟在他身后进了府，忍不住好笑，今日出去一趟，他见了言宸，表了心志，又见了李沐清，收了醒悟，一日内让两人折服，怪不得心情舒畅。

回到忠勇侯府，已经将近午时。

谢芳华询问了府中一个小厮，知道崔允在荣福堂，便和秦铮一起去了荣福堂。

到了荣福堂后，只见她爷爷和舅舅在下棋。

福婶挑开帘子，笑呵呵地迎了二人进去。

谢芳华看着福婶心下感慨，前些日子，秦铮来英亲王府的时候，明里暗里很多仆从都在打量他，福婶对于他这般总是和她见面还行止亲密颇有微词，认为他们没大婚，依着规矩，不该如此明目张胆地亲近，可是短短时日里，忠勇侯府上下已经习惯了秦铮时常来往忠勇侯府不说，就连福婶也不但不反对了，还对秦铮就跟看女婿似的。

不得不说，论收买人心，秦铮只要想做，便能做得漂亮。

秦铮进了屋，走到二人面前，喊了一声：“爷爷，舅舅！”

忠勇侯抬起头，看了秦铮一眼，又看了一眼他身后跟进来的谢芳华，鼻孔里哼了一声：“你们怎么一起回来的？华丫头不是跟含儿一起出去的吗？”

“街上恰巧遇到。”秦铮说着，坐在了老侯爷旁边。

忠勇侯也不追究，对他道：“你来了正好，快帮我看看这步棋怎么走。没想到多年不见，崔允这臭小子的棋艺竟然比我还高了。”

秦铮闻言点头，去看棋盘。

崔允哈哈大笑："我在漠北边境这些年，闲来无事就钻研棋艺，想着有朝一日回来，定要下赢您，可算工夫不负有心人。"

"观棋不语真君子。爷爷真是老糊涂了，怎么能找帮手？"谢芳华坐在了崔允身边，笑吟吟地道，"舅舅，您昨日睡得可好？有不习惯的您就跟我说，我给您安排。"

崔允微笑着摸摸谢芳华的头，慈爱地道："来到忠勇侯府，就好比进了自己的家，有什么不习惯的？你这小丫头常年不在家，如今口气可真大，若是我让你安排，恐怕还没福婶安排得妥当。"

谢芳华眨眨眼睛："舅舅小瞧我。"

"臭丫头！什么是观棋不语真君子？你倒是会说！"忠勇侯笑骂了谢芳华一句，"敢编派你爷爷老糊涂，你可真是长胆子了！"

谢芳华仰起脸，哼了一声："下不过认输就是了。您不会老了还怕输吧？"

忠勇侯瞪眼："我们下了三局了，我一直想不出怎么破你舅舅这一招三式。这一局就算输了，也得弄明白！"

"您就这么确定秦铮破得了？"谢芳华看了懒洋洋观棋的秦铮一眼。

"铮小子若是好好动脑筋，他的棋术放眼南秦鲜有对手。"忠勇侯话落，催促秦铮，"看出来了吗？"

"爷爷，若是我指手画脚，岂不是不君子了？"秦铮有些为难地道，"我想在华儿面前有个好形象，就算有法子破解，也不敢说啊。"

"你有什么不敢说的！"忠勇侯照着秦铮的脑袋拍了一下，"你是君子吗？你若是君子，就不会没大婚就频频见我孙女了！"

秦铮挨了一下，顿时笑了："也是。"

忠勇侯冷哼："还不快说！"

秦铮伸手动了一颗棋子，笑道："这样走如何？切断了舅舅的右翼，犹如断了他一臂，虽然我们也丢了重将，伤敌一千自损八百，但是当断不断，必留后患。比起满盘皆输，只输半壁，也不太难看。"

"好棋！"崔允拊掌。

忠勇侯抚须笑着点头："的确是好棋！长江后浪推前浪啊，后生可畏！"

谢芳华看着棋盘，也不得不承认秦铮这一手的确是好棋，她忍不住好笑："既然都下了三局了，你们也该休息休息了。"

忠勇侯一推棋盘："是啊，累了。"话落，问谢芳华，"你去了一趟谢氏米粮，如何？老夫人已经送出去安葬了？"

谢芳华点点头："我和哥哥去吊唁，吊唁完就出来了，那边没再听到什么乱子和动静，应该是顺利安葬了。”

“你哥哥怎么还没回来？”忠勇侯颔首，询问。

“我们出了谢氏米粮后，哥哥去了谢氏盐仓。”谢芳华将谢云继失踪一事简略地说了一遍，“这件事情总该让谢氏盐仓的叔叔知道。”

忠勇侯听罢皱眉：“你说带走云继的人是北齐的公主，她带走云继做什么？”

谢芳华摇摇头，想了想，还是将一直瞒着忠勇侯的谢凤重病不治，她与言宸、齐云雪一起救治谢凤的事情简略地说了。

忠勇侯听罢，久久不语。

谢芳华想着爷爷这些年真是不易，姑姑远嫁，祖母和父母早就没了，而她出府多年，只有哥哥一直在他身边。

“你姑姑既然远嫁了北齐，一切都要靠她自己，关山迢递，娘家并不能成为她的支撑。当年她决定去北齐时，我也是与她这样说的。”忠勇侯沉默半晌，缓缓道，“这么多年来，她能够支撑过来，受北齐上下爱戴尊重，是她自己谋得的。”

谢芳华点头，姑姑的确厉害。

“不过，娘家人到底是娘家人，关键时候也不能不管。”忠勇侯叹了口气，“北齐皇帝能为她请回先皇的小公主治病，也算是情深义重，不枉你姑姑当年选了他远嫁。这么多年来，只有怀着云继的时候，她求了家里，后来再没开口。如今你的手能伸到北齐，救回她一命，这是对的。无论什么时候，她都是我们谢家的女儿，但凡有一丝机会，我们都不能放弃她。”

谢芳华的眼眶有些湿，连连点头：“我可就这一个姑姑，自然不能让她有事儿。”

“爷爷刚才说当年是她自己选了北齐皇帝远嫁？”秦铮问。

忠勇侯点头：“说起来，她和北齐皇帝也是命中有缘。那一年，新皇登基，北齐新皇也同年登基，两位皇上就北齐边境之事打算碰一面，碰面的地方定在了漠北。当时随新皇前去的人里有含儿和华丫头的父亲，谢凤和玉婉没去过那么远的地方，也想去看看，两个人主意大，竟然悄悄地跟了去。”

谢芳华一愣，没想到她娘亲和姑姑还有这一出。

“两个女孩子仗着聪明，又都有点儿武功，便一路跟到了北齐。”忠勇侯想起当年，笑着道，“凤儿自然就与北齐皇帝碰上了，其中有什么纠缠，这么多年过去，我早忘了，也说不清了，反正，当今皇上和北齐皇帝会面后，几番商议之下，达成了协议，维持南秦和北齐边境和平，双方互娶一个公主为妃，也算是为人质。”

“后来他怎么娶了我姑姑为皇后？”谢芳华讶异，“何况，北齐来的那位公主呢？怎么一直不曾听说过？”

“北齐先送了一位公主来和亲，到京城后，那位公主却遇到了王家的人，对王家一位小子一见钟情，被皇上知道了。皇上本来也无心娶她，便看在太后的面子上，许给了王家。王家远离京城，后来便无人再说起，自然就都忘了这位公主。”忠勇侯道。

谢芳华恍然：“原来嫁给了王家！”

“总归是为质，无论是在皇宫，还是在王家，都一样。”忠勇侯道，“后来，皇上筛选了宫中几位公主，大长公主为一众公主之首，是最合适的人选，但是大长公主不愿意嫁去北齐。皇上自幼得了这位大长公主很多照拂，也就不勉强她，便依次往下选，可是一众公主都不乐意，不是哭鼻子，就是闹腾，将德慈太后都闹腾得心烦了，说人家北齐也选公主来南秦，可是人家公主来了，也是背井离乡，也没说哭哭啼啼的，如今这样一比，南秦皇室的公主可真娇贵，高下立见。”

“后来我姑姑就请缨了？”谢芳华这是第一次听闻当年之事，觉得蛮有趣的。

“嗯，皇宫里闹得不可开交，若是强行送一位公主去北齐，她在北齐也闹的话，平白惹北齐人笑话，你姑姑便求我进宫说此事。”忠勇侯道，“我虽然舍不得女儿，但是问明因由后，知道北齐皇帝与她通了信，说若是她愿意嫁去北齐，他以后礼相迎。我想了又想，也不想挡了她的姻缘，也就同意了。”

“当年皇上可知道我姑姑和北齐皇帝早就认识，有情分？”谢芳华又问。

“皇上不知道。当时你娘和你姑姑偷偷去漠北边境，到了那里事情败露了，你娘站了出来，说思念你父亲，偷偷跟了来，只字没提你姑姑，她毕竟是未出阁的女儿家，传扬出去对我们忠勇侯府的名声有损。”忠勇侯道，“更何况，当年皇上新登基，羽翼未丰，忠勇侯府和博陵崔氏联手，还是能掩盖住一个人的行踪的。”

“怪不得。”谢芳华点头，若是皇上知道姑姑和北齐皇帝互相心仪，肯定是不会同意的，他自己没得个好姻缘，一定也不想北齐皇帝得个好姻缘。

“我进宫找了皇上和太后，皇上和太后商议之后，又特意将你姑姑叫进了宫，后来事情就定了下来。朝臣们都称赞忠勇侯府的女儿忠心为国，她也博了个好名声。”忠勇侯道，“只是事情定下来后，谁都没有料到，北齐皇帝说感念当今皇上仁义地对待北齐公主，让其择选了良缘，北齐要拿出诚心对待这桩婚事，打算许以后位。”

谢芳华好笑：“姑姑和北齐皇帝果然不是一家人不进一家门，一个博了个好名声，一个娶了喜欢的女子为后。”

“当时北齐皇帝要娶你姑姑为后，据说玉太后险些闹塌了北齐的天，但因为来南秦的是玉太后的一个女儿，而这个理由又冠冕堂皇，加上北齐皇帝坚持，玉太后无奈之下，只能应允了。”忠勇侯道，“北齐皇帝那时虽然年轻，有玉家和玉太后把持朝纲，但也已经有了天子的威仪，丝毫没退步，也算是掌权的开始。北齐朝臣都知道天子这是要拿婚事反对玉太后霸权了，所以大部分都向着天子，事情也就定下了。”

“这么多年过去，他对姑姑始终如一，没有辜负姑姑，姑姑也算值得。”谢芳华道。

忠勇侯点头："你姑姑聪明，看人准，有主见，也有胆识。"

"姑姑自从嫁去北齐，从来没回南秦省过亲吧？"谢芳华道，"我都没见过姑姑。"

"只要她过得好，不省亲也没什么。"忠勇侯摆摆手，"不要说她了，既然齐云雪救了你姑姑，确实是她带走云继的话，应该没有性命之忧。反正他也成人了，北齐总归是他的家，回去就回去了。等你哥哥回来，让他修书一封给你姑姑，告知她此事，云继是北齐皇帝和你姑姑的亲儿子，北齐皇帝也不会坐视不理，没准就是北齐皇帝让齐云雪来的南秦。北齐是他们的天下，云继回去了，也不见得是坏事儿。"

谢芳华倒没想到齐云雪也许是受北齐皇帝相请而来，闻言点点头。

"我倒觉得，谢氏盐仓可以传出云继兄染病的事情了。"秦铮思索着，缓缓道，"虽然忠勇侯府和谢氏收养外孙不怕人说，也不怕皇上发难，但是到底多一事不如少一事。"

忠勇侯闻言皱眉，似乎在思考秦铮的话。

谢芳华犹豫着道："万一云继哥哥不想在北齐留着，再回来呢？"

"我只说染病，又没说让他的人如何。他若是选择不留在北齐，那就再回来呗，只当病好了。若是他不回来，那在适当的时候，这个人没了也就没了。"秦铮不以为然。

"倒也可行。"崔允此时开口，"昨日我进宫见了皇上，也许是身坐高位久了，南秦的江山在他心里已经重过一切，所以，他和很多帝王一样，想紧紧地将江山攥在手里，千秋万载，容不得他百年之后别人篡位夺权、改朝换代。"

秦铮嗤笑一声："哪有什么千秋万载？皇叔是做梦呢！"

"有你这样说叔叔的吗？"崔允笑了笑，"若是皇上听到你这话，又要发怒了。"

秦铮嘲笑："自古每一朝每一代，多不过几百年，子孙便骄奢淫逸，胸无大志，日渐没落。南秦若是不走正道，就算谢氏不夺权，衰败也是早晚的事儿。他不好好理政，只一味地除去重臣，结果可见。"

崔允闻言叹了口气："北齐皇帝和南秦当今的皇上正好相反，玉家势大，但是北齐皇帝一直没动除去的心思。玉太后年纪大了之后，渐渐醒悟过来，玉家也渐渐地知道收敛了。"

"只怪北齐有一个好太后，眼里有着北齐江山，而南秦的皇后眼里只有他儿子的皇位。"秦铮不屑地撇嘴。

"臭小子，编排起人来，黑的白的真是不客气！"忠勇侯笑骂了秦铮一句，"咱们南秦，皇上虽然歪了，但我看四皇子不歪，南秦还是大有可为。"

谢芳华闻言想起前世，忍不住冷笑，前世这一年年底，忠勇侯府便被皇上株了九族，大厦几乎转眼间就倾覆了。她不知道前世四皇子参没参与，但是她知道，哪怕四皇子天纵英才，也挽不回南秦的损失，自此北齐国富兵强，南秦则一蹶不振，再不能和北齐相提并论。

后来……她重生了，便不知道如何了……

今生，只要谢氏不灭，那么南秦也就不会迅速地衰弱吧？

“那也得他做得成皇帝。”秦铮不以为然。

“臭小子！”忠勇侯闻言又笑骂了一句，“依我看，只要你不捣乱，他稳坐那个位置。”

“四皇子有帝王之才。”崔允也笑着道。

“只要他不抢我媳妇儿，帝王就让他做了又如何！”秦铮哼了一声，端起茶喝了一口，说道，“爷爷，该用午膳了，我早膳都没吃，开饭吧。”

“你个浑小子，总是来忠勇侯府蹭饭！”忠勇侯胡子翘了翘，虽然如此说着，但还是对外面吩咐：“福婶，端午膳来。”

福婶应了一声，立即去了。

秦铮撇撇嘴：“那您给我想想办法，只要让我娶了华儿，我就不会总来蹭饭了。”

“想娶媳妇儿，自己想办法，想不到就等三年。不过，没准三年后皇上又变卦了，总是被动等着，你这媳妇儿就不用娶了。”忠勇侯一边喝茶一边道。

秦铮闻言脸顿时沉了：“这还真是我皇叔能干出来的事儿！”话落，他一拍桌子，“不行，我得赶紧想办法大婚！”

谢芳华闻言瞪着忠勇侯：“爷爷，看看您说的什么话！到底我是您亲孙女，还是他是您亲孙子？”

“你个小丫头，论起来，你还真没这臭小子孝顺我！”忠勇侯哼了一声，“这些年我可得了他不少孝敬，卖你都够本了。”

谢芳华一噎。

秦铮顿时开心地笑了起来。

忠勇侯、崔允、秦铮、谢芳华四人用过午膳后，谢墨含也回了府。他进了荣福堂后，谢芳华见了，立即提着裙摆迎了出去。

秦铮有些吃味：“什么时候她能这般迎我？”

“等变成你媳妇儿，你入了她的心，她一刻也离不开你的时候，迎几步算什么？她能比这更甚地伺候你。”忠勇侯哼了一声。

秦铮唔了一声，叹息：“路漫漫其修远兮！”

崔允微笑：“大半年前，我在漠北见到她时，这孩子清冷得跟什么似的，似乎连笑和哭都不会了，如今能这副样子，对你有说有笑，你就知足吧。女儿家，天生都有一副柔肠，只要你用足了心，不愁她不化成绕指柔。”

秦铮深以为然地点头。

谢芳华迎到院中，对谢墨含关切地道：“晌午都过了，哥哥怎么才回来？你用过午膳了吗？”

谢墨含心下一暖，到底是妹妹，念着他的身体，他微笑：“吃过了，在谢氏盐仓吃的。”

谢芳华立即问：“谢氏盐仓的叔叔对云继哥哥失踪一事怎么说？”

“叔叔说，现在对外只能说云继染病了，然后派人暗中调查，若真被带去了北齐，那么得立即给北齐皇帝和姑姑修书一封，让他们去救，毕竟是他们的亲生儿子。”谢墨含低声道。

“秦铮也说对外宣称云继哥哥染病了，这倒是想到一处了。”谢芳华心下一松，“我们刚刚商量的时候，爷爷也说让你回来后修书一封知会北齐皇帝和姑姑，让他们也好做安排。”

谢墨含点头。

兄妹二人一起进了屋。

谢墨含给忠勇侯、崔允见了礼后，便将他与谢氏盐仓家主商议的决定说了一遍。

忠勇侯听罢点头：“随着云继日渐长大成人，你叔父那边也做好了他随时被捅破身世的准备，如今虽然和我们预想的差了很多，是北齐先皇的小公主将人带走，但是去了北齐，总比在南秦捅出来要好得多。”

“正是这个理。”崔允也点头。

此事就此说罢，谢墨含立即提笔修书给北齐皇帝。

谢芳华见谢墨含写好了书信，封了蜡，要喊人传出去，她立即拦住：“哥哥，这封信你交给我吧。言宸这两日要回北齐，我让他带出京城，寻个妥当之处再用飞鹰传信。如今秦钰回了京，皇室隐卫都聚在了京都四周，万一落在皇室隐卫的手里，就麻烦了。”

“也好。”谢墨含将信递给谢芳华，“这等多事之秋，还是小心为上。”

谢芳华收起信，又询问崔允：“外公呢？”

“早上醒来，便又去给含儿配药了。”崔允道。

“既然您回来了，就多陪陪外公，过些日子，外公就该走了。”谢芳华道。

“我晓得。”崔允叹了口气。

“舅舅真想要辞官？”谢芳华又问。

崔允点点头：“我在漠北边境待久了，早已经不适应京城内朝堂上的钩心斗角，如今你哥哥和你都大了，都有了本事和主意，我就算留在朝中，恐怕也帮不上什么忙，也许还会添乱，不如归乡。”

“博陵崔氏自从外公离开、您去漠北后，就渐渐衰落了。”谢芳华道，“您又一直未娶妻，回去博陵崔氏，孤孤单单一人，就算不做官，也留在京城吧。我和哥哥孝敬您，再给您娶一个如花似玉的娘子。”

“小丫头胡诌！”崔允顿时笑骂，“舅舅若是想娶妻早就娶了，也不会等到今日。”

“不孝有三，无后为大。”谢芳华道，“外公就您一个儿子，那些年，我们还小，自然管不到您，如今可不能再不管您了。何况我和哥哥就算再孝敬您，也不如您身边有个女人知冷知热。”话落，她对谢墨含道，“我看就这样定了，回头我就请王妃帮着选选，哥哥，你看呢？”

“妹妹说得是，我看好。”谢墨含笑着点头。

崔允瞪了谢墨含一眼：“你怎么也跟着掺和？你该娶妻了才是正事！”

“崔允啊，我觉得是你外甥和外甥女的一番心意，你也就别推托了，这么多年来，你一个人在漠北，关山遥远，我就没说你什么。可是如今你既然回来了，这婚事虽然晚了多年，但该娶还是要娶的。”忠勇侯道。

崔允无奈：“老侯爷，我早已经说了，终身不娶，您怎么也跟着他们起哄！”

“华丫头说得对，不孝有三，无后为大。”忠勇侯感慨，“当年含儿和华丫头他们的娘可是一直惦记着你的婚事，只是可惜，她去得早，若是晚去些时候，你也定然娶妻了。”

崔允见忠勇侯提起了崔玉婉，他一时没了声，面色哀伤。

“那就这么说定了，走，你现在就跟我回府，让我娘给舅舅选媳妇儿去。”秦铮站起身，拉起谢芳华。

谢芳华好笑，说做就做，他怎么比谁都积极？

她还没来得及说话，便被秦铮拽出了门。

出了荣福堂，她回头瞅了一眼，才拍掉秦铮的手，对他道：“你自己回去跟王妃说一声吧。待王妃有大体的名单后，我再过去跟着一起看，如今我就算去一趟，也不过是传句话的事儿。再说，一定要给舅舅选个好的，也不急在一时一刻。”

“我还不是想跟你多待一会儿？你倒好，就知道赶我！”秦铮闻言有些不满。

谢芳华笑着瞅着他：“整日里腻在一起，王妃该看不过去了，你该做什么就做什么去。”话落，又偏头对他道，“你不是想要早点儿娶我吗？难道整日和我待在一起，就能娶了？”

秦铮闻言一喜，立即扳正谢芳华的肩膀，看着她：“你……当真愿意我早娶你？”

谢芳华不看他的眼睛，脸微红，顾左右而言他：“你总要让王妃将我舅舅的婚事办妥当……否则，谁要早嫁你？”

“行，舅舅的婚事包在我身上。”秦铮顿时乐了，在她的脸颊上落下一吻，“我这就回府让我娘给你去办这件事儿。”话落，他转身，脚步轻快地独自向外走去。

谢芳华站在原地，红着脸看着他离开。

谢墨含从荣福堂走出来便看到这一幕，讶然而笑。早先他对秦铮的脾气秉性颇有些不放心，如今见二人感情渐好，他才渐渐地放心了。也许就得秦铮这样的脾性，才能融化妹妹的心。

谢芳华转头，见谢墨含微笑地看着她，她的脸更红了，羞恼地道：“你也别高兴得太早，回头办妥了舅舅的婚事，我就给你选亲。”

谢墨含失笑：“小丫头害羞也别拿我做由头，娶妻我倒不怕，只是怕秦铮等不及我先娶，自己想早点儿抱得美人归。”

谢芳华脸如火烧，跺了一下脚，磨牙道：“哥哥你等着，我一定给你娶个厉害的嫂子管着你。”话落，她转身向海棠苑走去。

谢墨含看着她又羞又恼地离开，忍不住笑出了声。

“臭小子，刚出来便看见你欺负妹妹。”崔允从荣福堂走出来，正看到这一幕，好笑道。

“妹妹能有如今这样子，大半都是秦铮的功劳。”谢墨含笑道。

崔允轻叹了口气：“这也是缘分。四皇子去漠北之后，文治武功都出类拔萃，我当时还想，只是可惜了是皇室的孩子，否则若是华丫头能嫁他也是极好的。后来不想他有意打探华丫头，我想了又想，觉得若是两人能缔结姻缘，于忠勇侯府也许不是坏事儿，毕竟他话里话外不甚赞同皇上对付谢氏，看得比皇上高远。没想到事情刚冒个头，京里便传出消息，铮二公子灵雀台逼婚，皇上被迫下旨赐婚了。”

“您回京之日，秦钰也与我说了一番话，听起来是打定了主意，不想放弃。”谢墨含揉揉眉心，“我所求不多，只要妹妹好，其余的，我都不在乎，哪怕赔进去忠勇侯府。”

崔允闻言拍拍谢墨含的肩膀：“你们父母留下你们兄妹二人，理当互敬互爱、相互扶持。”

“外公这些日子为了给我配药，极其辛苦，我们一起去看看外公吧。”谢墨含道。

崔允点点头。

二人一起去寻崔荆。

谢芳华回了海棠苑，侍画、侍墨、侍蓝、侍晚四人正等在门口。

四人见她回来，齐齐上前，一起埋怨道：“小姐，有您这样的主子吗？奴婢四人跟着您出去，转眼您就将我们四人扔了，我们找了一圈找不到人，只能回府等了。”

谢芳华揉揉额头，有些歉意地道："下次我注意些。"

四人也没真想谢芳华给她们道歉，闻言都连忙后退了几步，受宠若惊地道："您下次去哪里，若是不需要我们跟着，知会一声就行了，省得奴婢们跟您出去，半路找不到您急。"

谢芳华笑着点点头，她一个人独来独往惯了，从哥哥车上下来，便忘了四人跟着了。

进了屋，有些疲惫地躺在软榻上，午后的太阳暖洋洋的，使得她昏昏欲睡。

院子中伺候的人不敢打扰，悄悄关上了房门。

大约过了半个时辰，侍书进了海棠苑，对谢芳华禀告："小姐，八皇子带着宫里的一位嬷嬷来了咱们府，说奉了林太妃之命，前来给您送谢礼。"

谢芳华困意浓浓地道："什么谢礼？"

"说是感谢您在平阳城救了八皇子。"侍书听出谢芳华的困倦，声音不由得放轻了些。

谢芳华脑子不清醒，懒得理会，对侍书道："哥哥不是在府中吗？你去禀了哥哥，既然是八皇子前来，我一个闺中女子，不方便见外男，就让哥哥去应付他吧。反正哥哥也知道那日秦铮中了'锁情引'，林太妃有相助之情。他知道怎么应对。"

"是。"侍书退了出去。

谢芳华又继续昏昏睡去。

大约过了两盏茶的时间，侍书重新回到芝兰苑，低声道："小姐，林太妃跟前的那嬷嬷说林太妃交代了几句私话给您，世子听不方便，说要见见您。您若是不想动，我将她请来您这里？"

谢芳华神志醒了些，闻言点点头："嗯，你将她带来吧。"

侍书闻言立即又出了海棠苑。

谢芳华又躺了片刻，估摸着人要来了，才懒洋洋地坐起身，坐在桌前等着。

不多时，侍书领着林太妃跟前的一位老嬷嬷来到门口，侍画立即将人请进了屋。

那嬷嬷踏过门槛便对谢芳华见礼。

谢芳华微笑地看着她，起身对她虚扶了一把："嬷嬷不必客气，您来这里，就如老太妃亲临。"

"奴婢怎么能跟老太妃比？芳华小姐才是客气了！"那嬷嬷顿时笑了。

谢芳华请她落座。

她摇摇头："奴婢知道这会儿是午睡的时候，您这眉眼间还有睡意呢，想必是奴婢吵醒您了。奴婢转达完太妃的几句话就走，不坐了。"

"也不差喝一盏茶的工夫。"谢芳华笑着给她斟了一杯茶，"您坐下来，慢慢说。"

那嬷嬷见谢芳华眼神真诚，道了句“那奴婢就不客气了”，话落，她坐了下来，喝了一口茶，看了一眼四周。

“我这里半点儿风声都传不出去，嬷嬷有什么话尽管说。”谢芳华道。

那嬷嬷闻言放心了，但还是压低声音道：“老太妃听闻八皇子回宫后与她说您通晓医术，比孙太医还要厉害，便想求您一件事儿。”

“有什么人要我给医治吗？”谢芳华问。

那嬷嬷摇摇头：“不是，只是想让您帮着看一些药渣子，看看是否能辨别出服药的人得的什么病。”话落，她低声道，“只是芳华小姐一定要保证这件事儿不能透露丝毫。您是聪明人，也许看过之后就能猜出什么来，可是，太妃在宫中，太医院的孙太医不敢去求，别的医者也不敢寻，毕竟耳目众多，自从上次帮了您，太妃已经被皇上和皇后注意了，以后的日子，也不见得好过，而且这事儿事关重大，甚至是重若性命。太妃思来想去，觉得还是找您最可靠。”

谢芳华闻弦歌而知雅意，知道这件事情一定十分重大。老太妃不敢惊动太医院，怕走漏消息，那么也就是和宫里的人有关了。

林太妃应该是实在没办法了，才来找她，就跟她那日在宫中实在没办法了，求助林太妃，不惜利用秦倾威胁林太妃，才让林太妃同意帮忙。

她心思微转，便想到了一些事情，面色却不露分毫，点点头，郑重地道：“那日在宫中，多亏了太妃，我才救出了秦铮。虽说我和秦铮还未大婚，但是毕竟有了婚约，他若是出了丑，或者是出了事，对我自然不利。我还没谢太妃呢。嬷嬷尽管放心，太妃让您来找我，想必也是信得过我。”

“正是这个道理。那日太妃帮了您和二公子，您又在平阳城救了我们八皇子，这一来一往，也算关系亲厚了。”那嬷嬷说着，伸手摸向怀中，拿出一个布包来，递给谢芳华，谨慎地道，“您快看看，这样的药渣子还能看出什么来吗？”

谢芳华接过布包，慢慢地打开，里头的东西与其说是药渣，不如说是泥土、草灰、粉末的三者合一，黑乎乎的一团。

“怎么样……能辨别吗？”那嬷嬷紧张地看着谢芳华。

谢芳华伸手捏起粉末，捻了捻，又放在鼻子前闻了闻，没说话。

那嬷嬷看着她，不敢再说话打扰她。林太妃让她来找谢芳华也是没办法之下的决定，林太妃和她都觉得，这样的药渣，就算是太医院的孙太医都不见得能查出来，芳华小姐的医术听说不过是多年来在府中看了很多药书治自己的病时学的，她只是抱着试试的态度而来。

谢芳华又闻又捻，又将药粉放在阳光下仔细地看了半晌，最后，拿了火石，点燃了香炉，匀出些药粉来倒进了香炉里，香炉刺啦啦地响了一阵，隐约有难闻的烟冒出来。

那嬷嬷的心一直提着。

过了大约一盏茶的时间，等香炉里不再冒出烟，谢芳华盖上香炉，对那嬷嬷点点头："我大体知道这药渣里有几味药，也大体能猜出这些药搭在一起，是治什么病的。"

那嬷嬷一喜："您快说！"

谢芳华的脸色变幻了一番，压住心底的惊异和不敢置信，对她低声道："痨瘟之症。"

"什么？"那嬷嬷腾地站了起来，惊骇地看着谢芳华。

谢芳华沉默地点头。

"这……这怎么会……"那嬷嬷似乎吓得六神无主，"这不是不治之症吗？他……他还年轻，怎么会得了这个……"话音未落，她猛地惊醒，住了口。

谢芳华想起了前世，怪不得谢氏一夕之间树倒屋塌，被雷厉风行地铲除殆尽，她一直不太明白，如今终于明白了。

原来是得了痨瘟之症！

第二十四章

确认隐情

那嬷嬷看着谢芳华，谢芳华也看着那嬷嬷。

半晌后，那嬷嬷脸色发白，浑身哆嗦地道：“芳华小姐，您是聪明人，可能已经猜出来了。事关重大，您可千万别往外露啊！您若是泄露丝毫，我们太妃小心谨慎了一辈子，晚年就有可能不保了。”

谢芳华定了定神，点点头，沉稳地道：“嬷嬷您放心，也告诉太妃放心。我们谢氏六房老太太和太妃交情深厚不说，单说我祖母在世时，也与林太妃有交情，林太妃那日又助我出宫，再说我们忠勇侯府忠君为国，从未有二心，况且这等消息透露出去，对谁也没好处，一旦风声走漏，被有异心者利用，这京城里，谁也别想安稳。”

“正是这个道理！”那嬷嬷顿时放下了一半的心，看了一眼桌子上布包里剩余的药渣，低声道，“这些是我掩人耳目带出宫的，万一被查出来，那就是大祸，我就不带走了，芳华小姐您处理了吧。奴婢这就告辞，回宫向太妃复命了。”

“嬷嬷慢走。”谢芳华颔首，对外面喊，“侍画，送嬷嬷出去。”

侍画在外面应了一声。

那嬷嬷出了房门，由侍画领着，出了海棠苑。

谢芳华站在窗前看着她离开，那嬷嬷在屋中的时候还白着脸一副惊骇万分的样子，可是在踏出房门的那一刻，便收起了所有的情绪，笑呵呵地和侍画说着话，出了海棠苑。

到底是在宫里跟随了林太妃一辈子的老嬷嬷。

她离开后，谢芳华又在窗前站了片刻，然后回身将桌子上的药包收起，想了想，看了一眼天色，将药包揣进怀里，走到镜子前，涂涂抹抹，换了一番装扮后，出了房门。

侍墨见谢芳华的样子像是要出门，于是低声问："小姐，您去哪里？需要奴婢跟着吗？"

谢芳华摇摇头："我有点儿事儿出去，谁要来了，就说我这几天太累了，正睡着。"

侍墨点点头。

谢芳华出了海棠苑的后门，避开了府中的人，来到忠勇侯府北角的后墙，翻了出去。

午后，街上依旧有不少人，车水马龙，甚是热闹。

谢芳华沿着背街七拐八拐，顺利地来到了言宸所在的院落。

叩响门扉，那老伯打开门，一见谢芳华，顿时一愣："主子？"他探出头看了一眼，再没别人，"您自己来的？"

谢芳华点头，问他："言宸呢？可还在休息？"

"公子刚吃过午膳，如今在紫竹林里和轻歌公子说话。"老伯道。

谢芳华闻言向紫竹林走去。

不多时，来到紫竹林，果然见言宸和轻歌在说话。

二人听到脚步声，齐齐转头，见是她来了，俱是一愣。

言宸打量谢芳华的神色，见她气色不是太好，他不由得问："怎么了？出了什么事情？"否则不会上午才走，下午去而复返。

轻歌也看出谢芳华气色不好，嘻嘻一笑："主子，莫不是铮二公子给您气受了？"

谢芳华瞪了轻歌一眼，没说话。

轻歌缩了缩脖子，继续笑嘻嘻地道："不是铮二公子？那还有谁敢给您气受？您快说说，属下帮您报仇去。"

"老实待着吧你！我是来找言宸确认一件事儿。"谢芳华坐下。

轻歌闻言顿时噤了声。

言宸看着谢芳华，见她说出这句话时眉目凝重，猜测定然是极其重要的事情。

谢芳华从怀中掏出那个布包，放在言宸面前："你帮我辨认辨认，看看能否从这些药渣里辨别出是治什么病的？"

言宸点点头，打开布包。

轻歌看了一眼，顿时怪叫："主子，您有没有弄错？这是药渣吗？这是泥土、草灰、药末啊，都混得什么也看不出来了，怎么辨别？"

"正因为难辨别，我才来找言宸确认。若是简单，我为什么要跑这一趟？"谢芳华剜了轻歌一眼，"早些年你不好好学医术，若是遇上这等事情，言宸又走了，你都派不上用场！”

轻歌闻言顿时心虚，不敢出声了。

言宸低头看着布包里的东西，用手轻轻揉捻，又放在鼻子前闻了片刻，然后迎着太阳又看了一会儿，须臾，对不远处候着的老伯道：“去拿香炉来。”

老伯连忙去了，不多时便取来了香炉，摆在了桌子上。

言宸匀了些药末倒进香炉里，又将香炉点燃，不多时，呛人的烟味传了出来。

轻歌顿时捂鼻子：“好难闻啊！”

言宸和谢芳华都没有说话。

过了许久，香炉里呛人的烟味渐渐散去，言宸打开香炉，将里面剩余的东西倒了出来——全是黑灰色的碎渣末，他看了片刻，对谢芳华道：“若是我辨别得没错，有几味药，应该是治痨瘪之症的。”

谢芳华虽然已经有八九分确定了，但是还是不太放心，言宸医术比她好，他说是，就是确定无疑了，她的脸色凝重了起来。

“痨瘪之症？”轻歌睁大眼睛，“这不是不治之症吗？谁得了这样的病？”

谢芳华没答话。

言宸看着药灰，缓缓地道：“依着这张入药的方子，应该已经到中期了，多不过两年的性命。”

谢芳华垂下眉眼。

“主子，这是谁啊？不能说？”轻歌好奇地看着谢芳华，有些拿不准，小心翼翼地问，“不会是您亲近的人吧？”

谢芳华摇摇头，抬头看了二人一眼，低声道：“是宫里的林太妃私下给我传过来的，知道我救了中了蝎毒的八皇子，有些医术，冒险找我试试。”

言宸面色一凝。

轻歌顿时没了声。

宫里传出来的方子就让人心惊了，宫里住着的人，除了皇帝，还有皇后、太妃，以及各宫娘娘，而这服药，显然是被隐秘地处理了之后，又被人挖出来的。药渣被烧毁成了这副样子，只剩粉末土灰了，连太医院都未必查得出来，更遑论寻常医者了。

尤其还是林太妃传出来的，那就更值得思量了。

什么人让林太妃都不敢向太医院求证？

若是哪个宫的娘娘得了这种病，风声定然会走漏，而且有太医院的医者去诊治的话，都会记录在册，就算是皇后，也未必就能让太妃惧怕到不敢声张，只能偷偷彻查。

所以说，答案昭然若揭。

三人一时都没说话，紫竹林内外分外安静。

过了片刻，言宸低声道："若是想知道猜测得是否准确，你就得多进宫几趟，最好与他多碰几面，悄悄观察，总会有蛛丝马迹的。"

谢芳华抿唇。

"这件事儿可是非同小可，南秦天子正值壮年，未立太子，但皇子有三个，还是成年了的，未来一二年，怕是真会有大动荡。"言宸有些忧心地看着谢芳华，"你既然已经知道，就要早为忠勇侯府做准备。"

"皇上如今一门心思地盯着要除去谢氏，我早先还不太理解，毕竟这几年，老侯爷退了朝，谢世子还未入朝，按理说，都已经低调行事了，摆明了忠心耿耿，不会与皇权争锋，为什么皇上还盯着？若真是这样，便有了解释：他是想在他有生之年除了谢氏，以防后代子孙被谢氏取代啊。"轻歌低声道。

谢芳华脸色微寒，前世他的确是做到了，这一世，她说什么也不会让他如意！

若是含恨，就让他带进棺材里去算了！

"如今，皇上能拿来做由头的事情，无非是谢云继的身份和你在北齐的姑姑。"言宸轻声道，"皇上肯定不甘心只除去一门一户——害怕谢氏会因怒反噬，要除的话，定然是倾巢而覆，永绝后患。有什么罪责能永绝后患呢？这样的罪可不多，唯一条——通敌卖国，天下百姓都不能忍。"

谢芳华深吸一口气，冷笑道："他是想打这个好主意呢！我姑姑病重时，他明明得了消息，却瞒得紧，几乎遮住了哥哥和爷爷的耳目。可惜，忠勇侯府不只我爷爷和哥哥，还有一个我。"

"如今你和铮二公子有了婚约，英亲王府和忠勇侯府经常来往走动，皇上不会轻易出手的，总要证据确凿。"言宸道，"还有两年时间呢，你也别太着急，总有对策的。"

谢芳华点点头。

"我听说言轻和云水在你手中？"言宸又问。

谢芳华看了他一眼，颔首："在云澜哥哥手中。"顿了顿，又道，"据说玉家人在姑姑病重之际，听到了姑姑还有一子，于是派人来南秦彻查，查出了谢云继……"

她将言轻查出来谢云继的身份后要离开南秦，她和谢云澜如何放火拦山、秦钰如何出现、秦铮如何出手等经过，简单地与言宸说了一遍。

言宸听罢点点头："既然他艺高人胆大来南秦却被你留下，就先留着吧。"

谢芳华看着他，毕竟一个管他叫舅舅，一个管他叫叔叔，都是嫡亲，她抿唇："若是你想带走他们，我就让你带走，只要你回北齐，保住谢云继性命无恙就行。"

言宸笑了笑："带他们回去，多一重麻烦。况且，玉家这些年的确太自大了，也该让他们长点儿教训了。"

谢芳华见他不理会，点点头："你放心，我不会伤他们性命的。"

言宸颔首。

谢芳华又待了片刻，与言宸说了一些别的话，尤其说明了李沐清要见他一面，她让秦铮明日晚上带他过来之事。言宸倒没说什么，点了点头。

谢芳华离开了言宸的府邸后，轻歌凑近言宸，压低声音道："言宸哥哥，主子这般信任你，哪怕你是北齐的小国舅，她也来找你确认这件事儿，并且说给了你听。你说，你怎么就偏偏有个厉害的未婚妻呢？若不然，你们在一起多好！"

言宸的手指无意识地缩了一下，他推开轻歌的脑袋，对他警告道："以后，这样的话万不可以再说了，尤其是别在她面前说，小心她将你踢回天机阁掌刑堂自省去！"

轻歌撇撇嘴，他早就在主子面前说过这样的话了，主子那时也是这样警告他的。

他看着言宸有些怅然的神色，默默地叹了口气。

谢芳华出了言宸的府邸，一路顺畅地回了忠勇侯府。

回到海棠苑，侍画、侍墨守在门口，见她回来，立即凑上前："小姐，王妃来了，如今在咱们屋子里。"

谢芳华一怔。

"我们说您去书房了，吩咐了不准打扰，王妃却说等着您。"侍画低声道，"她似乎是进了府门直接来找您的，没惊动世子和老侯爷，仅带了春兰一个人。"

谢芳华从这几句话中发觉了英亲王妃不太对劲，点点头，向屋中走去。

来到门口，只听里面春兰道："王妃，您醒醒，芳华小姐回来了！"

谢芳华挑着帘子进了屋，只见英亲王妃倚靠在贵妃椅上，因为刚被春兰摇醒，有些困倦，她立即道："兰姨别喊了，王妃累了的话，就让她多睡一会儿吧。"

这都能睡着，显然来这里等的工夫够久了。

"华丫头，你总算回来了！"英亲王妃已经醒了，抚着额头，对春兰摆手，"你出去，我和华丫头说几句话。"

"是。"春兰走了出去，关上房门。

谢芳华走到英亲王妃面前，看着她，笑着道："您有什么事儿，怎么还亲自跑一趟？让人传句话，我过府找您就是了。"

英亲王妃拉住谢芳华的手，拽着她坐在身边，压低声音对她道："华丫头，你告诉我，太妃找你，可是有什么不能说的事儿？"

谢芳华一怔，没想到林太妃的人刚走，英亲王妃便得到了消息，这也太快了。

"你别怕！只是我早些年安插在太妃身边的人传出来消息，觉得这两日，太妃不大对劲，背着宫里的人，和自己的陪嫁嬷嬷有些动静。"英亲王妃低声道，"方才，又从太妃宫中传出消息，太妃打破了一个她甚是宝贝的兰花盏，我才起了疑。那个兰花盏我知道，是先皇赐给她的，她每日都小心翼翼地用着，断然不会让它打了。”

谢芳华想着果然不愧是英亲王妃，能在京中立足，可见其本事，太妃刚有动静，她竟然就能察觉了，可是自己到底说不说呢？谢芳华面上不动声色，笑着道：“林太妃年纪大了啊，拿东西不利落，打破了兰花盏也不稀奇啊。”

“你这孩子，看来是不想与我说了。”英亲王妃叹了口气，轻声道，“你觉得英亲王府这么多年，能稳稳当当地立世，真是因为当年让了江山才保得太平无忧？”她摇摇头，“若是这样想，就错了。太后在时，不敢放松对皇上的关注；太后离开后，将她埋的线给了我，让我好好地守住英亲王府。”

谢芳华眨眨眼睛：“也就是说，您不只在太妃那里有眼线，在宫里各处都有了？”

英亲王妃笑着弹了谢芳华的额头一下：“你这般鬼灵精，和臭小子不进一家门都不行。”

谢芳华无语，这也能和她儿子联系起来。

“今日铮儿回府对我说，他一定要想办法早点儿大婚，说哪怕等到三年后，皇上若是变卦，他照样白白苦等三年，还得跟皇上跳脚力争，还不如趁着现在迎难而上，让皇上应承了。”英亲王妃道，“我本来觉得你们还年少，等三年就等三年，可是……”她攥了攥手，正色看着谢芳华，“华丫头，你必须告诉我，林太妃的人找你是为什么事儿。”

谢芳华轻轻吸了一口气，想起英亲王妃和皇帝曾经的纠葛，她犹豫了一下，低声将林太妃让嬷嬷找她看药渣的事情简要地说了一遍。

英亲王妃顿时正了神色：“你看出来了吗？”

谢芳华点头：“看出来了。”

“是什么？”英亲王妃的脸有些发白，舌尖似乎都有了颤意。

谢芳华想着英亲王妃埋在宫中的暗线定然发觉了林太妃弄到的药渣，只不过没抓在手里而已，她低声道：“痨瘪之症。”

英亲王妃腾地站了起来，因为起得太猛，身子晃了两晃。

谢芳华伸手扶住她。

英亲王妃的身子不停地哆嗦起来，本来只是有些发白的脸一时间惨白如雪。

哪怕不能相守，哪怕皇上为了皇权负了她，哪怕多年过去，早已经没了情，也总归是年少时情窦初开的心之所属，换了谁，乍听闻这样的消息，都会受不住吧。

再恨再怨，有些人，也是不想他死的。

许久，英亲王妃才镇定下来，紧紧地抓住谢芳华的手，似乎有泪哭不出来：“怪不得他让秦钰去漠北收兵权，怪不得给你和铮哥儿许了三年婚约，怪不得……原来是这样！”

去年之前，皇帝虽然有除谢氏尤其是忠勇侯府之心，但也不见有什么动作。去年冬，秦钰纵火烧宫闱，左右相一个以死相谏，一个趁机求情，秦钰最终去了漠北。

短短几个月里，他筹谋引起边境动乱，趁机夺了漠北三十万大军的军权。

这大概是除去谢氏的第一步。

隐瞒了姑姑重病的消息，想要趁机诬陷姑姑联合舅舅谋反，应该是他打算的第二步。

可是千算万算，皇上没有料到，除夕之日，边境动乱之时，第一步刚实施，秦铮便逼婚要娶她，将英亲王府拉了进来。

英亲王府在南秦朝局中有着多么重的地位谁都知道，难怪皇上掀翻了灵雀台的所有桌椅。

接下来，英亲王妃向着儿子，自然和忠勇侯府关系亲密起来，英亲王也渐渐转变了态度，同意了这门婚事……皇上的打算更是如烈火上被浇了一盆冷水。

之后，他才急急调秦钰回京……

法佛寺失火、郾城刺杀、临汾桥被炸毁，这一连串的事情让他应接不暇。

谢芳华想着，忽然笑了，她前世在深闺中，伤春悲秋，不晓得府外的事情，不知道前世是不是也发生了这些事儿。

“华丫头，你告诉了铮儿没有？”英亲王妃紧握着谢芳华的手，好半晌才平静下来，拉着她，重新坐下。

谢芳华摇摇头：“我刚去查了医书，怕辨认错误，想更进一步地确认，您就来了。”

“如今确认了？”英亲王妃问。

谢芳华点点头：“除了痨瘪之症，实在再难说成是别的病。”

英亲王妃又低声问：“能看出还有多久吗？”

谢芳华想了一下，还是实话实说：“多不过两年。”

“两年……”英亲王妃喃喃吐出两个字，沉默下来。

谢芳华陪着她一起沉默，她拿不准英亲王妃知道了这件事儿之后会怎么做。

过了好半晌，英亲王妃抓着她的手道：“华丫头，若是让你和铮儿在两年内就大婚，你可愿意？”

谢芳华看着英亲王妃，慢慢地点点头。

英亲王妃笑了一下：“待你再见到他，就将这件事情告诉他吧。他一心想要娶你，不会对忠勇侯府置之不理的，你想护住忠勇侯府，他也会帮你护住的。”

谢芳华有些明白英亲王妃的话，又有些不明白。

英亲王妃却不再说了，松开她的手，站起身：“我去看看你舅舅，与他说会儿话。你放心，我这些日子已经开始物色了，争取给他娶个称心如意的媳妇儿。”

“多谢您费心了。”谢芳华也跟着她站起身。

“一家人说什么两家话。你歇着吧，不用送我了。”英亲王妃说着，走出了房门。

虽然如此，谢芳华还是将她送出了门口。

出了门口的英亲王妃面上含笑，姿态端庄，半点儿看不出来刚刚在屋中的失态惊骇。

谢芳华吩咐侍画、侍墨送英亲王妃去寻她舅舅。

英亲王妃离开后，谢芳华站在门口，没有立即回屋，而是迎着阳光，看着天空中飘飘悠悠的云。

她正看着，一道人影从墙外翻上了墙头。

动静不大，但是谢芳华耳聪目明，立刻向那面墙看去，看到是秦铮，她蹙眉：“你怎么又来了？”

秦铮也看到了站在门口的谢芳华，坐在墙头上，闻言挑眉：“你是有多不待见我？这是什么表情？”

谢芳华瞧着他锦衣玉带，俊逸风流，幸好她这海棠苑的婢女都是经过哥哥训练的，忠勇侯府的闲杂人又较少，否则，搁在别的府邸，他这副样子，还不晃瞎了人的眼睛？她转身回了屋。

秦铮见她进了屋，他轻快地跳下墙，也跟着她进了屋。

“说吧，什么事儿？”谢芳华知道他一定是有事儿，否则今日应该不会再来。

秦铮坐在桌前，跷着腿道：“我就想知道，我娘来找你，是为什么事儿。”

谢芳华蹙眉，暗想这可真是一环套一环，英亲王妃的人从林太妃处查出不对劲，盯着她来问，如今秦铮这是察觉出他娘不对劲，也盯着她来问了？她没好气地道：“干吗告诉你！”

“今日上午，林太妃和秦倾来了这里，林太妃跟前的近身嬷嬷特意见了你，我娘下午就急匆匆地来了，若说这里面没事儿，鬼都不信。”秦铮看着她，“你不告诉我谁告诉我？咱们两个总的来说未来也是要睡在一张床上的，还有谁比咱们两个更亲吗？”

谢芳华脸一红，羞愤地啐了秦铮一口：“你连这样的话都敢说，你脸红不脸红！”

秦铮摇摇头：“脸红什么，我说的是事实。”

谢芳华瞪了他一眼，不理他，打定主意不说。

秦铮忽然走到她身边，抱着她一起坐在软榻上，将脑袋枕在她的肩膀上，在她的脖颈间呵气，温柔地道：“让我来猜猜。林太妃来找你，定然是有见不得人的事儿。她在宫里，圈子就那么大，围绕的呢，也无非是宫里的那些人，而让她避开人来找你，无非就是……”

谢芳华受不了他在她的脖颈间呵气，一把推开他，打断他：“算了，你别猜了，我告诉你就是了。”

秦铮微笑：“这就乖了，快说。”

谢芳华又气又笑，但想起要说的事儿，又收了笑意，低声将方才告诉英亲王妃的话都再与他陈述了一遍。

秦铮本来轻松含笑的眉眼渐渐地凝了起来，一张俊颜既惊且异，又带着难以置信和恍然。

听罢，他一直没说话。

虽然没有林太妃跟前那嬷嬷的惊骇，也没有英亲王妃的失色，但还是可以感觉出他的情绪波动。

到底这件事儿算是天大的事儿了！

帝王壮年有疾，且还是治不得的病，往小了说，于皇室、皇子王孙、朝堂、百姓都是惊变；往大了说，南秦的江山、帝业的延续、皇位的继承人等问题，都迫在眉睫。

“这件事情，目前就林太妃、那位嬷嬷、言宸、我娘，还有我知道了？”秦铮沉默许久，对谢芳华低声问。

谢芳华点头：“我还没有告诉哥哥。”话落，看了他一眼，“王妃和你先后找我，不知道还有没有人再来找我。”

“你放心，我娘是因为宫里的暗线发现了林太妃，我呢，则是手里攥着我娘给我的东西，自然也就知晓了。林太妃若是那么无能，谁都能查到她的蛛丝马迹的话，她也不会在宫里混了这么多年，皇祖母死后，独独她受皇叔敬重。”

谢芳华点点头，放下心来。

秦铮轻吐了一口气：“真是没想到啊！”

谢芳华看着秦铮，不但他没想到，她也没想到，恐怕所有人都想不到会有这样的事情。

“怪不得近一年来，我觉得皇叔和以前不同了，事事睚眦必报，我还以为是我转变了，因为你，对他不如以前恭敬了，他才如此，原来……”秦铮嘲讽地笑笑。

谢芳华不说话。当时秦铮灵雀台逼婚，皇上气得掀翻了桌椅，未免气撒得太大。人人都只看出他不想忠勇侯府和英亲王府联姻，但是没想通根本原因。

原来是因为他急于铲除忠勇侯府，秦铮却设了一道极大的阻碍。

“必须想个办法，我们要赶紧大婚！”秦铮道。

“谈何容易。”谢芳华揉揉眉心。

秦铮冷哼一声：“看来我不能再闲晃了！”话落，他拽着谢芳华靠在软榻上，郁郁地道，“我其实不喜欢御书房，也不怎么喜欢校武场，还不喜欢朝堂上那帮子朝臣，更不喜欢闻鼓去点卯。”

谢芳华偏头看着他。

“但是若是他真只有不到两年……”秦铮咬了咬牙，“为了娶你，我怎么也要去了。”

“你去做这些，跟娶我有什么关系？”谢芳华瞅着他。

“怎么没关系？我手里如今只抓了几支暗卫，能左右朝局吗？”秦铮摇摇头，“无论是皇祖母给我的，还是我娘给我的，或者是我爹给我的，或者是我自己的，这些，都是见不得光的。我想要左右朝局，就得站出来，手里攥着朝堂上的东西，才能威胁皇叔，交换我想要的。”

谢芳华恍然，但想着他去做自己不喜欢做的事情，还是为了她，她低声道：“其实，你不去做这些，忠勇侯府有我在，未必撑不过这一关，我想如何，他也奈何不了我。”

秦铮闻言嗤笑，低头吻她的脸颊：“你这是……心疼我？”

谢芳华所有的情绪顿时散去：“不是。”

秦铮见她脸颊上被他吻的地方立马露出粉红色，他低低一笑，声音清越：“大丈夫当立世。我想娶你，就是想娶你，怎么能只嘴上说却什么也不做？况且，闲玩久了也没什么意思，不如去朝堂祸害一番。我还没掺和过朝堂的事儿，不知道好玩不好玩。”

话落，他似乎真的思索起怎么玩来。

谢芳华无语地看着他，不由得为朝堂上那些朝臣担忧。

又待了片刻，秦铮放开她，拍拍屁股站起身：“时候不早了，我去来福楼，你要去吗？”

谢芳华摇头：“你们一帮子男人，我去做什么？”

“你若是想去，在隔壁给你们女子开一桌席面就是了。”秦铮道，“你不是和金燕不错吗？还有那个谢氏六房的谢伊……”

谢芳华打断他：“我跟金燕的交情是因为你中‘锁情引’那日，她碰到我，邀我喝茶，给我提了醒。至于谢伊——”

她话音未落，外面忽然传来侍书的声音：“小姐，永康侯府的小郡主想要见您。”

谢芳华的话语被打断，一怔，对外面问：“永康侯府的小郡主？”她想了一下，“燕岚？”

“正是。”侍书道。

谢芳华蹙眉：“她来找我做什么？”

侍书摇摇头：“燕小郡主似乎很急，说一定要见您，若不是守门的人拦着，恐怕已经冲进来了。我问了，她不说，只说见到您之后再说。”

谢芳华纳闷，回头看了秦铮一眼：“燕岚这些日子在干什么？”

秦铮给她一个“我哪里知道”的眼神。

侍书听到了，在外面道：“据说自从永康侯府的夫人查出有身孕，燕小郡主便在府中伺候永康侯夫人。”

“你将她请到前厅，同时暗中打听一下永康侯府发生了什么事儿。”谢芳华道。

“是。”侍书应声去了。

“理会她做什么？”秦铮不屑。

“我还记得，除夕进宫，永康侯夫人看中卢雪妍，却知道燕亭对我有意，便针对我，被我三言两语呛了回去。后来，燕亭离开了京城，他是从忠勇侯府走的，所以，永康侯和夫人又将这笔账算在了忠勇侯府的头上。燕岚喜欢你，再加上这些事情，定然不喜我，可是今日，她竟然急急来找我，有些奇怪，不见她，怎么能知道究竟？”谢芳华道。

秦铮哼了一声：“永康侯府的人向来是无事不求人，她找你能有什么好事儿？”

“反正我今日一日都没什么好事儿，也不差这一件事儿。”谢芳华说着，选了一套衣衫，去了屏风后，同时开口赶秦铮，“你不是要去来福楼吗，还留在这里做什么？”

“天色还早，我等你一起去看看她弄什么幺蛾子。”秦铮站着没动。

“她就算弄什么幺蛾子，也有我哥哥在府中呢，你跟着掺和什么？”谢芳华不想秦铮见燕岚，遂道，“年前打发了一个卢雪莹，前些天在皇宫里打发了一个李如碧，如今你还嫌惹的桃花债不够多，让我再给你处理燕岚？”

秦铮一噎，脸有些红，须臾，愤愤地道：“我好心想帮你，你不但不领情，还拿这话来气我！算了，你不想我理，我不理就是了。”话落，他转身出了房门，气鼓鼓地走了。

谢芳华在屏风后看着他气鼓鼓地离去，忍不住笑出了声。

谢芳华换好衣服，走出房门，出了海棠苑，向前厅走去。

走了一半路的时候，侍书拦住谢芳华，对她低声道：“小姐，查出来了，永康侯府在半个时辰前请了孙太医前去，如今孙太医还没出来，燕小郡主便急急出了府，径直奔咱们府来了。”

谢芳华闻言颦眉：“请了孙太医，这么说是永康侯夫人抱恙了？”

“可能是。”侍书低声道，“您在平阳城救了八皇子的事儿，当时程公子、宋公子、王公子、郑公子等人都在，如今都回了京，将此事传扬开了，说您医术神奇，比太医院的孙太医有过之而无不及，尤其是上午林太妃特意送来了谢礼。恐怕是永康侯夫人身体极其不好，孙太医也束手无策，这燕小郡主才来请您了。”

谢芳华点点头，心想若不是性命之事，或者是胎儿不保，依着永康侯府和忠勇侯府的恩怨以及燕岚喜欢秦铮的心思，对方是说什么也不会来这里求她的。她向芝兰苑看了一眼，询问："哥哥如今在做什么？"

"世子上午送走了八皇子和那位嬷嬷之后，午睡了一会儿，知道王妃来了，便过去陪着舅老爷跟她一起叙话了。"侍书道。

谢芳华点头："你去将这件事儿与哥哥知会一声，若是燕岚真来请我去永康侯府，问问哥哥的打算。"

"是。"侍书立即应声去了。

谢芳华继续向前走去，不多时，来到了前厅。

燕岚没有进厅里等着，而是立在门口。她没带婢女，一个人来的，脸上挂着慌乱之色，见谢芳华出现，立即提着裙摆走了两步，忽然想起什么，又猛地顿住，抿着唇看着她。

谢芳华打量着燕岚，见她似乎比年初自己和李沐清在路上遇到她时又瘦了许多，可见家事繁多。谢芳华仿佛没看见燕岚僵硬的表情，走上前，对她微笑："燕小郡主怎么不进厅里坐？"

燕岚一时没说话。

谢芳华看着她，本来和她没什么交情，所以，她这副表情，谢芳华便也懒得应对了，直接问道："燕小郡主急急来寻我，可是有什么急事儿？"

燕岚看着谢芳华，她还是那么美，一如在除夕之日所见，尤其脸上退去了苍白，脸色红润，气色极好，更美了，怪不得能被哥哥念了多年，怪不得秦铮不顾和哥哥多年的兄弟情义，非她不娶。燕岚压下心底的不好受，鼓起勇气，对她道："我来找你，是求你一件事儿的。我娘要小产，孙太医说十有八九孩子是保不住了，我娘说若是保不住这个孩子，她也不活了，孙太医说八皇子被毒蝎子咬得那么严重，你都能救，也许你有办法。"

她用的是"求"字。

谢芳华看着燕岚，若不是性命攸关，燕岚是定然不会来求她的，她一时间没说话。

燕岚本来还怀疑谢芳华是不是真有绝高的医术，虽然这两日她救了八皇子的事迹被传扬得极广，京中几乎尽人皆知，但是她真有绝高的医术的话，怎么会由得自己病了那么多年？可是孙太医都没有办法救下母亲和母亲肚子里的孩子，她只能前来一试了。

这时见谢芳华不答话，燕岚紧紧地盯着她："若不是没有办法了，我不会来找你，你若是真有高明的医术，能救活我母亲和她肚子里的孩子，你提什么条件，有什么要求，我都答应你。"

谢芳华闻言淡淡一笑："燕小郡主口气不小，你觉得你能给我什么承诺作为交换？"

燕岚一噎，咬牙道："只要是我能办到的，你不妨说出来。"

"你能办到的……"谢芳华看着她，"你来这里，永康侯和夫人可知道？"

燕岚抿唇："我父亲知道。"

"你哥哥一直不喜范阳卢氏的婚约，你父母逼迫，他受不住，才远离京城。这笔账，却被永康侯府算到了忠勇侯府的身上。这件事情才过去没多久，燕小郡主没忘吧？"谢芳华漫不经心地问。

燕岚的眉心跳了跳："哥哥最后是从忠勇侯府离开的没错，但我父母确实不该怨忠勇侯府，毕竟忠勇侯府管不到我哥哥去哪里。"话落，她忍了忍，还是话锋一转，看着谢芳华，"可是你能说我哥哥离开和忠勇侯府和你一点儿关系也没有吗？"

谢芳华自然不能说燕亭离开和她一点儿关系都没有，尤其还是她暗中出手让言宸带了燕亭离开。她叹了口气："我不是神医，不过是这些年因为自身的病，找了许多医书来看，学了些土方子而已。"

燕岚见谢芳华没否认她最后一句话，面色稍霁，诚恳地道："只请你去看看，若是真能救了我娘，永康侯府和忠勇侯府过往恩怨，一笔勾销。"

"你说一笔勾销，但你是家中女儿，代表不了你的父母，也代表不了永康侯府。"谢芳华淡淡道，"恩怨什么的，忠勇侯府倒没多在意，诚然你哥哥离家有我的一半原因，但也不是我的错，不能将错算在我身上。"话落，她补充道，"他喜欢我，是他的事儿，不是吗？燕小郡主心里也不是没有喜欢的人，可以换位思考，将心比心，你喜欢的那人，也没有因你喜欢而犯错，是不是？"

燕岚面色一白，身子一震，不由得后退了一步，她看着谢芳华，却见谢芳华淡淡地瞅着她，眸子深不见底。她和卢雪莹一同喜欢秦铮，卢雪莹闹得满城风雨，她虽然没如卢雪莹一般，但是她喜欢秦铮的事儿也不是秘密，她张了张口："你……"

谢芳华慢慢地道："我已经因为燕亭的喜欢而深受其害，不想我的未婚夫将来有一日也因此深受其害。燕小郡主是聪明人，凡事不必我说得太透。"

燕岚顿时难堪地又后退了两步，一张脸呈现出霜白色。

"我可以随你去永康侯府一趟，但是我不是神医，不能保证能救你母亲。"谢芳华对她的神色视而不见，"燕小郡主，话说到这里，你还求我去永康侯府吗？"

燕岚的身子不由得哆嗦起来。她是永康侯府的小郡主，虽然不及皇宫里的公主和大长公主府的郡主们，但是在南秦京城，除了忠勇侯府外，就只有永康侯府是世袭勋贵，比寻常大臣之女自然高了一个层次。

她自小也是含着金汤匙长大，金尊玉贵，何曾受过这等当面的难堪。

她想发怒，可是想想母亲和母亲肚子里的孩子，再想想远离京城的哥哥，再想想她喜欢的秦铮，她忽然觉得，在谢芳华面前，自己低如尘埃，甚至连尘埃都不是……

那么多年来，京中的世家小姐们私下谈论谢芳华哪天会死，可是如今，她不仅好模好样的，且风光无限，名声一日比一日好。而永康侯府，从哥哥离开后，却是日日乌云罩顶。娘亲好不容易怀孕了，但日日小心谨慎，父亲培养哥哥多年，哪怕有一个未出生的孩子，也回不到过去的其乐融融了，她自从没寻到哥哥回府后，就在府中伺候她娘，也有多日没踏出府门了……

第一天踏出府门，就是来求谢芳华。

是的，求！

她从来没想过，有一天，秦铮会喜欢一个女子到恨不得宣扬得天下皆知的地步；也从来没想过，忠勇侯府和永康侯府恩怨纠缠到如此地步，她却要来求谢芳华。

她不由得闭上了眼睛。

谢芳华看着燕岚。永康侯夫人因为燕亭喜欢她，便处处针对她，燕亭被逼迫得离家出走，这笔账却算在了她和忠勇侯府身上。燕岚因为喜欢秦铮，加之她哥哥之事，也不好相与。若是这一次，永康侯府还不长教训，那么对忠勇侯府和她来说，必然是个麻烦。今日，既然燕岚前来，她虽不能趁机要挟，但也要让她们清楚以后什么该做、什么不该做。

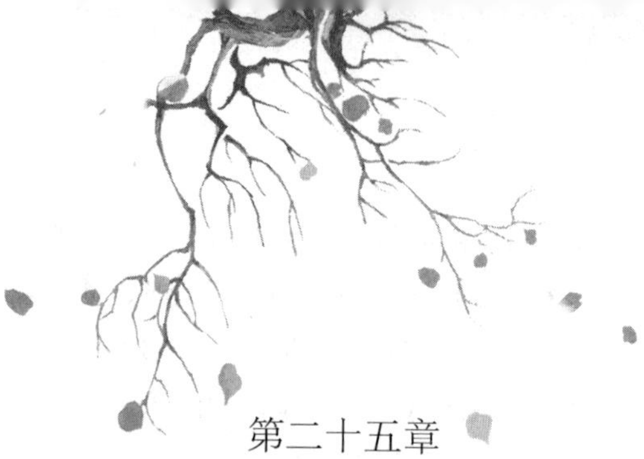

第二十五章
冒险救人

京　门　风　月

“妹妹。”不远处有脚步声传来。

谢芳华转过头，见谢墨含陪着英亲王妃从内院走了出来，她喊了一声：“王妃，哥哥。”

燕岚立即睁开了眼睛，见到英亲王妃竟然在忠勇侯府，顿时怔了一下，脸更白了。

“这不是燕小郡主吗？怎么来了忠勇侯府？”英亲王妃走上前，慈爱地笑看着燕岚，“你娘传出怀孕的消息后，我还没有去看过她，她身体可好？”

燕岚尽量让自己笑对着英亲王妃，可是无论怎样扯动嘴角，还是笑不出来，她摇摇头，只能将实话说了出来：“我娘身体不好，如今又动了胎气，刚刚请了孙太医……”

英亲王妃惊了一下：“怎么会动了胎气？孙太医怎么说？她可没事儿？”

燕岚摇摇头，看了谢芳华一眼，将今日的来意说了。

英亲王妃听罢，脸上的笑意顿时收了，看向谢芳华：“华丫头，你的医术行吗？”

“我也不知道行不行，燕小郡主是听说我救了八皇子，来找我一试。”谢芳华道。

“这可不是小事儿。”英亲王妃看着燕岚。

“这京城里最有名望的太医也就是孙太医了，连孙太医都说只能过来找芳华小姐一试，我实在没办法了。”话落，燕岚又看向谢芳华，回答了她早先的话，“无论如何，都要请你去试一试！”话落，她抿唇，似乎用尽所有的力气道，“你说的话我都会记得的！”

谢墨含闻言看向谢芳华。

谢芳华对他点点头：“那我就去试试吧，哥哥说呢？”

“既然这样，妹妹就去看看吧。”谢墨含想了一下，开口道，“燕亭兄和我自小有交情，虽然他如今离开了，永康侯府把那笔恩怨记到我们忠勇侯府头上，但是忠勇侯府也不能因此对夫人见死不救。不管妹妹能不能救，去试试，毕竟是两条性命。”

燕岚顿时感激地看着谢墨含。

谢墨含不看她，而是看着谢芳华：“我正好无事儿，陪妹妹前去。”

“你去了也不能帮忙，这样吧，我才是无事儿的那个人，我也多日没见永康侯夫人了，我陪华丫头去一趟，顺带看看。”英亲王妃道。

谢墨含想着虽然忠勇侯府有理由见死不救，但到底失了品德，若是传扬出去，于家族名声有损，救的话，他又拿不准永康侯夫人若是救不了，对方会不会冤枉谢芳华，不过，他即便去了，也不能靠近永康侯夫人，英亲王妃陪着去正好，便点点头：“那就劳烦王妃了。”

“走吧。”英亲王妃对谢芳华和燕岚道。

谢芳华点点头。

燕岚看了谢芳华一眼，压下心中的所有情绪。

三人一起出了忠勇侯府。

三人刚离开，秦铮从内院一棵树上跳了下来。

谢墨含听到动静，转头看去，只见秦铮喜滋滋地瞅着忠勇侯府门口的方向，一脸春光。

谢墨含挑眉，刚想问他怎么又来了府里，但是想想秦铮自从和谢芳华定亲，来府里如家常便饭，如走自己家一般，来去自如，以前护卫、守门的小厮、丫鬟、婆子看到他还惊奇，如今忠勇侯府内的人无论什么时候见到他都不觉得稀奇了。他只能改口道：“什么好事儿让你这么开心？”

秦铮拍拍身上的树叶，走过来，大约是心情太好，他凑近谢墨含，有几分炫耀地道：“我如今可以肯定，华儿的心里有我了。”

谢墨含听了不太舒服，自己的妹妹，哪容得秦铮如此炫耀，于是哼了一声。

秦铮仿佛没看到他不满，学着谢芳华的样子，将那句“我已经因为燕亭的喜欢而深受其害，不想我的未婚夫将来有一日也因此深受其害。燕小郡主是聪明人，凡事不必我说得太透”对谢墨含复述了一遍。

谢墨含一怔，明显表现出怀疑：“这是我妹妹说的话？”按理，谢芳华不会说出这样的话。这明摆着是警告燕岚，让她将对秦铮的想法尽快抛掉。

秦铮得意扬扬地道：“你认识我多久了？我口中还说假话不成？自然是华儿说的。”

谢墨含见秦铮背着手，得意扬扬，仿佛天上的太阳都是他一个人的，那样子实在刺眼，想着秦铮口里的确没有虚言，谢芳华应该是说了，他有些气闷："你尾巴都翘到天上了！就算我妹妹心里逐渐有你又如何？她也是我妹妹，血缘亲情，也不是心里有你就比得了的。"

这话可谓是负气比较之言，打击起秦铮来可谓不留余地。

秦铮一噎。

谢墨含不想再看到他，对他摆摆手："不送了！"转身往内院走去。

秦铮看着他，好心情就那么没了，冷哼一声："将来我们大婚，有了孩子，我们俩能有一个共同血缘的孩子，你说比得你不？"

谢墨含的脚步猛地顿时。

秦铮看着他，忽然哈哈大笑起来："子归兄，你还有何话说？"

谢墨含的眉心跳了跳，回头，脸色发青："秦铮，你现在还没娶我妹妹呢！"

秦铮还想再反驳两句，但见谢墨含真的气得够呛，想想大舅兄不能得罪，不能再往他心上泼冷水了，毕竟是人家的亲妹妹，走了多年，不只自己惦记着，他这个当哥哥的也日夜想着。况且，虽然老侯爷喜欢他，但若是谢墨含这个当哥哥的背后下点儿绊子，他也不会好过，尤其还有个秦钰虎视眈眈。

秦铮咳嗽了一声，三两步走到谢墨含近前，勾住他的肩膀，哥俩好地道："子归兄气什么？华儿从那里回来后，一直冷冷清清的，如今她喜欢上我，你该高兴嘛。好兄弟，她永远是你的妹妹，这可是改变不了的事实。"

谢墨含偏头看了秦铮一眼，不买账地甩开他的胳膊。

秦铮顺势在另一边勾住他肩膀："如今天色不早了，李沐清在来福楼请客，你知道吧？走吧，咱们俩一起去！哥儿几个好久没热闹了。"

谢墨含冷哼一声："不去！"

"哎，你若是不去，我定然也不去了，华儿去永康侯府，我总觉得不放心，那我去找华儿了。"秦铮佯装放开手，扭头就要去追谢芳华和英亲王妃，"反正我娘也去了，我也跟着去看看。"

谢墨含闻言一把拉住他："我妹妹定然不想你去，你别去添乱了。"

"那我们去来福楼？"秦铮看着他。

谢墨含虽然知道他拿人软肋的本事，但也无可奈何，点点头："嗯。"

"那走吧。"秦铮顿时笑了，重新勾住他的肩膀。

谢墨含又气又笑，这样的秦铮，比以前眼高于顶不知道改了多少，迂回筹谋，自己妹妹自然不是他的对手。谢墨含不由得叹息一声，又是欣慰，又觉得他让人着恼。

二人一起出了忠勇侯府。

谢芳华自然不知道，秦铮当时虽然气鼓鼓地走了，但并没有出忠勇侯府，而是躲在暗处偷听她和燕岚的谈话，更不知道他得意扬扬地拿到谢墨含面前显摆，把谢墨含气了个可以，她只想着，不知道她的医术，能不能保住永康侯夫人肚子里的孩子。

燕亭走后，永康侯夫人肚子里的这个孩子就是她的命根子了。

谢芳华觉得燕岚没说假话，若是这个孩子保不住，永康侯夫人受不住打击，也许真的会一命呜呼。

一路上，三人都没说话。

一路也无事儿，很快便来到了永康侯府。

谢芳华这是第一次来永康侯府。燕岚先跳下马车，有一个老管家模样的老者守着门口，见燕岚回来了，立即上前，急急地道："郡主，您请来人了吗？老爷催了好几次了！"

"请来了。"燕岚看向身后。

谢芳华扶着英亲王妃一起下了马车，看起来，两人的相处和睦自然，不知道的人恐怕会以为是母女，可见英亲王妃是真的喜欢谢芳华，燕岚心里极其不是滋味，但此时也想不了那么多了。

"王妃？"老管家此时也见到了人，没想到英亲王妃也跟来了，惊了一下，连忙见礼，然后又对谢芳华深深地行了一礼，求道，"芳华小姐，您快去救救我家夫人吧！"

"带路。"谢芳华道。

老管家连连点头，前头带路，向里面走去。

谢芳华自然是无心观看永康侯府内的景色，只大致扫了一眼府中布局，永康侯府是世袭勋贵，一直得皇上扶持厚待，虽然不及忠勇侯府，但在奢华上丝毫不逊。

来到一处主院，老管家进里面通报了一声。

永康侯从里面疾步走了出来，见到英亲王妃和谢芳华一起来了，他一怔。

"我不放心，陪着华丫头过来看看。她的医术是这些年因为自己的病看医书钻研出来的，算不得神医。既然太医院的孙太医都不能救，燕小郡主偏又去请她，她若不来一趟，传扬出去，就是见死不救；来了呢，我又怕这孩子实心眼儿，不能救还要出手，你家最后会怨上她。"英亲王妃一番话，说得是黑白分明。

这话虽不中听，永康侯闻言却不能说什么，毕竟他舍不下老脸去忠勇侯府求人，偏偏孙太医说若说还有一个人能救永康侯夫人，放眼这南秦京城，也许就只有忠勇侯府的小姐了，燕岚说去，他也只能让女儿去了，如今英亲王妃显然是陪着谢芳华来做个见证，生怕永康侯府因此再翻脸。他点点头，咬牙道："芳华小姐能救了夫人最好，救不了，能来这一趟，永康侯府也记着这份人情。"

谢芳华不想废话什么，点点头。

有人立即挑开门帘，请谢芳华和英亲王妃进入。

谢芳华迈过门槛，一眼便看到了躺在外堂榻上的永康侯夫人。

按理说，燕亭离开，加上查出怀有身孕，折腾之下，她就算不瘦，也不该胖得几乎让人辨认不出才是，可如今这个躺在床上，肥胖得让人辨不出人形的女人，若不是在皇宫里和玉女河画舫上那两面的印象太深刻，谢芳华都不敢相信，这是永康侯夫人。

她躺着的地方已经有一大片血流出来，湿了衣裙，一张脸白如纸，但看得出还在咬牙挺着。

谢芳华的脚步顿了一下，随即若无其事地抬脚走了进去。

外堂除了榻上躺着的永康侯夫人，还坐着孙太医，另外立着两个婆子和两个婢女，显然都是永康侯夫人贴身伺候的人。

见谢芳华来了，孙太医站起身，对谢芳华和跟着她进来的英亲王妃一礼。

“孙太医，你怎么也人云亦云地听信传言让燕小郡主去请华丫头？你的医术在这南秦京城是出了名的，你都医治不了，这不是将我未来的儿媳妇儿推出来给你做挡箭牌吗？有你这样的？”英亲王妃抢先发难。

孙太医连忙拱手，额头上有汗溢出来，急忙辩解：“昨日，老夫被太妃召进宫里给八皇子看诊，发现八皇子的余毒清得差不多了。老夫听说八皇子被毒蝎子咬后，是忠勇侯府的芳华小姐给救的，那毒蝎子实在厉害，老臣只看八皇子那旧伤口，便知道，老夫当时就算在平阳城，恐怕也寻不出好办法，八皇子定然性命堪忧，还是芳华小姐的医术高出老夫一筹。今日永康侯夫人情况危险，保住大人老夫能做到，保住孩子，老夫的医术就做不到了，只能想到芳华小姐，故而建议请来一试，老夫也不是无的放矢。”

英亲王妃哼了一声：“若是华丫头的医术也救不了，这中间的干系，你得担着！”

孙太医直冒冷汗，就冲永康侯夫人被诊出怀孕后，永康侯府上下将她和肚子里的孩子当成佛祖似的，若出了事儿，这干系太大，他一个太医也担不住啊！不过芳华小姐是他拖进来的，他就算想说个“不”字，这位王妃明显是护着未来儿媳妇儿的，应该是怎么也不会干的，他只能艰难地点头。

英亲王妃见孙太医点头，这才放过了他。

永康侯和燕岚跟在英亲王妃和谢芳华身后进来，闻言自然都说不出什么，二人心里都拿不准谢芳华的医术救不救得了，就算能救，她会不会真去救，只能抱着试一试的想法祈祷。

永康侯夫人见谢芳华来了，本来紧闭着的眼睛睁开了，看着她。

她的一双眼睛乍然睁开，配合她异常臃肿的脸，有些骇人。

谢芳华站在榻边，停住脚步看着她。

永康侯夫人只看了她一眼，便伸手抓住她，艰难又恐慌地道：“谢芳华，你把我的一个儿子弄走了，你救救我肚子里的这个儿子！”

谢芳华蹙了蹙眉，却任她抓住手，也没躲开。

英亲王妃闻言不满，走上前来："梅茹，你说的这是什么话？华丫头懂些医术，能救他自然会救，但什么叫作把你的一个儿子弄走了？没想到到现在你还不知反省！你儿子是人，有脑子，长着腿，你将他当作什么了？"

永康侯夫人好像已经失去了理智，仿佛没听见英亲王妃的话，只盯着谢芳华："你快救救我儿子，只要你救了我儿子，我就——"

"夫人！"永康侯打断她的话，生怕她这时候会不管不顾地答应谢芳华什么，只道，"你快松开芳华小姐！她既然来了，就是来救你的，你抓住她的手，让她怎么救你？"

永康侯夫人被丈夫打断话，找回了一线神志，闭了嘴，放开了谢芳华。

谢芳华伸手给她号脉。

外堂内，众人都屏息凝神，孙太医靠前几步，仔细地看着谢芳华的一举一动。

过了片刻，谢芳华放开了手，对上众人看向她的视线，果断地对永康侯道："我只有五成把握。"

永康侯立即问："怎么说？"

"也就是说，有五成把握能救夫人和她肚子里的孩子，还有五成不但不能救，弄不好的话，还会一尸两命。"谢芳华冷静地道，"侯爷选择吧，是大小一起保，还是说，只保孩子。要是只保孩子的话，我相信，不用我出手，孙太医就能保了。"

永康侯能在朝堂屹立大半生，自然不是傻子，一下子就听明白了谢芳华的话：比孙太医只有一分把握，谢芳华是有五分把握，但是这五分把握可是有一半一起要了母子性命的可能，他一时间脸色煞白，不知道如何选择。

燕岚也着急地道："只有五成吗？不能更稳妥点儿吗？"

谢芳华摇摇头："只有五成。而且她的情况太危险，必须立即决定，再拖下去，就连五成也没了。"

"还是按保守的方案来吧，留得青山在不愁没柴烧，这么执拗做什么？你们有儿有女的，也不差这一个孩子。"英亲王妃闻言劝说永康侯。

永康侯没说话，看着他夫人。

"不行，我就要这个孩子！燕亭那个没良心的说扔下我就扔下我了，若是这个孩子保不住，我也不活了！"永康侯夫人嚷起来。

"你怎么就知道你肚子里怀的一定是儿子？"英亲王妃觉得实在不可理喻，"你这执念太深了。你就不想想，燕小子是一时想不开，去外面转转，指不定哪天就回来了。"

"我怀的一定是儿子！就是儿子！"永康侯夫人情绪激动起来，"侯爷，救的话，我们母子一块儿救；死的话，我们母子一块儿死，我认了！”

英亲王妃闻言不再说话。永康侯夫人一直强势，没想到在这关系性命之事上也是如此强硬，宁愿死也要如此，她实在不知道该说什么了。

“娘，哥哥会回来的，而且您还有我啊！您要去了，我怎么办？”燕岚哭了起来。

“你快嫁人了，到时候让你父亲给你好好选一门亲事。嫁了人你就不是永康侯府的人了，你有公婆，有夫君，用不着娘。娘已经没了你哥哥，不能再没有你弟弟。”永康侯夫人又伸手去抓谢芳华，“就按照你说的，要活我们母子一块儿活，要死我们母子一块儿死。”

谢芳华这次躲开了，看向永康侯。

永康侯闭了闭眼，对谢芳华道：“听她的吧。”

这段时间，永康侯似乎老了不止十岁，明明他比英亲王还小些，如今看上去却没有英亲王年轻了。

“谢芳华，我保证，我永远不跟你抢秦铮，若是跟你抢秦铮，我就被天打五雷轰，你一定要救我娘亲和……”燕岚哭得说不出后面的话来。

英亲王妃的眉梢顿时拧了一下，看着燕岚，开口训斥道：“燕小郡主，你这是什么话？你也是大家闺秀，知书守礼的女子，华丫头本事在这里，能救她自然救，你扯铮儿做什么？”

这屋中不止一个人，除了孙太医，还有丫鬟婆子，屋外也有粗使的婆子，若是永康侯夫人真没救过来，难道还要怪谢芳华因为燕岚喜欢秦铮而故意的不成？

她一时间觉得真是有气，永康侯府乌烟瘴气，永康侯府一家子都是混账，本以为燕岚还知事些，如今可见也是个不懂事的主儿。幸好她儿子喜欢谢芳华，没有喜欢燕岚和卢雪莹这两个闹腾的人，否则她也得怄死。

谢芳华的脸色也不太好看，但她还是沉静地看着燕岚，声音淡漠：“燕小郡主，我今日既然来，就不是以忠勇侯府小姐的身份，而是以一个医者的身份。医者父母心，我说有五成把握，就不藏着一成。用不着你起什么誓，我的未婚夫也不是谁想抢就能抢走的，哪怕没有你的事儿、你家的事儿，他也是我未婚夫，用不着扯他出来起誓。”

燕岚实在是心里太难受了，生怕永康侯夫人真一尸两命，加上谢芳华早先隐晦的警告，使得她心里一直以来绷着的弦断了，才说出了这句话。说出来后，英亲王妃一恼怒，她立即清醒了些，再听到谢芳华的话，她顿时觉得没脸，可又反驳不了什么，只能哭得更厉害了。

谢芳华不再看她，伸手入怀，掏出一个玉瓶，倒出三颗药丸，对永康侯道：“我再问一次，侯爷可想好了？只要我出手，定然尽力，但是能不能救活两个人，生死有命。”

永康侯还算清醒，点点头，客气了几分："芳华小姐尽管出手吧。"

英亲王妃转过身，找了一把椅子自己坐了下来，对孙太医道："孙太医，你做个见证！"

"是，老夫做证！"孙太医后背上已经浸了一层汗，他在太医院半生，见过病人无数，也没见过永康侯夫人这样的。

他想着，这件事儿之后，他真该告老了。不，前几天，听音姑娘猝死之后，他就该告老了。

他给听音姑娘看过好几次诊，暗中不知道被人盘问了多少次，前两天，皇上也特意询问了听音姑娘的死，他实在是有些扛不住这南秦京中明里暗里的这些事儿了。

谢芳华见永康侯点头，便掰开永康侯夫人的嘴，将三颗药丸都塞进了她的嘴里。

永康侯夫人见到药就跟见到救命稻草一般，很快就吞了下去，可见其决心。

"过来两个有力气的人，按住她的胳膊和腿，不管她一会儿怎么喊，都不准放开她。"谢芳华又吩咐。

永康侯一摆手，两个婆子和两个婢女立即上前，按住了永康侯夫人的胳膊和腿。

谢芳华又道："笔墨纸砚伺候，我开一服药，立即让厨房煎了。"

永康侯立即对那两个婢女吩咐："听见没有？快！"

那两个婢女立即走到不远处的桌前，一个铺纸，一个研墨。

谢芳华走过去，提笔开方子。

孙太医立即凑近去看。

英亲王妃正好坐在桌前，也探头去看。

一般闺阁女子的字都端正、温婉、秀美，不过大都柔若无骨，谢芳华的字却恰恰相反，有筋有骨。

"真是好字！"英亲王妃看着叫好。

孙太医在注意用了哪些药的同时，也对谢芳华的字一见惊艳。

永康侯也凑上来看。虽然他因为自己的夫人几乎急白了头发，生怕她出事儿，但看到这样的字，也不得不赞一声好，自己的女儿也长期练字，与谢芳华的字比起来，却是差远了。

不多时，谢芳华开好了一张方子，递给永康侯。

永康侯立即吩咐人去煎药。

燕岚此时抹了眼泪，接过药方子："父亲，我去盯着。"

永康侯点点头，将药方子递给了她。

这时，榻上的永康侯夫人忽然嘶声尖叫起来，样子十分痛苦，正如谢芳华之前所言，她的胳膊和腿开始乱动，若不是两个婆子按着，她几乎就要滚到地上了。

"你刚刚给她吃的是什么药？"永康侯看着心惊，但又没法上前去帮忙。

谢芳华看了他一眼，淡淡道："侯爷不懂医书，我说什么你也不会晓得。煎药一般需要半个时辰，夫人也会叫半个时辰，我去外面等着。"话落，她问英亲王妃，"您出去吗？"

"走吧。"英亲王妃也实在不想在屋子里待着看永康侯夫人如被杀的猪一般的样子。

永康侯一噎，只能看着两人出了房门。

孙太医立即跟了出去。

这是永康侯夫人的主院，院中有藤椅，春日里阳光好，显然她时常出来晒太阳。

谢芳华和英亲王妃出了房门之后自然不能离开，便坐在了院中的藤椅上。

孙太医走过来，坐在一旁的木凳上，抹着汗诚心诚意地向谢芳华请教："老夫也想知道那三颗药是什么。"

谢芳华抬头看了孙太医一眼，想起她为听音时，他没少被秦铮折腾，便道："一颗保命的，一颗止血的，一颗是缩骨的。"

孙太医一愣。这保命的他懂些，一般是命悬一线时，能吊着一口阳气不让其散了的药。止血的他也懂，若是孕妇出血这么继续下去，那可就完了。但是这缩骨的可是和孕妇没多大干系啊！他疑惑不解，当即问了出来。

谢芳华知道孙太医对医术的钻研几乎到了沉迷的地步，她解释道："她太胖了，可见自从怀孕就无节制地吃补品，除了肚子里还没成型的孩子，剩下的恐怕都是肥肉和水，太虚了。这些虚的东西必须除去，这种药里有能抽去这些的成分。"

孙太医闻言懂了，顿时惊骇地道："侯爷夫人这样的身子，老夫刚来的时候也想过怎么办，但是没想过要用这类药，这实在是太危险了，一个不好，就什么都抽去了！"

"是啊，正因为危险，所以才说一尸两命，只有五成把握。"谢芳华道。

孙太医住了嘴，若不是太危险，他也不会束手无策。他不得不承认，谢芳华能想到用这个办法，医术的确已经高出他一筹了。

屋外三人不再说话，屋内永康侯夫人的尖叫一声比一声凄厉。

过了片刻，永康侯似乎也受不住，走了出来。

大约半个时辰后，屋内有人喊："哎呀，不好了，夫人不流血，流血水了！"

永康侯立即走了进去。

谢芳华坐着没动，轻声道："不要大惊小怪！流血水是好事儿，不流才是坏事儿。"

"对，这是好事儿！"孙太医连忙道。

屋内那喊的人闻言没声了，永康侯夫人的叫声依旧不断地传出，但是嗓子已经哑了。

不多时，燕岚带着人匆匆端了一大碗汤药过来。

谢芳华见了，站起身，对她道："端进去，立即给她喝下。"

燕岚连忙走了进去。

谢芳华跟着走了进去，英亲王妃、孙太医也起身，一起跟着进了屋。

永康侯夫人躺着的榻上已经湿透了，地上一大摊血水，她整个人比先前小了一圈，对比早先她胖得不成人形的模样，任谁见了都得心惊。

燕岚差点儿扔了药碗，永康侯骇得说不出话来。

谢芳华见了却松了一口气。

燕岚将一碗药端到永康侯夫人近前，扶着她，将一碗药给她喂了下去。

永康侯夫人尽管已经被折腾得几乎没了力气，眼神却是坚毅的。

这般要强的性子，谢芳华也不禁对她佩服起来，不是哪个女人都能这般豁得出去的。怪不得燕亭这么多年来连反抗也不能，最后只能走了。

一碗药下肚，永康侯夫人终于不再折腾，安静了下来。

谢芳华看了她片刻，对那两个已经满头大汗的婆子道："放开她吧。"

那两个婆子擦着汗放开了永康侯夫人，退开了。

谢芳华对永康侯道："再等半个时辰，若是不再流血，不再流血水，她的身体不再缩小，一切都如现在这般，那大人和孩子就是保住了。一旦有一样不对，那么就是大罗金仙来了，也回天无力，只能准备棺材了。"

永康侯紧张地点点头，说不出一句话来，枉他纵横朝堂大半生，也没今日受的惊吓大。

谢芳华和英亲王妃又走了出去。

永康侯、燕岚、孙太医则留在了房内。

坐到院中的藤椅上，英亲王妃低声问谢芳华："华丫头，不会有事儿了吧？"

"说不准，看她的命大不大了，我是真的只有五成把握。不过永康侯夫人的坚毅也是女子中罕见的，若换个柔弱女子，我也就一成把握。"谢芳华道。

英亲王妃叹了口气："这么多年来，知道她要强，却没想到要强成这副样子，对自己都如此心狠，也怪不得燕亭会离家出走了。"

谢芳华沉默不语。

英亲王妃拍拍她的手："救了她也好，以后永康侯府就再也不敢在你和忠勇侯府面前一直揪着燕亭的事儿了，也不敢再轻易得罪忠勇侯府了。"

谢芳华点点头，这意思她明白，正因为皇帝和忠勇侯府的拉锯之战迫在眉睫，而永康侯府这座一直被皇帝扶持的府邸有着关键的作用，她才来冒险一试。哪怕不能将永康侯拉去忠勇侯府的阵营，也能牵制住他不背后帮着皇上出手，就算出手，总要有所顾忌。

人就怕弱点外露，永康侯府目前的弱点，就是这一对母子了。

如今皇帝应该也得到这边的讯息了，京中各大府邸的举动还是瞒不过宫里。

“还在流血水！”燕岚走了出来，脸色惨白地看着谢芳华。

“还没到半个时辰，急什么。”谢芳华看了燕岚一眼。她以前一直觉得做忠勇侯府的女儿难，但今日看了永康侯夫人这副样子，她才觉得，家家有本难念的经，做永康侯夫人的女儿也不易。

燕岚不再说话。

大约过了半个时辰，里屋传来孙太医颇带喜悦的声音：“真的救活了！恭喜侯爷，母子平安！芳华小姐真是神医！”

永康侯大喜：“真的没事儿了？母子平安了？”

“老夫看是没事儿了，请芳华小姐进来看看吧。”孙太医道。

谢芳华进了屋，给永康侯夫人把了脉，点点头：“没事儿了，母子平安。以后夫人的膳食一定要有度，不要虚补太过。还有，夫人身体太虚，需要卧床半个月才能走动，再不能有丝毫闪失。否则，再来一次，也不用再去请我或者孙太医或者任何一位大夫了。”

永康侯夫人闻言喜极而泣，连连点头。

“我一直告诉你，大补也不是啥好事儿，你就是不听，恨不得好东西都吃进肚子里！”永康侯责怪了一句，但也不忍说重了，“这次幸亏你命大。”

英亲王妃听不过去，出言道：“是华丫头医术好！梅茹这回好好养着吧。陪着你折腾了一场，连我都心累。”

“是，是，多亏了芳华小姐的医术！”永康侯连忙补充。

“既然人没事儿了，我们就回去了。”英亲王妃不想再待，拉着谢芳华往外走。

谢芳华自然没有再待的必要，随着英气王妃往外走。

孙太医自然也不用再待了，提着根本没用到的药箱跟着二人往外走。

永康侯连忙嘱咐婆子看好他夫人，用眼神示意燕岚和他一起送三人出府。

永康侯夫人身体没事儿，永康侯府头顶上压着的乌云也散了去，院外一直大气也不敢出一声的婆子、丫鬟、小斯等都挂上了笑脸。

一路上，永康侯也不知道说什么，示意燕岚开口说几句话。

燕岚只能对谢芳华道谢：“多谢你救回了我娘母子的命！”

这是她没想到的，没想到谢芳华真的毫无芥蒂地出手救了她娘和肚子里的孩子。她去忠勇侯府请人，是实在没办法了，抱着试试的态度，谢芳华来了之后，她也总觉得，虽然对方说有五成把握，但不会真的尽力救人的。

如今看来，是她小人之心度君子之腹了。

她想起秦铮，心下一痛，怪不得秦铮喜欢谢芳华，还喜欢得那么深，如今看来，她的确比不上。

“不用谢，侯爷和燕小郡主记着这份交情就行了。”谢芳华淡淡地道，“别有朝一日我和忠勇侯府求到永康侯府头上，永康侯府却恩将仇报。”

如今夫人无恙，永康侯朝堂上的聪明又回来了，闻言一惊。

燕岚一个闺中女儿自然考虑不到那么多，立即道：“一定记着，不敢忘了你和忠勇侯府救我娘的恩情！”话落，她补充道，“辛苦王妃也来这一趟了。”

谢芳华回头看了永康侯一眼，又转过头去。

永康侯只觉得谢芳华这一眼实在是让他的心发凉，他的步子都因此乱了。

英亲王妃笑着道：“我没做什么，不过是陪着华丫头来了一趟，辛苦是有，但谢就不必了。”话落，她也回头看了永康侯一眼，意味深长地道，“华丫头是我家小子认定的媳妇儿，也就是我认定的，这以后呢，也不会改了。皇上虽然说是三年后大婚，但我家小子和我可都等不及了。”

永康侯一惊，看着英亲王妃，这是要不顾皇上……提前大婚的意思？

“华丫头也不是挟恩图报的主儿，只是希望侯爷以后凡事都看明白些。”英亲王妃笑着道，“毕竟梅茹怀孕才开始，哪就说得准以后用不着华丫头了？再说，就算孩子生下来，有个头疼脑热的，也要请人看诊不是吗？保不准，这以后啊，来往还长着呢。”

永康侯面色一变。

谢芳华的嘴角露出笑意，姜还是老的辣，英亲王妃这是要将永康侯府的弱点拴在她身上。

燕岚听着，虽然不太懂，但隐约也明白了些，看着英亲王妃和谢芳华如亲母女一般，一时说不出话来，她从来没见过哪家的婆媳会这么好。

永康侯屹立朝堂大半生，自然明白英亲王妃这一番话的意思。

正因为明白，他的心头才凉了又凉，寒了又寒，忽然觉得永康侯府前程堪忧。本来的狂喜悉数散了去，他望着谢芳华和英亲王妃乘坐的马车离开，久久地站在门口，挪不动脚步。

燕岚经历了这么多事儿，也不是早先不知愁滋味的闺阁女子了，虽然眼界、心思还没有那么扩大，到底也明白几分，心也跟着永康侯一起凉了凉，同样没有立即进去。

过了片刻，永康侯深深地叹了口气：“都怪你娘。”

燕岚心下不忍永康侯回去再责怪她娘，毕竟费了这么大一番力气好不容易把人救回来了，不能因为他的责怪再出事儿，她低声道：“爹，您回去可不能怪我娘，她如今好不容易救回来。”

“我也不敢怪她，只是你听听英亲王妃这话，实在是让人不踏实。”永康侯无奈地点头，如今跟他说得上话的人也就这一个女儿了。

“要女儿说，爹爹也不必落下心思，英亲王府总归是夹在皇上和忠勇侯府中间的，论起来，该比咱们永康侯府难——英亲王府毕竟是宗室，都姓秦。您呢，目前好好顾着我娘和她肚子里的孩子就行了。”燕岚低声给永康侯出主意。

“只能如此走一步看一步了。”永康侯颔首，看着女儿，有些欣慰，“幸好这个家里还有你在。”

“哥哥会回来的。”燕岚道。

永康侯冷哼一声，气怒交加：“都是因为他！他既然走了，就别再给我回来了！”

“爹，您怎么跟我娘一样？这件事情，说白了，固然是因为我娘性子刚硬，但也有您纵容的原因，才使得她如今更是由着性子来。哥哥不喜欢卢雪妍，我们永康侯府为什么非要和范阳卢氏结亲？退了亲事就是了，非将我哥哥逼走。女儿以前不敢说您和我娘，如今却不得不说了。要女儿嫁一个不喜欢的人，女儿也不愿意。再说，当初您和我娘可是互相中意才娶嫁的啊！”燕岚毕竟自小和燕亭感情深厚，实在不想哥哥一辈子真不回来。

永康侯闻言无言了片刻，摆摆手：“你不懂，我们家十几年前欠了左相和范阳卢氏一个大人情，这才定下了你哥哥的亲事，怎么能说退就退？”

“那如今怎么办？前些日子卢雪妍还来咱们家，如今也不来了，看来范阳卢氏因为哥哥执意不娶还离家出走丢了面子，这门亲事恐怕也不成了。”燕岚虽然不知道欠了左相和范阳卢氏什么人情，但隐约知道是不能退婚的事儿，若是能退婚，娘亲疼哥哥，也不会一味逼他。

“那也不能咱们先退。”永康侯道，“你哥哥离开后，实在寻不到他，我去左相府和范阳卢氏登门赔罪时，说若是范阳卢氏愿意等你哥哥回来，这门亲事还继续，聘礼自然少不了，左相和范阳卢氏也没说一定等，只说这件事儿先缓缓，容后再议。如今等着吧。”

“我看卢雪妍自从见了右相府的李公子之后心神不属，似乎有意于他，左相和范阳卢氏未必没有察觉。若是他们自动取消了这桩婚事，是不是咱们就不必逼迫哥哥了？”燕岚低声道。

永康侯一惊：“竟有这事儿？她有意于李沐清？”

燕岚点点头。

永康侯寻思片刻，缓缓颔首：“左相和范阳卢氏先退婚的话，自然不必逼着你哥哥娶了。”顿了顿，他有些忧愁地道，“只是和左相以及范阳卢氏的情分，怕是也会自此断了，于我们永康侯府，不是好事儿。”

燕岚闻言不解，悄声道："爹，您告诉我，是不是咱们家有把柄握在左相和范阳卢氏手中？"

永康侯面色一变，四下看了一眼，见无人跟着他们，才对燕岚警告道："不准胡说！"

燕岚见永康侯的样子，就知道自己猜对了，默默地叹了口气。

父女二人打住话头，一起回到了永康侯夫人的住处。

第二十六章

思你成狂

永康侯夫人贴身伺候的丫鬟婆子已经将她的床褥、衣裙等物都换成了新的、干松的，地面的血水也都已经清扫干净。永康侯夫人大约是折腾得累了，短短工夫已经睡着了。

看着小了一圈的永康侯夫人恢复了怀孕前的模样，永康侯感叹之下，对她贴身伺候的大丫鬟和婆子嘱咐：“一定要注意夫人的饮食，不准她再暴饮暴食。”

丫鬟婆子小心地应是。

“爹，我觉得应该给娘安排每日的药膳，规定她吃什么、吃多少，那些需要忌口的都谨守。有了规范，娘再注意些，就不会再出事儿了。”燕岚建议道，“我娘不能再出事儿了。”

“嗯，你说得有理。”永康侯点头，“可惜孙太医也离开了，否则就可以找他要一份药膳。不过离开也不怕，孙太医虽然没帮上忙，但也是因为他才请来谢芳华，明日派人备一份礼给孙太医送去，顺便求张药膳方子，他应该会给。”

“爹，给孙太医备礼可以，但是女儿觉得，只派人送一份礼就够了，求药膳方子就别劳烦孙太医了，明日我带着礼去忠勇侯府，请谢芳华给一张药膳方子吧，毕竟她给的更妥当。”燕岚道，“既然已经用了一次，正如英亲王妃所说，以后的日子长着呢。”

永康侯闻言摆摆手：“也罢。”顿了顿，他又无奈地道，“明日见到谢世子，我再对谢世子道一声谢吧。”

燕岚点头，知道这是永康侯府和忠勇侯府恢复来往的意思。

父女二人话音刚落，外面便有老管家禀告：“侯爷，宫里的吴公公来了，说奉了皇上的命令，带了一堆药材来给夫人，顺便问问夫人的情况。”

永康侯一惊，连忙走出房门，问老管家：“只是问问夫人的情况吗？吴公公可还说了别的？”

老管家摇摇头：“没说别的。老奴将吴公公请去前厅喝茶后便来禀告您了。”

“我去见见他。”永康侯抬脚向外走去，心里却想着，永康侯府的情况岂能瞒得住皇上，皇上此举不知道是何意？是来敲打他，还是……

他一时心下如十五个吊桶打水——七上八下，拿不准皇上的想法。

燕岚则留下来陪着已经睡着的永康侯夫人，心里却想着，卢雪莹喜欢秦铮，却落了个要嫁给秦浩的下场；李如碧喜欢秦铮，据父亲前些日子隐约透露的消息，险些落个名声扫地的下场；而她喜欢秦铮，如今却得求着谢芳华救她娘，最后恨不得发誓……

以后，还是不喜欢了吧，求不得，她也不求了。

这一刻，她终于明白了哥哥为何离家远走，远远地避开，不见秦铮和谢芳华，心里才会好受些。

英亲王妃和谢芳华上了车后，英亲王妃叹了口气：“华丫头，幸好你今日将人救活了，否则啊，忠勇侯府和永康侯府这结就系死了。”

谢芳华淡淡一笑：“只要永康侯府以后行事顾忌两分就成，也不求他旁的。”

“正是这个理儿，毕竟皇上钳制永康侯府更多。”英亲王妃道，“南秦建朝后，很多勋贵大族都没落了，但是永康侯府一直存在着，这和皇室的扶持是分不开的。”

谢芳华点点头，这些事情她都明白，永康侯夫人这么要强，这个弱点她能抓住，宫里的皇上也能抓住。

“我前些日子就与铮儿说，他不能再这样下去了，他毕竟是英亲王府的嫡子，可是这死孩子，我说的话他向来是听得多，记住得少，大多数时候就会当面哄我，背后我行我素。回头你再见着他，跟他说说。”英亲王妃低声道，“秦钰如今回来了，虽然皇上还没安排，但他肯定会尽快插手朝事的，铮儿也不能太落下了，也要插手才行。”

谢芳华想起秦铮听罢药渣的事对她说的话，点点头：“您放心吧，他应该是自有主张。就算您不说，我不说，他也是知事儿的。”

英亲王妃闻言顿时笑了：“难为你这么相信他。在我的眼里，他还是个孩子。”

谢芳华的脸微微一红：“我比他还要小两岁呢。”

“是啊，他今年冬天就该满十八岁了，你去年就及笄了。要我说，今年若是争不到，明年说什么也要让你们大婚。”英亲王妃咬牙道，“皇上若是死活挡着，我就跟他翻脸！”

谢芳华心下不知什么滋味，低声道：“倒也不急。”

“怎么能不急呢！虽然说是两年，可是这病哪里拿得准？一旦他……那么国丧、皇子登基等事情都会接踵而至，这时间可就拖延过去了，不能不急。”英亲王妃握住她的手，“好孩子，你若是这一辈子也认准了铮儿，一定要跟他劲儿往一处使。”

谢芳华闻言点点头。

英亲王妃心里有些难受：“我们以前的事儿你也知道，我也就不避讳你了。但是，说句实话，什么人在我的心里也不如我儿子重要，哪怕王爷也不行，遑论其他人了。”

谢芳华被她的语气感染，心下也能体味几分她的心情：“您放心，只要他一直抓住我不放手，我是不会放手的。这一辈子……”她顿了顿，“若是如此，就是他了。”

英亲王妃得了谢芳华这一句话，也算是心底松了一口气，她点点头：“我一直觉得，你这孩子冷情，铮儿却是个面冷心热的，你们在一起，他自然是吃亏些。不过如今有你这句话，我就放心了。”

到底是亲生母亲，虽然因为和崔玉婉是手帕交，因此对谢芳华很是喜欢，但更心疼儿子，恐怕他剃头挑子一头热，又怕他折腾来折腾去竹篮打水一场空。

谢芳华理解英亲王妃这个母亲的心情，秦铮在谢芳华心里的分量又重了不少。

二人有一句没一句地说着话，马车来到了英亲王府。

依照二人早先说好的，英亲王妃下了车后，谢芳华不下马车，转道回忠勇侯府。

英亲王妃进了府之后，对迎出来的喜顺大管家询问：“铮儿呢，可在府里？”

“听说右相府的李公子在来福楼请客，喊了二公子，二公子去了来福楼。”喜顺道。

英亲王妃点点头：“王爷呢？”

“王爷在书房呢。”喜顺道。

英亲王妃抬脚向书房走去。

英亲王妃以前不爱去英亲王的书房，因为二人大婚之后中间隔了许多感情纠葛和心事，隔膜太多，彼此不近，但是前些日子，两人看开了，感情日渐深厚了，她才不避讳多去了几次。

英亲王正在书房看折子，听长随禀告王妃来了，他放下折子，看向门口。

英亲王妃走进来，他端详了她片刻，温声问：“听说你去忠勇侯府了？”

英亲王妃点点头，走过来，英亲王立即拉住她的手，她陪着他一起坐在了椅子上：“不只去了忠勇侯府一趟，还去了永康侯府。”

英亲王纳闷：“可是出了什么事情？”

英亲王妃犹豫了一下，还是将药渣的事情瞒住了——英亲王日日进宫，又在皇上身边，一旦因此露出蛛丝马迹，就会被皇上察觉，有些事情，便难办了——只对他说去见见崔允，又说了谢墨含和谢芳华想给崔允娶妻的事儿，然后又说了燕岚去求谢芳华给她娘治病的事情。

英亲王听罢震惊了："华丫头真的会医术？"他怀疑地问，"比太医院的孙太医还要好？"

"是呢。"英亲王妃点点头，将谢芳华如何救治永康侯夫人的事情与他仔细地说了，然后道，"也难为这孩子了，这么多年来，因为自己身上的病，生生地给练成了神医。"

"这就能解释，为什么法佛寺失火，她的病突然好了。"英亲王感慨道，"我一直疑惑，世界上哪里有那么神奇的事儿，一场火便能去除晦气治好一个人？皇上也不信，一直觉得忠勇侯府有什么隐瞒之事，但是再三查证，也没查出来这些年来在她身上发生过什么。"

关于谢芳华的有些事情英亲王妃自然没对英亲王说，毕竟英亲王姓秦，一生忠心耿耿，虽然皇上做了皇帝，但是他身为英亲王，也是誓死护着秦家的江山的，有些事情，没法与他说。她点点头："是啊，这孩子自己钻研医术，再加上荆叔叔回了南秦，用了些道法，病就好了。"

"她既然救了永康侯夫人，那么皇上那里，怕是又该忧心了。"英亲王想了想道。

英亲王妃板起脸："皇上这两年愈加看重权势了。我可是记得他说过，没有谢氏，就没有南秦江山，如今这是怎么了？容不得谢氏了？你也不劝劝皇上？若是没了谢氏，这南秦会少了什么？这江山还会像这样稳固吗？谢氏之于南秦，是利大于弊的，你心中也清楚，不是吗？谢氏我也看不出有谋反之心，皇上这是非要置人于死地？"

英亲王一怔，看着英亲王妃，心下有些讶异，这些年她虽然和皇上不对付，但也不会评论朝政之事，如今这是怎么了？他想着，便疑惑地问了出来："怎么了？你往日可是不会说这些的。"

英亲王妃冲口说出，见英亲王疑惑，心神一醒，叹了口气："我这还不是为铮儿。你知道铮儿是认定了华丫头的，皇上若是对忠勇侯府做什么，咱们英亲王府也不能坐视不理，我怕我们越来越难做。"

英亲王闻言，疑惑顿时消了，也无奈地道："皇上的想法我也明白，皇子大了，皇上渐渐对朝政力不从心了，今年又是多事之年，连番出事，他才怕谢氏。若说劝，我早先也劝过，但皇上似乎拿定主意了。这也没有办法，接下来看看形势再说吧。"

英亲王妃也知道英亲王每日夹在皇上和忠勇侯府之间不易，点点头。

二人便又说了些别的话，见天色晚了，一起出了书房。

谢芳华回到忠勇侯府，便去荣福堂见了忠勇侯，将在永康侯府的事情与他简略地说了。

忠勇侯听罢，也说了和英亲王一样的话："那么皇上那里，怕是又该忧心了。"

谢芳华冷笑了一声："忧心又如何？一个永康侯府又能在皇上的指使下做出什么天

大的事儿来不成？”

“臭丫头，你可别小看永康侯府，当年若不是他们家，你父母也不见得会死。”忠勇侯见谢芳华不以为然，说道。

谢芳华一惊，看着忠勇侯；“爷爷，您什么意思？当年我爹娘的死，和他们家有关？”

谢芳华是无论如何也没想到当年她爹娘的死和永康侯府有关的，听闻忠勇侯的话，她惊异地看着他，等着他解惑。

忠勇侯却摇摇头：“与他家是有些关联，但当年朝中明里暗里的肮脏之事多了去了，揪扯来揪扯去也是没完没了，况且人早就死了，还掰扯什么！”

“爷爷，话怎么能这么说！我爹娘怎么能白死！”谢芳华有些恼怒。

忠勇侯叹了口气：“当年你父母明着是为皇上办差，背后却只能以死明志保下忠勇侯府和谢氏，也不算是被人暗害，死得也不冤枉，不算是白死。”

“您跟我说明白些。”谢芳华瞪着忠勇侯。

忠勇侯的胡子翘了翘：“臭丫头，你跟我急什么？都过去那么多年了，还怎么说明白？”

谢芳华只瞪着他不说话，似乎他不说出来，她就一直揪着不放。

忠勇侯看了她半晌，无奈地道：“当年我从边关退下来，兵权还未交，有人暗中鼓动军队造反，打着的是我的名号，你爹本来奉了皇命去岭南彻查裕谦王，可是半路听闻风声，赶去了军营，果然出了大事儿。消息传入京，你娘知道你爹势单力薄，便带着府兵隐卫前去救他，这一去，他们便再没回来。”

谢芳华是知道她爹奉了皇命给皇上办事才出事儿，她娘尾随而去，可是并不知道是这样的大事儿，她不解：“他们合力竟然没办法平息此事？”

忠勇侯摇摇头：“他们合力是平息了，可是，也因为命快到头了，合计之下，便一起折损在那里以死明志了。”

“什么叫作命快到头了？”谢芳华看着忠勇侯。

“你是否知道你娘的血脉不是传承自博陵崔氏？”忠勇侯看着她。

谢芳华点点头，想起外公与她说的她爹娘不能在一起的话，抿了抿唇。

忠勇侯见她点头，无奈地道：“当初，你爹娶你娘，便是一起把命交出去了。本就没几年的命，军营又出了事儿，加上我兵权未交，造反可是大罪，就算平息了，谢氏要造反的名声也传出去了，他们若是活着回京，你可以想象，忠勇侯府和谢氏会落到何种境地？若是他们死在军营，忠勇侯府虽然折损了世子和世子夫人，却证明了忠君之心，造反之名自然不攻自破。”

谢芳华沉默片刻，冷声道：“后来查出来是什么人鼓动造反了吗？”

“事情牵连太大，当年造反的人全死了。”忠勇侯道，“皇上那时登基没几年，为防扰乱朝纲，便没深查，但是该打压的人，这些年，皇上都没放过；该扶持的人，也都利用得彻底。虽然我也没去查，但是，只看皇上后来打压了哪些门第，扶持了哪些门第，便可以看出一二。”

谢芳华眯起眼睛：“所以，爷爷说，永康侯府不可小看，当年之事，他们家牵扯其中？”

忠勇侯点点头。

“您怎么不早说？您若是早与我说这些事儿，我是断然不会救永康侯夫人的。”谢芳华心头盛怒，出手救害自己父母的人？她自问做不到，哪怕燕岚跪在地上求她。

忠勇侯摇摇头：“当年之事，又何止一个永康侯府？当年你爹娘死去后，我也没让那些人好过，留下来的人呢，以为事情过去了，可是哪会那么轻易就过去了？忠勇侯府不再出事儿还好，若是再出事儿，那么总要重新拔一遍萝卜再带出些泥来。”

谢芳华心思一动，忽然想起前世忠勇侯府满门倾覆后，似乎也牵连了好多府邸没落，才使得南秦一下子失去了半壁江山，若单单只有谢氏倒下，南秦不会这么快就衰落。

原来原因在这里！

当年她在闺阁里不知世事的时候，爷爷和哥哥虽然最终没能护住忠勇侯府，但是也拖了很多家陪着谢氏一起衰落了。

她心里一时间不知是什么滋味。

忠勇侯看着谢芳华，缓缓道：“你救永康侯夫人原也没错，我们忠勇侯府无论在什么事情上都该站在大义良心一面，不该被世人诟病。丫头，你是女儿家，如今你的风头太盛，自从和铮小子圣旨赐婚，你的病又好了，天下人的眼睛都盯着你，你更不该被传出什么狠心毒肠的话来。况且，见死不救，也的确不是我们谢氏的门风。”

谢芳华轻吐了一口气：“这些个恩恩怨怨，本来就分不清是非对错，爷爷的意思我懂了。”

“你懂就好。”忠勇侯宽慰地摸摸她的头。

谢芳华本来想拂开忠勇侯的手，但看到他鬓角的白发又多了，她顿住了手。

“今日上午，林太妃的人来找你做什么？”忠勇侯也察觉出孙女的情态，放下手，暗暗感慨孙女到底是大了。

谢芳华想了一下，挥手关上门窗，低声与他叙述了一遍来龙去脉。

忠勇侯听罢大惊：“崔家那丫头匆匆随后而来找你，也是为了这事儿？”

谢芳华知道他指的是英亲王妃，点点头。

忠勇侯沉默许久，才感慨道：“我就奇怪为何皇上偏偏不容我们家，原来如此。”

话落，他又问，“目前都有谁知道这件事儿？”

“除了林太妃、英亲王妃，我便只告诉了秦铮和您。”谢芳华低声道，“就连哥哥，我都还没来得及跟他说。”

“根据药渣确实能看出是那不治之病？”忠勇侯还是有些怀疑，“我看皇上不像啊。”

“若那药渣不是他的，我就想不出能让林太妃偷偷派人出宫来的还能有谁。若是谁都能看出的话，他也就不是皇上了。”谢芳华道。

“皇后前些日子不是说让你没事儿就进宫与她说话吗，你今后多去几趟宫里。”忠勇侯想了想道，“不过也不能太急了，别露出马脚来。”

谢芳华点点头。

“看来，我以前不想让你哥哥早入朝错了。待你外公治好你哥哥的病后，我就去给你哥哥请旨，让他入朝吧。”忠勇侯又道。

谢芳华明白爷爷的意思，爷爷一直想避世，想让皇上觉得忠勇侯府无心与皇权争锋，可是如今，既然无论怎么避世都没用，那就只能入世，哥哥进了朝堂，总能牵制些。

哥哥在朝堂，她在后方，未来两年内总能拖住吧。

今年冬季总不会重蹈前世的覆辙吧。

“如今已经是三月中旬，今秋八月有科考，这是三年一大考，再安排些人入考。”忠勇侯道，“待你哥哥回来，你与你哥哥说说此事，商议一番，八月是个机会。”

谢芳华颔首，本来她想要轻歌入朝的，等的就是八月。

祖孙二人又说了些闲话，忠勇侯累了，谢芳华便出了荣福堂。

回到海棠苑，天色已经晚了，谢芳华简单用了晚饭，想着谢墨含就算从来福楼回来，恐怕也喝醉了，有事情只能明日再说，便熄灯睡了。

半夜时分，谢墨含回了府，没回芝兰苑，却到了海棠苑。

听到动静，守夜的品竹走到门口迎上他，低声道：“世子，您有事情吗？要不要我喊醒小姐？小姐以为您今日会喝多，所以早早睡了。”

谢墨含的确喝了些酒，但没喝多，也没喝醉，秦铮知晓他目前由崔荆治病，所以大部分酒都帮他挡了，结果醉得够呛，还是他将秦铮送回了英亲王府，回来时是清醒的。谢墨含本来以为这个时候谢芳华不见得睡了，没想到她早早睡了，想说的事情也就作罢了，他摆摆手：“算了，明日一早我再来找她。”

品竹点点头。

谢墨含离开了海棠苑。

谢芳华知道哥哥来了，本来要起身，听到他又走了，便又睡去。

一夜无话。

第二日一早，天还没亮，一个人便翻墙跳进了海棠苑。

品竹等人刚要出手去拦，见是秦铮，齐齐住了手，退去了一旁。

秦铮非常满意海棠苑谢芳华这八个贴身婢女如此识相，这证明了他在谢芳华身边的地位。他拍了拍身上本来就没染上的尘土，脚步轻且快地来到门口，推开房门，走了进去。

“小姐还睡着，不拦着铮二公子吗？”品青悄声问品竹。

“拦什么拦？早晚是一家子。”品竹低声道，“况且，你敢去拦铮二公子吗？”

品青摇摇头，她的确不敢拦。铮二公子在整座忠勇侯府都出入自由，进出小姐这里就跟进出自家门口似的，夜晚宿在一起的时候又不是没有过，虽然说不合礼数，但是老侯爷和世子明明知道都不曾管过，如今就算小姐没起床，他堂而皇之地进入，她们也没法去拦。

秦铮进了屋后，见帷幔垂下，谢芳华似乎在睡觉。

他关上房门，放轻脚步，向她走去。

谢芳华听到动静，睁开眼睛，见是秦铮来了，伸手去挑帷幔，忽然想到自己昨日晚上嫌热，只穿了薄薄的绸衣，立即攥紧了帷幔，低声道：“天还没亮，你怎么来了？”

帷幔本就薄，秦铮的眼睛又好使，自然看到了她的动作，忍不住翻了个白眼，走过来，伸手去拂她的手，口中道：“想你了，来看看。”

谢芳华抓住帷幔不松手，心中着恼：“昨日不才见了？”

“一夜不见我也难受。”秦铮见她抓得紧，他不由得挑眉，“你抓得这么紧干什么？你的身子我又不是没看过，你这时候拦着我还有用吗？”

“你胡言乱语什么！”谢芳华闻言，脸顿时红了。

“不是吗？我中了‘锁情引’那日，将你的衣服都扯了，我可还记得。如今你还怕我看你？”秦铮强行掰开她的手，挑开帷幔，将她往床的里侧推了推，躺在了她身边。

谢芳华连耳根子都红了，见他挑开帷幔，她揪紧了被子，但随即又想到这么长时间以来，在他面前，她早已经没了闺仪礼数避讳，什么话他没说过？什么事情他没做过？见他躺下来，她松了被子，伸手拧了他的胳膊一下。

秦铮咝的一声，大声嚷道：“哎哟，好疼！”

谢芳华顿时又气又笑地松了手：“我都没用力，你嚷什么疼？”

秦铮见她笑了，伸手将她连人带被子抱在怀里，在她的脸颊上亲了一口，温柔地道：“你拧我一下，我身上不疼，但是心疼。”

谢芳华哼了一声。

秦铮抱着她，挨着她的肩膀诉委屈：“昨日出去喝酒，我替你哥哥挡了大半的酒，难受了一夜，早上醒来便怎么也躺不住了，来找你，偏偏还得不到你的好脸色，这心里啊，更难受了。”

谢芳华听着无语：“你怎么会替哥哥挡酒？他有病，谁还逼着他喝酒不成？李沐清他们几人不都是知道他的身体不好吗？”

“昨天哪里就我们几人？”秦铮哼了一声，“秦钰不知怎的也去了，还有裕谦王叔的两个儿子也进京了，遇到了一起，谁还顾忌他能不能喝酒？”

谢芳华顿时愣了：“裕谦王这么快就进京了？不是说还要等几日吗？”

“裕谦王叔还要等几日，可是不妨碍他两个儿子提前来了。”秦铮懒洋洋地道，“昨日午时进京的，悄无声息。”

谢芳华蹙眉：“进京见到皇上了吗？”

“自然。昨日进京之后先进了宫，皇叔安排他们住在裕谦王叔离京前住的府邸，那府邸一直留着。”秦铮将谢芳华的手抓在手里，只觉得她的手柔若无骨，滑腻温暖，他的心荡了荡，闭上眼睛，满足地道，“如今碰到你，总算是舒服了些。”

谢芳华被他将手揉捏把玩，脸唰地红了，用力往外抽。

“乖乖的别动，让我舒服一会儿，顶多再一个时辰，我就要去宫里了。”秦铮幽幽一叹，“没准我就去西山大营历练了，以后想要日日腻着你也是不成了。”

谢芳华一怔：“你要去西山大营历练？”

“说不准的事儿呢。”秦铮道，“就看皇叔准不准了。”

“怎么说？是你想去？”谢芳华看着他。

“也没太想去。”秦铮摇头，“总要找个地方先入手，西山大营不错。”

“皇上会准吗？”谢芳华觉得皇上不会同意，西山大营乃京畿重地，是守护京城的兵马，在三十里外，皇上把持在手中，哪会让秦铮去祸害？谁知道他打的什么主意，尤其还有和她的婚约，以英亲王府和忠勇侯府的关系，皇上岂能放心他？

秦铮低低一笑：“他若是不准我去西山大营，那么，就得退而求其次，准我入朝。你说，他是让我去祸害他的兵马大营好呢，还是让我去祸害他的朝堂好呢？”

“你一直胡闹，皇上估计哪个也不准。”谢芳华忍不住打击他，“哪里是你说要什么就要什么，说去哪里就去哪里，若是这么就能轻易得来，岂非人人都能去了？”

秦铮叹了口气：“这你就不懂了。英亲王府的头衔不是摆着好看的，他什么都不准的话，是明摆着告诉世人不想给我英亲王府世袭的爵位。你想想，我爹娘能同意吗？别说我娘不干，就是我爹，也不会干的。我爹虽然看重秦浩，但也没想把爵位给他，毕竟他是庶子。只要我有心历练，为了将来能支撑门庭，守护江山，皇上总会给我一个安置的地方。”

谢芳华不得不承认他说得对：“那你觉得皇上会将你安排在哪个地方？”

“谁知道呢，懒得去想。”秦铮摇摇头，“太破的地方我反正不去，若是不满意，我就赖在他的御书房了，他能奈我何？”

谢芳华忍不住好笑，皇上似乎真奈何不了他，天底下，也就这个人才能如此任性行事。

秦铮不再说话，似乎就要这样睡过去。

谢芳华被他抱在怀里，裹着被子，有些不舒服，但看着他眼皮下的暗影，知道昨日他没睡好的话显然不假，想到他说今天要进宫，便不再吵他，任他抱着。

秦铮的嘴角无声地勾起，露出笑意，心满意足地真的睡去，不多时，均匀的呼吸声传出。

谢芳华昨日睡得早，今日大清早被他吵醒，没了困意，但是被他抱着，又不能起床，只能合着眼睛揣摩皇帝的想法——他一直训斥秦铮胡闹，不务正业，如今秦铮愿意务正业，他会给秦铮一个什么样的位置?

世袭勋贵的子弟，到了年纪，不用参加科考，有人举荐就能入朝。然而与别的高门府邸相比，英亲王府、忠勇侯府、永康侯府这三家府邸又有不同，世袭的嫡子如果有入朝的心思，只要直接上达天听，皇上一般都会起用的。

皇上已经答应了英亲王妃，立了太子就会给秦铮世袭爵位，定然不会什么也不准，可是准的话，会将秦铮安排到哪儿呢？无论是军营还是朝堂，在她看来，皇上都不会乐意。

一个时辰后，天亮了。

秦铮准时醒来，睁开眼睛，满足地喟叹一声：“大婚前的日子就是煎熬，见不到你的时候想见你，见了你吧，心里是好受了，可是身上又难受了。”话落，他放开她，懒洋洋地坐起身。

谢芳华明白他在说什么，脸又忍不住红了，羞愤地伸手推他：“赶紧走！”

秦铮回头在她的唇上轻轻地啄了一下，起身向外走去。

推开房门时，正巧谢墨含进了海棠苑。

谢墨含一眼便看到了从谢芳华房间出来的秦铮，他的脚步猛地顿住，讶异地看着他：“你什么时候来的？”

“天没亮的时候。”秦铮伸了个懒腰，关上房门，走了出来。

谢墨含向外看了一眼，幸好海棠苑外从来不会有闲杂人往来，他蹙眉，低声道：“你也该顾忌些，你和妹妹毕竟还没大婚，只有个婚约，什么礼还没过呢，你这样和她总是同住一个屋子，算什么？”

“反正媳妇儿早晚是我的，拘泥那些个礼数做什么？”秦铮来到门口，不以为然。

谢墨含看着他，有些头疼：“若是传扬出去，对她的名声不好，你又不是不知。”

“会传扬出去吗？”秦铮瞅着谢墨含，“若是这么点儿事儿忠勇侯府都捂不住，就白担那八年了。”

谢芳华离开八年不在府中的事儿都捂得严实，他偶尔来这里小住，比较起来，根本不算什么。

谢墨含一噎，顿时无言，忠勇侯府内的消息自然不会轻易外泄，海棠苑更是如铜墙铁壁。

“你这么早来，找她有事儿？”秦铮不想跟谢墨含再揪扯和谢芳华亲密往来的事儿，不见她时想得很，见了吧，身体不受控制还要压制着实在难受，但是这事儿他又不能说出来，心下气闷地暗暗发狠，一定要早些大婚才好，到时候想做什么做什么。

谢墨含没注意秦铮的表情，点点头：“妹妹起了吗？”

“起了，你去吧。”秦铮摆摆手，向外走去。

“你要去哪里？去找爷爷？”谢墨含回头询问秦铮。

“不是，我进宫。”秦铮头也不回地出了海棠苑。

谢墨含还想再问，见秦铮无心多说，想着忠勇侯府如今对秦铮来说就如自己家一般想来就来想走就走，他摇摇头，抬脚进了院子。

谢芳华在秦铮起身出门后也起了，收拾妥当时，那二人也谈完了话，她打开房门，对谢墨含微笑：“哥哥。”

谢墨含看着妹妹，大半年前，妹妹回来的时候，是何等清冷的一个人，如今站在门口，阳光还没出来，她的笑容却让人感觉暖暖的，他心中因为秦铮随意进出妹妹房间的闷气顿时消散了，也对她微笑：“妹妹。”

“时间还早，还不到用早膳的时候，我们去海棠亭说话。”谢芳华道。

谢墨含点点头。

兄妹二人一起去了后院的海棠亭。

海棠亭还沾着清晨的雨露，泛着淡淡的香气，听言拿着扫把在打扫，见二人来了，他立即笑嘻嘻地见礼，然后歪着头问谢芳华：“小姐，二公子是不是早上来了？”

谢芳华看着听言，好笑地道：“你的耳目倒是好使。”

听言眨眨眼睛，得意地道：“我好歹从小和二公子一起长大的，也不是全无优点，只要是他出现，我就能感觉到。”

谢芳华瞧着他：“是你鼻子好使？”

听言点点头：“二公子曾经夸我的鼻子比狗鼻子还要灵。”

“听言其实蛮机灵的，放在这海棠苑给你打扫亭子可惜了，这么着吧，妹妹不如将他送给我。我身边跑腿的只有一个侍书，不够。”谢墨含打量了听言片刻，笑着道。

听言没想到谢墨含要他，立马睁大了眼睛。

谢芳华也觉得听言可惜了，其实他不是不聪明不剔透，也不是什么都不懂，从小跟在秦铮身边，耳濡目染，肯定懂很多东西，只是性子天真单纯，若是雕琢锻炼一下，也不是不可用。她笑着点头："听言，你愿意跟着哥哥吗？"

"自然愿意啦！"听言立即点头，但还是有些小心翼翼地看着谢墨含，"可是，我只会干杂活儿、跑腿，世子要我干什么？"

"会干杂活儿、跑腿就够了。"谢墨含道。

听言立即扔了扫把，看着谢芳华："小姐的亭子以后谁打扫？"

"总有人的，不差你一个。"谢芳华道。

谢墨含对他摆摆手："你去找侍书，先跟着他熟悉一下我身边的事务。"

听言欢快地应了一声，像是被放出笼子的鸟儿，一溜烟地跑出了海棠苑。

"看来这些日子把他憋坏了。"谢芳华好笑。

"他以前一直跟着秦铮，秦铮是个闲不住的主儿，每日都要在外面跑一圈，他也跟着，若不是出了清河崔氏三公子的事儿，他也不至于被秦铮送来。"谢墨含道，"如今秦铮身边收了个玉灼和飞雁，但我看，他还是用惯了听言，那两个人他不是走到哪里都带着。"

"哥哥要了听言，是有什么打算吗？"谢芳华询问。

谢墨含点点头："外公说两日后给我彻底清毒，若是身子好了，我自然不能再无所事事地只待在府中了，总要入朝的。到时候，与各府邸的往来，与朝臣的往来，便会多了，府中要有个大管家知事儿。福婶照顾爷爷和内眷可以，别的就不行了。我想要侍书做这府中的大管家，我身边就先用着听言好了。"

谢芳华点点头，昨日爷爷也说了，哥哥要入朝，忠勇侯府不能再一味地退缩了，被动只会挨打。以前她不在府中的这些年，爷爷退下来，哥哥撑着病弱的身子打点府中的事务，内外全管了，如今他要入朝，府中的事情便不能再都担着了。

"妹妹，你既然回府了，就该学着掌家了。秦铮毕竟是嫡子，未来你嫁入英亲王府，王妃也会退下去，让你掌家的，你不能什么也不会。就拿咱们府来学吧。"谢墨含道，"从今日起，我将咱们府的事务交给你，侍书为大管家帮衬你，我给你的那八个婢女你可以因才而用。"

谢芳华想了想，点点头，又奇怪地问谢墨含："哥哥，你是不是知道了什么？"

谢墨含叹了口气，低声道："今日早晨来你这里之前，我先去了爷爷那里，你知道，爷爷每日都起得早。爷爷与我说了那药渣的事情。"

谢芳华了然，她本来也是要告诉哥哥的，既然爷爷说了，那也不用她再费口舌了。

"真是想不到！"谢墨含揉揉眉心，"以后，我在朝堂，你在暗中，怎么也要撑过这两年。"

"怎么能只是两年？忠勇侯府在我们这一代，定不能趴下！"谢芳华坚定地道。

谢墨含笑着点点头。

谢芳华又与他说了秦铮进宫的原因。

谢墨含听罢，顿觉感慨："记得几年前，我们一块儿吃酒，他还说以后要做个逍遥公子，才不会为这种事儿所累，一定不能和他父王一样，眼里心里只有秦家的江山，可是才短短几年，他却甘愿自己跳进囹圄。"

谢芳华知晓秦铮是为了她，一时沉默了。

"他对你的心倒是摆得清清楚楚明明白白，让谁也说不得半句。"谢墨含拍拍谢芳华的肩膀，"爷爷的意思，也是想寻着机会，让你们早日大婚。你是什么想法？"

谢芳华垂下头，看着脚尖，低声道："没什么想法。"

"也就是说你同意？"谢墨含看着她。

谢芳华抬起头，微笑："哥哥，有一个人如此对我情深义重，护我，也愿意护忠勇侯府，把我的事情当作自己的事情，我没有道理不同意。"

谢墨含摇摇头："妹妹，只他情深义重不够，你们是要一辈子在一起的，你要知道，只要没有大婚，就作不得数，哪怕你们来往过密，也不作数，但是一旦大婚，那就不同了，是拴在一起一辈子了。"

"我知道。"谢芳华笑着道，"我虽然对他还不到情深义重的地步，但是也是心甘情愿。感情之事，我做不来一朝一夕的火热，但是能陪着他或喜或忧。我知道一辈子长，我又不是小孩子。"

谢墨含闻言松了一口气，随即哑然失笑："是我多虑了。你容许他近你，自然是心里已经对他比对旁人不同了。"

然而想起秦钰那日在城门口对他说的话，心里就觉得未来还是不太平，可是他不想增加谢芳华的负担，便忍住没说秦钰之事。

兄妹二人又说了几句闲话，便回到了海棠苑。

一起在海棠苑用罢早膳之后，谢墨含便吩咐侍书将账本、钥匙等东西都搬来谢芳华的房间。

账本太多，将谢芳华的书案都摞满了。

谢芳华看着这些账本，有些头疼。

"这是咱们府中的田产、地契、店铺，以及与咱们府有牵扯的官商之事，一下子都给你拿过来，看着的确是有些多，本来我也没想着用这些东西来累你，有我就够了，但是如今皇上……情况不许我继续这样下去，我要入朝，便无暇打理这些了。若是不交给你，交给旁人，那么只能从旁支选，旁支的人选，我信得过的，也就是云继和云澜，可惜一个如今失踪了，一个身体不好，谢氏盐仓的事情就够他忙的，怎么好再劳烦他？我思来想去，这里面有一半将来是要给你做嫁妆的，嫁出去之后，你也要接手打理自己的嫁妆，不如现在就接手吧。”谢墨含看着她。

谢芳华点点头：“哥哥你身体不好，这么些年来一直撑着打理这些东西，可想而知有多累。我如今身体好好的，比起你来还是轻松的，放心吧，我做得来。”

“妹妹聪明，自然做得来。”谢墨含点头，温和地道，“不过你不必事事亲力亲为，可以选几个人帮衬你。若是你觉得一时找不到人，那么我把爷爷给我培养的幕僚给你用。”

谢芳华摇摇头：“哥哥的幕僚是早先爷爷退下来之前，培养了给你将来入朝所用的吧，给我就不必了，朝堂凶险，你留着用吧。这些事务虽然繁琐，但是我一旦理清了头绪，就好做了。至于帮衬的人选，我有两个，回头我先看看账本再定，不够的话，再找你，现在不用给我。”

“也好。”谢墨含颔首，若是一般的大家闺秀，看着这么多账本，定然一下子就蒙了，可是妹妹不同于寻常的大家闺秀，他相信，她定然做得来的，哪怕她从来没做过这些。

“我先看看这些账本，哥哥先去忙吧，待我看过了，不懂的，我再找你问。”谢芳华道。

“我去找外公和舅舅说会儿话。”谢墨含点点头，出了海棠苑。

谢墨含离开后，谢芳华喊来侍画、侍墨、侍蓝、侍晚、品萱、品妍、品青、品竹八人。

八人这是第二次被一起叫来，都恭敬地等着谢芳华训示，今日世子派人将府中的事务都交接给小姐，小姐如今找她们来，应该会具体对她们的以后作安排。

谢芳华打量了八人一眼，温声道：“我记得，我才回来的时候，便询问过你们八人的擅长之事。品竹善于易容乔装；品妍善于经营；品青善于窃取；品萱对兵器有涉猎，家中父母以前是打铁的；侍画和侍墨擅武，侍画擅硬兵器，侍墨擅软兵器，且都擅长袖剑和暗器；侍晚擅长机锋和兵法；侍蓝擅长医、毒和机关布阵之术。”

“小姐真是好记忆！”八人齐齐敬佩地道，她们记得还是大半年前小姐询问过她们一次，没想到记得分毫不差。

谢芳华笑笑，伸手指了指桌子上堆积如山的账本：“这是忠勇侯府的事务，你们自小得哥哥培养，想必也是知道一些事情。我们谢氏，从几百上千年前，就开始涉足士、农、工、商。你们八人在我身边当婢女伺候，实在是大材小用了，以后，就协助我打理这些吧。”

八人齐齐一惊，都感觉出谢芳华对她们的信任，任谁都知道，这些账本可不是寻常的账本，都是忠勇侯府明里暗里牵扯到的私事儿，当下齐齐垂首：“小姐相信奴婢们，我们定全力协助小姐。”

第二十七章

准备嫁衣

谢芳华点头：“现在我分配一下，侍画和侍墨擅武，以后还是贴身跟随我身边进出。”

侍画、侍墨点点头。

“品萱对兵器有涉猎，侍晚擅长机锋和兵法，你们二人以后协助我处理军用之事。你们知道，兵部的粮草兵器供应，有一半是谢氏产业旗下的。当然，这些明面上是皇室把在手里的，我们谢氏只是暗中有所牵扯。”谢芳华道。

品萱和侍晚齐齐点头，面上都现出肃然之色，兵者，国家大事。

“品竹善于易容乔装，品妍善于经营，你们二人以后时常要出府走动，商这部分，你们协助我。”谢芳华道。

品竹和品妍齐齐点头。

“品青善于窃取，侍蓝擅长医、毒和机关布阵之术，你们二人守家正好。”谢芳华道，“这些东西，稍后都搬去我的书房。今日哥哥将事务交给我，定了侍书大管家。数日之后，哥哥身体好了，若是入朝，府中事务交给我的消息便会不胫而走。届时，我一个女子打点这些，很多人就该盯着我了。不说外人，就拿谢氏来说，不安分者众，所以，这海棠苑，更要里三层外三层，防守好了，我的小书房更是。就用你们所学，调派府中人手，用尽所能，让这里固若金汤。”

品青、侍蓝顿时觉得肩上沉了许多，齐齐谨慎地道：“小姐放心，我们不敢说让一只苍蝇都飞不进来，但是能保证，除了铮二公子，不经小姐允许，外人谁也不能进来。”

谢芳华听到他们排除了秦铮，想着那人来去如自家，揉揉眉心，又气又笑地点了一下头。

气氛顿时轻松了，八人互看一眼，都抿着嘴笑了。

谢芳华摆摆手："都搬去书房吧。我们用两日时间，争取将这些都分好类，尽快熟悉。"

"是！"八人齐齐垂首，一起动手，往书房搬去。

谢芳华也跟着去了书房。

谢芳华和侍画、品竹等八人自去了书房后，便一头扎进了账本里。

这八人不愧是谢墨含自小培养给谢芳华的人，想必培养之前就选定了各人擅长之处着重培养，如今她用起来果然得心应手，半日的工夫，便将堆积如山的账本分门别类放好了。

午时，谢芳华摆摆手，让众人用膳休息。

谢墨含大约不太放心，午时又来了海棠苑一趟，见谢芳华无事，心下松了松，陪着她用膳。

谢芳华想起岭南裕谦王的两个儿子昨日入京了，便向谢墨含询问此事。

谢墨含点点头："是入京了，昨日午时进京后，直接去了皇宫见了皇上和皇后、林太妃，下晌的时候，被秦钰拉去了来福楼。"

"什么模样？"谢芳华问。

"秦毅今年二十一，已经在去年娶亲，据说妻子在半年前怀孕了。秦佩和秦铮一般大，今年十七，还未娶亲。秦毅行止稳当，毕竟是裕谦王嫡长子，自小培养，和当年的裕谦王差不多，谦逊内敛。秦佩是嫡次子，在家里据说分外受宠，少年轻狂，不过他的轻狂是小孩子的爱玩乐，比秦铮差得远。"谢墨含道，"两人的长相都随了裕谦王，放在京城来看，不是十分出众，但在岭南，因裕谦王的身份，无数闺阁小姐追逐不已。"

谢芳华点点头："秦毅娶的妻子是哪家的？"

"吕氏的嫡系，据说是吕奕的妹妹。"谢墨含道。

谢芳华一怔："竟然是吕氏，还是吕奕的妹妹？皇上当初同意了？"

裕谦王是宗室，他的子嗣是要上宗室族谱的，她这话其实问得多余——若是皇上不同意，即便远在千里之外，裕谦王府也是不能娶的。

"是去年春天的事情，那时候你还在外面，自然不知晓这一桩事儿。皇上登基后，也没起用母族多少人，只追封了自己的母妃吕贵人，这么多年下来，吕氏不过是靠着皇上母族这层庇护勉强维持罢了。据说，早在前年，岭南传出风声，秦毅看上了一个女子，一心要娶，裕谦王知道是吕家的人，不甚满意，便搁置了。后来又过了一年，不知是什么原因，裕谦王上了折子，请示了皇上，皇上当即就同意了，于是将人娶进了门。”谢墨含道。

谢芳华蹙了蹙眉。

谢墨含笑道：“当时我和爷爷提起此事时，爷爷就说，皇上怕是要起用吕氏一族了。这才一年，果然舅舅从漠北军营退下来，吕氏就有人去接手了。”

谢芳华眯起眼睛：“哥哥还记得六号画舫吗？”

“自然记得。自从玉女河当日大出了风头，便一直留在京中，据说得了皇上和英亲王府的赏识，如今在京中安置了下来，英亲王寿辰，应该会有表演。”谢墨含看着谢芳华，知晓她和那画舫有联系，不由得问，“妹妹在想什么？可有哪里不妥？”

“那六号画舫是裕谦王举荐的没错，但是里面有几个人是我的。”谢芳华道，“五年前，我的天机阁起步，有些人手被安插在岭南。”

谢墨含一怔：“是因为岭南是裕谦王的封地？”

谢芳华点点头：“这些年，裕谦王虽然去了岭南，但未必不担忧皇上容不下他，而皇上也未必就放心裕谦王，毕竟天高皇帝远的。这一君一臣、一兄一弟之间，总有些看不见的隔膜。我若是想做些什么事情，要既避开皇上的耳目，又能打探到消息，岭南便是一处好地方。”

谢墨含点点头：“岭南的确在拉锯之中有空隙可钻，你考虑得对。”

谢芳华笑笑：“前几年倒是看不出什么来，裕谦王安分守己，打理封地尽心尽力，做得很好，只是从去年开始，发生了一些事情，虽然隐秘，但是还是能寻到些蛛丝马迹。”

谢墨含看着她。

谢芳华给他倒了一杯茶：“我早先不太懂是怎样联系起来的，如今哥哥说秦毅娶了吕氏女子，我便想通了。先是裕谦王府闹出秦毅心仪那女子的风波，然后发现是吕氏，结果婚事被搁置了一年，之后不知怎的此事又被提起，然后皇上允许，议了亲，结两姓之好。之后，秦钰去了漠北，夺了舅舅的兵权，然后，皇上起用吕毅。哥哥不觉得，这中间有什么联系吗？”

谢墨含本就聪明，闻言顿时通透了：“你说裕谦王已经暗中投靠了秦钰？”

谢芳华笑笑：“或许应该说秦钰通过吕氏，拉拢了裕谦王。”

谢墨含的神情忽然凝重起来：“照这样说，还是皇上准许的了？”

“没过了明路，也是过了暗路的，否则皇上也不会让裕谦王府娶吕氏的女儿。”谢芳华敲敲桌面，“崔意芝虽然没接了秦钰，而是接了舅舅，但也算是完成了皇上给的任务，如今皇上对他可有什么安排？”

她一直记着皇上说过，若是迎接秦钰的事情办好了，那么免除三考三校，入朝就是兵部侍郎。

"那日在宫宴上，皇上夸奖了他一番，说他这一路辛苦，先休息数日。"谢墨含道。

"就是没说入兵部的事儿了？"谢芳华挑眉。

谢墨含摇摇头："没说。"顿了顿，又道，"这一桩差事，崔意芝虽然办了，但办得不是太妥当，毕竟秦钰脱离了队伍，在临汾桥差点儿出事儿，皇上若是毁了早先的承诺，别人也无法诟病。"

"崔意芝如今在哪里？"谢芳华又问。

"他在京中置了府邸，如今在收拾新府邸。"谢墨含道，"皇上肯定会起用他入朝的，只是怎么起用，兵部侍郎还给不给，就不好说了，看来还是不太放心他。"

"我曾派轻歌暗中助他，再加上与舅舅这一路回来，皇上不太放心他是肯定的，毕竟早先清河崔氏三公子的事情我们做得不隐秘，被皇上察觉了。"谢芳华淡淡道，"先不管他，这些日子，皇上大约也是在考验他，想看看他是否与我们府有牵连，还有英亲王府对他的态度。"

谢墨含点点头："他是聪明人，所以，回京之后，除了宫宴，便一心收拾府邸，在府中读书，没有外出走动，看来是明白皇上盯着他呢。"

"今日那秦毅和秦佩去了哪里？"谢芳华问。

"昨日进宫拜见，今日应该会去英亲王府。"谢墨含道，"明日或者后日，也会来咱们府。裕谦王在外多年，第一次回京，他没先到，他两个儿子是小辈，总要先拜一拜，见一见，送些礼，再得些礼。"

谢芳华颔首："待他们来了咱们府，哥哥知会我一声，我也暗中看看这两个人。"

谢墨含点头。

兄妹二人吃过饭，闲谈片刻，谢墨含便出了海棠苑。

谢芳华上午看账本看得累了，便趁着中午闭目休息，脑中却不由自主地想起秦铮进宫半日了，不知道如何了，刚才忘了问哥哥，不过想来哥哥也还没得到从宫中传出的信儿，若是得到了，应该不用她开口就会说了。

谢芳华躺了大约半个时辰，外面听言便跑进来禀告："小姐，永康侯府的小郡主来了，说备了谢礼，特意来谢您。"

谢芳华知道侍书如今做了府中的大管家，这跑腿的活儿自然就交听言了，只要哥哥在府里，府中的事情自然是先报到他那里，再由他打发人来她这里。她淡淡道："侍画、侍墨去一趟吧。就说我昨日累了，今日身体不适，谢礼收下了，就不必见了。"

听言一怔，立即道："小姐，可是那小郡主似乎还有事儿要求您。"

"嗯？"谢芳华想，燕岚还有什么事儿求她？

"她说是要见您一面，当面谢您，但我看着像是有求于您，您是见还是……"听言小心地问，他在秦铮身边多年，最会看的，就是人的脸色。

“那就见见吧。”谢芳华想了片刻，坐起身，一边往外走，一边吩咐道，“请她去客厅。”

听言应了一声，一溜烟地跑了。

谢芳华来到前院。

隔着珠帘，谢芳华见燕岚没了昨日的焦躁，坐在那里，虽然眉心还有淡淡的愁，神色却是安然的，似乎短时间内，她已经成长了不少，再不是跟卢雪莹一起时的燕岚了。

她脚步不停，侍画挑开帘幕，她走了进去。

燕岚见她来了，站起身。

谢芳华请燕岚坐下。她和燕岚没什么交情，见她不开口，便开门见山地询问：“侯爷夫人状态可好？”

燕岚点点头：“我娘昨日好睡了一夜，今日上午跟我说她不能下床走动，让我爹相看着备了礼，由我来谢你。”

她一句话说了她娘，说了她爹，说了她，三个人的谢意，也就是说永康侯府全体承了这份恩情。

谢芳华笑笑：“谢礼我就不客气了。你可还有别的事儿？”

燕岚刚刚便听听言说了，本来谢芳华身体不适，不想见她，但是听说她可能有事相求，才特意来见。她本来还觉得不好开口，但想想昨日再难看的情形谢芳华都瞧去了，再遮掩也没意思，既然对方赏脸，她索性直接道：“你昨日嘱咐，让我娘好生养着，切忌大补，我和爹思来想去，不得章法，还想求你给一张药膳方子，我们也好每日按照方子给她调节饮食。”

“这个不难。”谢芳华站起身，走到桌前。

侍画、侍墨立即走上前，一个铺纸，一个研墨。

谢芳华提笔就写。

燕岚微愣，没想到谢芳华如此痛快，以为对方还要再对她旁敲侧击一番，就像昨日等她说了许多话，最后英亲王妃和谢墨含来了，谢芳华才松口。

不多时，谢芳华便写好了方子，她将纸递给燕岚：“这上面写了每日能吃的东西和分量，也写了不能吃的东西。也不用非按照方子来，大体走向别偏了就没大碍。”

“谢谢！”燕岚接过，诚挚地道谢。

谢芳华摆摆手，送客：“若是没别的事情，你就回去照看侯爷夫人吧。”

燕岚还想说什么，见谢芳华送客的意思明显，便点点头，但是走到门口，还是鼓起勇气低声问：“我比你小两个月，称你一声姐姐。芳华姐姐，我想问你，你可知道我哥哥的下落？”

谢芳华摇头，神色不改：“不知道。”

燕岚看着她，见她眸光坦然，便不再逗留，道别离开。

谢芳华见燕岚走了，没有立即离开，而是在会客厅的躺椅上半躺了下来。

侍画、侍墨见小姐没有回去的意思，便守在会客厅门口。

大约两盏茶后，福婶来了前院，见到侍画、侍墨，立即问：“二位姑娘，小姐可在里面？”

“回福婶，在呢。”二人让开。

福婶笑呵呵地走进里屋，见谢芳华窝在躺椅上，懒洋洋的，神色淡淡，她的笑意收了几分，小心地询问：“小姐，您身体不舒服？”

“没有，就是有些累了。”谢芳华坐起身，见福婶手里拿着一团布，看样子是有事儿找她，寻到了这里，她笑着问，“您有事儿找我？”

福婶又打量了她几眼，见她真没事儿，就笑着上前，将手中的那团布摊开，里面原来裹着各种各样的布条，有几十种。

谢芳华不解地看着她。

福婶低声道：“老侯爷今日与老奴说，世子将府中的事务交给小姐您了，又与老奴说小姐不会等三年才大婚，定然会提前，提前多久不知，老奴就想着，小姐的嫁妆，该准备了。”

谢芳华一怔。

“夫人去得早，什么都没来得及给小姐准备。这府中除了您，就女眷来说，也就老奴得老侯爷、世子、小姐看得起，就觍着老脸不拿自己当外人了。您要忙府中的事务，肯定是没时间自己准备嫁妆，老奴就想着，讨小姐个话，现在就动手，提前帮您准备着。”福婶低声道。

谢芳华一时有些哭笑不得：“福婶，我自然是不拿您当外人，您是我娘的陪嫁，我娘去了，这么多年来，得您照顾爷爷、哥哥和我，这忠勇侯府就是您的家。可是，我和秦铮只是圣旨赐婚，什么礼都没过呢，连生辰八字都不曾换过，您就准备嫁妆，也太早了吧！”

“不早，怎么会早呢！”福婶摇摇头，“您知道左相府的卢小姐吧？皇后懿旨赐婚，没多久英亲王就带着那庶长子去过纳采之礼了，今日上午，老奴听采买的人从外面回来闲聊，说左相夫人找人掐算，似乎选定了五月的好日子。您想想，皇后赐婚到五月，也才半年吧，人家若是早没准备嫁妆，还不忙翻天？然而听说左相府一直以来慢悠悠的，丝毫没有忙得晕头转向的样，可见早就准备妥当了。”

谢芳华恍然，原来福婶是听了外面的话，才起心要给她筹备嫁妆了。她有些奇怪：“采买的人哪里听来的风声？左相和秦浩去临汾镇了，若是要修临汾桥，最快也要两个月，如今已经是三月中旬了，怎么会是五月的日子？”

“老奴也奇怪啊，可是人家说得一板一眼的，由不得人不信，尤其请的掐算的那人是法佛寺的普云大师。我听后找了侍书，侍书派人证实了。”福婶道。

谢芳华见福婶说得认真，既然侍书派人证实了，那就是确定无疑了。她想了片刻，也没想出左相府为何急着嫁女儿。她揉揉眉心：“既然是要准备嫁妆，您拿这些布条做什么？”

“这是云彩坊的衣料，您铁定没空去选，老奴便用这个方法给您弄来做新衣啊。”福婶喜滋滋地道，“老奴老了，眼神不好，还是您自己选中意的布料吧！”

谢芳华无语：“福婶，我正是长身体的时候，大婚不知道何年何月，就算现在做了，到时候穿着也小了，这个不急。”

“您的身量老奴清楚，就算今年不大婚，明年大婚，您也不会变化太大。我照着您如今的样子，压了折边，多留出两寸来收在里面，今年能大婚呢，就今年穿，今年不能大婚，明年再将折进去的边往外放放，依然能穿。老奴的手艺您还信不过吗？”福婶执着地看着谢芳华，一定要她选，“这都是不会过时的上上等的料子，要提前订布匹，小姐快选，您选完，我安排府中的绣娘买回来，赶紧裁剪了，我一有闲暇的工夫，便和绣娘一起缝制。除了衣服，要准备的东西多着呢……”

谢芳华看她的样子，知道若是自己不选，她是不会罢休的，只能静下心来，仔细地比对布料。

福婶年纪大了，能让她高兴的事儿也不多，况且她今日来找自己，定然也是爷爷和哥哥准许的。

谢芳华叹了口气。

福婶见她认真地选了，心中高兴，絮絮叨叨：“这些嫁妆啊什么的老奴都能帮您做，可是嫁衣得您亲手绣……”

谢芳华听到这里，手一顿。

“早先老奴还担心您绣不了，可是老侯爷说了，您在英亲王府和王妃学过女红的，老奴就放心了。”福婶笑呵呵地道，“这里面也有嫁衣的料子，您也选一种出来，老奴帮您裁了，您抽空就可以绣了。”

谢芳华看着混在几十种布料里面的十来种红布料，听着福婶的话，一下子有些晕眩，她不明白，怎么好像突然就把她从女儿家定格为要出嫁的人了？

到底是福婶太急了，还是她一直以为婚事遥远着其实是错觉？哪怕英亲王妃和秦铮都接连说了要提前婚事，她也没多少切身感受，毕竟不是一朝一夕的事儿，可是如今她是实实在在地蒙了。

“小姐？”福婶说了半晌，不见谢芳华答话，不由得抬头看着她。

这时，外面的侍画、侍墨忽然恭敬地见礼："铮二公子！"

二人的声音十分清脆，清清楚楚地传到了会客厅内。

谢芳华惊醒，直觉不想秦铮看到桌案上摆的布料，立即挥手就要收起来。

"哎哟，铮二公子来了，来得正好！"福婶却笑了，对外面喊，"二公子快进来，正巧这里需要您。"

谢芳华想去捂福婶的嘴，可是已经晚了。

"嗯？有什么事儿需要我？"秦铮已经挑开门帘，含笑走了进来。

收那些东西已然来不及，谢芳华只能收了手，抬起头看了他一眼，见他姿态闲适，嘴角含笑，端的是心情很好，她忽然想起他今日进宫的目的，顿时将尴尬抛到一边，向他询问："刚从宫里回来？"

她说的不是"来"，而是"回来"，其中的差别她自己没注意，秦铮却听得清楚，顿时笑得眼睛都弯了，嘴角翘了翘，似乎是欢喜至极，他脚步轻快地走到谢芳华身边，对她温柔地笑了："你和福婶在说什么高兴事儿？"

她高兴吗？谢芳华不由得摸摸脸，又看了福婶一眼。

福婶自然是高兴的，眉开眼笑："二公子，我和小姐可不就是在说高兴的事儿吗？您回来得正好，快来帮小姐选衣料。"

"选衣料做什么？做衣服？"秦铮心情极好，微笑地问。

"不只是做衣服，还要做嫁衣。"福婶抿着嘴笑，"我给小姐准备嫁妆呢！"

秦铮闻言先是一怔，但见谢芳华脸微红，一脸无语的模样看着福婶，顿时想起了什么，霎时笑逐颜开，眸光亮得让人不敢直视，他伸手握住谢芳华的手，偏着头问她，声音温柔得能滴出水来："嫁妆？是这样吗？"

这样的秦铮，这样温柔的声音，是从来没有过的，谢芳华不由得呆了。

秦铮仿佛没觉得自己有什么杀伤力，见她只看着他不答话，他又使劲地捏了捏她柔软的手，声音更加温柔："嗯？是不是这样？"

"哎哟，是这样的。二公子，小姐面皮子薄，您追着她问让她怎么答您？"福婶心情好，见秦铮对谢芳华如此温柔含笑，两人一个坐着，一个站着，手握在一起，怎么看怎么是郎才女貌佳偶天成的一对璧人，让她跟着心花怒放，便也没去想是否不合礼数。

"我就要她回答！"秦铮执拗地看着谢芳华。

谢芳华回神，偏过头，红着脸咳嗽了一声，一边往外抽手，一边道："福婶听说左相府的卢小姐早已经准备好了嫁妆，左相夫人请了法佛寺的普云大师看了日子，据说是在五月，她觉得，我不管什么时候大婚，嫁妆都应该开始准备了，早早准备妥当，早早省心。"

秦铮眸光闪了闪，勾起唇角，笑得更欢了："秦浩虽然是庶出，但也是长兄，自然是他先娶，我才能娶。你现在准备嫁妆是对的，免得到时候手忙脚乱。”

谢芳华清楚地看到他眼中的神色，怀疑地问：“左相和秦浩去了临汾镇，修筑临汾桥最少也要两个月吧？五月份秦浩赶得及大婚吗？”

“如今是三月中旬，五月下旬大婚的话，怎么赶不及？”秦铮抓着她的手坐在她身旁，看着桌子上的布条，兴味盎然地问，“你挑好了吗？”

“还没呢，小姐刚开始挑。”福婶笑呵呵地代替谢芳华回答。

“我帮你一块儿挑。”秦铮说着，伸手拿起布条。

谢芳华见他把所有的红色布条都拿到近前，觉得面子有些抹不开，伸手推他：“你凑什么热闹？”

“你的嫁衣是穿给我看的，我正经得凑热闹呢。”秦铮理所当然地拿着那些布条比对。

谢芳华一脸红晕，无语地看着他认真的模样，又羞又好笑：“古往今来，谁家选嫁衣是当着男方的面的？更别说由男方来选了。你这是做什么？传出去，不但我的脸面没了，你的脸面更没了。”

“爷什么时候在乎过脸面？”秦铮抬头瞅了谢芳华一眼，笑吟吟地道，“你嘴上虽然说着在乎脸面，但是行的事儿也不是真的在乎。况且，这里是忠勇侯府，福婶又不是外人，只要是府里不想传出去的东西，一点儿风声都传不出去。”

“就是，小姐，让二公子帮着您一起选吧，毕竟还是要合二公子的心意，您穿着舒服，他看着也舒心。这婚事不是一个人的事儿，是两个人的事儿呢。”福婶笑着附和，原先她也觉得让秦铮和谢芳华这般亲密实在有些不妥，不合礼数，但是这大半年观察下来，二公子对小姐实在是在意得紧，老侯爷和世子也挑不出铮二公子哪里不好，所以她也就看开了，只要铮二公子和小姐好，能顺利大婚，亲密些就亲密些，只要不传出去就行了。

“福婶说得对！”秦铮赞赏地看了福婶一眼，从十多条红布条里抽出两条来，一条是凤凰飞天的苏锦花纹绣缎，一条是并蒂莲缠丝的沉香缎织花锦绸，都是分外珍贵的好料子，他对谢芳华问，“你看，这两条哪条更好？”

谢芳华闻言认真地看了一眼：“沉香缎的好。”

“怎么不是苏锦花纹的好？”秦铮问。

“凤凰飞天的寓意不好。”谢芳华道，“还是并蒂莲好。”

秦铮顿时笑了，立马扔了苏锦花纹绣缎，将另一条并蒂莲缠丝的沉香缎织花锦绸交给福婶：“就要这匹布给她做嫁衣，我也觉得并蒂莲的好。”

福婶点点头，拿近处看了一眼，哎哟了一声：“这布的确好，但是我听那云彩坊的人说了，这些里面有几种是御衣局每年要的贡品，这布肯定是其中之一，估计不太好弄，若是没现成的，恐怕要等很久。”

秦铮皱眉，伸手又将布条拿到自己手里：“忠勇侯府有什么弄不来！不过要忠勇侯府去弄，确实麻烦，交给我吧。”

“若是您不通过御衣局能弄来，那就最好了，免得世子为难，毕竟宫里盯着咱们府盯得紧。”福婶悄声道，“准备嫁妆的事儿，老侯爷特地交代不准大张旗鼓，私下办稳妥了就行。”

秦铮点点头，复又欢喜起来：“爷爷说得对，自然不能大张旗鼓。”话落，他又拉着谢芳华，“除了嫁衣，你还要做多少套衣服？快挑。”

说着，他又推走了那些红布条，开始挑别的布条了。

谢芳华无语地看着他，这到底是她在挑选衣服，还是他在挑选？

秦铮自小受英亲王府的贵气熏陶，英亲王和英亲王妃又都是讲究的人，他耳濡目染，自然眼光毒辣，根本不用谢芳华插手，不大一会儿就选了十几条，攥在手里：“就这些吧，每样做一套。”

“这么多？早做出来，到时候如果小了就穿不了了。”谢芳华蹙眉。

“小姐，不怕的。我先前不是和您说了吗，我裁剪的时候都多裁剪两寸，到时候折在里面，若是小了再放出来。”福婶连忙道。

“嗯，福婶说得对。”秦铮慢悠悠地拿着手里的十几条布条比对，口中道，“也许用不着等到小了的那一天你就可以穿了。”

他的意思显而易见。

谢芳华一时无言。

“待我们大婚之后，你天天换着样地穿。”秦铮笑吟吟地从选中的那些布条里又抽出四五条来，自己攥在手里，其余的递给福婶，“这些是不受御衣局掌管的料子，你拿着去做，这几样受御衣局管制的料子，就交给我了。办好后，我派人给你送来。”

福婶连忙笑着接过，铮二公子的能力她自然是丝毫不怀疑的，他既然接过了这最难的一桩事儿，那就好办了。她之所以这么早就给小姐选这些衣料，也是怕选中的某些料子过不了御衣局那一关，被皇上盯着，才早早地私下准备。

秦铮将那几条布条连带着嫁衣的布条揣进怀里，问谢芳华；“我挑的这些你满意吗？怎么半天也不说话？”

谢芳华瞪了他一眼，他都已经自作主张了，还来问她干什么？

“你若是不满意，可以说嘛。”秦铮心情好，笑着瞅着她，又是那种温柔得能滴水的眸光。

谢芳华撇开脸：“你的眼光毒辣，选的都是千金一匹的料子，我能不满意吗？”

“我媳妇儿自然要穿最好的。”秦铮理所当然地扬扬眉。

“如今晌午已经过了，二公子吃过午膳了吗？”福婶收起那些散布条，重新包在一块布里，笑着问。

秦铮摇头：“皇叔不管我饭，把我赶出了皇宫，还没吃呢。”

福婶吓了一跳：“您得罪皇上了？可打紧？”

“有什么打紧的？我得罪他的时候多了去了！”秦铮摆摆手。

福婶顿时放心了，她虽然这么多年在忠勇侯府闭门不出，但也知道外面传扬的秦铮的那些本事，他是连皇上也不怵的，她笑着道：“已经过了午膳的时候，府中都用过了，奴婢去给您做一份端来这里？”

秦铮也不客气：“劳烦您了。”

“铮二公子客气了，不劳烦。”福婶笑呵呵地出了会客厅。外面都传二公子脾性不好，喜怒无常，她看着可不是，对老侯爷比世子在老侯爷面前还随意，对她这个府中的下人也尊敬，哪怕前段时间她不太满意铮二公子日日缠着小姐不成体统，私下对他说过两句，他也笑着应承，没着恼。

福婶离开后，侍画、侍墨也没进来碍眼，屋中只剩下秦铮和谢芳华两个人了。

秦铮伸手抱住了谢芳华的纤腰，突然对着她低头吻了下去。

谢芳华一惊，红着脸伸手推他，同时低斥：“你做什么？这里是会客厅！”

“你两个贴身的婢女在外面，怕什么？”秦铮重重地吻下。

谢芳华一时有些羞恼，但也拗不过他的手劲，他压着她吻了片刻，才意犹未尽地放开，她气喘吁吁地伸手捶他，但是手绵软，力道就跟挠痒痒差不多。

秦铮叹了口气，抓住她的手，有些痛苦地道：“你的力气都跑哪里去了？我现在怀疑，这些日子，你没跟我在一起，是不是早上荒废武功了？”

谢芳华想着这些天还真没晨练，顶多晚上睡觉前行功盏茶，可是她也不见得就一点儿力气都没了，她冷哼一声：“你若是想让我有力气把你的手废了，尽管再说一句！”

秦铮倏地笑了，在她的唇上啄了一口：“你没力气都是因为我，我不敢说了。”

谢芳华的耳根子发烧，伸手猛地推开他，站起身，离他远些，不想他再纠缠这事，遂转移话题：“你今日进宫如何？皇上准你去哪里？”

“福婶说得没错，你果然面皮子薄，还需要再多练练。”秦铮见她躲开，有些怅然若失，但也知道自己越来越忍不住了，不能再胡闹了，遂懒洋洋地坐着没动，回答她的话，“我在他的御书房待了半日，他没松口说准我去哪里。”

谢芳华一怔：“那是什么意思？他对你有什么打算？”

“打算自然是有的，只是估计还没打算好。”秦铮漫不经心地道，“不过也没什么，我明日再去就是了。”

“你刚说他把你赶回来了？”谢芳华问。

“他咳嗽了两声，我说要给他请孙太医，皇叔的龙体打紧，最近太操劳了，他就恼了。”秦铮笑意凉薄，“我说一句话就这么在意，可见是真的。你也不用去宫里查探了，免得露出马脚，他现在敏感得很，越来越多疑了，小心盯上你。”

“他一恼，你就出来了？”谢芳华看着他。

“他仅仅是恼了我才不出来，我哪那么容易走，不过据说皇后宫里出了些事情，他去了，我懒得跟去皇后宫里，便出宫回来了。”秦铮哪怕说着这些，也不忘心里的情意，对她委屈地道，“我想你了，他哪怕不走，我也待不住了，跟他一个老头子有什么好待的？”

谢芳华看着他又气又笑，又是无言，瞪着他：“你还是秦铮吗？我怎么看着你不认识？”

“我自然是秦铮！”秦铮扬起下巴，伸手去拽她，“你不认识爷就让你再好好认识认识？我本来就是日日想你，又有什么不能说的！”

谢芳华打开他的手：“别闹！皇后宫里出了什么事情？”

“据说两宫的宠妃和皇后闹起来了，不知道闹的是什么，挺热闹的，爷懒得问。”秦铮见她打开他的手，也没强求，撤回来，敲着桌面道，“临汾桥的事情查也查不出来了，皇后明知道，却是奈何不了那两个女人，上次算计我没算计成，如今秦钰平安回来了，她也有心情找那两个女人的麻烦了，皇宫里又要热闹了，这回够皇叔受的。”

谢芳华听他语气里有些幸灾乐祸，不由得好笑，皇上越是烦躁焦虑，越不会注意她接管了忠勇侯府里的事务，便于她暗中行事，情形更有利。

“你这一上午都在做什么？可有想我？”秦铮看着谢芳华。

谢芳华瞧着他的眼光，若是她敢说一个“没有”，他定然饶不了她，她点点头：“自然是想了。”她的确是想了，主要是想皇上会如何对他，给他个什么职位，没想到半日无果，不过也不意外。

“真的？”秦铮不太相信，往日他若是说这种话，问这种问题，她肯定给他一个白眼，今日这样实在让他受宠若惊。

“自然是真的！”谢芳华剜了他一眼，“你早上来与我说了这桩事儿，你走后，我能不想想？”

“看来是此想非彼想。”秦铮撤回探出的身子，但还是有些高兴，“不过你能想我，不管是想什么，这已经是值得高兴的事儿了。”话落，他笑着问，“除了想我，你还做什么了？”

谢芳华本来想糊弄过去，但想起他们说过的坦诚，她犹豫了一下，还是诚实地道：“哥哥把府中的事务都交给我了，半日里，我在看账本。”

秦铮一愣，随口问：“他也要入朝？”

谢芳华知道秦铮聪明，只要一句话，他便明白了整桩事情，她点点头：“爷爷和哥哥一致觉得，忠勇侯府不能再如从前了，哪怕低调到不参与世事的份儿上，皇上还是不干，那么还缩着干什么，不如站出去。”

“他的病不是还没好吗？”秦铮不知想到了什么，眸光幽深。

“他的病是没好，不过外公这些日子一直给他治，听哥哥说，多不过几日，就会彻底清除病根。”谢芳华也不想瞒他。

秦铮想了片刻，弯着嘴角笑了：“我以为爷爷和他还打算继续窝着呢，如今有了入朝的打算最好不过。他若是入朝，在有些事情上牵制一下，我娶你也能少些荆棘。”

谢芳华抬眼看他。

秦铮却不再多说，吸了吸鼻子：“饭菜来了，好香！”

谢芳华听到外面的动静，也不再说话，端起茶喝了一口。

须臾，福婶果然端着菜走了进来，笑呵呵地放下，对秦铮道：“刚刚碰到世子了，世子知道二公子来了，便说让您吃过饭就去芝兰苑寻他，他有事情和您商量。”

秦铮点头。

福婶走了出去。

“你还吃吗？”秦铮问谢芳华。

谢芳华放下茶盏，摇头：“我吃过了，你吃吧。”四菜一汤，两荤两素，福婶可是认真地给他开小灶了。

秦铮很满意，拿起筷子，慢条斯理地吃着，同时嘱咐谢芳华：“你别走，在这里陪着我，一会儿一起走。”

谢芳华点头，重新窝回了躺椅上，闭目养神。

她一条腿搭在躺椅上，一条腿搭在地上，虽然裙尾垂落，却还是露出了脚踝，看着极其不淑女，偏偏姿态闲适，秦铮一边吃饭，一边欣赏，心里越发喜欢。

他对如今这般循序渐进地将自己一寸寸地挤进谢芳华心里的方式很满意。

这顿饭他足足吃了半个时辰。

饭后，二人一起出了会客厅。

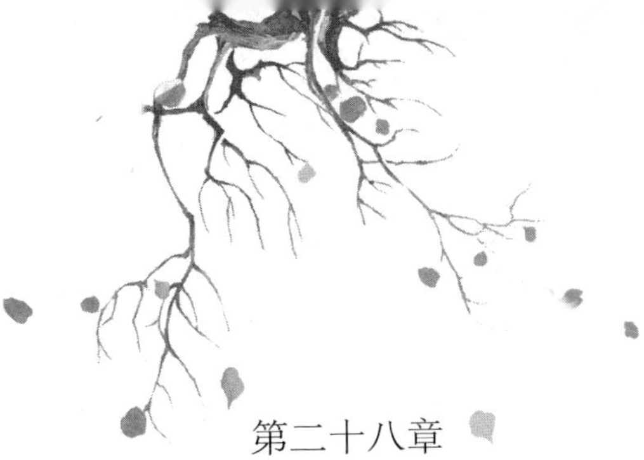

第二十八章

力破龙门

京　门　风　月

回海棠苑自然要路过芝兰苑。

秦铮在芝兰苑门口停下，偏头看着谢芳华，见她没有进去的打算，对她挑眉：“你不进去？”

谢芳华摇摇头：“我下午还要去书房看账本，哥哥找你商量事情，肯定是朝事，我去了也没大用处，你去吧。”

秦铮有些不舍：“你在哪个书房？我完事了去找你。”

“你下午就没事儿了？”谢芳华看着他。

“不见得有事儿，抓紧机会陪你。”秦铮道。

“我自己的小书房。”谢芳华丢下一句话，向海棠苑走去。

秦铮施施然地进了芝兰苑。

谢墨含正在画堂内等着秦铮，见他自己来了，打量了他一番，方才请他落座。

谢芳华一路走回海棠苑，也不关心谢墨含和秦铮要谈的事情，径直去了书房。

谢芳华中午休息的时候品竹等人也休息了一中午，见她回来又进了书房，也一起跟着她进了书房，一同埋进了账本里。

虽然给几人分配了各自要管的事情，但是谢芳华要统管事务，必须将全部的情况都摸清楚，所以，每一本账本自然不能指望她们看过来禀告，必须趁着这几天全部看完。

幸好谢芳华有着过目不忘的本领，而且一目十行，所以看得极快。

她最先选择的是与朝廷有牵扯的官商皇商的账本。

大到矿山、盐运、粮仓、兵器，小到衣食住行等，凡是国家和民生赖以生存的东西，没有谢氏不插手的，也没有谢氏不曾渗透的地方。

谢芳华一边看着一边感慨，看得越多，对事务的了解越深入，就越是懂得了皇室为何会对付谢氏。

南秦建国后，为何有了谢氏的辅助，短短时间内经济便得到了恢复？她以前只知道若没有谢氏，就没有如今的南秦，但也只泛泛地知道表层，如今却是彻底地明白了，这与谢氏全面涉足各行各业有着紧密的联系。

若说秦氏攥住江山，百姓们山呼万岁，称秦氏为帝，那么，谢氏就是攥住秦氏咽喉的那只手，是名副其实的地下王国。

哪怕忠勇侯府只有一位老侯爷、一位世子和一位嫡出小姐，却几乎攥住了南秦所有的经脉。

当初爷爷从朝堂退下来，哥哥也没趁机接替入朝，而是低调行事，也是有自己的道理的。

谢氏的确太强大了，再不收的话，难保有才华满腹之人趁机借助家族之势夺了江山。

虽然忠勇侯府忠心可鉴，爷爷、哥哥无心江山，旁支的人心却不尽然。

然而，爷爷一退再退，哥哥艰难支撑，皇上却步步紧逼。谢氏米粮就是一个例子，若没有谢云澜，皇上就要尽数吞没了谢氏米粮，而这只会让皇上觉得谢氏不是铁板一块，既然能吞了谢氏米粮，也就能吞了整个谢氏，却不知道当初是忠勇侯府有心剪枝，所以，皇帝不会感激忠勇侯府后退避世，只会看到除去忠勇侯府和谢氏的好处，从而变本加厉，迫不及待地要除去谢氏。

若是谢氏再一味地退让，必走前世的旧路。

满门倾覆，尸骨成山。

前世……爷爷和哥哥一定没料到退到最后会是那样的结局吧？若是料到，一定不会退。就如今世，受她的影响，爷爷改了心思，哥哥入朝，她没有谋反之心，可是不会坐以待毙。

一直到傍晚，秦铮也没出现在书房。

天黑之后，谢芳华累了，账本她一天时间看了四分之一，也算是高效了。

她出了书房，品竹等人各有收获，也跟着走了出来。

海棠苑甚是安静，出了书房之后，谢芳华吩咐侍画："去看看秦铮可还在府里。没在的话，打探一下他干什么去了。"

侍画暗想小姐也知道关心铮二公子了，这是好事儿，立即应声去了。

谢芳华回到房间后，躺在躺椅上闭目休息。

不多时，侍画回来，轻声禀告："铮二公子在海棠苑待了半个时辰，下晌时被王妃派来的人给叫回了王府，刚刚右相府的李公子约他一起出去了，至于去哪里，还没打探出来。”

谢芳华想起答应李沐清要去见言宸之事，摆摆手：“不用打探了，我知道他去了哪里。”

侍画点点头。

谢芳华又问：“哥哥呢？”

“世子在铮二公子走后去了城外找云澜公子，如今还没回来。”侍画道，“我询问铮二公子去向的时候，知道小姐可能也要问起世子，便顺便打听了。”

谢芳华对侍画很满意：“知道哥哥去找云澜哥哥做什么吗？”

“这点奴婢没问。”侍画摇头。

“摆饭吧。你们也累了，饭后都早点儿休息。”谢芳华摆摆手。

侍画退了下去。

没过多久，侍画、侍墨端来饭菜，谢芳华用罢晚饭，看着天色彻底黑了下来，便熄了灯，上了床。

这一日实在是有些累，看过的东西需要消化一番。

她躺在床上没有睡意，将看过的东西捋了一遍，加深了记忆。

一个时辰后，觉得差不多了，她便睡了过去。

夜半时分，谢芳华听到外面有动静，不多时，房门被推开，有轻轻的脚步声传来。

她迷迷糊糊地睁开眼睛，隔着帷幔看着那道熟悉的人影，无奈地咕哝：“秦铮，你大半夜不回府睡觉，又来打扰我干什么？”

秦铮来到近前，似乎带了醺醺然的酒气，他伸手挑开帷幔，停住脚步，站在床前看着她，声音低沉轻柔：“没有你在身边，我回府也睡不着，不来打扰你，打扰谁？”

“你喝酒了？”谢芳华坐起身，看着他的模样，虽然屋中光线昏暗，但是她还是隐约感觉到他喝了不少酒。

秦铮嗯了一声，开始脱外衣。

谢芳华蹙眉，伸手去拦他：“你要在这里睡？”

秦铮又嗯了一声。

“不行！”谢芳华道。

“为何不行？”秦铮顿住手，抬头看着她，黑夜中，眸光幽幽。

“你喝酒了！”谢芳华知道许多人酒后会不受控制地做出一些事情。

秦铮看着她的神色，猜出了她心中所想，忽然笑了，低柔地道：“你放心，‘锁情引’都奈何不了我，何况区区几杯酒。”

谢芳华听罢，见他执拗，慢慢地放下了手。

秦铮扔了外衣，踢了靴子，上了床。

谢芳华只能往里面挪了些。

秦铮伸手抱住她，满足地轻叹了一口气："我以前一直觉得自己苦，如今方才觉得，苦些不算什么，只要能得到自己想要的，再苦也值得，总比那心心念念却得不到，只能在心里想着的人强多了。"

谢芳华一怔，品味起这句话的意思。

秦铮却搂了她的腰，不再说话，不出片刻便睡了过去。

谢芳华想起他今日是带李沐清去会言宸，难道三人都喝酒了？他如今这是有了感慨？意指谁？她本来不想多想，可是不受控制，到底被他弄得去了几分困意。

她想翻身，秦铮感觉到她有动静，便紧紧地将她抱住，她只能作罢，不再动。

身边之人却是继续睡得香甜。

直到深夜，谢芳华才抛开了杂乱的思绪，睡了过去。

第二日，谢芳华醒来时，身边已经没了秦铮的影子，她挑开帷幔看外面的天色，发现日头已经甚高。

她揉揉头，虽然昨夜睡得晚，但因为今天醒得晚，头倒不疼，还有些清爽，可是依着她以前的敏感性子，只要身边有动静立马就会醒，如今真是越来越退步了，秦铮什么时候离开的她竟然不知道。

大约在他面前，她是放心的。

她起身下了床，推开房门。

侍画立即凑了过来："小姐，您醒了？"

"你们可知道昨夜人是何时来的，又是什么时候走的？"谢芳华在贴身婢女面前已经练出了厚脸皮，低声问。

侍画抿着嘴笑："二公子来的时候是在夜半，今日天刚亮就走了，走时还告诉我们，让我们别吵了小姐，说您睡得沉，怕是要晚些时候才能醒。"

谢芳华点点头。

侍画又道："二公子又问昨日您是不是累到了。他还让奴婢告诉您，让您有些事情缓着来，也不是一时半刻能做完的，累到您，他心疼。"

谢芳华的嘴角抽了抽，这话秦铮也敢让人传？脸皮比她厚多了。她不由得撇开脸："哥哥呢？"

"世子昨日也是很晚才回来，今早派侍书来给您传话，说他进宫一趟。"侍画低声道，"待从宫里回来再来找您。"

谢芳华点点头。

侍画见她没有再问事情，便吩咐人准备早膳。

谢芳华洗漱过后，用过早膳，又去了书房。

晌午谢墨含并没有回来，谢芳华用过午膳后，继续去书房看那些账本。

傍晚时分，侍画低声禀告："小姐，世子回来了，刚刚进府，估计先去荣福堂。"

谢芳华闻言放下账本，从书房出来，想了想，也朝荣福堂而去。

她到荣福堂的时候，正巧在门口遇到了谢墨含。

谢墨含似乎有些疲惫，见谢芳华的眉心也有疲惫之色，顿时笑了："妹妹，那些事情不急于一时，你没必要急着看完。"

"早一日熟悉，也能早一日接过哥哥肩上的担子。如今你既要准备入朝，又担着事情，身上的病还没根治，你更累。"谢芳华摇摇头。

谢墨含面色温暖："本来我想见过爷爷再去找你说说这两日的事情，既然你来了，便进屋说吧。"

谢芳华点点头。

兄妹二人一起进了荣福堂。

老侯爷大约是算准了二人一起来用膳，福婶早已经摆好了碗筷。

忠勇侯看了进来的兄妹二人一眼，眼皮抬了抬，摆手道："欲速则不达。"

谢墨含揉揉眉心，和谢芳华一起坐在桌前。

"今日正是第七日，谢氏米粮、谢氏盐仓以及那些大商贾之家都已经筹备好了修筑临汾桥的捐银，皇上特意召见。"谢墨含缓缓道。

谢芳华想起这件事儿，看着谢墨含，等着他的下文。

"谢氏米粮和谢氏盐仓都不曾再去人，而我一人代表了他们。"谢墨含又道。

谢芳华挑眉，如今谢云继失踪了，自然没办法进宫，谢云澜为何也没进宫？

"确切地说，代表了整个谢氏。"谢墨含补充道。

谢芳华眯了眯眼睛，忽然了悟："昨日你不只去找了云澜哥哥，也去找了谢氏米粮？可是还找了谢氏族长？或者说，把握谢氏经济命脉几大旁支的首要人物都找了？达成了什么协定？"

"妹妹聪颖。"谢墨含微笑地点头，"我知会了几位叔伯兄弟，我准备入朝，府中事务，以后由你接管。既然我要入朝，就要有个表态，谢氏所有分支如今合在一起，站在我身后，就是一个表态。"

"我接管府中事务，他们没说什么？"谢芳华询问。

"族长有些微词，毕竟你是女子，但是谢氏盐仓的叔伯和云澜表示大力支持你，他也就没再说什么了，毕竟祖宗没有不准女儿接手事务的家训。你虽然是女儿家，但更重要的是忠勇侯府的嫡出小姐。"谢墨含道。

谢芳华点头："皇上定然惊了个够呛吧？这一招，可谓是打了他一个措手不及，他最怕的就是谢氏齐心协力。”

谢墨含点头：“所以，听说今日皇上在我们离开后，砸了御书房。”

谢芳华顿时笑了，可以想象皇上的雷霆之怒。

谢墨含看了她一眼，犹豫了一下，慢慢道：“皇上不知是迁怒，还是有意找秦铮麻烦，他砸了御书房之后，调出了一百隐卫，布了龙门阵，说秦铮若是能破阵，就准许他去西山大营。”顿了顿，见谢芳华收了笑，他叹了口气，“虽然秦铮破了阵，但是受了伤，伤势……很重。”

秦铮受伤了？

谢芳华听罢一惊，腾地站了起来。

谢墨含看着谢芳华，想着妹妹果然是在意秦铮的，且不止一点儿。他低声道：“你少安毋躁，他虽然伤势很重，但没有性命危险。”

谢芳华闻言心下踏实了些，但还是站着，盯着谢墨含。

谢墨含抿了抿唇：“他也是胆子比天大，皇上布置龙门阵，选了皇室隐卫里面一等一的高手，就是想要他知难而退，可是他偏偏拿定了主意，硬是要破阵，以一对百，满朝文武做证。他斩杀的皇室隐卫有半数之多，出来之后，浑身是伤。”

谢芳华可以想象，若是百名普通高手，以一对百，对秦铮来说，不是难事儿，但这是一百个一等一的皇室隐卫高手，她的脸色白了白。

“铮小子破阵用了多少工夫？”忠勇侯此时开口。

“从未时到酉时整，两个时辰。”谢墨含又敬又佩，“古往今来，能如此破了龙门阵的人，他是第一个。”

忠勇侯点点头，敲了敲桌子，大笑了一声：“不愧是我看中的孙女婿！”

若是往日，谢芳华定会翻个白眼，可是今日，她听了实在没什么心情，有些僵硬地问谢墨含：“哥哥，他如今在哪里？”

“伤势太重，皇上说不宜挪动，留在宫中养伤了。”谢墨含道。

谢芳华本来想要去英亲王府，闻言抿了抿唇：“皇上没再动怒，还让他留在宫中养伤？英亲王和王妃呢？可得到消息了？”

“你且宽心，当时皇上布置龙门阵，满朝文武都在，英亲王自然也是在的，英亲王没拦住。半途中，英亲王妃得到消息，冲进宫里，可是龙门阵一旦开始，不破阵便退不出来。英亲王妃大怒，待秦铮破了阵后，她一起留在了宫里。”谢墨含道，“有王妃在，孙太医也被及时召了去给他看伤，不会有性命危险。”

谢芳华知道英亲王妃也在宫里，心中踏实下来。她和秦铮毕竟只有婚约，往日来往密切，皇上没办法阻止，只能睁一只眼闭一只眼，上一次她冲去宫里，皇上未必不知道她联合林太妃和两宫宠妃那些背后作为，只不过理亏，才没发难，如今她若是再冲进宫里，对秦铮未必是好事儿。

毕竟秦铮要的是西山大营。

西山大营是守护京城的重地。

若是秦铮和她没有婚约，皇上相信英亲王府，应该会毫不犹豫地让他去历练，可是和她牵扯上了之后，皇上就不敢给他了。

一个不敢给，一个非要不可，那么，他破了龙门阵，还无性命危险，便是最好的结果。

她轻轻叹了口气，她回京这大半年，秦铮实在是太狂妄张扬了，将他和她的事情弄得满城风雨，天下皆知，否则皇上也不会如此下狠手牵制，甚至不惜要他的命。

不过，话说回来，若没有秦铮这样明目张胆地横在皇上和忠勇侯府之间，她未必能如此轻松地处理很多事情，毕竟她离京八年，需要了解和准备的事情很多，若是皇上在她回京之际就用雷霆手腕，毫无顾忌地对忠勇侯府一味地狠打，那么，她此时一定会手忙脚乱。

毕竟，谢氏太大了，虽然看着是一张大网，但是处处都有空隙，想要打乱并不难。

"这回之后，天下怕是再没人敢说铮二公子只是一个纨绔子弟，靠祖荫才能横行无忌。"谢墨含似乎看出了谢芳华的心思，对她温声道，"今日天色已晚，若是你不放心，明日我陪你进宫去看他。"

"经过今日之事，皇上已经更厌恶你、我和忠勇侯府以及谢氏了吧？"谢芳华摇摇头，"既然他没有性命危险，我就不进宫了。这个时候，还是不要出现在皇上眼前。"

"事已至此，倒也不怕。"谢墨含道。

谢芳华笑了笑："他毕竟是皇帝，只要咱们忠勇侯府不打算反，就要留有三分余地。"

谢墨含闻言默然。

"没有性命危险就让他在宫中好好养伤。华丫头说得对，看了又能怎么地？"忠勇侯摆摆手，"含儿，今日你代表整个谢氏，皇上可有说法？"

"皇上询问了我的身体状况，我如实说了，大约几日之后，清除了余毒，就能好了，若是皇上看重，我就能为皇上效劳。"谢墨含淡淡一笑，"皇上点点头，表示知道了。几日后，应该会有安排。不过他如此忌惮忠勇侯府，未必会给实权。"

"能入朝就行。"忠勇侯闻言不再询问，说道，"饭菜都凉了，吃饭吧。"

谢墨含点点头，看了谢芳华一眼："妹妹，吃饭吧。"

谢芳华虽然没什么胃口，但还是点点头。

饭后，兄妹二人一起从荣福堂出来，往各自的院子走去。

一路上偶尔有两句闲话，到芝兰苑门口，谢墨含停住脚步，对谢芳华道："你既然明日不进宫，我进宫去看看他，你可有什么话要带给他？”

谢芳华想了想，对他道：“你告诉他好好养伤。”

“没了？”谢墨含问。

“没了。”谢芳华道。

谢墨含笑了一下：“这句话太短，他怕是不会满足。”

“宫里不同于英亲王府和忠勇侯府，人多眼杂，暗处盯着的人不知有多少，有什么话语都会传到别人的耳朵里。”谢芳华道，“过几天，我接手事务的消息会传出去，在这之前，还是不要让人注意我了吧。”

谢墨含点点头，觉得有道理，见她再没话说，便进了芝兰苑。

谢芳华缓步走回了海棠苑。

第二日，天空阴沉，清晨便飘起了细雨。

雨很细，很轻盈，星星点点落下，仅仅湿了地面。

谢芳华虽然睡得晚，但是醒得早，她醒来之后，在窗边站了片刻，便去了海棠亭。

顶着细密的雨，她在海棠亭里练剑。

侍画、侍墨看着她练了半个时辰，身上都打湿了，却还没有罢休的迹象，便小心地开口：“小姐，虽然雨不大，但是您这样在雨中待久了，也容易染上风寒。”

谢芳华却不收手，对二人道：“你们过来，跟我对打！”

侍画、侍墨对看一眼，犹豫了一下，见她虽然在雨中练了许久，但脸色红润，没有半点儿不适的模样，便齐齐提剑，与她打在一起。

海棠亭里的动静自然瞒不住海棠苑里的其余几人，品竹等人见谢芳华轻轻松松以一对二，便也一个一个地加入了战圈。

谢芳华以一对八，依然面不改色。

半个时辰后，雨下得大了，谢芳华看了一眼天色，她虽然不怕染风寒，但是这八人却不能陪着她一起，便撤了手。

八人与谢芳华一番对打下来，都气息微乱。

品竹兴奋地道：“小姐，去年在您回来之前，世子考验我们武功，我们八人一起和世子交手，那时世子还对我们感到满意，如今和您交手，我们才知道，我们还差得远。”

“我的招式都是必杀之招，每一招每一式都是用来杀人的，不是花架子，你们与人对打的经验不多，又不是都只钻研武功一道，所以这样已经不错了。”谢芳华笑笑，昨夜听说秦铮受伤而积聚在胸腹中的郁气似乎散去了不少。

“嗯，小姐说得对，我们以后也要少些虚招。”品萱道，“若不是小姐手下留情，我们八人今天不知道死了多少次了。”

“小姐，您和铮二公子谁的武功更高啊？”侍画悄声问。

谢芳华摇摇头：“应该是他吧。”若是让她以一敌百破龙门阵，她不见得能活着出来。

“听说昨日铮二公子以一敌百破龙门阵，虽然受了重伤，但是无性命之忧。那可是皇室一等一的隐卫！”侍画赞叹了一声，“一夜之间外面就传遍了，铮二公子这一次是真的名扬天下了！”

“他何时不出名了？”谢芳华笑笑。

几人想想也对，可是以前出的名和如今出的名却不同，如今是靠一己之力。

九人一起回了海棠苑，换了干松的衣服，外面的雨果然大了起来，小厨房里熬了姜汤，几人一起喝了，便撑着伞去了书房。

中午，谢墨含来了海棠苑一趟，说他进宫去看了秦铮，秦铮昨夜发起了高烧，孙太医一夜没敢离开，英亲王妃亲自守着，没敢合眼，他去的时候，秦铮还睡着，他不好在皇宫多待，将话传给了玉灼，玉灼说秦铮醒来后会告诉他。

谢芳华听罢没说什么。秦铮若是有大事儿，英亲王妃肯定会派人来请她的，既然没派人来，秦铮应该没有大碍。

谢墨含在海棠苑用过饭后，便说要去寻崔荆，据说崔荆已经准备妥当，明日可以清除他体内的毒。

谢芳华点点头，谢墨含离开了海棠苑。

第二日一早，谢芳华便去找崔荆。哥哥身上的顽疾积存了这么多年，要彻底解毒自然很难，她不放心，想要守在一旁。

崔荆对她道：“给你哥哥清除毒素要脱衣用药浴，即便你是妹妹，也不方便守在身边，不如去做自己的事情，有什么事情我派人喊你。”

谢芳华闻言只能作罢，但是想了想，还是道：“让人去请云澜哥哥来吧。有他看着，我才放心，而且难保不会用到内功。外公您这些日子为了哥哥的病太劳累了，年纪也大了，还是有个人在旁协助为好。”

“也好。”崔荆点点头。

谢芳华吩咐了侍书，侍书立即出了忠勇侯府，去了谢云澜的府邸。

谢墨含知道后笑笑，也没反对。

谢芳华便又去了自己的书房。

没多久，谢云澜便随着侍书来了忠勇侯府。

这一日，秦铮依旧在皇宫养伤，听说虽然高热退了，但是依旧不能下床走动。

这一日，崔荆为谢墨含祛除顽疾，谢云澜和崔允一起从旁协助，谢芳华在书房看账本，忠勇侯府内外甚是安静，没起任何波澜。

这一日，细雨渐渐变大，最后演变为倾盆大雨。高坐在金銮殿上的皇帝看着天色，想到临汾桥，又添了几分愁怒。

京城距离临汾镇不过百里，京城下如此大的雨，临汾镇自然同样被大雨浇了个稀里哗啦。

左相卢勇和英亲王府大公子秦浩去了临汾镇之后，全力彻查临汾桥之事，可是数日下来，却是连蛛丝马迹也没查出。工部的官员到了临汾桥之后，便着手修建临汾桥之事。

刚刚开工，便天不遂人意，来了这么一场大雨，但是哪怕是下大雨，为了不延误工期，耽误防汛，也只能冒雨动工，无人敢偷懒。

天黑下来的时候，谢墨含的顽疾彻底清除了，但是身体损耗太多，已经昏睡了过去。

崔荆也极其疲惫，派人来知会了谢芳华一声，便歇下了。

谢芳华听到禀告，松了一口气，刚要出海棠苑去看，谢云澜就来了。他的脸上有着明显的疲惫，冒着雨来，衣摆处被打湿了，沾染了一身寒气。她立即将他请进了画堂，询问之下，知道他还没用晚饭，便吩咐侍画、侍墨去弄晚饭，同时熬一碗姜汤。

谢云澜坐在椅子上，对她微笑："从芝兰苑到这里几步路而已，用不着熬姜汤。"

"你的身体也不好，还是要多注意。"谢芳华摇头，"如今哥哥好了，接下来，怎么也要将你的咒毒解开。"

谢云澜心下微暖："崔老前辈说我身体内的咒毒他是没办法解的。世子的顽疾既然祛除了，他休息几日之后就会离开南秦，前往……"话说到这里，他顿了顿，"前往魅族。有些不解之谜，他想解开，同时，也帮我查查，如何能破解焚心。"

谢芳华颔首："外公身体硬朗，多年前也随紫云道长去过一次魅族，不知道爷爷有没有想好随他一起去。"

"我看老侯爷不见得会去。"谢云澜摇摇头，"他不放心你和世子。"

谢芳华闻言叹了口气。若不是林太妃身边的嬷嬷弄来药渣，从而知晓了皇上的病，也许爷爷会放心地随外公出去，可是如今已经知道皇上的意图，爷爷自然是没法丢下他们离开。她又想到只有魅族王室嫡系一脉才会中王族绝咒，犹豫了一下，低声问："云澜哥哥，你有没有想过跟外公一起去魅族？"

谢云澜看了她一眼，垂下眼眸，摇摇头："没有，我不去。"

"也许，你去了，能找到破解之法。"谢芳华咬唇，自从她对秦铮更在意了之后，在谢云澜面前就觉得不能像曾经那样什么话都说了，尤其谢氏米粮老夫人的临终遗言，似乎让他和她之间横了一道坎儿。

想想前世，她与云澜哥哥相依为命，两人之间没有秘密，有什么说什么。

这一世，到底是不同了。

谢云澜笑笑，面色如常："我出生在谢氏，就是谢氏的子孙，魅族于我远在九天之外。关于焚心，能解就解，不能解就算了。也许这就是我的命数，何必强求？"

谢芳华闻言不再说什么。

侍画、侍墨端来饭菜，二人一起用膳。

用罢晚膳，谢云澜道；"我知道你本来想用云继来整顿整个谢氏，如今云继的下落还是没查到，你又接手了侯府的事务，身边需要人协助，只你身边那八个婢女还是不够，以后，我来帮你吧。"

"你的身体……"谢芳华犹豫了，谢云澜不能操劳，他的咒毒一旦发作，比谢墨含的身体还差。

"无碍。"谢云澜摇头，见谢芳华不太忍心，他笑道，"就算我发作了，不是还有你在吗？不怕的。"

谢芳华见他对用她的血克制焚心已经不再忌讳，便露出笑意："那好吧。我这几日正在看账本，云澜哥哥若是没事儿，便也住进忠勇侯府来吧，与我一起熟悉那些账本，处理事务。"

谢云澜想了想："若是住进忠勇侯府，我怕如今在宫里养伤的那人寝食难安。"顿了顿，他微笑道，"算了，我每日早上来忠勇侯府，晚上再回府吧。"

谢芳华闻言哑然，一时没了话。

因为雨下得太大，谢云澜虽然已经和谢芳华商量妥当，但当夜还是安置在了忠勇侯府。

忠勇侯府大，人少，院落多，芝兰苑附近就有一间芳草斋。

虽然谢云澜拒绝一直住在忠勇侯府，但谢芳华想了想，还是派人将芳草斋清扫出来，这样谢云澜遇到天色太晚、雨雪太大等不方便赶回府的情况时，就可以住在那里。

对此，谢云澜没有异议。

雨下了一夜，第二日依然天色昏沉，大雨未停，颇有些缠缠绵绵地下下去之势。

谢芳华起床后，站在窗前看着天色，眉心跟天色一样昏暗。

这样的大雨继续下下去的话，根本无法再冒雨修筑临汾桥，只能停工，然而，看天色，这样的雨势最少还会持续两日。

连续下上三日的话，那么最着急的就是宫里的皇上了。大雨过后临汾桥再动工，也会因这三日的雨而多费一番工夫——早先建好的东西，也许会被大雨冲刷走一部分。

一旦不齐全，就会延误工期。

临汾桥附近那数千亩土地延误不起，万户人家延误不起。

柳妃和沈妃，柳家和沈家，看了这样的雨势，不知道会作何感想。

为了杀秦钰，他们下了血本，谢氏为了牵制秦钰，抹平了他们犯的错误，如今又加上这般雨势，皇上焉能不怒？

不知道皇上的怒意会使得朝野产生怎样一番震动。

“小姐起了？”侍画撑着伞站在房檐下轻声询问。

谢芳华应了一声。

侍画推开门进屋，放下伞，对谢芳华道：“刚刚宫里传出消息，皇上早朝上下了三道圣旨，其中一道圣旨是给咱们忠勇侯府的，传旨的人应该不久后就会来咱们府了。世子刚刚让听言来传话，说这么大的雨，哪怕稍后圣旨来，您也不必出去了。”

“三道圣旨？”谢芳华回头，看着侍画。

侍画点点头：“据说一道圣旨是给世子的，一道圣旨是给铮二公子的，还有一道圣旨是给四皇子的。”

谢芳华眯了眯眼睛：“都是什么圣旨？”

“据说给世子下了圣命，授予工部侍郎之职，命世子前去临汾镇，两个月内修好临汾桥，事成皇上再封官加赏。”侍画看了谢芳华一眼，语气有些愤愤，“皇上这是给咱们世子一道大难题。如今雨下得这么大，谁都知道临汾桥要延误工期了，皇上偏偏这时候让世子去。”

“若是事不成呢？”谢芳华问。

“没说如何。”侍画提了一口气道。

谢芳华冷笑一声：“事成封官加赏，事不成那就是要受罚了。”

侍画面色一变，紧张地问：“小姐，圣旨马上就要到了，怎么办？有没有办法让世子不接受这道旨意？”

“圣旨既然已经下了，宫里已经传出了消息，早朝上当着文武百官下的圣旨如何能说收回就收回？这会儿不只是咱们府里得到了消息，京城各府邸应该也都得到消息了。”谢芳华道，“只能接着了，忠勇侯府不能公然抗旨。”

“可是两个月如何能完工？”侍画急道。

谢芳华沉默不语。

侍画见小姐沉默，猜测是在想应对之策，便噤了声不敢打扰她。

过了片刻，谢芳华又问：“另外两道圣旨说了什么？”

“给铮二公子的那道圣旨是命他伤好后去西山大营历练，未授官职，只说磨砺他的脾性。给四皇子的那道圣旨也未授官职，让他跟着右相学参政。”侍画不满地道，“到底是皇上的儿子，铮二公子破了龙门阵，受了那么重的伤，才得了这个；而咱们世子，整合谢氏，上交了那么多修筑银两，反而给了道大难题；反观四皇子，什么也不用做就能跟着右相学参政，这是最简单的了。”

谢芳华听罢，沉思片刻，笑了笑："皇上到底是皇上，能把南秦江山握在手中这么多年，果然心机深沉。秦铮要去西山大营，他便让秦钰参政，而将哥哥支去了临汾桥，一走便是两个月。若是哥哥不接受皇命，除了抗旨外，还有一点，就是以后休想再入朝。只要哥哥想入朝，就必须应下这道圣旨。忠勇侯府在哥哥走后，就剩下爷爷和我了。爷爷老了，而我总归是个女子，秦铮去西山大营不能三天两头回来，哥哥又不在，算起来，也是在架空忠勇侯府，真是好算计。"

侍画一听更紧张了："那……小姐，怎么办啊？"

"还能怎么办？"谢芳华不以为然，"临汾桥虽然难修筑，但是两个月内也不是没有办法完工，毕竟南秦的经络的确把握在我们谢氏手中，好的桥梁工匠，别人请不来，哥哥却有办法请来，日夜赶工，不出事情的话，也是可能的。"

侍画松了一口气："可是世子调离出京，铮二公子也不在城内，皇上若是趁机对付您和老侯爷怎么办？"

"就怕他不对付我！"谢芳华面色淡漠，眉目冷然中染上一抹淡淡的嘲讽，"别以为老弱妇孺就好欺负！"

侍画闻言挺了挺胸脯，心中涌起一股豪气，道："小姐说得是！奴婢等人一定好好护住小姐和老侯爷。"

谢芳华看了侍画一眼，见她鼓着腮帮子，眼神坚定，顿时笑了，她都没发现侍画也有这么可爱的时候。其实她们正是活泼心气高的年纪，因为自小训练而被压制的东西，只要慢慢地释放，总会露出来的。

侍画话落，见谢芳华对着她笑，她脸一红："小姐，奴婢说的可是真的，您笑话我！"

"嗯，我不笑话你了。"谢芳华转过头，看着窗外，对她道，"你去给哥哥回话，就说我知道了。"顿了顿，又补充，"他接了圣旨后，应该会先去爷爷的荣福堂，告诉他，我稍后就去。"

侍画应了一声，连忙撑着伞出了海棠苑。

谢芳华又站在窗前看了片刻，听到前方府门口透过雨声隐隐传来"圣旨到！"的声音，才转身去梳洗。

她梳洗妥当后，前方的动静消失了，她才在画堂里拿了一把伞，打着出了房门。

不多时，她来到芝兰苑，见谢云澜正撑着伞从芝兰苑西侧的一条路走过来，看到她，对她微微一笑："要去荣福堂？"

谢芳华点点头："哥哥接了圣旨，应该会去荣福堂，修建临汾桥之事不容耽误，恐怕哥哥这一两日就要启程，我去看看，他的身体不知怎样了，是否受得住。"

"按理说应该多休息些时日，可是皇上显然不给他休息的时间。"谢云澜叹了一口气，“我与你一起去荣福堂。”

谢芳华点点头。

二人撑着伞一起去了荣福堂。

谢墨含已经接了圣旨到了荣福堂，忠勇侯正坐在桌前看圣旨。

谢芳华和谢云澜迈过门槛时，只听忠勇侯感慨地道：“咱们忠勇侯府的子孙初入朝堂的时候，皇上都会出一道大难题给咱们，多少年多少代帝王，多少规矩都改了，可是这个不成文的规矩却始终没改。”

谢芳华闻言冷哼一声：“狗改不了吃屎！”

“臭丫头，这么粗鲁的话你也敢说！”忠勇侯闻言抬起头，看向门口，瞪了谢芳华一眼，“也不怕云澜笑话你。”

谢芳华没心情地对他撇撇嘴，看向谢墨含，见他虽然面色有些白，气息有些虚，但眉目间并不见忧愁，知道他已经有了应对之法，心下微松，走过去问：“哥哥，你觉得身子怎么样？”

谢墨含微笑：“已经无碍了，妹妹放心，即便今日就启程，也是不怕的。”

谢芳华蹙眉：“你想今日就启程？”

谢墨含点点头，见她不太满意，他温和地道：“外公说跟着我走，除了帮我看着点儿身体，他正巧懂些桥梁方面的事情，也能帮帮我。”

谢芳华闻言松了一口气：“那这样我放心了。”话落，她有些不舍地道，“可是外公是不是会顺道从临汾桥离开？”

谢墨含点头：“嗯，外公是这样打算的。”

谢芳华的不舍更甚：“外公回京后，我其实还没好好地陪过他。”

“混账丫头，你回京后也没好好地陪我不是吗？你的事情每日都多得很，即便他留在忠勇侯府，你能陪几日？”忠勇侯看不惯谢芳华的神色，剜了她一眼，“只不过是去魅族，虽然万里之遥，但他腿脚硬朗，多不过两年也能返回。”

虽然忠勇侯对她吹胡子瞪眼，但他说的是事实，谢芳华心中的不舍消散了些，笑了笑：“也是。”又问，“舅舅呢，有什么打算？”

“舅舅本来要回博陵崔氏，但是皇上不准。虽然免了他武卫将军的职位，但他如今还是朝中之人，皇上松口之前，他也不能说走就走。舅舅的意思是先在忠勇侯府待着，如今我要去临汾桥，有舅舅在，有云澜在，我也能放心了。”

谢芳华点点头。

“云澜以后就搬来忠勇侯府吧。你不必顾忌秦铮，他伤好后要去军营，只妹妹和爷爷在府里，他也是不放心的。”谢墨含隐晦地道。

谢云澜笑笑，看了谢芳华一眼，点点头：“也好。”

谢芳华见谢墨含都安排妥当了，她也不能再说什么了，只道："哥哥，你手里的人手够不够？若是不够，我还有人手调去给你用。"

谢墨含摇摇头："应该是够了。我离京之后，你守好侯府，管好府中事务就行了。"话落，又道，"本来我还不放心，既然云澜在，有他帮你，我就放心了。"

"哪里有那么多不放心，你爷爷我还没老得不能动弹！"忠勇侯摆摆手，"吃饭吧。饭后你就进宫，问问皇上还有什么嘱咐的，他若是没有，你就启程去临汾镇吧。"

谢墨含点头。

四人坐下来用饭。

饭后，谢墨含进了宫。

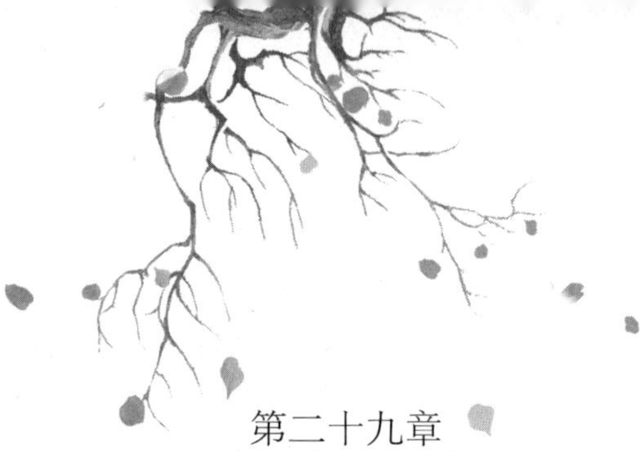

第二十九章
釜底抽薪

京　门　风　月

谢芳华在谢墨含走后想了想，将侍书喊来，对他道：“你还是跟随哥哥去临汾镇吧，你在他身边伺候了多年，比听言得他的心。”

侍书摇摇头：“小姐，世子早先吩咐了，让我留在府里，听言他带着就行。”话落，见谢芳华不放心，他低声道，“除了给小姐您训练的八大婢女，世子自己有八大暗卫，都是一等一的，而且咱们府中也有两支隐卫，世子带走一支，一支留下，都安排妥当了。”

谢芳华闻言作罢：“既然哥哥都安排妥当了，那就算了，还是让听言跟着吧。”

侍书点点头。

谢芳华对他摆摆手，让他下去准备谢墨含出行的行囊，这一走要两月之久，虽然京城距离临汾桥不远，但是谢墨含必须监督工程进度，是没办法回京的。

“臭丫头，去找你外公待半日，你哥哥启程也要下午了，云澜就留在这里陪我下棋，你们打理事务也不差这一日，明日再说吧。”忠勇侯道。

谢芳华看向谢云澜。

谢云澜笑着点点头。

谢芳华也觉得今日自己没什么心情，转身出了荣福堂，前去寻崔荆。

她找到崔荆的时候，崔荆正和崔允在说话，见她来了，二人都笑着招呼。

谢芳华进了屋，放下伞，不舍地走过去抱住崔荆：“外公，舍不得你。”

崔荆失笑：“你个小丫头！若是让秦铮那臭小子看见，怕是连我的醋也要吃了。”

谢芳华无语，从他怀中退出来，哪怕他打趣，她的心情也有些不好：“您什么时候能再回来？”

“少则一年半，多则两年吧。”崔荆道，“云澜身上的焚心之毒，我得好好花花时间，看看有没有什么解决之道。”

“没有人陪您，这一路该有多难！”谢芳华嘟囔，“这样吧，我派两个人一路跟您做伴。”

“用不着。”崔荆摆手，“自从紫云道长离开雾黎山，这些年我一个人独来独往惯了。况且，也不全是独来独往，这一路上，我也会探访名山大川，会些道友，你派人跟着我还嫌累赘。”

“那您可一定要注意身体，多多保重。”谢芳华道。

崔荆点点头：“希望我回来的时候，你和铮小子已经大婚了。”

谢芳华脸一红。

崔荆看着她的模样，哈哈大笑：“最好是抱了娃，我也能有曾外孙了。”

谢芳华的脸抽了抽，若是说大婚她还觉得可能，若是生孩子……还是算了吧！

崔允看谢芳华嘴角抽搐，也忍不住好笑。

这半日，谢芳华便陪着崔荆，与崔允一起，三人说说笑笑，叙些别话。

晌午时分，谢墨含从宫中回来，三人一起去了荣福堂。

谢芳华得知皇上将崔意芝派给了谢墨含，给他做副手，讶异了片刻，问道：“皇上这又是打的什么主意？”

“你不了解皇上，他不过是还没看明白崔小子。这小子是个心思深沉的主儿，不知道打的什么主意，说他向着皇室吧，不是；说他向着忠勇侯府吧，看不出来。皇上一时不敢用，于是将他跟你哥哥一起放了出去。”忠勇侯道，“这么一放的话，兵部侍郎的职位暂时还不是他的。”

谢芳华蹙眉：“他这是将崔意芝推给了忠勇侯府？”

“也不见得没有密旨。”忠勇侯的胡子翘了翘，“毕竟皇上最会这一招。”

谢芳华脸色微冷，想起明面上是崔意芝奉旨接秦钰，背后却有李沐清拿了密旨去迎接，看来皇室最会的就是明旨暗旨一起下，螳螂捕蝉黄雀在后。她道：“哥哥，崔意芝跟不跟你一起走？”

“跟我一起走。”谢墨含道。

谢芳华想了想：“一会儿我送你和外公出城。”

谢墨含心思剔透，知道她是想见崔意芝，点点头：“也好。”

忠勇侯、崔荆、崔允、谢墨含、谢云澜、谢芳华一起用午膳，这顿饭吃了足足一个时辰，饭后，谢墨含和崔荆一起启程，前往临汾镇。

谢芳华本想自己去送，谢云澜说要出城回府取些随身的东西，毕竟谢墨含离京的这两个月他是要住在忠勇侯府了，于是，二人一起送谢墨含和崔荆出城。

马车驶离忠勇侯府，向南城门而去。

和谢墨含一道前往临汾镇的侍从，只有听言一人。

马车很顺利地到了南城门，崔意芝的马车已经等在了那里。

崔意芝挑开帘幕看了一眼，和谢墨含打了一声招呼，两家的马车一起出了南城门。

出了南城门后，谢芳华跳出谢墨含的马车，轻轻钻进了崔意芝的马车。

崔意芝正坐在车厢内，拿了一本书闲闲散散地看着，突然感觉到外面的动静，见一个人钻进了他的马车，他立即抽出腰间的宝剑，对着这人便是一剑。

谢芳华没想到崔意芝如此敏锐，她迅捷地甩出袖剑，兵器相交，只听得一声脆响。

崔意芝没想到自己如此快速的一剑能被来人挡住，他眯起眼眸，一看之下，顿时一愣："怎么是你？"

谢芳华抬眼看他，淡淡一笑："难得崔二公子还能认出我。怎么就不能是我？"

崔意芝看着架在一起的剑，眸光动了动："芳华小姐有事情找在下？"

"崔二公子可有心情与我谈谈？"谢芳华也看着二人架在一起的剑。

"出城没多远，随行的队伍中有皇室隐卫，芳华小姐丝毫不惧暴露吗？"崔意芝轻轻推了推宝剑，但是宝剑纹丝不动，他看了谢芳华纤细的手腕一眼，明明看着娇柔的女子手腕，偏偏像是有万钧之力。

谢芳华笑了笑："惧怕的话，我今日就不来找你了。"

崔意芝懒懒地向后靠了靠："我似乎没什么心情。"

"哦？"谢芳华看着他。

"你也知道，这雨太大了。"崔意芝的语气有些漫不经心。

"虽然雨下得大，但是也不影响心情。"谢芳华忽然撤回袖剑，"不过谈事情的确要讲究心情，崔二公子既然没有心情，就算了。"话落，她挑开帘幕，就要跳下车厢。

崔意芝忽然也撤回手中的宝剑："铮表兄伤势很重，芳华小姐看起来并不担心他。"

谢芳华手一顿，回头看着崔意芝，眸光倏地一冷："崔二公子，上一次你奉旨出京去接四皇子平安回来了，这一次，恐怕没那么幸运了。"

崔意芝的面部肌肉忽然一紧，端正颜色看着谢芳华："若是我说，我突然又有心情了呢？"

谢芳华挑眉，慢慢地收回手，放开了车厢的帘幕，坐下身，回看着崔意芝，不置可否："心情这种东西，的确是时好时坏，时有时无。"

崔意芝闻言笑了一声："不错。"

谢芳华见他神态松动，也不打算与他磨叽，开门见山："上一次你出京，皇上给了你一道明旨，赏的是兵部侍郎。这一次，你出京，皇上应该是给了你一道密旨吧？崔二公子既然有心情，不妨谈谈。”

崔意芝没料到谢芳华如此直白，他眨了眨眼睛：“既然是密旨，芳华小姐以为，哪怕我心情好，便能随便谈吗？”

“崔二公子可认识轻歌？”谢芳华淡淡地问。

崔意芝身子微僵：“认识。”

谢芳华瞥了他一眼，不再言语。

崔意芝不说话，盯着她，过了片刻，见她依然不语，知道是在等着他表态，他拿不准她的想法，一时间只觉得她深不可测，揣摩半晌，才道：“轻歌是你的人？”

“郾城刺杀，若是没有人暗中相助，崔二公子觉得你能平安归京吗？”谢芳华询问。

崔意芝沉默片刻，摇摇头：“不能。”

“其实，对于清河崔氏，忠勇侯府也不一定非要它。”谢芳华懒散地靠在车壁上，淡淡地道，“忠勇侯府目前还不算是瘦死的骆驼，就算是瘦死的骆驼，也是比马大的，要保谁容易，想铲除谁，也不是难事儿。”

崔意芝聪明，自然明白谢芳华的意指，面色微微一变：“芳华小姐好大的口气！就算不顾忌皇权，是否也该顾忌一下英亲王府？清河崔氏是王妃的母族。”

“我知道清河崔氏是王妃的母族，所以我今日才冒雨上了你的马车与你谈谈。”谢芳华感觉马车晃了一下，溅起的水似乎打在了车轱辘上，她的身子纹丝不动，“我还没嫁入英亲王府，也不算是英亲王府的人，就算我嫁入英亲王府，王妃的母族也不是我的母族。”

崔意芝的面部微微绷紧。

谢芳华看着他，闲闲散散地道：“护一城容易，毁一城也容易。崔二公子是聪明人，你可以想想，若是没了清河崔氏，皇上可还会重用你？就算重用你，背后没有家族支撑，你能独自走多远？”

崔意芝的薄唇紧紧地抿了起来。

“还有一盏茶。”谢芳华道。

“什么一盏茶？”崔意芝看着她，这话题转得太快，他一时跟不上。

谢芳华温和一笑：“云澜哥哥回府去取东西，我们约好了他取完东西来接我，也就是说，我们的谈话还有一盏茶的时间。”

崔意芝恍然，仔细地看着谢芳华的神色，见提起谢云澜，她的眉目间有着淡淡的温和，他蹙眉：“芳华小姐和云澜公子感情甚笃，看来京中传言未必不实。”

“什么传言？”谢芳华看着她。

“谢氏米粮的云澜公子，兄弟姐妹的账都不买，却只对芳华小姐和颜悦色，感情深重。”崔意芝道，“谁都知道，谢氏米粮和忠勇侯府其实已经出了五服，血缘早已经淡薄了，据说谢氏如今的子孙，五服外的两个姓谢的都可以通婚了。”

谢芳华的眸光沉了沉：“崔二公子这么想浪费时间，看来是不将清河崔氏看在眼里了，那就算了。”话落，她扬手要挑帘幕离开。

“不是还有一盏茶吗，芳华小姐何必急？”崔意芝伸手拦住她。

谢芳华看着挡住她的手臂，声音清冷：“我不太喜欢与太聪明的人绕弯弯，相反，我喜欢与太聪明的人直来直往，合则融，不合则弃。”

崔意芝的手臂僵了僵，须臾，轻轻地笑了：“芳华小姐只派了一个人，却悄无声息地躲过了皇室隐卫，在郾城救了武卫将军，也算是救了我。临汾桥被毁，柳妃和沈妃以及柳氏和沈氏择得清白，至今平安无恙，我就想着你什么时候找我，不想等了这么久。”

谢芳华沉默地看着他，知道他还有话说。

“今日我进宫去看望铮表兄，他伤得的确是很重，恐怕还要歇上七日才能下床走动。”崔意芝深深地看了谢芳华一眼，“他本可以等着皇上哪一日给他世袭的爵位，在合适的时间起用他，根本不必付出这么大的代价，如今这般，想来是为了你。”

谢芳华想起皇宫里的秦铮，想起他酒醉后说的那句话，眉目间仿佛笼上了一抹雾。

崔意芝一直没放过谢芳华的神色，这时忽然笑了：“人人都传闻铮表哥入了魔，对忠勇侯府的小姐痴迷过甚，忠勇侯府的小姐却是不甘接受这桩婚事的，如今看来不尽然。”

谢芳华瞅着他，不置可否。

崔意芝见无论是提起谢云澜，还是秦铮，或者是别的，只要是触及谢芳华心里的东西，她都令人看不出究竟来，想着再说下去也是这般了，便从怀中抽出一道密旨，递给谢芳华：“这是皇上在我出皇宫之前给我的。”

谢芳华见他自动拿出来，看来是同意结盟了，于是伸手接过密旨展开，里面却是一片空白。

她眯了眯眼睛。

崔意芝笑道：“皇上到底是皇上，芳华小姐刚刚夸我聪明，如今看来你是夸错了，至少我猜不出皇上给我这样一道空白的密旨是什么打算。你可知道？”

空白的密旨，有许多意思，可好可坏。

这一道密旨，就是要让崔意芝品味着皇帝的心思去做了，而皇帝的心思是什么呢？

无非就是铲除谢氏刻不容缓，而崔意芝是跟着谢墨含一起离京的，意思不言而喻。

她将密旨返还给崔意芝，转身出了车厢，分外干脆。

队伍安静地走着，除了周围谢墨含和崔意芝的亲卫，没有人察觉。

崔意芝看着扔回来的密旨，见谢芳华如此干脆地走了，顿时愣住了。

他以为她看到空白的密旨会与他说些什么，既然他能拿出密旨，自然是认同了她的话，打算和忠勇侯府结盟了，可是如今，她这般什么也不说地走了，到底是什么意思？

他伸手挑开了帘幕。

外面雨下得大，可是整支队伍安安静静地走着，半丝动静都没有，雨中只看到谢墨含的马车，看不到谢芳华的身影。

若不是这马车内还有着淡淡的海棠香味，他几乎要怀疑刚刚是否有人与他坐在马车中说了这么久的话。

他慢慢地放下帘幕，看着手中的空白密旨，一时间陷入了沉思。

皇上的密旨其实不难猜。皇上要除去忠勇侯府，又给他一道空白密旨，有无数可能，但是万变不离其宗，无非是想要他站队，也是代表清河崔氏站队。可能，就是在皇上有需要的时候，将这道空白的密旨填上，然后用来钳制忠勇侯府。

可是谢芳华如今看完密旨干脆地走了是什么心思？

他一时间还真猜不出来。

他发现，这短短半年里，世人对忠勇侯府小姐的揣测虽然多，但是不了解之处也多。她的名声因为她的身份，也因为与秦铮的赐婚传遍天下，但世人对她并不了解，了解的，也不过是病了多年突然好了，且自学医书竟然医术惊人。

世人可知她会武功，且武功极高？

她身上似乎有很多秘密……

他想了许久也没想出所以然来，便收起了圣旨，重新拿起那卷书，却许久没翻页。

谢芳华从崔意芝的马车出来，又回到了谢墨含的马车里，将崔意芝手中的空白密旨告诉了他，谢墨含想了片刻，低声问："妹妹以为如何？"

"哥哥只管专心修桥，至于崔意芝嘛……"谢芳华用拇指捻着中指，"他是辅助你的人，你可着劲地用。至于皇上，应该是不乐意见到你们交好的。"

谢墨含点点头："妹妹说得极是，我知道如何应对了。"

谢芳华笑了笑："这雨这么大，你要当心身子，一定不能着凉。"

谢墨含无奈地笑着点头："知道了。你和爷爷在京中也要多加小心，出门的时候多带些人，一定不要自己出行。你的武功虽然不错，但防不住有人算计。"

谢芳华点头："知道了。"

兄妹二人又互相嘱咐了片刻，外面听言禀告："世子，云澜公子的马车来接小姐了。"

谢墨含对谢芳华点点头，谢芳华下了马车，撑着伞上了谢云澜的马车。

崔意芝听到动静，挑开帘幕去看，见谢芳华这次没有隐藏，而是撑着伞走向谢云澜的马车，谢云澜挑着帘幕对她微笑，她也露出笑意，两个人表现得非常熟稔，他落下了帘幕。

队伍缓缓向着临汾镇而去。

谢芳华上了马车后，便扯过车中的靠枕枕在头下，懒洋洋地躺在马车里。

谢云澜看着她好笑："好没样子，若是让外人看到，必会说忠勇侯府的大家闺秀怎么这样。"

谢芳华听着谢云澜对她打趣，闭上眼睛，嘟囔道："累！"

"你这两日一直没休息，的确是累了，这会儿刚过午时，时候还早，回府后便好好休息吧。"谢云澜将车中一床薄被拿过来展开，给她盖在身上。

谢芳华点点头。

车中安静下来，谢芳华闭目养神，谢云澜翻看着一本类似于账本的黑色本子。

马车一路顺畅地回了忠勇侯府。

第二日，大雨依然不停。

歇了一日的谢芳华自然神清气爽，听到侍书禀告昨夜谢墨含平安到了临汾镇，她终于放下了心。

昨日她与谢云澜商定，以后早饭和崔允一起陪着忠勇侯在荣福堂用。以往都是谢墨含陪着忠勇侯用早膳，她在府里的时候太少，回来后又事情不断，没怎么在府里待着，更没怎么陪过爷爷，如今哥哥出门在外，她也会长期在府中，自然不能再和以前一样。爷爷老了，哪怕她不能每日陪在他身边，但每日早上去用早膳，碰一面，还是可以的。

于是她早早地起来，去了荣福堂。

在荣福堂用过早饭后，崔允留下陪忠勇侯下棋，谢芳华和谢云澜一起去了谢芳华的小书房。

忠勇侯府的事务，谢云澜明显比谢芳华接触得多，显然这些年私下里，谢墨含与他来往甚密，只不过世人都不知道罢了。

有了谢云澜，谢芳华上手更快了，本来还需要再看两日的账本，一日便彻底看完了。

所有的账目看完之后，谢芳华倒没立即和谢云澜研究以后的策略，而是回了房间，好好地将看过的东西过滤了一遍，又沉沉地睡了一觉。

转日，她一和谢云澜碰面，便说了第一件事情："云澜哥哥，谢氏族长、谢氏盐仓、谢氏米粮以及谢氏各房，应该都已经知道我接手府中事务了吧？"

谢云澜点点头："各房身份重要的叔伯兄弟们，应该都已经知道了。"顿了顿，他微笑道，"都等着看你的作为呢。"

“我的作为？”谢芳华偏头看着谢云澜。

谢云澜似笑非笑：“天下间没有不透风的墙，我们谢氏一直以来最招皇上忌讳的地方就是人才太多。聪明人大有人在，很多人都觉得，你接手侯府的事务，怕是会打破以往的规矩，因此都有些紧张。”

“不只是紧张，应该说都有些恐慌吧。”谢芳华淡淡一笑，“这么多年来，他们都熟悉了哥哥为人处世的风格，却对我没有了解，所以拿不准我会做什么。”

谢云澜点点头，也歪着头看她：“那么你要做什么呢？”

“我啊……”谢芳华的目光穿透忠勇侯府的重重楼阁，望向那对世人来说迷雾重重的九重天阙，隔着厚厚的雨帘，她的目光和雨水一样清冷，“我回京之后，便和云继哥哥出手整合谢氏。然而才开了个头，云继哥哥就离开了，但是开弓没有回头箭，当然是继续做了。”

谢云澜抿唇：“箭往哪里射，你可想好了？”

“分族，分宗，分房，分人，分钱，分势。”谢芳华一连说了好几个“分”，之后看着谢云澜，“云澜哥哥，你觉得如何？”

谢云澜面色一变：“恐怕族长首先就不会同意！这样是彻底分化了我们谢氏！”

谢芳华看着谢云澜：“三年前，爷爷从朝中退下来，有意低调剪枝，但是老头子还是太手软了，舍不得祖宗留下来的这偌大的谢氏。他难道就没有想过，只有分得彻底，就算以后一房一院出了事儿，也牵连不到整个谢氏。就比如，皇上就算诛了忠勇侯府满门，分宗之后，忠勇侯的罪也只是忠勇侯府的罪，牵连不到别的姓谢的人，姓谢的旁支犯了罪亦然。”

谢云澜闻言沉默下来。

“彻底分了之后，你可以想想，皇上想要除掉整个谢氏，那么，他得给每一房每一院找多少宗罪才能彻底根除姓谢的人？每一房，每一院，没了九族，他还能诛谁？”谢芳华目光冷毅，“姓谢的永远姓谢，一个祖宗总是跑不了的，就算分了，一家人又为何不能是一家人？”

谢云澜的眸光亮了亮：“你这是分而化之，化整为零？”

谢芳华点头：“所以，云澜哥哥，你觉得我这个想法如何？”顿了顿，她又问，“若是皇上知晓我们分得这么彻底，又会如何？”

“你这个做法简直是不敢想象！”谢云澜慨叹片刻，分族分宗是大事儿，世家大族，最怕的就是分而化之，可是对根系太大的谢氏来说，这还真是对皇权最好的反击。皇上就想要偌大的谢氏倾覆，而谢芳华不等皇上动手，就自己分了谢氏，皇上知道后，该会有多么的……

也许是震惊，也许是震撼，也许是愤怒，也许是不敢置信，也许不止砸了御书房。

若是整个谢氏真的都分了，那么这一件事儿，就是谢芳华接手忠勇侯府的事务后，做得最大的事情！

千百年来，恐怕绝无仅有！

不只会震到皇宫里高坐金銮殿一直欲将谢氏斩草除根的那个人，也会震惊天下！

“正因为不敢想象，所以才是保护谢氏最好的办法。”谢芳华想起前世，皇帝拿出忠勇侯府联合身在北齐的姑姑以及戍边的舅舅通敌叛国的“罪证”，历数忠勇侯府十几宗罪，最后以雷霆之势下令诛灭九族，谢氏覆巢之下再无完卵，那之后，南秦几乎再无一个姓谢的人。

今生，她若是还像早先那样犹豫，还想整合谢氏，好的留下，坏的分出去，那么与爷爷三年前退朝后不理会谢氏米粮、让皇帝吞并了大半的手软剪枝又有何区别？只会让皇上以为谢氏不是铁板一块，定能除去。

她不是爷爷，也不允许自己再手软！

“既然这是最好的办法，那么就这样吧。”谢云澜想了片刻，心中慢慢地恢复了平静，“自古，分族分宗就需要族里所有重要的人同意，首先就是族长。再就是请举足轻重的人来做见证人。你可想好了，怎样说服他们？”

谢芳华点点头：“形势比人强，只要是还有脑子的人，就该知道我这样做是最好的办法。”顿了顿，她拔下头上的一枚珠钗扔了出去，珠钗顺着房檐如箭一般飞向对面的墙壁，整支珠钗没入墙内，她的声音不高，却隐约显露出杀意，“没脑子的人，谢氏也不需要，死了就行了。我要做的事儿，不容任何人阻止！”

谢云澜看着那支没入墙里的钗：“若是被皇上看破你的打算……”

谢芳华冷笑：“由不得他！”

谢芳华和谢云澜商定了办法之后，便一起去了荣福堂找忠勇侯。

忠勇侯听罢二人的想法，好久都沉默不语。

谢芳华也不着急，坐在椅子上，慢慢地品着茶等着。

谢云澜也不着急，同样坐在椅子上，见谢芳华杯中的茶水空了，便亲自给她斟满。

崔允坐在一旁，自从谢芳华和谢云澜二人说了关于谢氏未来的打算后，惊得无以复加，不敢置信地看着谢芳华。

自古以来，世家大族最忌讳分族分宗这等事情，尤其是谢氏，子嗣不胜枚举，盘根错节，旁支上万，南秦建朝以来，王氏为了辅助皇权而没落，谢氏入世，别说整个南秦，就连北齐都为之震动，普天之下，谢氏大族第一当之无愧，皇族都没有谢氏的底蕴。

若是四分五裂了，那么谢氏还是谢氏吗？

皇上为什么想除去谢氏？天下有脑子的人都明白，正因为谢氏太大了，且人才辈出，不仅政治军事，就连商贾工建，都有能人，握着南秦的命脉，卡住了皇权的咽喉，皇上寝食难安，生怕有朝一日，连皇权也制衡不了谢氏，危及南秦江山。

谢氏的确已经到了危急关头，可是再怎么危急，也不至于到分族分宗什么都分的地步。

一旦分了，世家大族的地位可就没了。

忠勇侯府以后就是一门一户了，没有了依傍的族亲，也就不算是大族了。

宫里的皇上若是听说谢氏分族分宗，不知会作何感想，实在难以想象。

谢芳华和谢云澜说明了这件事情之后，荣福堂内一时静寂无声。

忠勇侯足足沉默了半个时辰，才看向谢芳华和谢云澜，二人一个悠闲地品着茶，一个姿态优雅地分茶泡茶，他看了半晌，叹了口气："老了！"

崔允也回过神来，看了忠勇侯一眼，又看看自己，跟着叹了口气："老侯爷说得是。别说您老了，就连我都老了，未来就是年轻人的天下了。"

谢芳华和谢云澜对看一眼，都没说话。

"你们想好了？一定要这样做？"忠勇侯盯着谢芳华和谢云澜。

谢云澜微笑："我听芳华的。"

忠勇侯向来对谢云澜和颜悦色，今日听他如此说话，难得地冷哼了一声，气不顺地道："让你辅助她打理事务，你这辅助得倒是真好！不过两天的工夫，她就想出来了这么个主意！"

谢芳华一听恼了，瞪着忠勇侯："爷爷，这关云澜哥哥什么事儿？您怨他做什么？是我早就有这个主意了。当初云澜哥哥还在平阳城，我那时候还没见他，除夕之夜，我见了云继哥哥，就让他帮我做这件事儿了，只不过做了个开头，他就失踪了。"

话落，她放下茶盏，冷哼道："您就是太心慈手软了！皇上吞了大半的谢氏米粮，之后不知餍足，得寸进尺，难道您非要等着哪一天他吞了整个谢氏，将我们谢氏子孙上万人的脑袋送到断头台上去不成？"

忠勇侯一噎。

"这事儿我就是要这么做！您同意得同意，不同意也得同意！"谢芳华见忠勇侯死瞪着她，她也没好脸色，"开弓没有回头箭！"

忠勇侯气得跳脚："臭丫头，混账东西！你这一手出去，这天怕是会被你翻个个儿，你可想好了后果？"

"后果？"谢芳华不以为然，"什么后果？"

忠勇侯额头的青筋跳了跳："皇上那里，会由得你这样做吗？你这明显就是……"

"这是我们谢氏的事儿，他有什么由得不由得的。"谢芳华漫不经心地道，"您、族长、谢氏米粮、谢氏盐仓以及谢氏各房，地位重要的叔伯们一起递折子，我们谢氏自己来个万民请愿，自愿分家，他就算不同意，还能抵得过民心所向吗？”

忠勇侯又是一噎。

谢芳华见他两鬓苍白，也不忍心再气他，叹了口气：“爷爷，当断不断，必留后患！不能手软的事情，一定不要手软。您老了，可不能糊涂，姓谢的人，数万之多，您也不想将来某一日，这世上，再没有一个人敢姓谢吧！”

忠勇侯身子震了震。

谢芳华再接再厉：“虽然说是分族，分宗，分家，分房……什么都分，但那是摆在明处，暗处呢，谁又说得清？”顿了顿，她下了一剂猛药，“忠勇侯府，如果我和哥哥护不住，有朝一日倒了，也只牵连忠勇侯府一门，牵连不到别人，反之亦然。”

忠勇侯又沉默下来。

谢芳华看着忠勇侯，她能理解爷爷的心情，爷爷一直支撑着忠勇侯府，也就是支撑着整个谢氏，支撑着祖宗留下来的基业，几百上千年的谢氏底蕴，一旦分族分宗，谢氏就等于破散了，这是打破了他一辈子的支撑，他焉能好受？

可是若不过了爷爷这一关，那么谢氏族长那一关更难过，他毕竟把持着谢氏族谱、族田、族学，是谢氏一族的标杆。

又过了一盏茶的时间，谢芳华见忠勇侯还不松口，不耐烦起来：“到底同不同意，您倒是说句话啊！我都喝了快一个时辰的茶了，灌了一肚子的水，撑都撑饱了。”

“你个混账东西！谢氏的女儿有你是福，也是祸！”忠勇侯怒骂起来，“你不是说我同不同意你都下定决心了吗，你还等着我的话做什么？”

谢芳华一噎。

谢云澜轻笑了一声，温和地道：“这件事情可是大事儿，虽然我支持芳华，觉得她这么做是对的，但是还是要您老人家点头啊。我们是小辈，没有长辈出面，不知道要绕多少弯子才能做成这件事儿。”

忠勇侯哼了一声。

谢云澜笑笑，继续道：“我们谢氏一脉，鼎盛至今，也不能再进一步了。俗话说，盛极必衰。皇上如今已经将谢氏当作必除的后患，古往今来，分族分宗那些世家大族不可为之事，搁在谢氏身上，也只能为之了。正如芳华所说，总不能有朝一日，让这天下无人敢姓谢吧！与其温温暾暾，不如釜底抽薪。”

忠勇侯又沉默下来。

谢芳华知道老头子虽然老了，但还没糊涂，看他如今的样子，也是极其明白的，只是过不了心里的坎儿。

谢云澜见火候差不多了，也就静静等着，不再说话。

“老侯爷，我也说句话。”崔允一直没开口，此时方道，“俗话说，当局者迷，旁观者清。难得华丫头和云澜能身在山中而知山，身在局中而知局。这釜底抽薪之计虽然决绝了些，但到底能震住上面那人——连谢氏自己人都想不到，更何况宫里那人。人在，命在，根就在。若是以后没人了，徒有世家大族的名声，又有何用？”

忠勇侯听罢，忽然咬了咬牙，一拍桌案：“分就分吧！反正姓谢的还是姓谢的。”

谢芳华顿时笑了：“那我今日就派人去请那些人过来，有您坐镇，这事情越快越好！我就想要打他个措手不及！事成之前，半丝风声也不能露出去！”

“半丝风声不露怎么可能？皇上可是盯着我们谢氏一举一动的。只怕你前脚请人来，这些人出了府后，后脚宫里就能得到消息。”忠勇侯摇摇头，烦躁地摆摆手，“反正也不怕他知道，只是麻烦些而已，去吧去吧！”

“就算要传出风声，也不是今日，最起码要等这桩事情成了六七分之后再让他知道，否则怎么能将天翻个个儿呢！我要这件事情成，就不能让他伸手搅和。”谢芳华对谢云澜道，“云澜哥哥，你说呢？今日请了那些人来，事成之前，就别出府门了，忠勇侯府这么大，地方多的是，让他们先住几日呗。”

谢云澜含笑点头：“我也正有此意。虽然皇上日日注意谢氏，但咱们若是想瞒几日消息，也不难。”

谢芳华闻言对外喊：“去喊侍书过来。”

“是。”侍画、侍墨在外间应了一声，打着伞去了。

忠勇侯看着谢芳华和谢云澜一唱一和，又连连吹着胡子道：“老了老了！”

崔允也感慨了两句。

不多时，侍书便来到了外间，恭敬地见礼。

谢芳华将拟好的名单递出去给他，吩咐：“你拿着这份名单，将名单上的人今日都给我请来，就说老侯爷有请，其余的一句别说，哪怕是对族长和谢氏盐仓的叔叔。”

“是，小姐。”侍书接过名单，看了一眼，见都是谢氏的主要人物，知道要有大事儿了，他恭敬地道，“有的人住得偏远，怕是今日赶不到。”

“今日赶不到的也要送信过去，明日肯定能赶到，”谢芳华道，“除了那些不想来的。顶多到明日午时，告诉他们过期不候。”

“是。”侍书闻言拿着单子去了。

“这些人来了之后，爷爷就和他们聊聊，吩咐人安置了吧。”谢芳华站起身，对忠勇侯说了一句，也不等他答话，就对谢云澜道，“云澜哥哥，咱们先去书房，关于那些东西，也要好好地分一分。”

谢云澜点点头。

忠勇侯这时候似乎也不想再看见谢芳华和谢云澜，对于两人的离去，只翘了翘胡子，没什么异议。

崔允见忠勇侯心情不好，笑着陪他说起军中的趣事儿来。忠勇侯戎马大半生，对于军旅生涯还是有着十分深重的念想，不多时，便抛开了这一桩让他心下郁郁又不得不做的烦心事儿。

谢芳华和谢云澜到了书房，便细细地研讨起来。

既然要分，要分得彻底，要震惊天下，那么，就不仅仅是说说，不仅仅是分人，各项产业也要酌情来分，才能让人看得清楚明白。

二人整整研讨了一日，才定了一套方案，虽不详细，但也够清楚了。

谢芳华倒是料错了那些人前来忠勇侯府的速度，仅仅半日，到晌午的时候，京城方圆百里内的谢氏的首要人物，除去谢氏长房，都匆匆来了，一个没落下。其余远一些的，也都有信儿传来，说明日午时之前一定到。

显然，谢墨含外放去修筑临汾桥，把谢氏的事务交出去给谢芳华的事情，谢氏内部，该知道的人都知道了。

忠勇侯看着冒着大雨前来的这些族中主要人物有数百之多，又是一阵感慨，别的世家大族，首要人物也就几十人，百人是多的，一个谢氏抵得过几个世家大族，谢氏真是太大了。

忠勇侯也没先透露意思，只是与这些人聚在大堂内，热热闹闹地闲话了一个时辰，便吩咐侍书将人逐一安置。

这数百人包括谢氏族长，都是心里忐忑不已，分外没底，拿不准忠勇侯府如今召集几乎全族的人来做什么，都私下里猜测，芳华小姐难道要有大的动作？可是这大的动作是什么？她一个女儿家，能有多大的动作？

若是一般的闺阁女儿，这些人随便一个出去都是威震一方的人物，谁也不会在意，这个时代虽然对女子宽容，世家大族的女子知书学礼，女教习、女参谋也都有，但还是极少数，可是谢芳华不是一般的闺阁女儿，这半年来，谢氏不缺聪明人，都隐隐觉得，她不同凡响，不敢小视她。

正因为这些人对谢芳华猜不透，忠勇侯口风又紧，半个字也不透露，才使得他们越发提着心揣摩，尤其忠勇侯府将房间都准备好了，一应俱全，看这做派，像是打算让他们长住，才人人心惊肉跳。

可是，这一日，谢芳华连面也没露。

不但谢芳华没露面，谢云澜也没露面。

很多人都跑到谢氏盐仓的叔伯面前打听，他却一问三不知。

这一日，这些人都寝食难安。

忠勇侯府召集全族人这么大的动静，当然不可能瞒住有心人。

首先就瞒不住高坐金銮殿的那个人。

其次，京城各大府邸也都得到了消息。

皇帝顿时皱起了眉头，问身边的吴权："忠勇侯府在做什么？"

吴权摇摇头："回皇上，派出了不少人去打听，只说是关于芳华小姐接手了谢氏事务的事儿，其余的，一概打听不出来。"

"嗯？"皇帝眉峰拧紧。

吴权垂下头："那些人陆续进了忠勇侯府后，忠勇侯吩咐人逐一安置了，院落都住满了，且甚是妥当，看样子要住些日子。芳华小姐没露面，据说在书房和云澜公子待着呢。"

"一个女子打理事务？"皇上面色发冷，"除了这些，半丝消息也没有？"

吴权摇摇头："没有。"

"这些日子，忠勇侯府可有什么不对？"皇上又问。

吴权摇摇头："没什么不对，忠勇侯府每日的事情都分毫不差地禀告给您了。若说忠勇侯府的大事儿，那就是谢世子将事务全权交给芳华小姐了。"

"谢墨含如今去了临汾镇，可看清楚了，出城的人是他无疑？崔意芝也跟着走了？"皇帝的眉头打成了结。

"是谢世子无疑，他确确实实离开了。崔意芝跟着走了。"吴权见皇上脸色难看，建议道，"皇上，要不这样，派些隐卫再暗中去查查，看看能不能查出什么来？"

"难道忠勇侯府要反？"皇帝想到这里，脸色发青。

吴权吓了一跳："哎哟，皇上，您可别吓奴才！忠勇侯府要反，也不会只召了谢氏的族人，其余的都没动静。"

皇帝的面色微微松缓："入夜后派人去谢芳华的书房查查，看看她要搞什么花样！"

吴权点头。

"秦铮如何了？"皇帝想着谢芳华的事情，便想起了秦铮。

吴权叹了口气："铮二公子这回啊，可真是伤到了筋骨，今日还不能下床。可怜了王妃，心疼得跟什么似的，偏偏铮二公子不近女色，连宫女也不准傍边，王妃拿他没办法，只能衣不解带地照顾他呢。"

皇帝想了想，冷哼一声，吩咐道："你去忠勇侯府一趟，传朕口谕，让谢芳华进宫探望秦铮。"

吴权一愣，了然地垂首："是，老奴这就去！"

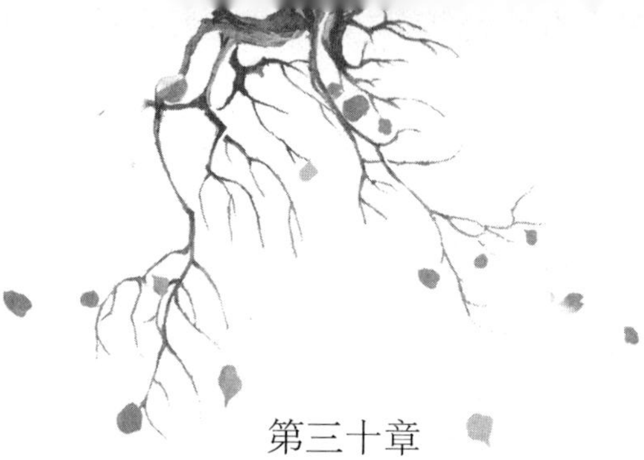

第三十章
力不从心

吴权带着皇帝的口谕，在傍晚时分来到了忠勇侯府。

谢芳华和谢云澜正在书房里，两人这一日都在整理东西，侍书派人前来禀告，她听后，不由得一怔。

谢云澜也微露讶异：“皇上怎么会有口谕传来？还是让你去探望秦铮？”

这南秦京城里谁都知道，皇上是不喜欢秦铮和谢芳华这桩婚事的。秦铮破龙门阵受了重伤在皇宫内养伤，为了不惹皇上不快，谢芳华不去皇宫里看秦铮也在情理之中，就是英亲王妃心疼儿子心疼得不行，也没有派人来请谢芳华进宫。如今这是太阳打西边出来了？

谢芳华一怔过后，向窗外看了一眼，外面依然下着大雨，哪里有什么太阳。

谢云澜思索了一下，很快就回过味来，担忧地道：“恐怕今日召集谢氏族人来忠勇侯府，动静闹得大，皇上探不到口风，要借由秦铮把你调去宫里探探。”

谢芳华此时也想到了，点点头，冷笑了一声：“他真是盯忠勇侯府盯得紧，可是也枉然，盯了这么多年，根本就没发现我瞒天过海做了什么事儿。”

谢云澜见她打趣自己，顿时笑了：“你是深闺里的女子，一是老侯爷和世子将你守护得紧，密不透风；二是皇上只盯着世子了，没盯着你，才容你瞒天过海这么多年，如今你刚刚一冒头，皇上看着苗头不对，立马长矛就对准了你，如今你可谓是在风口浪尖上了。”

谢芳华放下账本，看着窗外的大雨没说话。

谢云澜见她虽然看着窗外，视线却是有些蒙眬，透过大雨，不知道看向哪里，他也跟着看向窗外："如今天色晚了，这么大的雨——"

"既然他给了机会，我就进宫看看秦铮吧。"谢芳华截住谢云澜的话，转过身，温和地道，"云澜哥哥，还剩下些没整理，就交给你了。"

"我陪你进宫吧。皇宫是皇上的地方，不同于别处。"谢云澜皱眉，不放心地看着谢芳华。

谢芳华摇头："皇宫虽然是龙潭虎穴，但皇上要做什么也不敢明目张胆。"顿了顿，她扫了书房一圈，低声道，"我觉得他定是不甘心的，这书房是重中之重。我虽然安排了人，但也不甚放心，若是你守在这里，我就放心了。"

"你是说……"谢云澜一惊。

谢芳华点点头："无论是谁，只要试图闯进这个书房，一律不饶过。"

"好！"谢云澜闻言歇了陪着谢芳华进宫的心思。

谢芳华不再逗留，转身打着伞出了书房。

外面的天色已经昏暗下来，大雨噼里啪啦地下着，雨打梧桐，声音清亮。

侍画、侍墨见谢芳华出了书房，连忙撑着伞在后面跟上她。

不多时，来到忠勇侯府门口，一辆挂着宫牌的马车停在那里，吴权打着伞站在车前，见谢芳华出来，立刻赔笑："芳华小姐，皇上怜惜二公子，特意请您进宫去看看他。"

谢芳华微微颔首。忠勇侯府已经备好了马车，侍画、侍墨上前挑开帘幕，谢芳华上了车。

吴权见谢芳华什么也没问，甚是痛快，也连忙上了马车。

两辆马车一前一后向皇宫而去。

忠勇侯府坐落于繁华的地界，离皇宫并不远。虽然大雨中路不好走，但小半个时辰后，马车就来到了皇宫门口。

吴权下了马车，恭敬地请谢芳华入宫。

谢芳华对他点点头，他在前头带路。

入宫后，吴权小心翼翼地道："铮二公子在太后生前居住的德安宫养伤。太后甚是疼爱铮二公子，在他出生后，三不五时地将他留在宫中居住，自小便在她宫里隔出一间暖阁，这么多年来，便是铮二公子在皇宫所居的地方，太后仙逝后，宫中一切陈设照旧。"

谢芳华颔首，并不搭话。

吴权悄悄回头看了谢芳华一眼，见她面容沉静，哪怕在这寂寂宫中，楼台宫阙被雨水洗刷得凄清寒冷，青花伞四周细密的雨滚落如珠，她纤细窈窕的身上也不见半丝冷意和颤意，更不见惧意和紧张慌乱，他暗暗赞了一声，不再说话。

路过灵雀台时，一个小太监走出来，拦住吴权的路，恭谨地道："大总管，皇上在灵雀台内，听说芳华小姐进宫了，让您先将芳华小姐请去灵雀台，皇上要见见。"

吴权顿住脚步，点头应是，回头看向谢芳华。

谢芳华就知道皇上要见她，自然做好了准备，如今听闻他在灵雀台拦路，也不奇怪，对吴权点点头："公公带路就是。"

吴权连忙在前面带路。

不多时，谢芳华进了灵雀台，拾级而上，一眼便看到了在灵雀台上对弈的皇帝和秦钰。

她没有想到秦钰竟然也在。是了，皇宫是他的家，皇帝是他的父皇，他是皇帝最爱重的儿子，地位自然非同一般，如今他回京了，父子在这里对弈，也没什么稀奇的。

秦钰偏头向她看来，眸光微动，手中要落下的棋子忽然停了。

皇上听到动静，抬头先看了秦钰一眼，顺着他凝定的视线，便看到了拾级而上的谢芳华，脸色沉了沉，咳了一声。

秦钰仿佛没听到皇帝的咳嗽，视线并没有因为他这明显的动静移回来，眸光反而有些灼灼——雨帘如珠，昏暗的天色似乎成了背景，素淡却华丽的裙摆曳地，伞下纤细窈窕的女子，不说倾国倾城，也是举南秦第一，清丽无双。

皇帝忽然恼怒，拿起棋子，对着秦钰砸了过去。

秦钰虽然盯着谢芳华，但是眼明手快地伸手接过了棋子，视线到底移了回来，他叹了口气："父皇，您越发容易动怒了，这可不是好事儿。"

皇帝面色沉沉地哼了一声："朕的好儿子，你在想什么？"

秦钰微微一笑，揉着手中的棋子："父皇明察，您觉得儿子在想什么，儿子就在想什么。"

皇帝额头的青筋跳了跳，死死地盯着他："朕不准！"

秦钰摇摇头，似叹似惋："您不准，可是我的心已经准了。"

皇帝伸手要去掀桌子。

秦钰抬手按住桌子，不赞同地道："父皇，您是九五之尊，普天下最尊贵的人，可不能如此沉不住气，失了风度和威严。"

皇帝气血上涌，蓦地咳嗽了起来。

秦钰起身，轻轻拍着他的后背，招呼内侍端茶。

内侍战战兢兢地端来一杯茶，递给秦钰。

秦钰端着茶递到皇帝唇边，极其温和地道："父皇，虽然天气暖了，但是这春雨寒凉，您还是要多仔细身子。等见了芳华小姐，儿臣送她去德安宫，您就回去歇了吧。"

皇帝挥开他的手："你给朕滚！"

秦钰站着不动，眸光中有些沉沉的怜悯之意，但掩藏得很深："您若是现在回宫，那么儿臣立马带着芳华小姐滚了也行。"

"你……"皇帝伸手指着他，手指发颤。

秦钰握住皇帝的手指，不让他颤，见谢芳华已经来到，在不远处站定，他面上含笑："父皇和儿臣也开起玩笑来了。儿臣的棋艺还是您教的，就算儿臣赢了您一局棋，您也不必动怒啊。"

皇帝死死地瞪着他，一时间说不出话来。

秦钰慢慢地放开手，退了回去，重新坐在了皇帝对面。

皇帝猛地转过头，看向谢芳华，这一瞬间，杀气四溢。

谢芳华只感觉到一股扑面而来的浓郁杀意，来自皇帝的眼睛，她不动声色地弯身福了福："芳华给皇上请安，给四皇子请安！皇上万福！四皇子万福！"

皇帝死死地抿着唇："你见了朕，因何不跪？"

谢芳华站起身，垂眸静静地站着，淡淡地道："若是我没记错，皇上似乎是免了我的跪礼。"

皇帝满眼杀意地瞅着她："朕不记得了！"

"皇上不记得不要紧，我记得就行了。"谢芳华伸手拢了拢鬓角的头发，"天色很晚了，皇上召我进宫来看我的未婚夫，如今我还没去，不知道皇上召我进来这里，可有事情吩咐？"

"你的未婚夫？"皇帝的眸光如射出的利箭。

谢芳华叹了口气："皇上的记性果然不好了，秦铮若不是我的未婚夫，皇上为何要召我进宫来看他？"

皇帝死盯着谢芳华。数日前，她从平阳城回来，他要取消婚约，她不卑不亢地给拒了，但那时，在他面前，还有恭敬可言，如今这副模样，是半丝恭敬都没了。他伸手一拍，桌案被他拍得嗡嗡响，他怒道："大胆谢芳华，你竟然敢怂恿秦铮去西山大营，你知不知罪！"

秦钰看了皇帝一眼，伸手拂了一下桌上要掉下的棋子，并没有作声。

谢芳华顿时笑了，抬起头，直视皇帝："铮二公子是谁都怂恿得了的吗？皇上这罪问得未免可笑！"

"你说朕可笑？"皇帝震怒地看着她。

"若铮二公子和我已经大婚，皇上如此质问我，我还真脱不了干系，可是如今他仅仅是我的未婚夫而已。皇上觉得，秦氏的子孙，是姓谢的女子能怂恿得了的吗？不是可笑，又是什么？"谢芳华笑看着皇帝。

"你……"皇帝伸手指着她。

秦钰暗暗叹了口气，缓缓站起身："父皇，您今日累了，回宫歇着吧。儿臣送芳华小姐去皇祖母的宫中。"

"一个女子，竟然如此在朕面前说话，哪里来的这么大的底气！"皇帝不理会秦钰，眸中黑云滚滚，"谢芳华，你告诉朕，忠勇侯府，是不是要反了？"

谢芳华的眸光染上讽意："皇上，南秦建朝多少年了，历经多少代帝王，谢氏在每一次皇权更迭中都忠心耿耿地为这片江山、为皇室都做过什么，您还清楚吗？不说以往的历史，只说您这一代，爷爷做过什么，先父、先母做过什么，我姑姑做过什么，忠勇侯府都做过什么，若是皇上记性不好了，不妨去翻翻卷宗。"

皇帝眸中翻涌的怒火忽然顿住。

"皇上看起来的确是累了，才会在我一个女子面前口不择言。若是皇上这番话传出去，叫天下人怎么看皇上，怎么看忠勇侯府？君和臣，彼此都是有一个制衡的，正如水能载舟，亦能覆舟。"谢芳华语气沉静，"我虽然是一个女子，但也明白这些道理。就是为君者，也不能为所欲为！"

皇帝腾地站起身。

"父皇！"秦钰喊了一声，声音不大，但足够止住皇帝的动作。

皇帝转过头，看着秦钰，如果说谢芳华是平静淡然，那他的儿子就是不动如山。他的心头忽然涌上深深的悲哀。曾几何时，他也在先皇垂垂老矣之时，不动如山地看着他日薄西山，如今也轮到他的儿子看着他了。不过，他的儿子算起来比他强，他的皇位不顺风不顺水，需要借德慈太后和英亲王的势才能坐上去，而他的儿子，是他和皇后的嫡子，除了名正言顺外，还才华满腹，心机、谋略不输任何人。

他果然是老了！

不但老了，他还病了，力不从心了！

看到这样的儿子，他该欢喜这江山后继有人，可是他的儿子竟然也对谢芳华……让他如何不怒？

果然是应了普云大师那一卦吗？

可是，为何秦铮和秦钰争夺的人是谢芳华？一个大病了多年，在他的眼皮子底下，竟然有着这等本事的女子！

他的身子突然忍不住颤了起来。

"吴公公，伺候父皇回宫吧。你好生劝劝，这两日别让父皇太过操劳了。"秦钰对吴权挥手吩咐。

吴权看了皇帝一眼，立即上前，小心地扶住皇帝，询问："皇上，奴才送您回宫？"

"王妃这两日衣不解带地照顾秦铮，你既然是他的未婚妻，平日里与他也来往甚密，也该照顾他两日，替替王妃。从今日起，你就留在宫中吧，没有朕的准许，不准离宫。”皇帝平静下来，沉声对谢芳华丢下一句话，转身离开了灵雀台。

谢芳华看着皇帝由吴公公扶着，在仪仗队的簇拥下离去，她沉默着，没有应是。

不多时，灵雀台伺候的人都退去，只剩下秦钰和她。

过了半晌，秦钰温和地道：“我送你去德安宫。”

谢芳华对德安宫的方位没有印象，这等大雨的日子，皇帝恼怒离去，她也不想独自去找，有秦钰送正好。若说这皇宫是龙潭虎穴，皇帝对她是杀之而后快，秦钰却不会杀她，有这道护身符，不管他是什么目的，能用就要用。她点点头，拿起伞。

秦钰笑了笑；“你倒是不客气。”

谢芳华瞥了他一眼：“临汾桥我救了你的命，你也没客气。”

“也是。”秦钰颔首，向灵雀台外走去，声音低但是清晰，“我倒希望，以后你也别跟我客气。”顿了顿，他补充道，“不管是什么目的，哪怕是利用我做你在父皇面前的护身符，也没关系。”

谢芳华不吭声。

秦钰见她不言语，不再说话，也打了伞，慢慢地向前走去。

出了灵雀台，前往德安宫，侍画、侍墨被人挡在灵雀台外，见谢芳华平安地出来，轻轻地舒了一口气，看了秦钰一眼，抬脚跟在他身后。

一路上，秦钰倒是没再说话。

缓缓地走了两三盏茶的工夫，到了德安宫，秦钰径直走了进去。

守在秦铮所住暖阁外的玉灼见到秦钰和谢芳华一起来，顿时睁大了眼睛，以为看花了眼，连忙揉了揉，见那两人还在，他立即跑进了屋。

不多时，英亲王妃从暖阁内走了出来，见二人来到门口，她笑了笑：“钰儿来啦。”顿了顿，又道，“华丫头怎么这个时辰进宫了？”

谢芳华还没说话，秦钰便道：“父皇怜惜堂兄，派了吴公公去忠勇侯府请人，命我带她过来。”话落，他微笑，“堂兄的身子可好些了？”

英亲王妃叹了口气：“还要养上几天。”

“大伯母这两日照料堂兄很累吧？父皇下了旨意，让我和芳华小姐来替替大伯母，您的身子可不能累垮了。”秦钰说着，进了暖阁。

谢芳华扫了秦钰一眼，开口：“皇上说让我来代替王妃照料秦铮，可没带上四皇子。”

秦钰回头瞅了她一眼，温和地微笑：“你没听见而已，父皇早就下了这样的旨意。”

谢芳华知道秦钰在灵雀台都能做皇帝的主，他说下旨，就是下旨了，反驳也没用，便不再答他的话，而是走到英亲王妃面前，看到她一下子瘦了许多，脸色疲惫至极。谢芳华动了动唇角，有些心疼：“王妃！”

英亲王妃抓住谢芳华的手，眼里有些隐隐的情绪，微微一哽：“好孩子，铮儿想你了，快进去看看他吧！”

谢芳华点点头。

秦钰已经进了暖阁，英亲王妃拉着谢芳华一同走了进去。

春雨寒凉，暖阁里却十分温暖。

谢芳华和英亲王妃携手迈进画堂，便听到秦铮冷哼着质问秦钰：“你来干什么？”

秦钰微笑：“我来看看堂兄还需要在床上躺几日。”

“滚！”秦铮赶人。

秦钰叹了口气：“脾气这么暴躁，实在不利于养伤。”话落，不但不走，反而坐在了不远处的榻上。

秦铮刚想再撵他，忽然似有感觉般，向门口看来。

谢芳华伸手挑起门帘，一眼便看到了躺在大床上的秦铮，他侧着身子躺着，手里捧了一卷书。天色昏暗，屋中还未掌灯，他的半边脸又被帷幔挡住，只能看到一部分，但仍然能看清他的侧脸异常苍白。

显然受伤极重，失血过多。

见她到来，那人的整具身子顿时僵住了，怔怔地看着她。

谢芳华的脚步也不由得顿住，挑着帘子的手无意识地紧紧地攥住了帘幕。

四目相对。

秦钰倏地向门口看来，见到二人对视的目光，眸光闪了闪，语气中有一种异常的压抑：“芳华小姐是被父皇刚刚召进宫里来看堂兄你的。”

这话的意思再明显不过——她不是自愿来的。

秦铮手中的书卷啪地落在了榻上。

谢芳华一震，慢慢地松了帘幕，抬脚走了进来，脚步不快，却几步就到了秦铮的床前。

秦铮忽然闭上了眼睛，仰面躺在了床上。

谢芳华站在床前看了他一眼，伸手拿起他刚刚掉在床榻上的书卷，低头翻了两页，忽然嗤笑：“才子佳人的市井小说，你竟然在看这个！”

秦铮哼也不哼，一言不发。

谢芳华慢慢地将书卷放在床沿上，伸手握住秦铮搭在床沿上的手，微微探头，凑在他耳边低声道：“不是我不想来看你，你知道的，没有皇上的准许，我就算进宫来看你，也不见得能踏进这个地方。”

秦铮本来要甩开她的手，闻言顿住，慢慢地睁开了眼睛。

谢芳华温柔地瞅着他，微微退开身子，微笑着软声问：“身上还疼吗？”

秦铮看着他，眸光里涌动着什么，抿着唇，还是没说话。

谢芳华叹了口气，转头对已经进来的英亲王妃担忧地问：“他都不说话，莫不是伤得傻了？”

英亲王妃扑哧一笑：“他是想你了，想得连话也不会说了。”

“是吗？”谢芳华扭头，复又看向秦铮。

“你们都出去！”秦铮忽然哑着嗓子开口赶人。

“混账小子，见了华丫头，你连娘也不想看了？”英亲王妃瞪眼，“我可是衣不解带地伺候了你两天两夜，小没良心的！”

秦铮看了英亲王妃一眼：“都说了让玉灼看着我就行，您偏偏不放心，非得折腾自己。”

“废话！你不是我身上掉下来的肉吗？玉灼还是个孩子，你又是昏迷，又是高热，我哪儿能放心！”英亲王妃剜了秦铮一眼，对秦钰摆手，“钰儿，走，跟大伯母出去喝杯茶。”

秦钰看着那二人，半躺在软榻上的身子不动：“大伯母，刚刚在灵雀台，我和父王一边下棋一边喝茶，如今肚子里满满当当的，哪里还喝得下去？算了吧，您去歇着吧。”

英亲王妃拢了拢鬓发，打量秦钰，见他气色不好，她心有所觉，直白地道；“你不想喝茶，就陪我去坐会儿，让他们两个说会儿话。”

秦钰眸光闪了闪，失笑：“虽然有婚约，但到底是男未婚女未嫁，这样不太好吧。大伯母，总要守些礼，我们在这里，才——”

“这么多废话做什么！”英亲王妃走到秦钰身边，伸手拽他。

秦钰有心抗拒，但被英亲王妃亲手拽住，一时也是无奈。同样是有娘的孩子，他的娘和秦铮的娘差了个天上地下。若是他娘，他这般说留下，也拿他没办法，偏偏英亲王妃却不管不顾地拽他，要给她的儿子个私会的空间。他心下郁郁，却不能打开英亲王妃，只能随着她起身。

“你们两个有什么别情都好好地叙叙！外面已经天黑了，又下着大雨，华丫头既然来了，今夜就别出宫了，住在这里吧。你来了，我也歇一晚上。”英亲王妃说着，强硬地拽着秦钰出了房门。

走出内阁，来到画堂，秦钰叹气：“大伯母，您可以松手了。”

“松什么松！你个臭小子，我可就这么一个心肝宝贝的儿子，他还是你堂兄，你就不能收手？别闹腾了！我可等着他们顺畅地大婚，我好抱孙子呢！”英亲王妃拽着秦钰不松手，一直把他拽出画堂，拽去西边的暖阁。

“您这娘当得可真是好！”秦钰眼神飘忽，深深地叹惋，“我若是有您这样的娘，是不是就不用这么辛苦了？”

英亲王妃哼了一声：“你娘对你不好吗？也是日日担惊受怕，疼在心里的。”

“那不一样。”秦钰摇摇头，“我娘看重我是没错，但她看重那把椅子的心思不比看重我少。”

“这倒是。”英亲王妃咳嗽了一声，“不过，你是皇上和皇后的嫡子，将来要什么样的女人没有，就别跟我家的臭小子抢女人了啊！你只要不抢人，大伯母保证将你也当作亲的，给你也找一个如花似玉的美娇娘做皇子妃。”

秦钰闻言失笑。

英亲王妃回头瞪了他一眼：“你笑什么笑？”

秦钰笑着道：“刚刚在灵雀台，父皇也发现了我的心思，他告诉我，他不准，我告诉他，我的心已经准了。”顿了顿，他低声道，“大伯母，您说，我这心已经准了，可有什么办法收手？难道要挖出我的心扔了吗？”

英亲王妃脚步一顿，顿时觉得事态有些严重，偏头看向秦钰。

秦钰笑容发苦，揉揉额头：“其实，若是我的心没准，我也许真能收手，毕竟……”他有些惆怅，“晚了大半年，却如晚了一春和一冬。她的心已经被您的儿子给拴住了，把人夺过来的话，恐怕要挖了她的心，不太容易。”

“钰儿，你是聪明人，何苦蹚这摊浑水？”英亲王妃慢慢地松开他的手，“你将来是要做皇帝的，那把椅子，你坐上去名正言顺。到时后宫佳丽三千，要什么样的女人没有？华丫头别说出身在谢氏，就算是出身在别家，她也不是一个甘心困在皇宫里的人。你可知道铮儿答应了她什么？他答应她这辈子只娶她一个。英亲王府不是寻常百姓家，但皇宫更不是，你就死了这份心吧！”

秦钰脸色昏暗，闻言沉默片刻，长叹道：“大伯母，若是我能得了她，也不怕后宫为她空置。”

英亲王妃大惊：“荒唐！帝王哪里能如此！”

“开先例也无不可。”秦钰不以为然。

“你……”英亲王妃忽然头疼起来，“你这臭小子，你父皇若是听见你这句话，非得被你气死。还有你母后，你真是……和我家臭小子一样死心眼儿。”

“您也知道我和他一样死心眼儿，否则也不会从小斗到大了。”秦钰伸手扶住她，“我陪您去坐一会儿吧。”

英亲王妃无奈，只能由秦钰扶着，进了西暖阁。

二人刚出东暖阁，秦铮一把拽过谢芳华，谢芳华猝不及防，低呼一声，压在了他的身上。

秦铮看着她，微微抬头，沙哑地道："我想你了。"

谢芳华心下触动，望进他的眼里，没说话。

秦铮继续道："每时每刻都想得不行，若不是不能动弹，我……"

他话音未落，谢芳华便俯下身，唇落在他的唇上。

秦铮的声音戛然而止，这是她第一次主动吻他。

谢芳华碰到秦铮的唇，脸不由得红了，感觉他全身的血液似乎都凝固了，分外僵硬，她的唇瓣微微颤抖，想要退回去。

秦铮哪里容她退回去，伸手紧紧地圈住她的纤腰，含住了她的唇。

辗转吮吸，缠绵蚀骨。

不知道过了多长时间，秦铮才放开她，贴着她的唇喘着粗气，谢芳华软绵绵地趴在秦铮的身上，娇喘不已。

东暖阁内顿时暖意浓浓。

又过了片刻，天暗得看不见了，谢芳华才红着脸伸手轻轻地推了推他："我去掌灯。"

"不要！"秦铮摇头，抱着她不松手。

谢芳华感觉到他的心在怦怦地跳，她的心也跳得厉害，她低声道："你还受着伤呢，这样压着，对你的身子不好，你让我起来，我给你把把脉。"

秦铮摇头："孙老头儿已经给我看过了，有我娘盯着，每日早晚各一诊。"

"我今日不走。皇上对我说，你什么时候好了，我什么时候出宫。"谢芳华抿了抿唇，"你若是……嗯，我今夜陪着你。"

秦铮闻言，眼睛顿时亮了："真的？"

"真的。"谢芳华能感觉到他的欣喜，心下微叹，点点头。

"皇叔什么时候对我这么好了？不会又打什么主意吧？"秦铮慢慢地松开手，既然她今晚陪着他，他倒是不急于抱她了。

谢芳华慢慢地离开秦铮的怀抱，坐在了床沿，低声道："哥哥领了皇命去了临汾桥修桥，我接手了谢氏的事务，今日集合了谢氏各房各院首要的叔伯兄弟们，准备等人都到齐了，明日午时，分族，分宗，什么都分了。"

秦铮一怔，睁大眼睛："你的主意？"

谢芳华点点头："嗯！"

秦铮蹙眉："你怎么会想到这个主意？爷爷同意？子归同意？谢氏族长同意？要知道，分族分宗可是大事儿，更何况是谢氏这么大的世家大族。"

"爷爷同意。哥哥都交给我了，无论我怎么做，他都是同意的。云澜哥哥支持我，谢氏盐仓一直唯忠勇侯府马首是瞻，定然也没问题。剩余的，谢氏族长和其他各房，不同意也得同意。”谢芳华低声道，“没的商量，谢氏必须分。”

秦铮闻言揣测起来。

谢芳华不再说话。

过了片刻，秦铮忽然笑了：“你这一招釜底抽薪可真是高绝，皇叔若是知道，不知是什么表情。他辛辛苦苦要除掉谢氏，你却将谢氏分了个七零八落，他如何甘心？”

“我不管他甘心不甘心，我只知道，我要保住谢氏，不管用什么方法，不能被他连根都拔了。”谢芳华冷冷地道。

秦铮握住她的手紧了紧：“说什么胡话呢！谢氏这么大，就算皇叔出手，也不会到这世上连一个姓谢的人都没有的地步。那是何等惨烈，对南秦江山的损伤该有多大，不会的！”

“有的人若是疯了，是不会顾忌后果的。反正后果如何惨烈，他即便想得到，也看不到了。”谢芳华嘲讽地笑了一声，“你的皇叔，离疯不远了。”

秦铮沉默片刻，叹了口气：“分族分宗这个消息如今可瞒着他？”

“嗯，瞒着呢，谢氏那些人还不知道我要做什么。”谢芳华点头。

“也就是说，皇叔即便知道忠勇侯府要有大动静，也探察不出来是什么动静？”秦铮脑筋转得快，“所以将你召进宫来，借着我的由头，来试探你。”

谢芳华颔首：“嗯。”

“你在来这里之前，见过他了？他如何？”秦铮问。

谢芳华将在灵雀台见到皇帝的情形和当时的对话简短地说了一遍。

秦铮听后，忽然嗤笑：“他竟然说了‘反’字。看来真是如你所说，离疯不远了。”

谢芳华不置可否，要疯的人，她在他面前，连恭敬也做不出了。

她上一世没有想过怕不怕皇帝这个问题，可是这一世，重新走一遭，她是真的不怕他！只要他对谢氏出手，她就会反击。

“糟心事儿真多！”秦铮有些烦闷，“可是如今，他下旨将你留在宫里，”顿了顿，他无奈地道，“我却不能下床走动，最少还要躺上三天。”

也就是说，他还要在这皇宫养三天的伤。

“我不回去也没事儿，只要递个话回去，云澜哥哥在呢，他和爷爷两个人，也能做这件事情。我不在，也许更好。”谢芳华道，“这个世界上，女人做这么大的事儿，未免太惊世骇俗了，我还没想出那么大的风头。”

秦铮忽然大乐，点着谢芳华的额头：“这事儿既然是你提出来的，就算你被留在皇宫，也跑不了你的风头，老头子也顶不住。这个消息一旦传出去，有心人就会知道是你的手笔，毕竟你刚接管侯府的事务就出来这事儿。若是老头子有心分，不会等到现在。”

谢芳华微笑：“就算如此，我也不怕。”

秦铮看她笑意吟吟，有些捶胸顿足："可惜，我不能参与你这么大的事儿，引以为憾啊！"

谢芳华失笑："你好好养伤吧。"话落，她板起脸，伸手按在他的手腕上，片刻后，皱眉，收了笑意，脸色不好地道，"你可真是胡闹，他说摆龙门阵，你怎么就答应去破？你什么时候这么傻了？就为了去西山大营？搭进去半条命，值得吗？"

秦铮见她有要恼的趋势，连忙讨好地低声道："我倒也不是为了去西山大营，而是想让他看看我的本事，凡事三思而后行，别以为当了皇帝就能随意摆布我了。"顿了顿，他攥住她的手，"我是为了尽快大婚。让他看到我的执着，让他知道，一天不娶到你，只要我活着，就不罢休。他若是不想要英亲王府了，就尽管在这件事儿上为难我。"

谢芳华听罢，久久不语。

秦铮对她眨眨眼睛："只要我去了西山大营，那么，不管西山大营是谁的兵马，最后都只能是我的。他已经准了，我破了龙门阵，就去西山大营历练，满朝文武做证！多不过半年，我就会让他同意这桩婚事。"

谢芳华心中的郁气散去，忍不住好笑："你就这么急？"

秦铮见她笑了，舒了一口气，语调微扬，缠绵之意尽透："我真的很急。"满腔情意都付给了她。

谢芳华听着那句"我真的很急"，一句话也说不出来。

四目相对，盈盈波光。

过了半晌，秦铮忽然小心翼翼地低声问："半年……你同意吗？"

这般的小心，这般的不确定，曾几何时，那种轻狂、张扬、霸道、蛮横似乎都不见了，在她面前，不知何时，他收起了他的骄傲，就像是一个执拗的孩子，执着地追着她要糖吃。

这是秦铮！

英亲王府那个横行无忌不惧世俗向来喜欢为所欲为的秦铮！

谢芳华的心忽然软成了一汪温泉，抓住他的手，十指交缠，轻轻地点头："同意。"

秦铮的眸子瞬间射出璀璨的光华，如天空中最亮的那颗星。

他说半年，她说同意，也就是说，半年之后若是大婚，她是同意的！

他心头只觉得被浓浓的喜色爆满，一时间，喜悦要溢出胸腔，他反手紧紧地抓住她的手，配合着她十指交缠，看着她，张了张嘴，想要说什么，忽然倏地闭上了眼睛。

谢芳华一直看着他，她可以感觉到他满腔的喜悦，尤其是那双眸子灼得烫人，照往常来，能得到她点头，他恨不得一把将她拽到怀里，如今这是喜悦太大，反而什么也做不了了吗？她不由得敞开怀笑了。

“你笑什么？”秦铮似乎还没从喜悦中抽回神，喃喃地问。

“笑你。”谢芳华看着他。

“笑我什么？很傻吗？”秦铮睁开眼睛，眸中染上了一层委屈，“还不是因为你才变傻的。”

谢芳华抽出交缠在一起的手，趴在他耳边，低低地说了一句话，然后立马转身离开了床前。

秦铮的整具身子顿时僵住了。

谢芳华的脸红得似乎要滴血，她走到桌案旁，摸到火石，好半晌才掌上灯。

灯点上，整间东暖阁顿时亮了。

秦铮回过神来，腾地坐了起来，直直地看着谢芳华：“你……你刚说什么？”

谢芳华咳了一声，语气羞恼：“没听见就算了！”

秦铮看着她，即便是背着身子，站在远处，他似乎也能看到她脸上如潮的红色，如胭脂一般，眼波似嗔似恼，往日清冷的容颜上多了他从来不曾见过的女儿风情。

这样的谢芳华，他何曾见到过？

遑论她对他说的那句话了。

若不是他耳朵好使，真会觉得，刚刚是他听错了。

她说：你如今就这么喜悦，若是大婚那一日，洞房花烛之时，你该如何？

他该如何？

……

他不知道。

大概会喜得发狂！

“过来。”秦铮感觉自己的嗓子都哑了，他对她招手。

谢芳华从来没有这么大胆过，她本来想逗弄秦铮，可是话出口，才发现将自己搭了进去，哪里好意思再过去，听到他沙哑至极的声音，她的身子一颤，立马向外走去，三两步便出了东暖阁，不自然地道：“我去找王妃，匆忙进宫，我还没用晚饭呢！”

这是落荒而逃。

秦铮哑然地瞅着哗哗响的门帘，忽然哈哈哈地笑了。

谢芳华听见他的笑声，跺了一下脚，冲出了画堂。

侍画、侍墨等在画堂门口，见谢芳华从里面冲出来，走得很急，若不是听见东暖阁传出秦铮的笑声，她们还以为出了什么事儿，立马上前，打量着谢芳华的脸色：“小姐？”

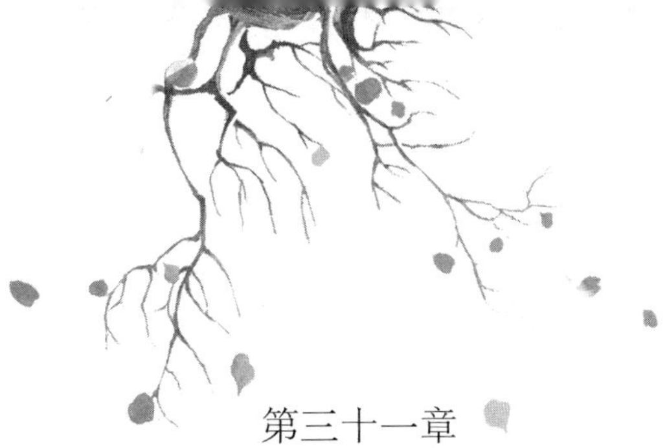

第三十一章 琴瑟和谐

京　门　风　月

谢芳华不答话，匆匆来到门口，推开门，一股冷雨的寒气顿时扑面而来，挥散了她面上几分热度。她看着外面昏暗的天色，站了半晌，心里滚动的灼热才逐渐消退。

这一平静，谢芳华才恍然发觉，秦铮在变，她是不是也在变？

她似乎也有些不像从前的自己了。

若是从前，这样的话，她是断然说不出来的。

“怎么了？”东暖阁的笑声和谢芳华冲出来的动静自然惊动了西暖阁，秦钰从西暖阁走出来，看到在门口站着吹冷风的谢芳华，向东暖阁瞅了一眼，开口询问。

谢芳华听到秦钰的声音，摇头：“没什么。”

秦钰看着她，冷雨从房檐打下来，她的穿着却很清凉，隐约猜到是秦铮逗她了，他的声音低沉了一分：“若是你不想在皇宫留着，我送你出宫。”

谢芳华笑了笑，慢慢地转过头，平静地道：“四皇子，你敢送我，我却不敢抗旨。”

秦钰打量了她一眼，见她面色平静，他抿了抿唇，没说话。

“这个臭小子，这两天脸一直绷着，如今终于听到他笑了。”英亲王妃随后走出来，先向东暖阁瞅了一眼，又看向站在门口的谢芳华和秦钰，笑着道，“钰儿，你回去吧。今日有华丫头在，我也可以好好地睡一觉了。”

秦钰看了英亲王妃一眼，刚要说什么，外面一个小太监打着伞冲进来，见到门口站着的秦钰，松了一口气：“四皇子，可找到您了，皇后娘娘请您过去。”

“这个时辰？”秦钰看了一眼天色，“母后可说找我什么事儿？”

“娘娘没说。”小太监摇头，“只说让您快些过去！”

秦钰颔首，从旁拿起一把伞，看了谢芳华一眼，对她温和地道：“你若是有什么不方便的事情，尽管派人去喊我。”

谢芳华没说话。

秦钰似乎也不用她回答，撑着伞向外走去，不多时便没了踪影。

谢芳华转身回了画堂。

“这个孩子！唉！”英亲王妃见秦钰离开，叹了口气，伸手拉住谢芳华的手，低声问，“臭小子又欺负你了？”

谢芳华脸一红，摇头。

英亲王妃是过来人，又怎么会不懂？她顿时挥散了对秦钰不收手的郁气：“只要你们两个感情好，始终如一，任谁也插不进来。”

谢芳华点点头，感情是两个人的事儿，她也没想让谁插进来。

“王妃，公子说想吃几样菜，我去御膳房一趟。”玉灼走过来，笑得见牙齿不见眼睛。

“这个混账，这两日都没胃口，如今你来了，他果然有胃口了！”英亲王妃笑着摆摆手，“快去吧！多弄几样菜来，华丫头应该也没用晚膳吧？”话落，她问谢芳华。

谢芳华点头。

玉灼立即应了一声，拿着伞跑了出去。

英亲王妃拉着谢芳华回了东暖阁。

秦铮懒洋洋地躺在床上，早已经收了笑意，不知道在想什么，视线凝聚在帷幔的一点上。

“这回见到了人，你高兴了？”英亲王妃走到窗前，拍了秦铮的脑袋一下。

秦铮回过神，看了二人一眼，目光落在谢芳华的脸上，想起那句话，嘴角翘起，对英亲王妃低声道：“娘，您该准备聘礼了，半年后，儿子要娶妻。”

英亲王妃顿时一惊：“半年？”

秦铮点头：“是啊，半年。”

英亲王妃偏头看向谢芳华，谢芳华侧过身子，她看不到谢芳华的脸色，只好咳嗽了一声，低声道：“儿子，半年是不是太急了？我本想着两年内，或者一年内，能办妥当你们的事儿，半年，哪里够准备啊？”

“我们堂堂英亲王府，凭娘的本事，半年准备好聘礼，有何难？”秦铮弯起的嘴角不落下，“就是三个月，您若是一心准备，也能准备妥当。”

英亲王妃看着他的样子，顿时被气笑了，挥手又拍了他一巴掌：“你可真会给你娘我戴高帽子。”话落，她板起脸，“我若是半年给你准备好，你真能把华丫头给我娶回家？”

“能！”秦铮斩钉截铁。

“华丫头同意？”英亲王妃偏头去看谢芳华。

秦铮也看向谢芳华，目光灼灼地盯着她。

谢芳华这时候想避也避不开了，她暗骂秦铮狡诈，这是明摆着在英亲王妃面前敲定此事，不给她反悔的机会，她红着脸转过头，瞪了秦铮一眼，对英亲王妃点点头：“我同意。”

秦铮大乐。

英亲王妃也笑了，看着谢芳华像是看心花儿一般，连说了好几个“好”字，又道：“半年就半年，我定然给你们准备得妥妥当当、风风光光的！”

谢芳华脸色羞红，不敢再看英亲王妃。

“若是半年后大婚，要准备的事情就得赶紧着手了。”英亲王妃拉着谢芳华坐下，对她道，“王府这边有我，侯府那边呢，谁给你操持？”

“福婶。”谢芳华想了想，又道，“行动还要隐蔽，我不忙的时候，就与她一起操持吧。”

英亲王妃想了想，摇头道：“福婶虽然不是你们侯府的外人，但是毕竟不是主子，有些事情，她在内宅里，因着身份，恐怕做不来。依我看，你们谢氏六房的明夫人倒是可用。”

谢芳华闻言想了一下，笑着点头：“待我出宫后，私下找找六婶母，她若是肯帮忙，自然是好的。”

“若是想要隐秘些，不如让他们谢氏六房搬回忠勇侯府。”

谢芳华犹豫了一下，低声将谢氏要分族分宗的事情说了，然后道：“分的话，就不好让他们搬了。”

英亲王妃听罢，惊得半晌没出声，她是无论如何也想不到谢氏即将有这么大的动静。比起清河崔氏、范阳卢氏等世家，谢氏才是首屈一指，几百上千年的底蕴，怎么一下子就分了？

若是分了，谢氏可就散了！

“分就分，有什么大不了的。”秦铮不以为然，“娘，您该想的是筹备大婚，不是谢氏这些事儿。老侯爷都决定了，谁还会拦着？”

英亲王妃回过神，剜了秦铮一眼：“我就是觉得惊骇罢了。”话落，她看了谢芳华一眼，“前两日，你哥哥以谢氏全族的名义给临汾桥捐赠银两，皇上气得砸了御书房，以为谢氏这是绑在一根绳上拧成一股了。然而转眼间就来一个大翻跟头，要全分了。若是传扬出去，一准惊天动地，皇上也料不到。”

谢芳华微笑，就是要出其不意，攻其不备。

“罢了！虽然对目前的谢氏来说是坏事儿，对未来的谢氏，也许就是好事儿了。”英亲王妃也不是寻常女子，很快就想通了，“谢氏毕竟太大了，分了也好。”

谢芳华点点头。

“这样一来，明夫人是不大合适了。”英亲王妃有些发愁。

“半年时间呢，也不一定要找哪个夫人帮忙。”谢芳华想了想，忽然笑了，“虽然谢氏分了，博陵崔氏总归是我的外祖家，舅舅如今就住在忠勇侯府，他若是有了夫人……”

英亲王妃眼睛一亮：“对啊！”她笑了起来，“你放心，我赶紧给他找一个。”话落，她又道，“这样就更忙了。”

“有舅舅的事儿，虽然忙些，但也能掩人耳目。”秦铮却乐了，“挺好！”

“你个臭小子！”英亲王妃又忍不住拍他，“赶紧把伤给我养好！往后，再不准你这般吓娘了！我有九条命，也禁不住你吓。”

“知道了。您怎么能被吓死，您还要等着抱孙子呢。”秦铮笑吟吟地道。

谢芳华又转过身，这样的话，秦铮也敢当着她的面说！

英亲王妃却欢喜得连连点头，愈看二人愈高兴：“没错，我还要等着抱孙子呢！”

谢芳华闻言彻底没了话。

屋中的气氛热闹起来，英亲王妃像是打开了话匣子，说起怎样准备大婚的事儿，又询问了谢芳华嫁衣的事儿，听说福婶已经选好了嫁衣的料子，还是秦铮帮着挑的，顿时笑得跟喝了蜜似的。

小半个时辰后，玉灼带着两名宫女端来了饭菜。

秦铮不能下床，但也不愿意自己在床上用，一双眼睛看着谢芳华，传递着信息，谢芳华无奈，只能将桌子挪到了床前。

三人用了晚膳，英亲王妃实在受不住了，便去西暖阁休息了，走前对谢芳华笑着道：“臭小子受了伤，也做不了什么，你尽管在他旁边睡，顶多夜晚他要水喝。若是他需要方便，你也不用自己伺候他，就喊玉灼。他虽然脸皮厚，这时候还拉不下脸面让你伺候他起夜。”

谢芳华红着脸点头，想着就算他脸皮厚，她打死也不会如他的意。

送走英亲王妃，玉灼带着人撤下饭菜。

谢芳华吩咐玉灼照看侍画和侍墨，这里毕竟是皇宫。

玉灼连连答应：“芳华姐姐放心吧，她们随王妃的婢女住在西暖阁外间。我呢，为了照顾公子，就住在东暖阁的外间。半夜公子需要的话，您就喊我。”

谢芳华点头，回了房间。

秦铮半躺在床上，目光追随着她，见她来到床前，伸手拉住她的手："我听说谢云澜住在忠勇侯府了？"

"嗯。"谢芳华点头。

秦铮有些委屈，伸手抱住她："我这两日都没睡好，寝食难安。"

谢芳华任由他将她抱在怀里，身子软软地贴着他，轻声道："云澜哥哥帮助我打理事务而已，你别胡思乱想。"

秦铮闻言心下踏实了些，双臂抱住她，满足地道："今夜就能好好睡了。"

谢芳华靠在他的怀里，听着他的心跳，不再说话。

她喜欢上秦铮，不是一见倾心，更不是一时兴起，而是不知不觉中，他一点点地渗进她的心房，如今她才发现，她已经不仅仅是喜欢他了。

这一夜，秦铮睡在外侧，谢芳华依着他的意思睡在了里侧。夜间，秦铮要了一次水，起夜一次，谢芳华想起身，他却拦住她，喊了玉灼进来。

谢芳华心下感动，她这哪里是伺候人来了，他根本就不用她伺候，她只是当抱枕来了。

一夜无话。

第二日醒来，外面的雨终于停了。

大雨过后，皇宫在威严中多了一丝清爽和泥土的芬芳。

谢芳华打开窗子，阳光射进来，雨后晴空万里，她笑着道："我是该说哥哥运气好，还是该说老天爷也懂得照顾人？"

秦铮勾起嘴角："这么点儿事儿他都做不好的话，也就枉为忠勇侯府世子了。这么多年来，他在背后做的事情可是不少。我为了你，一直盯着忠勇侯府，他别想瞒过我。两个月修好临汾桥，对别人来说是天大的难事，对他来说，没什么大问题。"

谢芳华失笑，哥哥的确做了不少事儿，从她接手侯府事务上便能看出，哥哥和爷爷还是不一样的。从她离开去无名山，他暗中做了好些事情，有些事情也是瞒着爷爷的。

英亲王妃梳洗妥当后来了东暖阁，见秦铮已经被收拾一新，谢芳华静静地站在窗前，虽然还没大婚，但这两个孩子却有一种琴瑟和谐之感，她顿时笑逐颜开："用过饭后我回府一趟。华丫头，既然皇上不让你出宫，你就安心地在这里陪着他吧。"

谢芳华微笑地颔首："好。"

英亲王妃更高兴了，用罢饭，便出了德安宫。

谢芳华知道忠勇侯府有爷爷和谢云澜，她不插手也没什么，也算是躲了清闲，便对秦铮笑着问："你不能下床走动，这两日都用看书来打发时间？"话落，她挑眉，好笑地问，"还是看才子佳人的市井故事？"

秦铮摇头，郁郁地道："那是玉灼给我找来解闷的，我根本就没看进心里去。"

“那你今日想做什么？”谢芳华笑问。

“只要你在我身边，干什么都行。”秦铮心情极好，眉眼从昨日起就一直弯着。

谢芳华失笑，想了片刻，对他道：“你一直在床上躺着也累，这样吧，我将你移到软榻上，我们下棋吧。”

秦铮欣然点头。

谢芳华将他移到软榻上，吩咐玉灼拿来棋盘，二人对坐。

下了两个时辰，三局都是平局，秦铮一推棋盘：“夫纲不振！这个不能玩了！”

谢芳华瞪了他一眼，心情不错：“还没娶我呢，这个身份你现在就用，太早了些吧？”

秦铮咳了一声，忽然眼珠一转，兴致盎然地喊玉灼：“玉灼，你去临画阁，把皇祖母生前最爱的一琴一箫拿来！”

玉灼嘻嘻一笑，似乎知道秦铮要干什么，立即转头去了。

谢芳华一边往锦盒里收棋子，一边含笑看着他问：“要做什么？琴箫合奏？你会弹琴还是会吹箫？”

“爷都会！”秦铮得意地扬眉。

谢芳华从没听过秦铮弹琴吹箫，不由得也来了兴致，将棋子装好，帮他换了个舒服的姿势。这时，玉灼已经抱了长长的匣子回来，她笑着伸手接过打开。

“烟云琴和灵玉箫？”谢芳华一眼便认出了这一对琴箫，脑中仿佛想起了什么，目光忽然微凝。

“看着眼熟？”秦铮瞅着她，笑得别有深意。

谢芳华的确是看着这两件物事眼熟，她移开视线，看着秦铮：“这一对物事怎么会在这里？”

“若我说，这是皇祖母曾经给我的，是你我婚约的信物，你信不信？”秦铮盯着谢芳华。

谢芳华抿唇，德慈太后离世不过三四年，而她的父母，是在她很小的时候就去了。她伸手摸着琴箫，笑着问：“这有什么缘由吗？你说，我就信。”

秦铮顿时笑了，伸手将她抱在怀里，吻了一记，悠然地道：“我娘和你娘曾经有口头约定，当时没交换信物，后来你娘就去了。八九年前吧，皇祖母知道我喜欢你，便暗中亲自去了忠勇侯府，寻到你爷爷，交换了信物。”

谢芳华一怔，竟然有这事儿？

秦铮想起德慈太后，叹息了一声：“皇祖母对我可真好。你爷爷本来不应，皇祖母不知用什么法子说服了他，他应了，便将你父母生前的这对琴箫当作信物给了皇祖母，而皇祖母也回赠了一对鸳鸯灯，是皇祖父生前赠她之物。离世前，她又问明了我的心意，知道我非你不娶，便将这一对物事给了我。我每年都要在宫中住上两日，就没将这件信物带出宫，而是留在了这里。”

谢芳华听罢，许久都沉默不语。

秦铮抱着她，细细地看着她的神色，好半晌，从她面上什么也看不出来，他不由得紧张起来，手臂收紧，低声道：“你不太高兴？”

谢芳华摇摇头，一笑：“不是不高兴，是没想到而已。”

秦铮见她笑了，心下蓦地一松：“若不然你觉得我敢灵雀台逼婚？那么有把握爷爷会将你许给我？你想想，爷爷是什么脾气，若不是提前应了，我做什么都不管用。”

原来灵雀台逼婚赐婚的背后还有这样的事情。

谢芳华想起除夕那日，灵雀台逼婚闹得动静那么大，她又气又笑：“合着爷爷是在做戏，你也在做戏，被瞒着的人就只有我和皇上！”

秦铮闻言顿时委屈得不行，抱着她，下巴放在她的肩上，声音微低：“你回京后想方设法躲开我，我做什么你都不喜，若是我明着告诉你，你估计也不想嫁我，没准还会想办法毁了这桩婚事，我只能出此下策了。”

谢芳华觉得他说的话有理，回京后，她一门心思都是保住谢氏和忠勇侯府，儿女情长她是不会去考虑的，更不会看在眼里，若是知道已经私下订了婚约，可能真如他所说，会逼着爷爷毁了约定。

“为了你，我遭了多少罪，以后你可要对我好点儿。”秦铮抓准机会耳鬓厮磨。

谢芳华被他磨得身子发软，伸手拍他，同时躲开他：“你还受着伤呢，别乱动，小心碰触伤口，又要多养几天的伤，到时候有你受的。”

秦铮只能放手，用无比可怜的眼神凝视着谢芳华：“忍了这么久，的确也不怕再忍忍，可是我这么久以来辛苦得心肝肺都疼，你是不是该补偿我？我们琴箫合奏一曲？”

这个容易。谢芳华知道他趁机要好处，也不反驳，笑着问：“你要合奏什么曲子？”

“《凤求凰》。”秦铮道。

谢芳华咳了一声，撇开脸：“这里是皇宫！”

“正因为是皇宫，”秦铮补充，“还是皇祖母生前的宫殿。你不觉得她老人家若是在天有灵，一定会喜欢吗？”

谢芳华抿着嘴不说话。

秦铮瞅着她，低低地道：“若是皇祖母还活着，一定会喜欢你的。”

谢芳华依稀记得前世的德慈太后是个慈祥的老太太，但是前世的记忆太模糊，细节已经记不清了，她不想破坏秦铮的好心情，笑着点头：“嗯！”

秦铮顿时欢喜地道：“给我箫，我来吹箫！”

谢芳华将箫递给他。

秦铮试了试音，歪着头瞅着她，等着她摆琴。

谢芳华将琴拿出来，摆在琴案上，指尖拨动了一下琴弦，声音清润悦耳。

这是她爹娘生前的东西！

他们一定是琴瑟和谐！

“你先。”秦铮似乎能感觉出谢芳华的思念。

谢芳华点点头，定了定神，音符从她的指尖缓缓流出，飘出窗子，穿过重重宫墙。

不多时，一缕箫音注入，缓缓的，切切的，不知不觉就和琴音十分契合地合在了一起。

雨后空气清新，琴箫之音如仙乐。

德安宫里伺候的太监宫女齐齐停了手中的活计，悄无声息地聆听着。

宫墙也挡不住其中的缠绵之意。

德安宫外的玉石路上，秦钰本来要向德安宫而来，听到了声音，猛地顿住了脚步。

跟在秦钰身后的秦怜也连忙停住了脚。

声音先是在德安宫内外飘荡，到中间时，便渐渐地传了出去，皇宫内院一时间都被这琴箫之声覆盖。

就连皇后的凤鸾宫和皇帝的御书房也不例外。

皇后听了一阵，问近身内侍如意：“谁在琴箫合奏？”

如意刚刚听到琴箫之音时便派人出去打听了，如今见皇后问起，立即轻声回话：“琴箫之声是从德安宫里传出来的，昨日皇上派吴公公去请了芳华小姐进宫陪侍铮二公子，皇上言明，铮二公子的伤不好，芳华小姐不准出宫，大约是他们。”

皇后的脸色顿时有些不好看：“他们还未大婚，竟然在皇宫里琴箫合奏这等曲子，真是……不像话！”

如意不知怎么接话，不敢作声。

“钰儿呢？”皇后又问。

“四皇子和怜郡主一起出去了，八成是去德安宫了。”如意小心地道。

皇后的脸色又难看了几分，好半晌，才有些疲惫无力地道：“钰儿是我的命根子，他怎么能……怎么能……”顿了顿，她闭上眼睛，“我就这么一个儿子，以前，我还能看明白几分他心里想的是什么，如今我是看不明白了。”

如意垂下头。

“昨日他说的那些话……”皇后长叹了一口气，脸色来回变化，语气无奈至极，“如意，你在我身边多年，你与我说一句实话，我是不是抵不上王嫂？”

如意一惊，连忙摇头：“在奴婢的心里，您是最好的人。”

皇后摇头："不是让你与我说这个，你是我的人，在你的心里，我自然是好的。"顿了顿，她斟酌着道，"我只是问你，在外面的人眼里，我是不是抵不上她？"

如意顿时为难不已，不知道怎么说。

皇后顿时笑了："其实，你不说，这么多年来，我自己也知道，我不如她。"

"娘娘，也不能这么说，皇宫和外面毕竟是不同的，您是皇后，母仪天下，盯着您错处的人那么多，您不能行差一步，可是王妃就不一样了，她毕竟在宫外。"如意连连摇头。

"唉，这么多年，就是这个身份，这个身份……"皇后脸色黯然，"我能守住的，也就是这个身份罢了。皇上我守不住，我的儿子，我也要守不住了……"

"四皇子孝顺，您可不要胡思乱想！"如意吓得连忙宽慰皇后。

皇后笑了笑，听着缠绵的琴箫之声，目光幽幽："你说，若是我支持我的儿子去夺，会怎么样？"

如意一愣，须臾，明白了皇后的意思，睁大了眼睛。

皇后复又闭上眼睛，喃喃道："让我想想……"

如意连忙屏息凝神，不再作声。

御书房内，皇帝正在批阅今日的奏折，桌案上摊开的折子正是谢墨含昨日夜晚到达临汾镇后，派人传回京的加急文书。

折子的意思是，请求皇上将左相和英亲王府大公子调遣回京，临汾镇之事，一律交给他。

谢墨含毫不含糊地言道，只要无人插手临汾镇之事，他保证将临汾桥在两个月内修筑好，避开汛期，挽救数万百姓和良田。

皇帝久久没有批注。

听到琴箫之音，皇帝皱眉。

不等皇帝开口询问，吴权便低声解惑："琴箫之声是从德安宫传出来的，大约是铮二公子和芳华小姐合奏解闷。"

皇帝闻言，脸色顿时沉了："淫词艳曲！"

吴权顿时恨不得将头垂到地底下去。

《凤求凰》只是两心相悦的曲子，算不得淫词艳曲，可是皇上心情不好，非要这么说，谁也没辙。

"四皇子呢？"皇帝想起秦钰，沉着脸问。

"四皇子早上去凤鸾宫请安，之后据说打算和怜郡主一起去德安宫，不知道这个时辰到那儿没有。"吴权一边观察皇帝的脸色，一边小心翼翼地道。

"你去，将他给朕叫来！"皇帝挥手。

吴权应了一声，连忙去了。

皇帝复又看向桌案上的折子，想了想，御笔批了一个“准”字。

既然查不出刺杀内幕，左相和秦浩再在临汾镇待着也没什么意义了。他是一国之君，不能拿临汾桥的汛期和百姓良田性命乱来，况且，左相和秦浩回来，他还有用处。

柳妃、沈妃、柳氏、沈氏……

谢氏……

他想要左相和秦浩查的是谢氏将柳氏、沈氏刺杀之事抹平的证据，可惜，这么长时间了，那两个人什么也没查出来。

这么大的事儿，竟然能抹得没有一丝痕迹，他焉能不除去谢氏？

合上折子，想起昨日秦钰的话，他心头又生起气来。

一曲琴箫合奏完毕，谢芳华和秦铮相互凝视，一个笑弯了嘴角，一个秋波盈盈。

宫墙外，秦钰如一尊雕像，一动不动，阳光洒下，他的脸半明半暗。

秦怜动了动身子，从德安宫收回视线，看向秦钰，她隐约能体味到秦钰毫不掩饰的情绪，刚要开口，有人从身后急促地跑来，她慢慢地回身。

“老奴给四皇子请安，给怜郡主请安！”吴权来到近前，躬身见礼，说明来意，“皇上请四皇子去御书房。”

秦钰闭了闭眼睛，慢慢地转过身，面色平静，看不出什么情绪，一如寻常：“父皇这个时辰找我，可说了是什么事儿没有？”

吴权摇头：“皇上没说什么事儿。”话落，见秦钰看着他，他凑近秦钰，极小声地给消息，“皇上刚刚正在批阅谢世子递上来的加急折子，突然听到德安宫传出的琴箫合奏，便请老奴来找您了。”

秦钰闻言微笑：“好，我这就去。”

吴权连忙退了一步。

秦钰对秦怜温和地道：“既然父皇找我，便不能陪你了，你自己进去吧。回头父皇那里若是没事儿，我再来寻你。”

秦怜点点头。

秦钰转身向御书房走去，吴权看了德安宫一眼，连忙跟着他一起走了。

秦怜犹豫了一下，还是进了德安宫。

玉灼脑子灵光，早就知道秦钰和秦怜站在德安宫外，琴箫之声一停，他就悄悄地对秦铮和谢芳华禀告了。

秦铮扬了扬眉，没理会。

谢芳华也没什么想法，对于秦钰，她自然是不喜的，除了他皇子的身份，还因为初见的算计、横着的沟壑，哪怕他对她有了那种心思。

秦钰被吴权叫走，秦怜自己进了宫内后，玉灼又照实禀报了。

秦怜进了东暖阁，挑开珠帘，先小心地看了把玩着箫的秦铮一眼，又瞥了谢芳华一眼，笑着喊了一声："哥哥，芳华姐姐！"

秦铮视而不见，听而不闻。

谢芳华回头看了秦怜一眼，淡淡一笑。

"刚刚你们合奏的是《凤求凰》吗？"秦怜走到近前，挽住谢芳华的胳膊，"芳华姐姐，你的琴竟然弹得这么好，在这南秦京城内，你的琴技若是认第二，怕是无人敢认第一。"

"你如今是搬到了宫外的英亲王府，还是又住在了宫里？"谢芳华不答反问。

"三天住宫外，两天住宫里。"秦怜叹了口气，有些委屈地瞅着秦铮，怏怏道，"我是个没家的孩子，在皇宫生活了多年，皇宫却不是我的家，出去英亲王府，那里虽然是我的家，我却与那个家格格不入。"

谢芳华心下触动，秦怜虽然在秦铮面前不那么讨他喜欢，但是也是身不由己，论起可怜，谁也不比谁少一分，她的声音软和了些："家在哪里，亲人是谁，纠缠于某些情绪倒没什么必要，只要你自己过得安然就行了。"

秦怜没想到谢芳华会开解她，眼眶顿时一热，挽着谢芳华胳膊的手紧了紧，有些哽咽："有嫂子真好！"

秦铮忽然冷哼一声。

谢芳华瞪了她一眼："要叫嫂子还早！"

"是，还早——"秦怜拉长音，俏皮地道，"我看我哥哥都等不及把你娶回去了，我这个亲妹子先练习着吧。别哪天他突然将你娶回去，我喊着生硬，再不讨他喜欢，以后我出嫁了，他不管我怎么办？不是都说出嫁的女儿要靠家里的兄长扶持才能在夫家过得好吗？"

谢芳华失笑，伸手点她："你这是想嫁人了？郡马可有人选了？"

秦怜毕竟脸皮子还是薄，干咳了两声："哪里有人选，我这不是话赶话地说吗？"顿了顿，她松开谢芳华的胳膊，跑过去拽秦铮的袖子，可怜兮兮地央求，"哥哥，你就原谅那日我装崴脚骗娘吧，好不好？那日是秦钰哥哥在我不知道的情况下先在娘面前说我崴了脚，我没法子，只能配合他，下次再也不敢了。"

秦铮想甩开她，秦怜死死地拽着不松手，眼睛红红地道："那天我回去找娘道歉，娘没打我，没骂我，却是到今天都没理我。哥，你就原谅我吧，我不是故意的！秦钰哥哥再好，他也不是我的亲哥哥。"

秦铮脸色黑沉："你不是一直将他当作你的亲哥哥吗？"

"没有！"秦怜摇头。

秦铮冷笑了一声。

秦怜双手紧握，垂下头，低低地道："我养在皇婶膝下，也算是人在屋檐下，哥哥，我一日不离开皇宫，又能怎么办？和你们亲近，他们——"

"算了，懒得听你说。"秦铮打住她的话，狠狠地道，"你既然想嫁人，不如就将你嫁得远远的，省得你在我跟前碍眼。"

秦怜抬起头，忽然笑逐颜开："好啊，你就将我嫁得远远的吧，我保证不碍你的眼。"

秦铮冷哼一声："松手！"

秦怜立即松开了手，转头挽住谢芳华的胳膊，其他的神色一扫而空，只剩下笑颜："芳华姐姐，你一定要监督我哥哥，让他将我嫁得远些啊，这南秦京城，我都住够了。"

谢芳华看着她如花的笑颜，心下微叹，这孩子敏感，是看透了什么，不想夹在皇后、秦钰和英亲王妃、秦铮之间吧？她点点头："好，我帮着你监督他。"

"嫂子真好！"秦怜毫不吝啬地释放她的奉承话。

秦铮脸色稍霁，但还是挥手赶人："该干什么干什么去，别在这里打扰我们！"

秦怜嘟起嘴，似乎又活跃起来，她瞪了秦铮半晌，泄气地道："好好好，谁叫你寝食难安地想了好几天，我不打扰你们了。"话落，她欢喜地向外走，"我要出宫去找娘，我知道她出宫了！"

秦怜说走就走，转眼就出了德安宫。

谢芳华看着秦怜的身影离开，转头，对着秦铮笑了笑。

"还算有脑筋，没被猪拱了脑子！"秦铮嗤笑一声。

"哪有你这样说自己妹妹的？"谢芳华瞪了他一眼，吩咐玉灼将琴箫拿下去，回头对秦铮道，"你在这里也坐了半日了，累了吧？我移你去床上躺躺吧。"

"你跟我一起躺着。"秦铮趁机要求。

"好。"谢芳华点头。

不多时，她将秦铮移到床上躺下，然后在他身边躺了下来，秦铮握住她的手，两人一起闭目养神。

秦钰来到御书房，不等通禀，径直走了进去。

皇帝正坐在玉案前，脸色极差，不知道在想些什么。

秦钰看了皇帝一眼，温润平和地见礼："父皇，您召儿臣前来，可是有什么吩咐？"

皇帝扫了秦钰一眼，冷哼一声，质问："你刚刚是从德安宫而来？"

秦钰直起身子，微笑："儿臣在宫外听了一曲，还没来得及进去，您就派吴公公将儿臣喊来了这里。”

皇帝闻言脸色发青：“你还怨上朕喊你了？我若是不喊你，你就进去了？”

秦钰笑得浅淡：“您不喊我，我自然要进去瞧上一眼的。”

皇帝啪地一拍玉案，玉案猛地晃动了起来，上面的折子噼里啪啦地滑落在地上，他脸色森寒地看着秦钰：“你是朕的儿子，永远也别想要谢氏的女儿！”

秦钰叹了口气：“父皇，您就那么想要除去谢氏，一丝一毫都不能容忍了？南秦建朝已经近三百年，历经多少代帝王，每一代帝王难道都如您一般，不想着让南秦壮大，国富兵强，称雄五洲，只想着汲汲营营，除掉股肱之臣？”

“混账！”皇帝勃然大怒，“你这是在教训朕？”

秦钰摇摇头：“父皇，儿臣不是在教训您，儿臣是在解您心里的死结。您有没有想过，若是除掉谢氏，我们南秦会如何？会不会从根部就烂掉？会不会瓦解了半壁江山？若是如此，北齐称雄称霸恐怕指日可待！五洲小国在您眼里如蝼蚁，但是您总不会忘记，还有一个不输于南秦的北齐吧？”

皇帝额头的青筋跳了跳，伸手指着秦钰：“你可真是朕的好儿子！去岁离开京城，前往漠北，你走时明明与朕一条心，可是如今，你这是因为看到了一个谢芳华，被她迷住了，就忘了根本吗？若是谢氏反了呢？南秦王氏还能守住？”

秦钰揉揉眉心：“父皇，您有多少年没踏出这南秦京城了，您可还记得？”

皇帝面色一僵。

秦钰长叹一声：“这南秦京城，繁华鼎盛，皇宫金碧辉煌，的确容易使人夜郎自大，一叶障目。儿臣去漠北之前，的确也觉得谢氏太大了，若是不除去，定然会威胁我们秦家的江山。卧榻之侧岂容他人鼾睡？谢氏人才辈出，或许用不了多久，南秦就该改朝换代了。”

皇帝瞅着他，知道他还有下文。

秦钰话锋一转：“可是，踏出了这片京城，去了漠北，我又跑去北齐转了一圈，北齐丝毫不弱于南秦，那时候我才觉得自己眼界狭隘了。北齐其实和我们南秦的形势差不多，南秦有谢氏，北齐有玉家，可是，北齐皇帝并不是对玉家一味打压，而是恩威并施，丝毫没有费尽心机除去玉家的打算，因为北齐皇帝心中清楚，若是除去玉家，北齐很可能失去半壁江山，到那时国力就会衰弱，国力一旦衰弱，就不敌我们南秦了，北齐焉能希望我们南秦坐大？”

“胡扯！”皇帝猛地一挥手，“北齐的玉家论才论力论势，如何能和谢氏比？在北齐建朝时，玉家和我们南秦的王家两败俱伤，经过休养生息重新壮大起来，也不过三百年，可是谢氏呢？源远流长，追溯上去，恐怕有上千年的底蕴。这样的玉家，如何能和谢氏比？”

秦钰看着皇帝，刚要再反驳，皇帝冷冷地打断他："你不要再跟朕说了，朕不想再听你的胡扯八扯！朕告诉你，你若是想要这把椅子，就要听朕的，协助朕除去谢氏！离谢芳华远点儿，否则，你就别想要，朕就算砸了龙椅也不给你这个不孝子！"

秦钰闻言薄唇抿起，一时用怜悯又苍凉的眼神看着皇帝。

一个人的执念有多深，才会再也听不进逆耳忠言？

父皇为何会有这么大的执念？

至少在他看来，谢氏还没有到非除不可的地步，目前谢氏所做的一切，都仅仅是想要自保而已。

可是他不敢去想象，若是父皇逼急了谢氏，又会出现怎样的局面。哪怕忠勇侯不反，谢芳华又怎么会束手待毙？

谢芳华……

他深深地叹息一声。

第三十二章

分宗分族

皇帝看着秦钰，面色稍霁，他有皇子数人，唯有秦钰，除了才华、手段、谋略兼备之外，也是真的不怕他。

一个好的帝王，在成型的过程中，只有不怕压在他头上的大山，才能有大作为。

可是，秦钰怎么能喜欢上谢芳华？

他是无论如何也不准许的！

谢氏本来就已经树大根深，他如何能让他最看重的儿子喜欢她娶她？那样的话，这秦氏江山岂不是早晚要姓谢？

不可能！

这是他一直守着的江山，是他用了所有东西换来的江山！

“这是谢墨含加急呈递上来的折子，你看看吧！”皇帝将脚下一本折子踢给秦钰。

秦钰低头去看，吴权连忙给他捡起来，递到了他手中。

秦钰看了一眼，微笑：“父皇准得对。左相和秦浩既然在临汾桥没了用处，的确该回京了，回京总能有些用处。尤其是秦浩，该大婚了。”

皇帝嗯了一声，对吴权吩咐：“传朕旨意，即刻召左相和秦浩回京。”

吴权应了一声，连忙下去了。

“右相在文渊阁处理事情，朕既然将你派到右相身边，你就好好地跟着他学吧。”皇帝对秦钰摆摆手。

“父皇，我刚回京才清闲几日，您就不能让我再清闲清闲？”秦钰站着不动。

“少给朕打你那什么主意！”皇帝冷然道，“秦铮要去西山大营，他去了的话，朕的人能保住多少？他自小在朕眼前长大，他打的什么主意，别当朕不知道！就算西山大营给他，朕也不怕他。除了西山大营，还有五城兵马司，还有各部，你若是不赶紧抓在手里，吃亏的是你！别怪朕没提醒你！”

秦钰闻言笑了，深深地行了一礼：“您不愧是儿臣的父皇，谢父皇提点。”

皇帝冷着脸摆摆手。

秦钰退出了御书房。

皇帝看到秦钰离开，才一屁股坐在了椅子上，手有些哆嗦地去怀里摸，半晌后，摸出一瓶药，拧开瓶塞，倒了一颗在嘴里，才止住了哆嗦。

他闭上眼睛，面上现出悲凉之色。

秦钰出了御书房后，并没有立即离开，而是站在御书房外看着巍巍宫阙，好半晌，才抬手招来一名内侍：“你去忠勇侯府递个信，就说晚上我请云澜公子去玉明轩茶楼喝一壶茶。”

那内侍连忙应声，立即出宫去了。

秦钰见那小太监离开，向德安宫的方向看了一眼，缓缓向文渊阁而去。

待他走后，吴权悄悄地进了御书房，见皇帝闭着眼睛，小心地喊了一声：“皇上？”

“他去文渊阁了？”皇帝闭着眼睛不睁开。

“是，四皇子听了您的话，去文渊阁了。”吴权道。

皇帝面色稍好：“他总算还是听我的话的！三皇子、五皇子不堪大用，八皇子年幼，被太妃养成了那副淡漠的性子，不是为帝尊者，如今朕能靠的，也就是他了。他若是不听话，朕真不知该怎么办了！”

吴权屏息，不接皇帝的话。

“昨夜派去忠勇侯府那间书房的人可回来了？”皇帝问。

吴权心下一凉，但还是老老实实地摇头：“回皇上，一个也没回来。”

皇帝忽然大怒：“好，好一个忠勇侯府，好一个谢芳华，她的海棠苑还真是铜墙铁壁啊！朕派出的百名隐卫竟然一个也没回来吗，全部折在了那里？”

吴权也是心惊，小心谨慎地道：“昨夜芳华小姐住在德安宫，看守那间书房的人，据说是谢氏米粮的云澜公子。”

“谢云澜！”皇帝的眉心凝聚起风暴，“怪不得，原来是他在守着！”顿了顿，他的怒意忽然退了，“只要不是谢芳华，一个谢氏旁支的谢云澜倒不是太大的事儿，他若是什么本事也没有，就不会让我折损了一半的谢氏米粮了。”

吴权适时地不答话。

“他有本事，总比谢芳华有本事要好。”皇帝咳嗽了两声，有些气不顺地道，“女人有本事，才是真正的祸水！”

吴权闻言，心下叹息一声，更是小心恭谨起来。

皇帝召回左相卢勇和英亲王府大公子秦浩的旨意刚传出宫，左相府卢夫人便乐开了花，对绣着嫁衣的卢雪莹喜道：“我还以为皇上要将你爹和秦浩留在临汾镇，一直等到临汾桥修好才让他们回来，没想到这么快就下旨召回了，谢天谢地！他们只要回来，五月你们大婚就能准时进行了。”

卢雪莹的面上并没有什么喜色：“娘，您就那么想将我嫁去英亲王府？”

“秦浩虽然是庶出，但到底是长子。英亲王府的嫡出虽然是秦铮，但谁都知道他因为谢芳华不得皇上喜欢，若是有朝一日，皇上真被他惹恼了，不给他世袭爵位，你想想，还有谁能继承英亲王府？岂不是非秦浩莫属？你嫁给他，将来，没准也能做王妃！”卢夫人算计着道。

卢雪莹笑了笑，摇头：“娘，这样的好事儿您就不要想了，只要王爷和王妃在一日，爵位就不会轮到秦浩。”

“你这个死孩子！”卢夫人也知道这条路难，可不见得没有希望，她剜了卢雪莹一眼，“你用点儿心，好好地绣你的嫁衣。如今秦浩屋里那个依梦死了，他的屋里就没有女人了，你们还有两个月就要大婚了，他总不会再往屋里纳人了，等你过了门，将他的心拴住，就算夺不了爵位，你也是英亲王府的大少奶奶。”

卢雪莹想起依梦死后，英亲王府内被王妃压下的传言，心下有些灰败，秦浩在闺房里百般折磨人，那个女子是不堪忍受而死，她能压制住秦浩不让他将畜生行为施展在自己的身上吗？

尤其，她还是秦铮硬塞给他的！

卢雪莹越想脸色越不好，一把拽住卢夫人：“娘，您给我挑些年轻貌美身段好的陪嫁丫头吧，我要带去英亲王府。”

“什么？”卢夫人睁大眼睛，“莹儿，你没发热吧，怎么说这种傻话？还年轻貌美身段好的陪嫁丫头，你这是想干什么？”

卢雪莹嘴唇发白，尽量不让自己的身子颤抖，也不让声音发颤：“娘，您说，我若是不嫁秦浩……”

“胡扯什么！”卢夫人顿时怒了，“婚期都定了，你如何能不嫁？”

是啊，她如何能不嫁？若是能不嫁，早在皇后懿旨赐婚时，她就能不嫁了。如今已经是板上钉钉的事情了，早就不容许她反对。

卢雪莹压下心底的情绪，挽着卢夫人撒娇：“我也就说说嘛，您给我选就是了。我就是想着，万一自己抓不住秦浩的心，也不能让他跑去外面，陪嫁丫头总归是自己人，生了孩子，也是养在我名下的。”

卢夫人闻言踏实了些，同时也真被卢雪莹说动了两分心思：“若是这样说也有理。谁家爷们院子里没个三妻四妾的？与其便宜别人，不如用自己手底下的人。”

卢雪莹连连点头：“那娘快去选！要如花似玉的，最好……嗯，有些床上工夫的。”

卢夫人闻言啐了一口：“这话你也敢说！”她瞪了卢雪莹一眼，但还是站起身，“放心，娘这就去给你选！爷们喜欢什么样的女人，娘心里有数，用不着你说，你放下心来备嫁就行了。”

卢雪莹颔首，心头落下了一块大石头。

忠勇侯府内，晌午时分，谢氏各首要人物该到齐的都已经到齐了。

经过一日一夜的揣摩，这些人也没揣摩出忠勇侯府要做什么，但是心底都晓得一定是大事儿，不但是大事儿，还是天大的事儿。

他们知道昨日晚上皇上将谢芳华召进宫去了，后来宫里传回消息，皇上留谢芳华在宫里陪侍铮二公子，铮二公子的伤什么时候好，她什么时候方能回府。见忠勇侯没因此有什么动静，这些人便压下心底的不安，静静地等着。

用过午膳，忠勇侯府将这些人都请进了祠堂。

祠堂大门关闭后，忠勇侯给祖宗上了三炷香，之后，公布了一个消息。

分族分宗！

他一开口，所有人都蒙了，一个个睁大眼睛，如被霹雳砸中。

竟然是分族分宗？

怎么会这样？

谢氏族长颤抖着身子，也顾及不了身份了，一步上前，一把拽住了忠勇侯的胳膊：“侯爷，您没有开玩笑吧？这……这怎么能？”

“怎么不能！”忠勇侯摇头，语气铿锵有力，“老夫没开玩笑！”

一句话，将众人都砸回了魂，他们七嘴八舌地反对起来，片刻工夫，宗祠里便乱哄哄的。

忠勇侯不再说话，静静地看着这些人，毫无例外，都是不同意分。

足足过了半个时辰，众人才发觉，忠勇侯自从公布了这则消息后，再未发一言，众人的声音渐渐地止住，其中一人这时跳出来：“侯爷，您说要分族分宗，也不能一意孤行，您得与我们说说原因，我们谢氏底蕴深厚，如今又好好的，怎么能说分就分，总要有个理由！”

“是啊，难道忠勇侯府嫌弃我们这些人是累赘了？”一人又道。

其余人都等着忠勇侯解惑。

谢氏族长见忠勇侯依然不语，开口求道：“侯爷，您就告诉大家伙吧！我这个一族之长也想知道。祖宗基业不能在我手里毁去啊，否则九泉之下，我还有何脸面去见列祖列宗？”

“侯爷，是否我们谢氏又有危难了，才不得已出此下策？”谢氏盐仓的掌家人低声问。

众人闻言，都倏地看向他。

“云澜，你来说吧。”忠勇侯长叹一口气，对谢云澜摆摆手。

谢云澜从一侧站起身，平静地扫了众人一眼。

众人顿时噤声，都看向他。

“谢氏太大，这么多年来，皇上屡屡不容谢氏，吞了谢氏米粮还不知餍足，如今更是已经将谢氏当作眼中钉、肉中刺，这是众所周知之事。”谢云澜缓缓开口，“忠勇侯府乃谢氏之首，皇权一旦发难，忠勇侯府必定首当其冲！若是株连九族，在座众人都是九族之内，谢氏就会一朝被连根拔起，尸骨成山，血流成河，南秦再无一人姓谢！”

众人闻言，面色大变。

谢云澜见开门便敲山震虎成功，便缓缓吐出一个消息：“侯爷作出分族分宗的决定也是迫于无奈。北齐皇帝和皇后生有一子，由谢氏盐仓的叔叔代养二十年，就是谢云继。如今，他失踪了，大约是被人挟持去了北齐。皇上一旦得到消息，拿此事发作，诸位想想，轻则是什么罪，重则是什么罪？在皇上有意除去谢氏之时，会定个什么罪？”

众人闻言，面上瞬间血色全失。

其中一人惊呼：“谢云继竟然是北齐皇帝和谢凤的儿子？”

忠勇侯点头：“不错，云继是凤儿的儿子，我的外孙。当年凤儿嫁入北齐，玉家势大，玉太后和玉贵妃姑侄联手，凤儿孤身一人，无奈之下，暗中将孩子送回了谢氏，才得以保全血脉。”

谢氏盐仓的掌家人证实了此事：“不错，当年是我亲自前往北齐，带回了那个孩子。”

众人齐齐没了声，都被这两个重大的消息给震惊了。

“族长，若想谢氏长存，想我们的子孙世代繁衍，想谢氏根基不灭，就要化整为零，分族分宗，各立门户。虽然世家大族再不复，但是能保住我们谢氏的人脉和血脉。”谢云澜趁机对谢氏族长道。

谢氏族长受到的震动太大，一时间讷讷无言。

其中一人忽然道：“各立门户后，皇上除去我们就容易了，怎么办？”

“是啊，很多人都不能再受族里庇护了！”又一人道。

“没本事的弱小之人，岂不是会被其他世家大族随意欺凌？”又一人也道。

“你们说的这些，侯爷都有考虑。”谢云澜镇定地挥手，风梨立即搬出来一个大匣子，他接过匣子打开，里面是一沓账目，他声音清浅，“分族分宗不是一句话说分就分的事儿，族田、谢氏所有的东西，自然都会分，每家每户手中都会握有足以存活的东西。”

众人齐齐睁大了眼睛。

谢云澜淡淡道："谢氏的人永远都是谢氏的人，虽然分了，但若是出了什么事情需要护佑，大的门户也不会对小的门户置之不理的。"顿了顿，他又道，"反之，若是十恶不赦、株连九族这等罪责，也不会牵连其他门户！"

这最后一句话，才最是震动人心。

"不错！谢氏长房的例子正好引以为戒，如今谢氏长房还被御林军围着呢。"忠勇侯此时开口，"也不急于表决，华丫头如今接手了侯府的事务，虽然她被皇上困在了宫里，但是早晚皇上要放她出来。待她出来，再决定也不迟。只是这件事情关乎我们谢氏在座所有人的身家性命，还望诸位闭紧嘴巴，安心在忠勇侯府待上几日。"

众人心神一凛，连忙表态："侯爷放心，关乎身家性命的事情，谁也不敢走漏风声！"

就算想走漏风声，如今身在忠勇侯府，怕是一丝风声也传不出去。

忠勇侯摆摆手："先散了吧，各自都思量些。"话落，他当先出了祠堂。

他走后，众人对看一眼，也接连出了谢氏祠堂，只是一个个像是经历了一番磨难才出来一般。

忠勇侯府开了宗祠的消息第一时间就传进了宫里。

皇帝听闻之后，派人再探，然而那些人从宗祠出来后，却一个个闭紧了嘴巴，只字不提，所以派出的人无功而返，依旧什么也没探出来。

皇帝坐在御书房里，脸色愈来愈阴沉。

这么多年来，他自诩差不多掌控住忠勇侯府了，可是如今这件事情就能看出来，若是忠勇侯府不想让人知道的事情，任他如何查也查不出来，可越是如此，他越想要知道，这种被动的局面，实在让他心里没底。

于是，他高喊一声："吴权！"

吴权连忙出现，小心地道："皇上？"

"摆驾！朕去忠勇侯府看望老侯爷！"皇帝站起身，沉着脸吩咐。

吴权一惊。

"听到朕说的话了吗？"皇帝见吴权站着不动，怒道，"还不快去！"

"是！"吴权惊醒，连忙向外跑去。

"等等，派人去文渊阁一趟，让右相和四皇子与朕一起去！"皇帝又喊住吴权。

吴权立即应是，出了御书房，赶紧召来一名小太监，吩咐了下去。

文渊阁内，右相和秦钰得了传话，对看一眼，慢慢地放下了手中的事情。

右相看着秦钰询问："四皇子，你可知道，皇上为何突然要去忠勇侯府看望老侯爷？"

"父皇近来做的怪事儿颇多，想起一出是一出，估计是想老侯爷了。"秦钰慢吞吞地道。

右相仔细地打量秦钰，没从他脸上看出什么来，不过右相心中清楚，定然是出了什么事情——忠勇侯府召集族人的事情他自然也是知道的。右相暗暗想着怪不得四皇子能从一众皇子中脱颖而出，他将来若是坐上那把椅子，怕是个比当今皇上更厉害的主儿。

二人一起出了文渊阁，前去与皇帝会合。

半个时辰后，皇帝的御辇浩浩荡荡地往忠勇侯府而去。

皇帝的御辇一离开皇宫，德安宫里便得到了消息，虽然玉灼才进皇宫几日，但是已将宫里摸了个滚瓜烂熟，消息自然十分灵通。

秦铮听罢，嗤笑一声："皇叔是越老越不中用了，谢氏刚有点儿风吹草动，他就坐不住了。"

谢芳华自然知道今日午时忠勇侯府开了宗祠，爷爷和云澜哥哥已经公布了分族分宗的消息，皇上派去的人定然什么也没探察出来，所以他才坐不住，亲自去忠勇侯府探察消息了。

不过，她倒是觉得，就算皇上亲自去一趟忠勇侯府，以爷爷现在的脾气，也不见得会告诉他。

谢氏分族分宗虽然是大事儿，归根结底还是谢氏自己的事儿。

与皇权有干系，但也无干系。

皇帝若是真想插手，既有立场，也无立场。

"甭理他！爷爷若是因为皇叔跑一趟忠勇侯府就巴巴地交出底牌来，那他也就不是顶了这么多年还活得好好的的忠勇侯了。"秦铮揽住谢芳华的纤腰，下巴搁在她的肩膀上，一边在她雪白的脖颈上呵气，一边暧昧地问，"下午我们做什么？"

谢芳华被他磨得乱了心思，只好不去想这件事儿，回头瞪了他一眼："你伤得这么重，还不老实养着，乱动什么？"

秦铮眨巴眨巴眼睛，嘟哝道："我没乱动，就是抱抱你而已，不会碍着伤势。"

谢芳华轻哼一声。

秦铮伸手把玩她垂下的一缕青丝："棋也下了，琴也弹了，这样吧，下午画画。古语有云，闺房乐趣，无外乎琴棋书画。"

谢芳华脸一红："谁跟你闺房乐趣！"话落，她推开他，"不画！"

秦铮虽然身子被推开，手却快速地抓住了她，笑吟吟地道："你来画，我给你红袖添香。"

谢芳华闻言，扑哧一声笑了。一个大男人，说自己是红袖添香，真有他的！

"怎么样？"秦铮伸出自己的一双手给谢芳华看，"你瞧瞧，爷这样的手给你磨墨，可还看得顺眼？芳华小姐，赏个脸呗！"

谢芳华好笑地看着他，本来没什么兴趣，被他这样一说，倒是来了兴趣，她点点头："好。一会儿我画起来，你可不能嫌累，半途而废。"

“不会。”秦铮摇头，“虽然这副身子受伤不轻，但是磨墨这种轻快的活儿，我还是能干的。”

谢芳华颔首。

秦铮便扯着嗓子喊玉灼。

玉灼连忙答应，麻溜地下去拿东西了。

不多时，笔墨纸砚准备妥当，秦铮不用谢芳华开口，便动手磨起墨来，一边磨墨一边打着主意：“就画我好不好？还从来没有人给我画过画像呢，这个第一次，爷就赏脸给你了。”

谢芳华眼皮翻了翻；“合着我还要谢爷赏脸了？”

“那是！”秦铮得意地扬起下巴，“想要给我画像，不是谁都有资格，得看我喜欢不喜欢。”

谢芳华啐了一口，不再理他，思量着画什么。

“就画我！”秦铮盯着她，“若不然，画咱们俩也行！”

“不行。”谢芳华摇头。

秦铮委屈地道：“谢芳华，你这是来陪我养伤，还是来故意气我？爷说什么，你不说好也就罢了，还跟我作对。我这伤若是这样磨下去，还能好得快吗？”

谢芳华剜了他一眼。

“哎呀，夫纲不振啊！”秦铮扶额，“你现在就这么不听我的话，以后我还如何能有面子？”

谢芳华看他装模作样，一时又气又笑：“秦铮，你这副样子真该让外面的人来看看。”

“要他们来看做什么，有你看就好了。”秦铮抓住她的手，继续打着主意，“就画我们两个，嗯……今日，你弹琴，我吹箫，要画出来，将来我们大婚的时候，装裱好，放在房里。”

谢芳华摇头：“我画不好人物。”

“画不好怕什么，我又不嫌弃！”秦铮执着地要她画。

谢芳华被他缠得没法，叹了口气：“我勉强试试吧。画自己不行，画你，也许还能一试。”

秦铮见她答应，眼睛一亮：“这样，你就画我吹箫，至于你嘛，你画完我，空出来，我来画你。”

谢芳华见他兴致颇高，勉强点了点头。

谢芳华的琴棋书画功底都是基于上一世，这一世，也就是被秦铮困在英亲王府的时候以听音的身份学了那么些日子，不过有些东西已经深入灵魂，虽然落笔有些生疏，但是转眼便如行云流水。

秦铮不打扰谢芳华，静静地歪着头，看着她一笔一笔地勾勒出他的模样，他的眸光渐渐地温柔似水，青黑色的眼眸里仅装着一个她。

秦铮上午吹箫的时候，目光一直没离开过谢芳华，那样专注而深情。

因为琴箫合奏《凤求凰》时心意相通，记忆比较深，所以谢芳华画出来时还是有些脸红，但是她在秦铮面前已经习惯被他毫不掩饰的爱意浸染，所以到底没隐藏，依照当时的场景一笔一笔画出了他当时的神韵。

那双深情专注的眸子刚画出来时，秦铮的眸光便凝住了，胸中涌上浓重的欣喜。

欣喜他的感情终于有了回报，谢芳华虽然没如他一般表现在明面上，但是将他的爱意悉数铭记于心。

他的心中如云海翻滚，人却一动不动，不敢打扰她，想着这么久以来，他费尽心机谋她的心夺她的情，只看她如今的模样，已然值了。

大约一个时辰后，谢芳华缓缓地放下了笔。

画纸上的秦铮栩栩如生。

秦铮在谢芳华放下笔的那一刻立即抬手，长臂一伸，将她拽到了怀里，不等她的低呼声逸出唇瓣，他便低头吻了下去。

若非他有伤在身，哪怕还没大婚，他今日也已经控制不住地想做些什么了。

谢芳华承受着他汹涌而来的感情，软软地倒在了他的怀里。

过了许久，秦铮喘息着放开她，但还是不能自已地轻吻着她的脸颊、脖颈，声音喑哑，低喃道："画得真好，这是奖励！"

谢芳华的脸上红如火烧，想伸手推开他，却没有力气，只能将脸埋在他的怀里，躲避他不停顿的亲吻。

秦铮看她一副要扎进他身体里的架势，不由得笑出了声。

谢芳华知道他在笑什么，一时有些没面子，从他怀里抬起头，瞪着他。

美人嗔怒，含情带怯。

秦铮轻叹一声，收了笑，盖住她的眼睛，对外面喊："玉灼。"

玉灼就等在外间，笑嘻嘻地探出头，看了二人一眼，眨眨眼睛："表哥？"

"将这幅画给我仔细地收起来，若是少了一个角，唯你是问！"秦铮抱着谢芳华，眼皮也不抬地吩咐，感觉谢芳华听到他的话要打开他的手起身，他紧紧地将她抱住，不让她动。

玉灼缩了缩脖子，连忙点头，将那幅画小心地收拾卷起，带了下去。

他刚离开，秦铮便放开了谢芳华。

谢芳华对他瞪眼："那幅画还没画完呢！"

秦铮笑着瞅了她一眼，低柔地道："我留着慢慢画，你若是想看，大婚的时候自然会在洞房里看到它。”

谢芳华的脸有些挂不住，感觉脖子、耳根子都跟着发烧，啐了他一口：“我看你的伤没大碍，不陪着也行，自己在屋子里圈着吧！”话落，她挑开帘幕，出了东暖阁。

秦铮伸手，没抓住人，顿时瞪眼。

谢芳华出了东暖阁，来到门口，午后的阳光打在身上，春意融融，她轻轻吐了一口气，才驱散了几分身上灼烧般的热度。

这般和秦铮在一起，若是长久下去，她都快不认识自己了。

她在门口站了片刻，刚要返回，这时，如意进了德安宫，见到她一喜，立即见礼：“芳华小姐，皇后娘娘知晓您进宫来陪二公子养伤，特意派奴婢过来请您过去吃杯茶。”

谢芳华一怔，皇后请她吃茶？

“芳华小姐？”如意见她不答话，复又轻轻喊了一声。

谢芳华淡淡一笑：“王妃出宫了，如今二公子这里就我一个人，不好离开，如意姑姑，请替我谢谢皇后娘娘的好意。”

如意抿嘴一笑：“这里是皇宫，二公子身边哪儿能没有人伺候？这里离凤鸾宫不远，就一盏茶的工夫，二公子不会有什么事儿的，芳华小姐莫推托了。”

谢芳华微微蹙眉，这是非要她去不可了？

“如意姑姑，皇婶对我未免也太好了，我身边就这么一个可人儿，她这是做什么？难道要巴巴地跟我抢？”秦铮的声音忽然从屋内传出来，懒洋洋的，却又有着丝丝冷意，“你回去告诉她，我也想吃她的茶了，等我好了，带着华儿一块儿去给她请安。”

如意面色一僵。

“华儿，你还在外面做什么？还不快回来帮我倒杯茶，爷都快渴死了！”秦铮又道。

谢芳华看了如意一眼，转身进了东暖阁。

她不觉得皇后找她喝茶会有什么好事儿。

“如意姑姑，请回吧。”玉灼适时地出来赶人，笑眯眯地小声道，“姑姑，你有所不知，刚刚这俩人作画作坏了，二公子发了火，怨芳华小姐不好好画，两个人如今正怄气呢。”

如意身为皇后身边的第一女官，在这皇宫里，被驳回面子的时候极少，但是秦铮不同于别人，他说不给谁的面子，谁也没辙，她只好点点头，算是听了玉灼的解释，回去也好对皇后有个交代。

谢芳华进了房间，给秦铮倒了一杯茶，秦铮端着喝了，她又给他倒了一杯。秦铮抬眼瞅她。

谢芳华瞪了他一眼：“你不是都快渴死了吗？”

秦铮气结，伸手指着她：“你这个没良心的，我护着你，不让别人欺负你，你还回来气我！”

谢芳华见他不再喝了，自己拿回来，捧在手里，端着杯子慢慢地、一口一口地喝着。

秦铮瞅着她，扶额长叹，似乎十分之扼腕：“爷怎么就瞧上了你！”

谢芳华瞥了他一眼：“后悔还来得及。”

“做梦！”秦铮剜了她一眼。

谢芳华笑了笑。往日这人活蹦乱跳，是个待不住的主儿，如今在床上躺了三四天，还要再躺几日，他心中定然腻味，她喝完一盏茶后，想出了一个主意：“你不是养好伤要去西山大营吗，趁着现在，研究研究它。”

“怎么研究？”秦铮不太有精神。

“虽然你还没去过西山大营，但是营中的布局、军中将领的名单、每个人的身份、背后牵扯的东西，拿出来研究一番，反正你早晚要用到，就当打发时间了。”谢芳华缓缓道。

秦铮的眸光闪了闪：“有理！”

谢芳华见他同意，觉得这件事儿若是做下来，这几日工夫就能消磨掉了，也省得他没事儿就盯着她抱着她逗趣。

秦铮似乎对谢芳华心中所想有所感，轻轻哼了一声，对外轻喊：“青岩。”

“公子。”

“将西山大营的所有东西给爷拿一份来。”秦铮吩咐。

“是。”

秦铮吩咐完青岩，看着谢芳华：“你读过兵法没有？”

谢芳华笑着点头：“读过。”

秦铮嘴角微翘：“论用兵，你觉得你如何？”

“没试过。”谢芳华摇头。

“待青岩拿来东西，给你个机会。”秦铮忽然兴趣大增，“我要看看，在兵法上，我夫纲振不振！”

谢芳华闻言无语。

一个时辰后，青岩拿来了关于西山大营的所有东西：名册、营地布局以及建朝以来发生的大事的卷宗。

秦铮拉着谢芳华研究起来。

凤鸾宫内，皇后听罢如意的禀告，本来做好的准备，都成了空谈，她有些意兴阑珊：“罢了，不来就不来吧。谢芳华再有本事，也是个女子，关键之处，还是要看男人的本事。”

如意不搭话，心中却清楚，皇后娘娘说的“男人”，无非是铮二公子和四皇子。

“皇上还没回宫？”皇后又问。

如意摇摇头：“据说留在忠勇侯府用晚膳了。”

皇后笑了笑，多年来，她还是摸到了皇上的一些脾性，她幽幽地道：“皇上这是不平静了。”

如意垂首，不敢多言。

傍晚时分，皇帝沉着一张脸从忠勇侯府出来，上了御辇，回了皇宫。

忠勇侯亲自将皇帝送到大门口，目送着仪仗队浩浩荡荡地离开，然后转身，关上了大门。

秦钰并没有跟着皇帝一起回宫，而是在皇帝离开后，一把勾住谢云澜的肩膀，对他低声道：“云澜，晚上玉明轩喝茶，你没忘吧？”

谢云澜摇摇头：“四皇子相请，本不该推辞，可是云澜还有要事，不便相陪，改日吧。”

秦钰看着他微笑：“我有一件极重要的关于你和芳华小姐的性命之事，你那件事儿若是没这件事儿重要，不如放放，先听我一说，如何？”

谢云澜闻言，直直地盯住秦钰。

秦钰面色不改，对他温和地笑：“云澜，你该知道，我不说虚言。”

谢云澜盯着秦钰看了半晌，眯起眼睛，拂开他的手：“半个时辰，可够陪四皇子喝一壶茶？”

“自然是够了。”秦钰笑容可掬。

谢云澜不再说话，二人一起向玉明轩走去。

若是关于他自己的性命之事，他自然不会理会，但是关于谢芳华的性命之事，他就无法不理会了。

玉明轩跟忠勇侯府只隔了两条街，不多时，二人便到了玉明轩。

有小伙计迎出来，领着二人进了楼上雅间。

二人落座，有人沏茶上来，之后悄悄地退了下去。

谢云澜向门口看了一眼，见月落持剑而立，便知道这里秦钰已经作了安排，他们的话不会传出只言片语，他心下微沉，想着秦钰到底要说什么事儿。

他心中隐隐有一些猜测，但是不经落实，不会表现在明面上。

秦钰抿了一口茶，静静品味了片刻，笑着示意谢云澜喝茶：“这是我从漠北带回来的雪山银叶，你尝尝味道。”

谢云澜点点头，端起茶盏，品了一口，有一股雪的清冽，香气却不浓。

“如何？”秦钰看着他询问。

“不错。”谢云澜道。

秦钰缓缓一笑，放下茶盏：“云澜，你身上的焚心咒毒有多久了，你可记得？”

谢云澜抬眼，淡淡道：“不太记得了。”

“都说人对自己身体的痛楚记得最深，看来不尽然。”秦钰拿着杯盖，一下下地拂开漂着的茶叶，“那你可知道，你身体的焚心咒毒，是因何而中？”

“看来四皇子知道，不妨解惑。”谢云澜不动声色地看着他。

“说起来，这还算是谢氏米粮已故老夫人的一桩秘密。”秦钰看着茶盏冒出的水汽，道，“只是不小心被我知道了。”

谢云澜眸光一紧。

“我想着云澜你定然是不知道的，否则，也不会像如今这般置你和芳华小姐的性命于不顾了。”秦钰不看谢云澜，径自道，“本来我可以置之不理，当作不知道，可是，我发现我心喜芳华，便不能漠视了。”

谢云澜扬眉：“时辰有限，四皇子还是不要说太多没用的。”

秦钰失笑：“我心喜谢芳华，这不是没用的话。”话落，他盖上杯盖，轻轻一推，对身后喊，“初迟。”

初迟应声从外面走了进来。

谢云澜看了初迟一眼，见他进来后一直盯着自己，那双眼睛里，隐隐约约能看出激动。

“他是魅族人。”秦钰身子靠在椅背上，对谢云澜道。

谢云澜从初迟身上收回视线，并不作答。

秦钰微笑：“据说，魅族有三宝，一是血脉，二是咒毒，三是圣女。血脉能活万物，咒毒能控制人、兽的心魔，圣女是魅族的传承之魂。”

谢云澜面无表情地看着秦钰：“四皇子只管说明白些，这话与我有什么关系？”

秦钰闻言一叹：“云澜，你不会现在还觉得你是谢氏的人吧？”

谢云澜面色一沉：“我生于谢氏，长于谢氏，自然是谢氏的人。”

秦钰摇摇头：“你错了，你并不是生在谢氏，长在谢氏倒是对的。”

谢云澜腾地站起身，脸色发寒：“四皇子说的这些事情都是无稽之谈，我不想听了。”话落，他抬脚向外走。

秦钰伸手拦住他：“云澜，你何必发怒？我说的是不是无稽之谈，你听完就知道了。”话落，他慢悠悠地道，“你的性命可以不顾，但是芳华的性命……”

谢云澜的脚步只能顿住。

“来，坐下。”秦钰轻轻抬手，将谢云澜推回座位，笑着道，“你不喜兜圈子，其实，我也不大喜欢，这样，我就原原本本地告诉你吧。”

“你有什么条件？想要做什么？”谢云澜盯着他，“别告诉我四皇子是吃饱了撑的没事儿干来管闲事儿。”

秦钰摇头：“我没什么条件，至于我想做什么，刚刚就告诉你了，我心喜芳华而已。”

谢云澜抿唇不语，等着他说下文。

“谢氏米粮已故的老夫人一定没告诉你，你是魅族人。”秦钰慢慢道，“那是因为，她恨不得自己不是魅族人，更恨不得你也不是魅族人，那样便能让你一世无忧了。”

谢云澜冷然地看着秦钰。

“几十年前，魅族国师推算出魅族生灵因天命太满必有天劫，若想躲过天劫，保证魅族不被灭族，就必须让魅族的王者和圣女出魅族以避世。所以，当年，魅族的王位继承人和圣女继承人降生后，便由国师和神使带着离开魅族，可是，天劫就是天劫，天道使然，他们都没想到，出了魅族，还是没躲过劫难，王位继承人和圣女继承人双双染上天疾。

“眼看魅族血脉即将消亡，神使和国师无奈之下决定，国师毁去自身灵基，神使毁去自身本命脉源，双双用自身修为启动灵劫，从此一个每月得忍受烈火焚心之苦，一个再不能提力成了废人，好在最终保住了两位继承人。

“虽然继承人保住，但因二人启动灵劫，动了魅族根基，若是不修复，魅族基业一旦毁去，那么，魅族的根也就没了，于是，国师和神使商议之下，无奈地又作出了决定——国师前往灵气聚集之地的雾黎山修行，护住魅族灵基，神使带着两位继承人寻找落脚之处。

“后来，不知是天意，还是机缘巧合，神使得了谢氏米粮上一任先祖的青睐，携王室血脉落在了谢家，同时，利用博陵崔氏家主给夫人治病的机会，将圣女留在了博陵崔氏。她将两人分开抚养，其实是想两人成人后能嫁娶。”

谢云澜的手指忽然动了动。

秦钰看着他，笑了笑：“听起来像是一桩奇闻怪谈，但这世上既然有魅族这种应天命而生、血脉能起死回生的存在，这件事便也不显得稀奇了。”顿了顿，他看了初迟一眼，“若不是我身边有一个魅族人，我也不会信这种奇事。”

谢云澜忽然端起茶喝了一口。

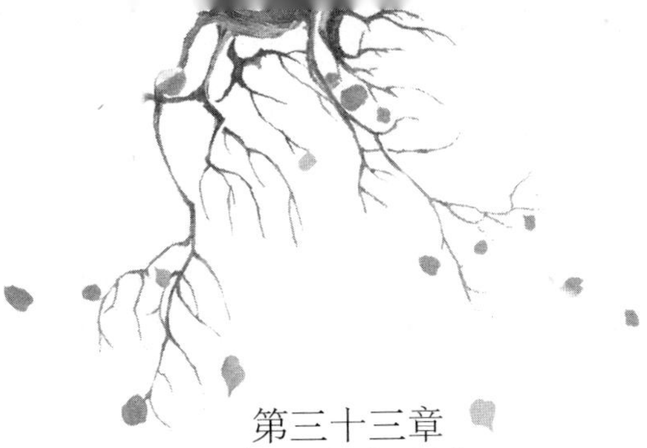

第三十三章

身世之谜

京　门　风　月

“说到这，你应该猜出刚刚说的这几个人的身份了。”秦钰仔细地打量谢云澜，不见对方情绪波动，他笑道，“一个是魅族的国师——紫云道长，一个是魅族的神使——谢氏米粮的老夫人，她之所以缠绵病榻多年，成了废人，皆因自毁血脉根基所致的内伤。那两个继承人，一个就是你父亲，还有一个，就是芳华的娘崔玉婉。”

“我的父亲是谢氏米粮的当家人。”谢云澜道。

“谢氏米粮的当家人是不是你的亲生父亲，我想云澜你心中比谁都清楚。”秦钰也端起茶喝了一口，“谢氏米粮老夫人隐瞒身份嫁入谢氏米粮，偷天换日让你的父亲当了谢氏的子孙，可惜，事情并没有如当初的预想，崔玉婉成人后，喜欢上了谢英，谢氏米粮老夫人当年已经没能力阻止崔玉婉和谢英，只能看着他们结成连理。崔玉婉和谢英大婚后，她只能给你的父亲选了一名女子大婚，婚后生下一子，留下了魅族王氏的血脉。”

谢云澜低头看着茶水，茶已经凉了。

“崔玉婉和谢英因为情深至斯，哪怕死，也不想分开，所以，生下一儿一女后，还是没能躲过魅族灵训的吞噬，双双死了。崔玉婉一死，与圣女本命相连的魅族皇室也只能丢了命，所以，你的父亲也死了。”秦钰继续道，“谢氏米粮老夫人早在崔玉婉和谢英大婚时就料到结局，所以提前给你父亲选了一个替身。如今你那父亲，谢氏米粮的掌家人，便是你亲生父亲的替身。”

谢云澜身子微震。

“魅族血脉，男传男，女传女。王室的血脉到了这一代，就传给了你。圣女的血脉，传给了谢芳华。”秦钰看着他，“但因为你们不是两位继承人结合所生的魅族纯正血统，所以，这一劫，在你们成人后，还会再应验到你们的身上，那么，就会双双陷入灭顶之灾，于是，国师从雾黎山出来，来到南秦后，第一件事情，便是不顾谢氏米粮老夫人的反对，对你下了焚心之咒。”

谢云澜的薄唇紧紧抿起，但还是没说话。

“焚心蚀骨，蚀骨焚心。”秦钰慢慢道，“所以，这么多年来，你才会受咒毒之苦。”

谢云澜忽然闭上眼睛：“你说了这么多，到底想说什么？”

秦钰微笑：“我想告诉你的是，你的焚心之毒并不是无解。”

“哦？”谢云澜睁开眼睛。

“初迟，你来告诉他，焚心之毒，有何解法。”秦钰对初迟道。

初迟一直站在旁边听着，此时见秦钰让他说话，他深吸一口气，平静地道：“圣女的处子之血。”

谢云澜的面色倏地一变。

秦钰顿时笑了：“云澜，你可听到了，圣女的处子之血能解你的焚心。”

谢云澜看着秦钰，眸中翻滚片刻，最后归于沉寂。

“你再告诉云澜，若是焚心不解，会如何。”秦钰又对初迟道。

初迟平静地道：“据我所知，若是焚心不解，云澜公子的心血一旦被烧干，芳华小姐的心头血也会被烧干，那么就会双双毙命。”

谢云澜再也抑制不住情绪，蓦地挥手打翻了茶盏，茶盏滚落到地上，他脸色森寒地看着秦钰：“一派胡言！”

秦钰不动如山，看着盛怒的谢云澜，叹了口气，温和地道：“我以为，云澜有高山崩于前面不改色的气度，焚心折磨你多年，世间再没有什么能让你大悲大喜大动肝火了，如今看来是我想错了。”

谢云澜面露杀意地看着他。

秦钰看着他：“我在你面前胡言乱语，能得什么好？”顿了顿，他无奈地道，“我早先说了，我心喜芳华，想从秦铮手中夺走她，但是你看，这些事情都与你有关，可与我有半丝关联？”话落，他又道，“我倒恨不得我是你，才能与她有这般深的牵扯。”

谢云澜眼神深沉：“四皇子费尽心机查出这桩秘事来，既然于你无用，意欲何为？”

秦钰坦然地看着谢云澜：“我只是不想让秦铮太得意。他与我，哪怕他如今得了芳华的心，也不过是半斤八两而已。”

谢云澜冷冷地瞅着秦钰：“你仅仅是为了不想他得意？”

“若不如此，还能如何？”秦钰笑了笑，幽幽地道，“这桩秘事，查起来难如登天，但好在天下没有不透风的墙，就算紫云道长死了，谢氏米粮老夫人故去了，也还是有活着的人。”顿了顿，他看了初迟一眼，“也是我机缘巧合遇到初迟，他是魅族宗室之人，合该我知道此事。”

初迟看着秦钰，没说话。

“有时候，知道了秘密其实并不是一件好事儿，尤其是别人什么也不知道，只顾作乐的时候，便让人忍不住想拿出来，让大家一起乐乐。”秦钰缓缓站起身，“半个时辰过得可真快，我送你回去。”

“用不着你送！”谢云澜转身向外走。

门砰地打开，帘幕哗哗地响了一阵，谢云澜出了雅间。

秦钰回身，负手站在窗前，看着谢云澜脚步有些不稳地离开，他眸光寒凉，对身后道：“初迟，你说谢云澜知道这件事情后，会怎么做？”

初迟沉默片刻，才道：“我不管他怎么做。我答应助你一臂之力，你答应我携主归宗，不要忘了就行。”

秦钰回头看了他一眼，淡淡一笑：“答应你的事情，我自然不会忘。”顿了顿，他缓缓道，“只要他们的命能撑住你们魅族这些玄乎的东西就行，若是撑不住，谁丢了命，你不能怪我。”

初迟慢慢地点了点头。

谢云澜出了玉明轩后，并没有回忠勇侯府，而是向城外自己的府邸而去。

回到自己的府邸，站在府门口，还没踏入，谢云澜便一口血喷了出来，染红了门口的石狮子，身子同时向地上倒去。

风梨一直跟着谢云澜，见此，大惊，连忙上前扶住他：“公子？”

谢云澜的身子晃了晃，在栽倒之前被风梨扶住，他一张脸惨白如纸，唇边的血鲜红得刺目，一双眸子里青灰一片。

“公子？”风梨心下大骇，从来不曾见过公子这般样子，哪怕焚心发作。

焚心发作？

他想到此，忽然面色一变，低头去看，果然见谢云澜眉心一团黑紫之气滚滚流动，他扶着谢云澜的手顿时哆嗦起来：“公……公子……赵先生不是说你的焚心……不会这么快发作吗，这是怎么回事儿……”

他的声音带着哭腔，似乎被吓得六神无主。

谢云澜紧紧地咬着牙关，说不出话来，心中却清楚，他是被秦钰的一席话所激，触动了被压制在心底的焚心。毒咒既然名曰焚心，自然是与他的心相连的，他心绪有变，自然触发它了。

“怎么办？赵先生不在这里……”风梨慌乱地道，“我去请芳华小姐来，她——”

“不准去！”谢云澜猛地喝住风梨。

“可是您……”风梨身子一哆嗦，险些将谢云澜摔到地上。

谢云澜闭了闭眼，用力地压制着什么，艰难地开口：“扶我……去密室……”

风梨不敢触怒谢云澜，以免他的焚心发作得更厉害，闻言立即扶着他快步向府内的密室而去。

进了密室，谢云澜伸手，无力地指了指一个架子，咬牙吩咐：“将我绑上。”

风梨眼眶发红，但还是将他拿绳子绑在了架子上。

刚绑好，谢云澜身体里的两股紫气便撞向他的心口，他张口，又猛地吐了一口血，见风梨骇得魂魄尽失，他不忍地闭上眼睛：“你出去吧。”

风梨刚想说他不走，但是忽然想起什么，立即出了暗室。

随着暗室门关闭，他看了一眼皇宫的方向，催动自小跟随谢云澜学的传音入密，对着皇宫方向，艰难地开口。

谢芳华正和秦铮一起商讨西山军营的相关事宜，耳边忽然传来断断续续的话语，虽然极其细弱，但是她凝神之下，还是听到了只言片语。

但是这只言片语已经足够了。

她面色大变，腾地站起身，对秦铮道：“我必须现在出宫！”

秦铮一愣。

谢芳华抬脚就要冲出去。

秦铮一把拽住她，不解地看着她发白的脸色，疑惑地问：“怎么了？出了什么事儿？”

谢芳华张了张嘴，想着两人既然要互相坦白，便实话实说：“云澜哥哥焚心发作了，我必须出宫，他的焚心发作起来太厉害了，赵柯如今不在，我怕……”

秦铮疑惑地问道：“你怎么知道他焚心发作了？”

“风梨给我传音入密。”谢芳华道。

秦铮闻言慢慢地松了手，抿了抿唇，万分不舍，但还是点头：“那你去吧。”

谢芳华见秦铮答应，再不耽搁，立即冲出了东暖阁。

秦铮看着珠帘因她急急冲出去而哗哗作响，心下有些郁郁，他挥手：“青岩。”

“公子。”

“你护送她出宫，不准出差错！若是皇叔有令不放人，你就帮她打出去。”秦铮吩咐。

“是！”青岩立即追着谢芳华而去。

本来一室温暖，突然有个人离开，感觉顿时变了。

秦铮扔了手中的卷宗，再无心思去研究，对玉灼吩咐：“将这些都收起来。”

玉灼点头，立即将这些东西收了起来，小心地看着秦铮：“表哥，我扶你去床上躺着吧。”

秦铮嗯了一声，心头烦闷。

玉灼将秦铮移到床上，见他脸色不好地闭上了眼睛，不敢打扰他，退出了东暖阁。

侍画、侍墨见谢芳华要出宫，二人是她的贴身婢女，自然紧跟着她向宫外而去。

有武功之人，赶路自然极快，片刻工夫，谢芳华已经来到了宫门前。

果然，守卫宫门的人见到她，立即上前拦住，严肃地制止：“芳华小姐，皇上有旨，没有他的命令，您不能出宫！”

“让开！”谢芳华挥手打开了那人的手臂。

那人没想到她仅仅一挥手，自己竟然差点儿被打得一个跟头，见她要闯宫门，顿时色变，大喝：“拦住她！”

他这一声喝出，宫门附近的禁卫军顿时齐齐将谢芳华围住。

谢芳华刚要抽出袖剑，一人从后方而来，轻轻地落在了宫门口，冷冷地道：“我家公子吩咐送芳华小姐出宫！皇上的旨意，他随后去请！”

谢芳华抬眼，见是青岩，堪堪住了手。

守卫宫门的禁卫军看着突然出现的这人，脸色惊异。

其中一名统领似乎认识青岩，心神一凛：“二公子的吩咐？若是不开宫门会如何？”

“杀！”青岩吐出一个字，抽出腰间的宝剑。

那统领面色一变。南秦京城里鲜少有人知道，铮二公子身边有个第一隐卫，只听他一人调遣，只要铮二公子开口，别说是皇上的一道圣旨，就是在皇上面前，他怕是也敢动手。统领看着他手中的剑，权衡片刻，对身后挥手：“开宫门，放行。”

一众禁卫军立即让开了路，打开了宫门。

谢芳华回头看了青岩一眼，压住心中的焦急，对他道：“你回去吧。告诉他好好养伤，若是外面无事儿，我再——”

“公子说让我护送你。”青岩摇头，收了剑。

谢芳华闻言住了口，向外走去，同时对身后吩咐：“你们两个现在就去英亲王府一趟，告诉王妃，我有事儿出宫，请她进宫照顾秦铮。”

“是，小姐！”侍画、侍墨知道青岩跟着谢芳华，放心地应声。

谢芳华不再耽搁，出了宫门。

宫门外的武将下马处，不知道是谁的马拴在那里，谢芳华也顾不得许多，疾步走过去，解开马缰绳，翻身上马，催马向城外驰去。

青岩暗中跟在谢芳华身后。

侍画、侍墨按照谢芳华的吩咐，立即向英亲王府而去。

那守卫宫门的护卫统领虽然放了谢芳华出宫，但是不敢就这样将事情瞒下，立即前去皇上的寝宫请罪。

皇帝从忠勇侯府回来后，憋了一肚子气——他跑了忠勇侯府一趟，可是任他如何话里话外地探听，忠勇侯都闭紧了嘴巴，言语间与他避让周旋，足足半日，他也没从忠勇侯口中撬出什么有用的消息，只能回了皇宫。

他也累了，回到寝宫后，正闭目再想法子，便听到守卫宫门的侍卫统领前来请罪。

侍卫统领并未隐瞒，只说秦铮命了身边的第一隐卫强行护送谢芳华出宫，若是他强行拦阻，对方肯定会血洗宫门，他不敢拦，只好前来请罪，请皇上处罚。

皇帝听罢大怒：“他可真本事，将朕的圣旨也不看在眼里了！”

吴权见皇上大怒，想了想，轻声道：“据说这一日，芳华小姐陪着铮二公子，神仙眷侣一般，琴瑟和鸣，怎么突然就要闯出宫了呢？皇上不若查查原因？”

皇帝怒气不减：“他们好大的胆子！”

吴权想着铮二公子向来胆子大，芳华小姐那也是个胆子不小的主儿。

“朕让你守卫宫门，你却私自放行，这等废物，朕要你何用？”皇帝额头的青筋直跳，大喝，“来人！”

那侍卫统领顿时吓得面无血色，不是被青岩杀，就是被皇上杀，看来今日是难逃一死了！

吴权连忙上前；“皇上息怒，这也怨不得守卫宫门的人，要知道铮二公子是什么脾气，他身边的第一隐卫都派出来了，守宫门的人要是去拦，那得被他杀多少人？这还不算什么，事后呢？丢了皇上的威严不说，还没办法治铮二公子的罪，杀也白杀。不若先查查，到底出了什么事儿，使得芳华小姐在这样的大晚上不惜闯宫门，急急出宫。”

虽然吴权说的是事实，但是皇帝闻言更是盛怒。是啊，自己如何能处置秦铮？秦铮的人杀多少守卫也是白杀，有英亲王和英亲王妃护着，他手里还有太后留给他的隐卫，好几股势力，自己能治他什么罪？杀了他？怎么可能？

皇帝顿时血气上涌，猛地咳嗽起来。

吴权连忙给皇帝捶背。

好半晌，皇帝才止住咳嗽，对外面冷厉地道：“下去领五十板子！”

“多谢皇上不杀之恩！”那侍卫统领捡了一条命，转身下去领板子了。

皇帝拂开吴权的手，冷静下来：“你现在就去查，看看出了什么事儿！”

“是，老奴这就去。”吴权连忙应声。

“钰儿呢，哪里去了？”皇帝忽然又道。

吴权脚步一顿："回皇上，四皇子没跟着回宫，不知去了哪里。"四皇子和谢云澜去吃茶，他知晓，但是也知道，关于四皇子的有些话，在皇上面前不能说。

皇帝闻言摆摆手。

吴权走了下去。

谢芳华纵马穿街而过，虽然只是身影一闪，但还是被没离开玉明轩、站在雅间窗前的秦钰看了个清楚，他一怔，以为看花了眼，回头问初迟："你可看到了？"

"你说她？"初迟自然看到谢芳华了，没好气地道，"是她！不知道那个女人又抽了什么风，忠勇侯府的小姐竟然当街纵马，真是没有闺仪，不像话！"

秦钰得到了肯定的回答，看了初迟一眼，忽然道："她的身体里流着魅族圣女的血，你是不是忘了？"

初迟面色一僵。

"若是依照魅族的身份来说，她是不是你的主子？"秦钰又道。

初迟的脸色有些冷，闭口不言。

秦钰一笑："看来是了。你这么讨厌她，可她偏偏……"话语说了一半，他顿住，向楼下走去，"走，跟上她，看看她怎么出宫了，要去哪里，想干什么。"

初迟虽然不太情愿，但是想着谢芳华的身份，只能跟在秦钰身后。

谢芳华骑得太快，街上的人只能看到一道影子，连她的面容也没看到，自然没惊起多大的波澜，待她过去后，继续各自行路。

谢芳华很快就出了城门，一路没遇到阻碍，顺利地来到了谢云澜的府邸。

风梨在传音入密后没有得到谢芳华的答复，不确定她听没听到自己的传音，心急如焚，想着再等等，若是芳华小姐没得到消息，他势必要闯一趟皇宫了，怎么也不能让公子出事儿，赵先生可是对他千叮咛万嘱咐，说公子一旦焚心发作，就要他去找芳华小姐。

他正在院中打转，猛地听到有马蹄声闯进府中，一惊，刚走了几步要去看，便见一人一马冲进了内院，马上之人正是谢芳华，他顿时大喜："芳华小姐，您听到我的传音了？"

谢芳华点头："云澜哥哥呢？"

风梨几乎喜极而泣："您来了就好！快去密室，公子在密室。"

谢芳华翻身下马，扔了马缰绳，顺着风梨手指的方向，冲进了密室。

密室门打开，只见谢云澜被绑在架子上，身上的衣袍被他体内滚动的紫气冲得残破不堪，堪堪蔽体，嘴角和胸前都是朱红的血迹，脸色惨白，神情痛苦。

这般的折磨让他几乎不成人形。

谢芳华眼眶一酸，立即抽出袖剑，抬手在手腕处划了一剑，疾步走过去，将手腕递到他唇边："云澜哥哥！"

谢云澜被焚心折磨得如千万把刀子割在心口，让他痛不欲生，恍惚感觉到谢芳华冲了进来，他抬眼，虽然连目光也聚拢不到一起，但还是隐隐约约看到是她。

眨眼间，谢云澜便闻到一股药香，反应过来时，她的手腕已经放在了他的唇边。

谢云澜动了动嘴角，忽然紧紧地抿起。

"云澜哥哥！"谢芳华轻喝一声，恨不得抬手去掰他的嘴，"是我！你答应过我让我用血控制你的焚心的，如今说话不算数了吗？你张开嘴！"

谢云澜被她一喝，唤回了几分神志，慢慢地张开了嘴。

鲜血顺着她的手腕流出，被他吸到口中。

谢芳华松了一口气，哪怕划了一剑，鲜血汩汩地流出，但只要能控制他体内的毒，她也就不觉得疼了。

风梨在密室门口悄悄探进头，看了一眼，顿时放下心来，随即退出去，一屁股坐在了地上。幸好他自小跟着公子学了传音入密，虽然学得不精，但关键时刻也起了作用。他暗暗打定主意，从今日起，他一定加倍苦练传音入密之术。

密室里静静的，除了血腥味，还有淡淡的药香。

谢芳华的血液的确是焚心的克星，不多时，笼罩在谢云澜眉心的紫气渐渐退去，在他体内冲撞的两股气也消停了下来，他的身体渐渐归于平静。

不过一盏茶的工夫，谢云澜感觉焚心被压制住了，才将唇慢慢地从谢芳华的手腕上移开。

谢芳华不顾手腕上的伤口，伸手砍断了绑着谢云澜的绳索，将他放了下来。

谢云澜早先为了抵抗焚心，力气几乎消耗殆尽，乍一解开绳索，他的身子就向地上倒去。

谢芳华立即伸手扶住他，心疼地道："云澜哥哥，我扶你回房，你需要休息。"

谢云澜沉默地点点头。

谢芳华扶着他出了密室。

回到房间，谢芳华将谢云澜扶到床上，给他拿了一个靠枕，摆好舒服的姿势让他躺下，安顿妥当，她则转身，离开床前。

刚走两步，谢云澜忽然抓住了她的手腕。

谢芳华一愣，回头看向谢云澜："云澜哥哥？"

谢云澜瞅着她，一双眸子里隐隐流动着波光，他开口，声音沙哑："你要去哪里？"

谢芳华虽然上次亲眼见过一次谢云澜焚心发作，但是那次没有如今这次发作得厉害，这一次没有赵柯，她也不在他身边，情况实在凶险，如今见他被折磨得没了力气，神色隐约现出脆弱，她想起前世，很多时候，她也是这么守在床前照顾他的，声音不由得越发柔和："我去给你开一服药，让风梨煎给你喝。虽然我的血压制住了焚心，但你这一次的损伤还是太重，需要补补。"

谢云澜闻言抿唇："你是怎么出宫的？皇上准许你出宫？"

"没有，秦铮派了个人护着我硬闯出来的。"谢芳华道。

谢云澜抓住她手腕的手一紧："你还去皇宫吗？"

谢芳华想了想："好不容易出宫，不去了。这一次硬闯出来，皇上指不定怎么震怒呢，我难道还要送到他的刀口上去让他发作我？"

"那秦铮……"谢云澜的声音有些低。

谢芳华微笑："我已经派侍画、侍墨去英亲王府知会王妃了，她知道我出宫后，一定会进宫陪他的。他就是不能动，一切都好着呢，云澜哥哥，你不用担心他。"

谢云澜慢慢地松开手，点了点头。

谢芳华抬脚走到桌前，掌上灯，铺开宣纸，提笔写了一张药方，走到门口，递给风梨。

风梨意会，连忙拿着去了。

谢芳华并没有立即回屋，而是轻喊："青岩。"

青岩应声出现在她面前，看着她，虽然身影被雾色笼罩，但隐约能看出面色有些不好。

谢芳华知道青岩大约是看到了她救谢云澜的过程，秦铮这个近身隐卫跟他一个脾性。她低声道："你回去吧。告诉秦铮，我不进宫了，让他好好养伤。"

青岩点点头，见她不再说话，身影一闪，离开了院子。

谢芳华见青岩离开，向皇宫的方向看了一眼，回到了房间。

屋中的罩灯散发出朦胧的光，谢云澜闭着眼睛，无声无息地躺在床上，脸掩在挂起的帷幔下，半明半暗。

若不是知道他无事儿，她几乎要怀疑他没有心跳了。

谢芳华走到近前，坐在床沿，想开口问他怎么没在忠勇侯府待着，又想问他的焚心怎么会突然发作，而且这么凶猛，但是看着他这副孱弱的样子，便只想他多休息，不忍心此时问他，劳他心神。

屋中静静的，谢芳华没开口，谢云澜也不说话，仿佛睡着了。

直到外面的天色彻底黑下来，风梨才端着一碗熬好的汤药进屋："芳华小姐，药好了。"

谢芳华伸手接过，对他道："云澜哥哥也没吃饭吧？去准备些来，我陪他一块儿吃。"

风梨点头：“刚刚煎药的时候，我便吩咐厨房准备了饭菜，这就去端来，公子喝完药，正好吃饭。”说着，便出了房间。

谢芳华拿着汤勺将汤药搅拌了片刻，觉得温度合适了，才轻声喊谢云澜：“云澜哥哥，起来喝药。”

谢云澜闭着眼睛不动。

谢芳华伸手推他：“你不会是嫌苦吧？我让风梨去给你拿蜜饯来？”

谢云澜终于睁开眼睛，摇摇头，坐起身，接过药碗。

谢芳华见他连眉头也不皱地将一碗汤药喝尽，想着这一世，她为了学医术，把药当作水来喝，他却是为了身上的焚心，才不得已喝药如喝水，这么多年来，他为焚心所苦，一直支撑着何其不易。

谢芳华心下难受，终于忍不住问出口：“依照推测，你不该这时候焚心突然发作，怎么回事儿？”

谢云澜身子一僵，拿着空碗，沉默不语。

谢芳华伸手接过他手中的空碗，递了一块绢帕给他，见他还僵着身子不动，她抬手，拿着绢帕轻轻地给他拭掉唇角的药，见他有些怔然地瞅着她，她暗暗一叹，起身，将空药碗放到了桌案上。

这时，风梨端着托盘走来，站在门口，悄声问：“芳华小姐，饭菜……”

“端进来吧。”谢芳华对他道。

风梨立即端着饭菜进来，一边摆放，一边悄悄地打量坐在床上的谢云澜，都摆放妥当后，他又悄悄地退到门外，同时将房门给关上了。

“云澜哥哥，吃饭了。”谢芳华看他这副样子，猜测定然有什么难言之隐，也不逼迫他。

谢云澜坐在床上一动不动。

谢芳华无奈，抬脚走过去，伸手拉他：“云澜哥哥，就算出了什么事儿，也没有什么大不了的。就算天塌下来，也有办法解决不是？你焚心发作，经受了好一番折磨，心绪不稳，吃完饭，好好休息，睡一觉就好了。”

谢云澜闻言闭了闭眼，任她将自己拉到桌前。

风梨知晓谢云澜受了一番折腾，身体受损，所以吩咐厨房做的都是些滋补之菜，但是谢云澜显然没什么胃口，吃了几口便不再吃了。

谢芳华皱眉，盯着他。

谢云澜只能又拿起筷子。

两人也不交谈，安静地吃完一顿饭，风梨进来，将饭菜撤下去，然后不放心地低声问谢芳华：“芳华小姐，今日天色晚了，您是留在这府里，还是……”

谢芳华向外看了一眼，见天已经漆黑，而且谢云澜这副样子，她实在不放心。她道："我就留在这里。"

风梨一喜："公子这间屋子很宽敞，我就不另外给您收拾了。"话落，立即出了门。

谢芳华愣了愣，四下打量了这间屋子一眼，东西横向三个隔间，她占用一间也没什么。前世，她不放心谢云澜，不知道他什么时候焚心会发作，也是在他屋子的外间守着。她回头看向谢云澜，见他坐在椅子上，眉目昏暗，不知道在想些什么，她不想他再这副样子，便催促道："云澜哥哥，我扶你去床上休息。"

谢云澜抬眼看她。

谢芳华不容他反对，站起身，将他拽回床上，扯去他早先因焚心发作而变得残破的外衣，按着他躺下，展开被子，给他盖在身上。

她做这一切时态度非常自然，因为前一世做得太多了。

将他安置妥当，谢芳华并没有立即走，而是坐在他身旁，对他温声道："云澜哥哥，你睡吧。我守着你，你睡得安稳了，我再去睡。"

像是哄小孩子。

若是往日，谢云澜定然会失笑，可是今日，他只点点头，便闭上了眼睛。

谢芳华见他乖乖的，不由得露出笑意，静静地靠着床头，等他入眠。

屋中甚是安静。

过了一个时辰，谢芳华都昏昏欲睡了，还没听到谢云澜均匀的呼吸声，她转过头，看着他，无奈地道："云澜哥哥，不要想了，快睡！"

谢云澜忽然伸手抓住了她的手。

谢芳华怔了怔。

谢云澜紧紧地握住，声音低哑："我一时半会儿睡不着，你陪我躺着吧！"

谢芳华心思微动，面色有些僵，但见谢云澜闭着眼睛，睫毛轻轻颤动，神色在灯光下极其脆弱，她的面色渐渐放松，忍不住对他打趣："小孩子睡觉才需要陪，云澜哥哥，你多大了？"

谢云澜握着她的手颤了颤。

谢芳华点头："好，你睡，我就在旁边陪着你，不走。"话落，她和衣躺在了他身边。

谢云澜握着她的手并没有松开，大约实在太累了，半个时辰后，均匀的呼吸声传出，谢云澜睡着了。

谢芳华感觉到他睡着，动了动手指，想要抽出，却被他紧紧攥住。她又试了两次，无奈之下，不再强求，挥手熄了灯。

这一日，她也极累。

吴权派出的人很快就查明了谢芳华出宫的原因，他斟酌了一番，对皇帝禀告：“皇上，已经查明，铮二公子和芳华小姐本来在德安宫里待得好好的，可是芳华小姐突然要出宫。铮二公子派青岩护送她离开，芳华小姐出了皇宫之后，骑着马，穿街而过，匆匆出了城，去了谢云澜的府邸。”

皇帝闻言皱眉：“她出了城急急去了谢云澜的府邸？所为何事？”

吴权摇摇头：“谢云澜的府邸守卫极严，几乎三步一岗，都是高手护卫，探察不出来，只知道她进入谢云澜的府邸后，至今没出来。”

皇帝没得到想要的确实消息，面色难看：“查了半天，就查出这些东西来？朕手下的人，何时这么废物了？”

吴权生怕皇帝怪罪他，谨慎地揣测道：“依照老奴的猜测，芳华小姐出宫，一定是关于谢云澜，否则不可能丝毫不隐藏，径直奔去谢云澜的府邸。也许，是谢云澜那里出了什么事儿，才使得芳华小姐不顾闯宫门也要出宫。”

皇帝一听闯宫门，怒火又来了：“谢云澜能出什么事儿？”

吴权犹豫了片刻，猜测道：“云澜公子有隐疾，据说发作的时候极其厉害。芳华小姐会医术，连太医院的孙太医都说她的医术比他高一筹，所以，也许是为了救他。”

“她自己都病了多年，能有什么好医术！”皇帝冷嗤。

吴权叹了口气：“八皇子中的蝎子之毒，确确实实是她解的。前几日，永康侯夫人险些滑胎，差点儿一尸两命，也是她给保住的。芳华小姐的医术，的确要厉害些。”

“这么说，不是为了谢氏的事情了？”皇帝一直觉得谢氏日前召集那些族亲的事情仿佛悬在他头上的刀，让他总提着心，偏偏还推不开那刀。

“应该不是为了谢氏的事情，云澜公子的府邸没什么动静。况且，若是为了谢氏的事情，他们应该在忠勇侯府才对。”吴权给皇帝吃了一颗定心丸。

“不是谢氏的事情就好，那就不用管他们了。”皇帝疲惫地摆摆手，“下去吧。”

吴权退了下去。

夜深时分，秦钰回了皇宫，去了德安宫。

德安宫的东暖阁内亮着灯，显然里面的人尚未入睡。

秦钰站在德安宫门口看了片刻，忽然抬脚走了进去。

玉灼正在哀怨，好不容易芳华姐姐进宫了，他的日子好过了，可是转日芳华姐姐就急着出宫了，表哥心情不好，他的日子也跟着难过。大晚上的，表哥不睡觉，他也没法睡觉，困得上眼皮和下眼皮打架。

这时见秦钰竟然半夜来了，玉灼顿时打起了精神，迎上前，拦住他：“四皇子，这半夜三更的，您怎么来了？”

秦钰看了玉灼一眼，淡淡道："我见德安宫里没熄灯，想着他还没睡，过来和他叙叙话。"

玉灼顿时心生警惕，他可不觉得秦钰三更半夜来会安什么好心，尤其今日芳华姐姐还出宫了，他咳了一声，劝道："四皇子，我家公子睡下了，没熄灯是因为他没让熄灯，说点着灯睡。"

秦钰笑了一声，眸光凌厉："你就算是他的人，可知道说谎骗我的下场？"

玉灼立即后退了一步。

"你还拦不住我！"秦钰挥手，玉灼自然不是他的对手，被打了个跟头，他缓步进了东暖阁。

玉灼瞪眼，四下看了一眼，不见青岩出来拦着，泄了气，连忙跟在秦钰身后走了进去。

东暖阁内，秦铮捧了一本书坐在床头，百无聊赖地看着。

外面的动静他自然听闻了，但是并没有阻止秦钰进来。

秦钰挑开帘幕便看到了秦铮，室内只他一个人，有些冷清。秦钰踏过门槛，微笑地开口："堂兄这是长夜漫漫，无人作陪，无心睡眠吗？"

秦铮头也不抬，冷然道："我的确是无人作陪，这不你来了吗？"

秦钰走到床前，低头看了一眼秦铮手中的书，失笑："才子佳人的戏本子，你不是向来最不屑这种东西吗，如今怎么看得津津有味？"

秦铮翻了一页，勾唇一笑："这种东西我以前的确最不屑，可是如今发现，里面有许多有用的东西。"顿了顿，他扬眉，"尤其是讨好心爱的女子。"

秦钰了然，眸光闪了闪，忽然离开床前，走到桌前坐下，慢吞吞地道："你要讨好的女子，今夜住在了谢云澜的府邸，此时夜已经深了，正与他同床共枕。"

秦铮面色倏地一寒，眸光如利剑："秦钰！"

秦钰自己倒了一杯茶，喝了一口，神情中有些难言的意味："她和谢云澜的牵扯，你知道多少？若是你知道得多，就该知道，我说的不是假话！"话落，他笑了一声，看着秦铮，"我也没必要拿这件事儿对你说假话，你知道，我也喜欢她。"

秦铮的眉心跳了跳，脸色铁青地看着秦钰。

秦钰坦然以对。

秦铮的心口犹如被刺猬滚了一圈，撕扯得他生疼，他必须用极大的力气才能抑制住不对秦钰动手——他刚养了几日的伤，不能因此毁于一旦。他寒着脸冷笑："你三更半夜来找我，就是为了告诉我这件事儿？"

"嗯，这样的事情不能我一个人知道，自然要告诉你。"秦钰道。

秦铮死死地盯着他，过了片刻，忽然嗤笑一声："就算这样又如何？只要不是和你躺在一起，爷都能接受！”

秦钰端着茶盏的手一僵，须臾，慢慢地放下，嘲笑道：“她是你的未婚妻，又不是我的，堂兄好宽大的胸怀！”

“你也知道她不是你的，又跑来操哪门子的心！”秦铮嘲笑回去。

秦钰沉默了一下，收回笑意：“我今天做了一件事情，本来觉得，这件事情以我的立场做出来是没错的，可是做完了，我才发现，自己并不开心。”

秦铮看着他，忽然问：“谢云澜焚心发作，是因为你？”

秦钰点头。

“你做了什么？”秦铮凌厉地瞅着他。

秦钰摇摇头，答非所问：“我本来觉得，你我从小斗到大，我喜欢她，是因为你。”话落，他叹了口气，有些难受，“如今我发觉，似乎不是。”说着，他放下茶盏，站起身，向外走去。

虽然只有短短几句话，秦铮却明白了秦钰的意思，脸色一时间阴沉如暴雨来临前的天空，见他离开，也没拦着，更没逼着他回答。

珠帘响动，秦钰出了东暖阁，不多时，离开了德安宫。

秦铮扔了手中的书卷，同时挥手把一旁矮榻上玉灼为了方便他喝而摆放的茶盏拂到了地上。

杯盏啪的一声摔碎了，响声极大。

这一声惊醒了西暖阁已经休息的英亲王妃，她披衣起身，匆匆地向东暖阁走来。

来到东暖阁，见玉灼立在门口，探头探脑，却不敢进去，她低声问：“怎么了？这么大的动静，出了什么事儿？”

玉灼长叹一声，悄声道：“四皇子来了，刚走。”

“这个秦钰，一刻也不让人省心！”英亲王妃骂了一句，挑开帘幕，进了房间。

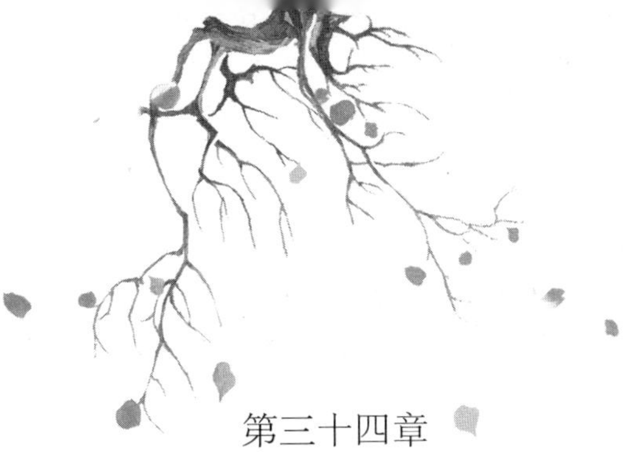

第三十四章

箭雨断情

秦铮脸色青紫地坐在床上，地上是杯盏的碎片，英亲王妃看了一眼，走过去：“怎么了，发这么大的脾气？你又不是不知道秦钰的性子，自小到大，你们斗过多少次，还能让他把你气着？”

秦铮一言不发。

英亲王妃纳闷，她的儿子她清楚，秦钰是她看着长大的，她也清楚，这两个孩子虽然从小就不和，互相看不顺眼，斗着长大，可是谁也占不着谁的便宜，秦铮发这么大的怒火还是第一次。这样一想，她又觉得不对，蹙眉问道：“华丫头怎么了？出了什么事情？”

秦铮忽然闭上眼睛，烦闷地道：“她没事儿！娘，你去休息吧，不用管我。”

“她真的没事儿？”英亲王妃不太信，能让她儿子怒成这样，定然是有关谢芳华。

秦铮面上的怒气渐渐退去，有些疲惫地道：“她真的没事儿。”话落，见英亲王妃不信，他又道，“谢云澜发病了，起因是秦钰做了手脚，才将她引出宫去。”

这也算是解释了他为何恼怒。

英亲王妃松了一口气，果然是因为谢芳华，她瞪了秦铮一眼：“只要有关华丫头，屁大点儿事儿到你这里也是大事儿了！幸好钰小子也喜欢华丫头，否则，华丫头就是他对付你的弱点，你以后啊，这一辈子就等着被他欺负吧！”

秦铮的眸光动了动。

“都深夜了，快睡吧！华丫头出宫后，让我立即进宫陪你，心里是在意你的，你们来日方长。”英亲王妃拍拍秦铮的脑袋。

秦铮轻吐了一口气，点点头。

英亲王妃喊玉灼吩咐人打扫，又将秦铮按着躺下，见他闭上了眼睛，她才回了西暖阁。

东暖阁的灯虽然熄了，秦铮虽然闭着眼睛，却没有困意，脑中反复地想着秦钰的话。

天明时分，谢芳华醒来，缓缓地睁开眼睛，便对上了谢云澜看着她的视线，她微微一愣。

这样的目光，蕴含的东西太多，一时让她看不透。

见她醒来，谢云澜垂下眼睫，慢慢地收回视线，轻声问："醒了？"

谢芳华回过神，见自己身上盖着被子，正是昨晚她给谢云澜盖的那床。记得昨夜，她是和衣睡的，并没有盖被子，如今与他盖着一床被子，显然在她睡熟的时候，他醒来过，借了一半的被子给她。她向外看了一眼，天刚亮，她点头："云澜哥哥，你什么时候醒的？"

"比你早醒一会儿。"谢云澜道。

谢芳华见他面上没有了昨日的脆弱，但仿佛又增添了一层别的什么，总之和以往不太一样，她坐起身："你感觉身体怎么样？还难不难受？"

谢云澜摇摇头："不难受了。"

谢芳华松了一口气："不难受就好。"话落，她下了床，问他，"天色还早，你是再睡一会儿，还是随我起来？"

谢云澜似乎想了一下，目光落在她刚刚睡的地方，坐起身："起来吧。"

谢芳华点头，走到窗前，打开窗子，清晨的风扑面而来，带着夜里没散去的凉意。

窗子刚打开，两道人影忽然从墙外跃进来，他们刚一出现，四周的护卫齐齐现身，挥剑围住了那两个人。

谢芳华看清楚那两个人，一怔："秦铮？"

本该在德安宫养伤的秦铮，却由青岩背着，来到了谢云澜的府邸。

谢芳华看到秦铮，一怔过后，蹙眉询问："你怎么来了？出了什么事儿？"

秦铮伏在青岩背上，顺着声音，向屋前看来，见谢芳华站在窗前，他不答话，抿了抿唇，对青岩道："进屋去。"

青岩点头，看了一眼围着他们的府中护卫。

谢芳华摆手："都撤了。"

那些护卫都看向她，见她身后的谢云澜颔首，唰地撤了下去。

没人阻拦，青岩背着秦铮来到屋前，风梨连忙推开门，挑开帘幕，请二人入内。

须臾，青岩背着秦铮进了屋。

秦铮先是看了谢云澜和谢芳华一眼，又看向还未收拾的床铺。

帷幔垂落，未曾挂起，床上只一床被子，却有两道凹凸不平的睡痕。

秦铮的脸色一瞬间极差，盯着那张床，恨不得盯出一个窟窿来。

谢芳华一直注意着秦铮的表情，见他眼圈发黑，面色颓靡，像是一夜未睡的样子，她本就聪慧，忽然想到了什么，立即开口："昨晚云澜哥哥焚心发作，极其厉害，我不敢离开，陪他——"

"你住口！"秦铮忽然喝了一声。

这一声极大，带着压制不住的怒气。

谢芳华未说完的话顿时卡住。

"陪他陪到他床上去了，谢芳华，你当我是死人吗？！"秦铮狠狠地瞪着谢芳华，眼睛发红，声音似乎是从牙缝里挤出的。

谢芳华张口想解释，对上他的眼睛，却忽然觉得，这时候，说什么都是徒劳。

秦铮根本就不会听。

谢云澜看着秦铮，这样对谢芳华，让他皱眉："不是你想的那样，昨日——"

"你也闭嘴！"秦铮冷厉的眸光忽然定在谢云澜的脸上，他冷笑，"谢云澜，你一直以来打的什么主意，别以为我不知道！"

谢云澜刚想反驳，忽然想起什么，闭了口。

"她是我的未婚妻，你还算是谢氏的人，你们都姓谢，可真是好，竟然就这般同床共枕。"秦铮声音发寒，见谢云澜不再说话，他转向谢芳华，面色沉痛，"昨日，你说要出宫救他，我二话没说就放了你出来，你就是这样对我的？谢芳华，同床共枕是和谁都能的吗？你到底对我有没有心？"

谢芳华上前一步，觉得秦铮这样子让她不忍，见他似乎十分痛苦，她的心也跟着揪疼，哪怕解释没用，她此时也想解释："不是我对你没有心，是——"

"你住口！我让你说话了吗？我的眼睛没瞎，会自己看！"秦铮又喝断她，"事实就摆在眼前，你敢对我说昨夜你们并没有同床共枕？"

谢芳华的手指攥住袖口，须臾，慢慢地低下头。事实的确是事实，她敢说谎吗？

"好得很！我等了你多年，费尽心思想要娶你，可是你呢，将我的心踩得稀巴烂。"秦铮忽然笑了，"我的心你不稀罕是不是？既然你不稀罕，那就算了！"

谢芳华猛地抬头，他什么意思？

"走，回府！"秦铮对青岩道。

青岩站着不动，低声道："公子，您听芳华小姐解释。"

"听她解释？"秦铮冷笑，"她能解释出什么来？无非是她喜欢的人焚心发作了，折磨得死去活来，她心疼了，然后就陪着同榻而眠了，我还需要什么解释？"

谢芳华面色一白。

"走！"秦铮厉喝一声。

青岩闻言不再停留，看了谢芳华一眼，背着秦铮，往外走去。

谢芳华手指微颤，见青岩背着秦铮迈出门槛，她立即疾步追了出去，在门外拦在了青岩面前，看着秦铮："我曾经对你坦白过，云澜哥哥不一样，我对他——"

秦铮冷冷地瞅着她，打断她的话："谢芳华，等了你多年的是我，缠着你不放的是我，逼婚求娶的是我，你一直都是被我所迫，很多时候，在你心里，我成了你的负担。"

谢芳华只能又闭上嘴。

"如今爷放手，行不行？爷不强求了，行不行？你的心爷也不要了，行不行？"秦铮冷嗤一声，冷酷地道，"别以为这天下间，除了你，爷就不能喜欢上别人了！"

谢芳华面色一变："秦铮！"

"怎么？你不是一直觉得是我迫了你吗？我这般放手，你又不高兴了，不想我放手了？还想我屡次拿热脸贴你的冷屁股？就喜欢这样折磨着我玩？"秦铮面带恼怒，冷嘲，"谢芳华，你够了！"

谢芳华后退了一步，闭上眼睛，声音沙哑："秦铮，你冷静冷静！"

"又让我冷静？"秦铮冷笑，"为了谢云澜的时候，你凭什么不冷静？"

谢芳华身子一僵。

"看，谢云澜在你心里的地位，高过我多少？"秦铮嘲讽地翘了翘嘴角，声音冷寒如冰，"若是有朝一日，在他和我之间作选择，无论我对你多好，你定然会毫不犹豫地选择他。这样的你，我还如何敢要？"

谢芳华心下一凉。

"天下女人多的是，又不是只你谢芳华！"秦铮不再看她，对青岩道，"走！谁再拦着，给我杀了！"

青岩绕开谢芳华，向外走去。

谢芳华这回并没有拦着，静静地站在原地。

不多时，青岩便背着秦铮出了谢云澜的府邸。

谢云澜的府邸恢复了安静，针落地都能听见一般的安静，似乎风都停了。

谢云澜在谢芳华追着秦铮出来后，跟着出了房门，此时他站在门口，清清楚楚地听到了秦铮的话，他的目光落在谢芳华的脸上，见她脸色惨白，紧攥着衣袖的手在不停地颤抖。

秦铮的话句句如毒针，将她刺得体无完肤。

有的人并不是天生就冷情，而是经过多少杀戮，丢弃了多少珍贵的东西，才被磨出来的。

就如谢芳华，她本是忠勇侯府金尊玉贵的千金小姐，连皇室的公主都不如她尊贵，天下的女子对她的身份是梦寐以求，可是又有多少人知道，她的身份之下背负了多少？

她如何不在意秦铮了？

为何秦铮要这样伤她？

追求多年，一直痴缠，口口声声要她的心，如今要到了，却因此轻易舍弃？

谢云澜胸中忽然升起一团怒火，怒火灼烧着他的心脾，他抬脚走到谢芳华面前，一把拽住她的手，声音失去了惯有的温和："走，我带你去英亲王府！"

谢芳华抬起头，看着谢云澜，眼眶湿润了，她沙哑地开口："去英亲王府做什么？"

"昨晚是我不对。若不是我，你今日也不会被他如此迁怒。"谢云澜紧紧地攥住她的手，"他以为这样丢下一番话就完了吗？我们就去问问他，若是他还想要你，就听你我解释；若是真不想要你了，那么就请他去皇上面前退婚，还你自由！"

谢芳华身子一震："云澜哥哥？"

退婚？

她以前不是没想过，可是，从平阳城回来，临汾桥被毁，做了那些事情，皇上趁机在灵雀台见她，要她退婚，她却给拒绝了。

秦铮等她多年，她不知道，但是回京后，他痴缠她，将心明明白白地摆在她面前，她知道了，也躲避不得，灵雀台逼婚，她无奈地被迫接受，以前种种，的确是她被迫接受的情况居多，可是近来，她不信他没有感觉到她的心在渐渐靠近他、接受他，甚至慢慢喜欢上了他，也许还没有爱，或者有了爱，只是还太少，可是她在一点点地努力改变。

虽然她在情之一事上非常笨拙，如蹒跚学步的婴儿，可是她真的在努力。

难道他看不见她的努力？

为何如今全盘否决？

他怎么可以？

自从明确地回绝了皇上之后，她就从没有想过退婚，不但没有想过，反而还将婚嫁提前的心思摆了出来，明确地应了。

有这么多过往的牵扯，他就真的狠心说算了？说除了她，天下的好女子多的是，他也能喜欢别人？

谢芳华闭上眼睛，任清晨的冷风伴随着雾气打在她周身，明明不太冷的风，在她感觉里，却如刀子一般，透过单薄的衣衫，割得她的肌肤生疼。

"芳华，对不起，都是我的错！你若是不想去英亲王府，我自己去见他。"谢云澜看着谢芳华的样子，心跟着揪紧，疼得几欲窒息，他沙哑地开口，"我去对他说明。这件事儿因我而起，我自然不能袖手旁观，置之不理。"

能怪云澜哥哥吗？

是他的错吗？

谢芳华摇摇头，怎么能怪他？焚心毒发，寻常人谁抵得住？更何况他被折磨了这么多年，不搁在自己身上，别人又怎么能体会他生不如死的苦？

若是没有前世那些记忆，她也断不能体会，可是就因为前世的记忆太深，陪着他的那些年里看着他苦不堪言，感同身受，更甚至，恨不得焚心是中在她的身上。

这一世，她早早地就知道自己的血是焚心的克星，又如何能置之不理？

在平阳城的时候，她本来想利用他整顿谢氏，可是当看到他焚心发作，她记起前一世时，谁也不知道，那时她心里是多么庆幸那些过往她记起了，只有记起了，才知道以后该怎么对他好，才知道她该怎么做。

想到此，她脑中回复了一丝清明，睁开眼睛，肯定地道：“云澜哥哥，不怪你，你不用对我道歉。你对我道歉，才会让我觉得，我做的没有意义，甚至可笑。”顿了顿，她咬唇，“我跟你去英亲王府，若是秦铮他……”

她心中难受，秦铮如何，她说不出来，这么长时间以来，他即便再怒的时候，也不曾对她说这样绝情的话。

“要不先休息半日，晌午再去，也让他冷静冷静？”谢云澜见谢芳华平静下来，微微松了一口气，低声问，“也许他说的是气话，毕竟他脾气在那里，从来不曾受过谁的气。昨夜的确是我不对，我不该留你陪我，以至于让他接受不了。”

谢芳华想了想，摇头：“就去英亲王府等吧。他既然让青岩带出宫了，王妃应该也知道，也会回府。”顿了顿，又低声道，“若是生气，依着秦铮的性子，踏出你这府邸，他就该悔了。”

若不是生气，而是来真的，那么，就算等半日又有何用？秦铮某些时候，是心硬如铁的。

谢云澜颔首，不再多说，吩咐风梨备车。

不多时，马车备好，谢云澜和谢芳华简单地梳洗了一下，便出了府邸。

马车缓缓入城，向英亲王府而去。

今日天气极好，日朗风清，在家里躲避大雨几日的人，都趁着天气好出来遛弯。

马车顺畅地进了城，一路没遇到什么阻碍，来到了英亲王府。

英亲王府的大门紧紧地关着，风梨停了车，走上前去叩门。

角门处很快有人探出头：“哪位？”

“我家公子和芳华小姐要见铮二公子。”风梨道。

那门童愣了愣，看了马车一眼，只见谢云澜和谢芳华已经下了马车，他自然识得谢芳华，犹豫了一下，还是道：“二公子吩咐了，任何人来寻他都不见。”

“任何人”里，自然包括谢芳华。

谢芳华抿唇，对他道：“王妃可回府了？”

“刚刚回府。”那门童道。

“我要见王妃，你去通禀一声。”谢芳华看着大门。

那门童点点头："王妃并不曾吩咐不见人。"话落，他向里面跑去。

谢芳华和谢云澜等在门口。

大约半盏茶的工夫，喜顺匆匆走来，吩咐人开门，请谢芳华和谢云澜入府，笑呵呵地道："王妃在画堂，听到您二人来了，便派老奴来接了。门童不懂事儿，怎么能拦您二人？"

谢芳华不说话。

谢云澜温和地笑笑；"大管家客气了。"

喜顺笑着道："今日天刚亮，二公子不知为什么，非要闹着出宫，王妃拗不过他，只能由了他。"话落，他偷眼看谢芳华，"芳华小姐，您可知道二公子怎么了？"

谢芳华自然知道，但是她没必要跟喜顺说，于是看了他一眼。

喜顺立即噤了声。

不多时，喜顺带二人来到英亲王府的会客厅，有两名婢女守在门口，见人来了，挑开帘幕。

英亲王妃正坐在椅子上喝茶，见谢芳华和谢云澜来了，笑着招手："云澜可是稀客，从来未曾来过府里。"

谢云澜含笑上前见礼。

英亲王妃笑着摆摆手，吩咐人上茶，请二人落座。

二人落座后，她打量了一眼二人的面色，见都不太好，谢芳华的尤甚，她笑着问："听说云澜隐疾发作了，如今可好些了？"

谢云澜点头："好些了。"

"幸好华丫头有医术，可能去除病根？"英亲王妃又问。

谢云澜摇摇头。

"慢慢来，总能找到办法的。"英亲王妃叹息一声，拉住谢芳华的手，"一大早上，铮儿闹着要出宫，我拦不住，只能由了他。"

谢芳华不说话。

"怎么了？出了什么事儿？我听说铮儿从宫里出来后就出了城，去了云澜的府邸，可是旋即就回来了，回来后，竟然把自己关在了屋子内，谁也不见，我也不例外。"英亲王妃打量着谢芳华，试探地问。

谢芳华被英亲王妃握住的手心里都是凉汗，王妃如此问，让她怎么说？

谢云澜此时开了口："昨晚，我犯了隐疾，芳华在我房中照看了我一夜，秦铮误会了。"

这话虽然简短，但是意思说得再明白不过。

英亲王妃愣了愣，恍然："怪不得呢！昨夜，秦钰那小子半夜去找了铮儿，他走后，铮儿气得砸了茶盏，估计那小子说了许多不中听的话，怕就是因为此事。"

谢芳华没想到这里面还有秦钰的事儿，还以为是秦铮的人在谢云澜的府邸得到了消息，她的脸色难看了一分，虽然不知道秦钰说了什么，但定然逃不开这事儿。

“照看一夜，在我看来是兄妹感情亲厚，你们没什么，坦荡荡，只是铮儿这臭小子太在意你了，脾气又差，才生气了。不过，我觉得他也就气一时，气过就过去了。”英亲王妃见二人说起这事儿，神色坦然，她笑着拍拍谢芳华的手，“稍后你就去落梅居寻他，他冷静冷静，自然就好了。”

谢芳华觉得，秦铮这次，不像是气一时，否则，他是无论如何也不会说出那样的话来。她低声道：“他说想和我断了，天下的女人多的是，不喜欢我，也能喜欢别人。”

英亲王妃一惊：“他真这样说？”

谢芳华点头：“是这样说的。”

英亲王妃半晌无言：“怎么可能？”话落，她看着谢芳华，“你没与他解释你和云澜是清白的？”

谢芳华点头：“解释了，我开了好几次口，他都打断我，他不听我解释。”话落，她垂下头，“他心中明知道我们没发生什么。”

英亲王妃蹙眉，想了片刻，伸手推谢芳华：“你现在就去落梅居，去找他，云澜就不必跟着你去了。他喜欢你喜欢得紧，这么多年了，怎么能说断就断？快去！”

谢芳华点头，站起身，看了谢云澜一眼，谢云澜对她点头，她抬脚出了会客厅。

出了会客厅，谢芳华向落梅居走去。

她作为听音的时候，在英亲王府待得也算是够久，这里的一草一木、一砖一瓦，她虽然说不上铭记于心，但都是无比熟悉的，自己一个人没人领着，闭着眼睛，也能找到落梅居。

一路上，有仆从侍女见到她纷纷见礼，谁也不敢怠慢。

谢芳华一路上想了很多，但是当真正站在落梅居门口的时候，看着紧紧关闭的大门，她又发现，似乎这一路想的那些东西都被她忘记了。

她怔怔地看着落梅居门口的三个大字，这三个字是秦铮自己亲笔题的，张扬轻狂，洒脱不羁。

她刚站了片刻，落梅居的墙头上就探出了一个脑袋，用极小的声音喊她；“芳华姐姐！”

谢芳华回过神，看向墙头，见是玉灼。

玉灼见她看来，顿时苦着脸，紧张地悄声道：“你做了什么，将我表哥气成了这副样子？我跟着他这么长时间，从来没有见他像今天这样，那脸黑沉得跟要下雨似的。”

“他呢？如今在做什么？”谢芳华看着他。

“回来后就将自己关在屋子里，由青岩陪着，将我和飞雁都赶了出来。”玉灼可怜兮兮地看着谢芳华，“他下了死命令，布置了五百隐卫，说，以后这里，谁也不见，尤其是你。”

谢芳华袖中的手攥紧了衣袖。

“若是有人硬闯，杀无赦。”玉灼回头看了一眼，似乎想起了什么，一副心有余悸的样子，“我猜你会来，他说有人硬闯就杀，可没说我不能跟你说话，我就告诉你这些吧。”

“我若是硬闯，他……真的会……杀无赦？”谢芳华轻声问。

玉灼一惊，看着谢芳华：“芳华姐姐，你还是先回去吧，一定不要硬闯，表哥似乎不是闹着玩的，真是下了死命令。据我所知，这里的所有隐卫都听他的命令，他让杀谁，一定会杀谁。”

谢芳华静静地盯着那扇紧紧关闭的门。

“也许，过几日，他缓过劲来，就好了。他的脾气来得快，去得也快。”玉灼给她出主意，“他那么喜欢你，一定是气极了，才下这样的命令。”

谢芳华不说话，攥着袖子的手忽然松开，上前伸手去推门。

玉灼大惊失色：“芳华姐姐，我说的话你没听到吗？你还是别踏入这扇门了。”

“我听到了，谢谢你，接下来无论发生什么事儿，你都不用管。”谢芳华猛地用力，紧紧关闭的大门耐不住她的内力，咔吧一声，里面的锁断了，门被她缓缓地推开了。

她刚一推开，就感觉一瞬间有无数股阴冷的气息从里面向她袭来。

她抬眼看去，只见落梅居四周都有黑衣人无声无息地探出头，落梅居飘落的梅花清香四溢，都盖不住这些阴冷肃杀之气。

的确足足有五百人。

调五百人来守落梅居，可见里面的人是真的不想见她。

可是，如今她非见他不可！

她闭了闭眼睛，抬脚迈进落梅居。

“站住！”一人忽然冷喝一声。

谢芳华顺着声音看去，只见是一个黑衣头目，不是青岩的气息，但与青岩的武功应该差不太多。此时，那双眼睛没有任何感情地瞅着她，冰冰冷冷：“公子有令，除了王爷、王妃，任何人闯入落梅居，杀无赦！”

谢芳华盯着他看了片刻，声音低沉：“怎么个杀无赦法？”

那黑衣人闻言一摆手。

四下隐卫顿时拉弓搭箭，每个人的弓箭都拉满了弦，就等着她闯入。

那黑衣人木然地道：“万箭穿心！”

谢芳华移开视线，目光渐渐落在了远处的主屋上，那里帘幕拉着，什么也看不见，她想：秦铮就在里面吗？他在干什么？

从落梅居的大门到正屋，她来来回回走了无数趟，从来没有一回是被五百隐卫拿箭指着。

她收回视线，垂下头，看了一眼脚尖，须臾，又迈出一步。

突然，利箭的破空之声传来，直直地射向她。

这人的箭术显然极高，离弦之箭快如闪电，转眼便来到了她面前，擦着她脸颊飞过去，哧的一声钉在了门上，甚至直接穿透了门板，只留下一小截箭尾。

谢芳华鬓角的一朵珠花被刺穿，落在地上，成了碎片。

谢芳华脚步一顿，回头看了一眼，又看向那黑衣人。

“依着你和公子以前的关系，这一箭是给你的警告，再踏前一步，必不留情！”那黑衣人冷冷地看着她，“识趣的就赶紧出去！”

谢芳华摇摇头。

“芳华姐姐，你可不能犯糊涂啊！”玉灼急了，嗖地来到谢芳华面前，伸出手臂将她拦住，小脸惨白成一片，慌张地道，“这些隐卫都没人性，只服从命令，可不会手下留情——”

他话音未落，谢芳华挥手点了他的穴道。

声音戛然而止，玉灼顿时骇然地看着她。

谢芳华伸手轻轻一推，便将他推去了不远处的小厨房，她抬脚向前走去。

她刚迈出脚步，那黑衣人冷冷地开口：“放箭！”

他一声令下，羽箭顿时向谢芳华射来，这一次，真丝毫没有手下留情。

每一支箭，似乎都带着杀气。

谢芳华忽然拔地而起，袖剑出鞘，真气顷刻间从体内溢出，转眼便在周身结成了一个真气圈。无数羽箭带着破空之声而来，到她近前时，似乎碰到了一面墙，数声轻响后落在地上，发出噼里啪啦的响声。

转眼间，谢芳华前进了三丈，轻飘飘地落在地上。

“再放箭！”那黑衣人见一波羽箭奈何不得谢芳华，沉着脸吩咐，“将羽箭灌住内力！”

第二波羽箭顿时破空而来，风声也比刚刚凌厉数倍，每一支箭，似乎都是一把刀子。

灌注了真气的羽箭自然是不一样的，尤其是武功高强之人发出的。

练武之人，内力最为宝贵，随着日积月累，内力才会渐渐增长。

谢芳华在无名山，主要习的不是内力，她学得博而杂，虽然每一样都精通，但每一样都不是绝顶厉害。就比如她学的是杀人，杀人有时候不是非要极其强大的内力，而她当时无比执着地学了医术，是因为哥哥，也许潜意识里也是因为云澜哥哥，所以学得比内力要好。

灌注了真气的羽箭，自然更需要消耗她更多的真气才能铸造足够坚实的防护墙，但她到底是肉体凡胎，所以，第二轮羽箭下来，她的肩膀上中了一箭，血顿时汩汩地流了出来，这一箭刺得虽然不深，但她的胳膊顿时传来一阵钻心的痛。

这一刻，她再也站不稳，单膝跪在了地上，甚至能感觉到体内冰冷的箭头。

两波箭雨后，她还剩三分之一的距离。

被乱箭射了两次，落梅居有大片的梅花雨一般地落了下来。

“退回去，否则你到不了屋门口就必死无疑！”领头的黑衣人冰冷地瞅着谢芳华。

谢芳华忽然站起身，第三次凝聚体内真气。

那黑衣人没想到谢芳华如此执着，面色一变，见她毫不犹豫地要进屋，他飞快地向那间主屋看了一眼，见那间主屋帘幕紧闭，依然无人出来阻止，他咬牙：“放箭！”

第三波羽箭随着他的命令，悉数向谢芳华射去。

若是从无名山出来之时，谢芳华也许真不畏惧这三波羽箭，但是自从去清河崔氏给崔意端治了血毒之后，她一直奔波劳累，没好好休养过，加之昨日又因为谢云澜放了血，所以，这第三波羽箭，她挡不住了。

转眼间，手臂中了一箭，真气顿时泄了。

防护真气一旦外泄，后来的羽箭轻而易举便找到了突破口。

“芳华姐姐！”小厨房里，玉灼睁大眼睛，惊骇地叫出声。

谢芳华忽然感觉到了死亡的逼近。

她有多久没感受过死亡了？

在无名山，多少次，她一只脚已经踏入鬼门关，但心底有一股毅力支撑着，她还是活了过来。

可是，今时不同往日。

这些箭，会将她射成马蜂窝，也许，稍后她就会成为一具冰冷的尸体，没有任何求生的机会。

她忽然觉得好笑，她其实，是个特别惜命的人。

重生后，她从来不想死，虽然多少次眼看要死了，但她心里深处，却是不想死的，只要有一丝一毫活的希望，她就不会死。

为了谢氏，为了爷爷，为了哥哥，她怎么能死？

可是，今日，看着近在咫尺的乱箭，她也不明白自己，明明这落梅居满布杀意，她怎么就不觉得害怕，偏偏不畏死地走了进来？

连她自己也不明白……

若是真的死了……

真的死了……

秦铮他……

可会后悔？

她忽然闭上了眼睛。

死亡的感觉，在这一刻，忽然这样清晰，每一支箭将要射中的位置，她都能清楚地感觉到。

“芳华！”

一声凄厉而熟悉的声音传来，带着从来不曾有过的恐惧，比破空的箭还要尖利。

谢芳华顿时一惊，云澜哥哥？

她若是死了，那他的焚心……

她忽然觉得痛彻心扉。

似乎又有一支箭射中她，她的身子重重地向地上栽去。

千钧一发之际，她只听到无数的风声，风似乎将窗子吹开了，发出咣当一声响。

她忽然睁开眼睛，是秦铮从屋中出来了吗？

这时，一道人影也如那破空之箭一般，骤然挡在了她眼前，一股强大的真气瞬间将她包裹，她落入一个熟悉的怀抱里，听到哧的一声，羽箭没入，接着，她又听到噼里啪啦羽箭落地的声音。

这个怀抱是如此熟悉，这张脸因惊惧几乎惨白如纸，可是她还是清楚地认出了他。

不是秦铮！

将“芳华”两个字第一次喊成这般的，是云澜哥哥。

她想对他笑一下，可是看到他后肩膀上的一支箭，她无论如何也笑不出来。

一滴清泪忽然滴落，她的眼前顿时蒙胧一片。

谢云澜稳稳地接住人，见她安然无恙，眼前一黑，踉跄了两步，才堪堪站稳。

四周一片死寂。

谢云澜颤抖着伸手，轻轻拭去谢芳华滴下的那滴泪，轻而又轻地喊了一声：“芳华！”

“嗯。”谢芳华应了一声，也轻轻的，如风一般，“云澜哥哥，你怎么来了？”

“我不放心你，”谢云澜的声音蓦地沙哑，似乎带着无限的悔恨，“便跟来了。”

“咱们走吧。”谢芳华闭上眼睛，“你还能动吗？离开这里。”

“能。”谢云澜吐出一个字，向外面走去。

四周的隐卫无人拦阻。

那领头的黑衣人拿着弓箭的手轻轻地颤着，见二人离开，他立即看向主屋。

主屋的窗子开着，青岩站在窗前，第一次没有雾气防护，一张脸罕见的白如纸，放在窗棂上的手亦是轻轻地颤着。

他们身为公子自小培养的隐卫，从来不曾这般过。

眼见谢云澜抱着那人要离开，青岩蓦地转过头，看向屋内，声音艰涩，似要落泪：“公子，他们要出落梅居了！”

屋内没有人应声。

“公子！”青岩第一次厉声喊了一声。

屋中还是没有声音应答。

青岩忽然转过身，就要跳出窗外，似乎要去拦住谢云澜。

“让他们走！”这样的声音是从来没有过的。

青岩的身子堪堪顿住，他回头，看着屋内的某一处，眼眶发红，张嘴，却没有发出声音。

随着那两人离开的步伐，地上被拖出一条长长的血痕，虽然走得不快，但也不慢，不多时，便出了落梅居。

落梅居内静了下来，梅花香、血气和药香夹杂在一起。

五百隐卫的弓箭许久都没有收起来，他们似乎变成了一批不会动的人偶，矗立着。

出了落梅居后，谢云澜一步一步走着，他怀里的谢芳华浑身都是血，而且还滴滴答答地流着，两人的血混合在一处。

走了不远，迎面一群人急急赶来。

当前一人正是英亲王妃，她身后跟着喜顺、春兰，还有几个近身侍女。

当看到谢云澜和谢芳华这般样子，英亲王妃惊得扔了手中的东西，她的身子晃了晃，骇然地看着二人：“这……这……怎么回事儿？”

谢芳华从落梅居出来便闭上了眼睛，安静地窝在谢云澜的怀里。

谢云澜看了英亲王妃一眼，那一眼，令所有看到的人心悸，他的语气却很平静：“是我错了，我不该劝说她来这里。”

英亲王妃惊醒过来，上前两步，脸上血色尽退：“发生了什么事儿？我听说——”

“若是我再去晚一点儿，她就没命了。无论秦铮以前对她有多少情，付出过多少，如今也算是以命相抵了吧。”谢云澜冷漠地看着英亲王妃，平静地道，“他要断情，想必会尽快去取消婚约，七日内，若是英亲王府不取消婚约，忠勇侯府也会去请求圣上取消婚约。”

英亲王妃面色一变，张嘴想说什么，可是看着谢芳华浑身是血，连气息都感觉不到的样子，便什么也说不出来了，只能讷讷地道：“快，快去请太医！”

无论是春兰，还是喜顺，还是其他婢女，都骇住了。

“还不快去请太医！”英亲王妃似乎找到了声音，大声怒喝。

喜顺惊醒，立刻应声，撒腿就向外跑去。

“那个混账，我真没想到他任性胡为至此，他那么喜欢华丫头，所以我才让她去的，怎么会这样……”英亲王妃犹不敢相信，“你们受了这么重的伤，快，快去画厅，孙太医很快就来。”

谢云澜摇摇头，毫无血色的脸上出奇地平静：“以后，芳华和铮二公子，再无半丝关系；英亲王府和忠勇侯府，再无半丝关系。多谢王妃的好意，我们这一路来，已经脏了王府不少地方，不敢再脏了其他地方。”

拒绝得干脆，话落，他便抱着谢芳华绕过英亲王妃，脚步不快，却转眼就走出很远。

英亲王妃转身，白着脸，无言地看着谢云澜带着谢芳华离开。

谢芳华自始至终都无声无息。

没过多久，二人便走得远了，再也看不到踪影。

英亲王妃回过神，对身边的春兰道：“快，让孙太医立即去忠勇侯府。”

“是！”春兰腿都吓软了，回过神，连忙向外跑去。

“这个混账！他这是想干什么？说不喜欢，就能转手要人命了？”英亲王妃恼怒地向落梅居走去，她到现在还不相信，她的儿子对华丫头那么好，捧在手心里怕摔了，含在嘴里怕化了，怎么就能做到杀人不眨眼？

她犹记得，很久以前，在落梅居门口，她看出那个叫听音的小丫头不简单，要对方保证，以后不准害她儿子，那丫头保证了，后来知道那人是忠勇侯府的小姐，他儿子自小喜欢，太后和忠勇侯又交换了信物，她自然也欢喜得不行，哪怕忠勇侯府和皇权中间牵扯上英亲王府，使得王府如履薄冰，但是，只要她儿子喜欢，她就不怕。

可是如今，反而是她的儿子放弃后就翻脸不认人，想要人命。

难道是爱极生恨，恨不得人死？

怎么可能？

她一路冲到落梅居大门口，身边的婢女立即推开门，院中无人阻拦，她冲了进去。

秦铮今日一早离宫的消息自然瞒不住人，李沐清、程铭、宋方、王芜、郑译等人约好了赶着清早前来英亲王府看他，正赶上英亲王要去上早朝。

谢云澜抱着谢芳华出去时，正巧遇到了李沐清等人，也遇到了正要进宫的英亲王。

谢芳华几乎成了血人，谢云澜也一身是血，那些人顿时惊骇不已。

谁也没想到，大清早便看到这样的一幕。

李沐清最先醒过神来，急问：“云澜，这是芳华？你……你们发生什么事儿了？”

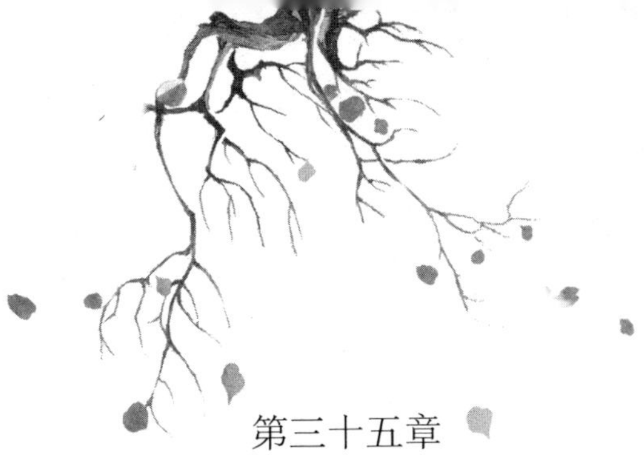

第三十五章

关于婚约

京　门　风　月

谢云澜看了众人一眼，没说话。

英亲王本来要上马车，如今见到二人浑身是血地出来了，也骇了一跳，立即问：“这是怎么回事儿？”

“都让开！”谢云澜的眼中没有温度，这一声不高，却足以让人不敢再靠近询问。

谢云澜不理会众人，向自己的马车走去。

风梨看到二人浑身是血，顿时吓得六神无主：“公子，芳华小姐，你们这是……”

“回忠勇侯府！”谢云澜道。

风梨立即点头，哆嗦着挑开帘幕，让谢云澜上车。

上了马车后，帘幕落下，隔绝了众人的视线，风梨坐在车前，哪里敢耽搁，一挥马鞭，马车飞速地离开了英亲王府，向忠勇侯府而去。

门口的众人惊异莫名，面面相觑。

“这是怎么回事儿？”英亲王回过神，见春兰匆匆跑来，他立即喝问。

王爷问话，不敢不答，春兰立即停住脚步，慌乱地道：“二公子要和芳华小姐断情，芳华小姐前往落梅居寻他，他……据说下了命令，除了王爷、王妃，谁踏入落梅居一步，都万箭穿心，芳华小姐硬闯，被箭……”顿了顿，她脸色发白，“剩下的，奴婢也不知道是何情形。奴婢和王妃得到消息，急忙赶去，走到半路上，看到云澜公子和芳华小姐，喜顺去请太医了，我得赶紧去拦着，让孙太医别来咱们府，去忠勇侯府。”

“刚刚他们……那是铮儿做的？”英亲王犹不敢置信。

“怎么可能！”程铭和宋方齐齐开口。

李沐清、王芜、郑译三人没说话，但脸上也是不敢置信的神色。

春兰快哭出来了："这是真的，二公子的脾气……"

"这个混账，他怎么能？不是喜爱得紧吗？"英亲王说着，也顾不得去上早朝了，疾步向落梅居走去，他必须去看看发生了什么事儿。

春兰立即出了府门，去拦截人。

程铭、宋方等人对看一眼，立即跟在英亲王身后，他们也想知道，到底发生了什么事儿。

别说他们这几个和秦铮关系不错的兄弟，就是这南秦京城里，甚至普天之下，连北齐也算上，谁不知道秦铮对谢芳华情深似海？灵雀台逼婚，和皇帝抗衡……他为她做的事情，不胜枚举。这两日据说德安宫里还琴箫合奏《凤求凰》，琴瑟和鸣，羡杀了不知道多少人。怎么一夕之间，竟然就这副样子了！

简直是天崩地裂不足以形容！

这是谁也想不到的事儿！

可是这些人都不是瞎子，谢芳华身中三箭，谢云澜身中一箭，二人几乎成为血人，他们都是懂些武艺之人，那四支箭没入甚深，谢云澜尚且无事儿，可是谢芳华中了三箭，以孙太医的医术，救得了吗？

就算救得了，也会去了半条命吧？

她可是女儿家！

谁都不愿相信秦铮会要谢芳华的命，多大的怒意才会让他恨不得要她去死？可是事实摆在眼前，由不得人不相信。

李沐清并没有跟着英亲王等人冲去落梅居，反而忽然转身，疾步去追谢云澜的马车。

这时，谢云澜的马车早已经没了影。

李沐清追了几十步之后，忽然想起了什么，立即掉转头，向城中一处院落疾奔而去。那日他要见言宸，还是秦铮领着他去的。谢芳华那么信任秦铮，连言宸的住所也不瞒着，他如今怎么可以，怎么舍得要她的命？

不知道言宸离开了没有。

他不觉得孙太医的医术救得了她。

英亲王和程铭一行人来到落梅居，见落梅居的门大开着，乱红纷飞也盖不住地上密密麻麻的碎箭和鲜血。

众人齐齐骇立当地。

英亲王虽然活了大半辈子，但也从来没见过这等情形，即便没有在门口看到那两个浑身是血的人，只看这一地的打斗痕迹，也可以想象早先这里发生了多么惨烈的搏杀。

落梅居是秦铮的地方，没有他的命令，谁也不会让落梅居变成这样，哪怕是他不在落梅居的日子里，没有他的准许，这里也是铜墙铁壁，一只苍蝇也难飞进来。

皇上为何拿秦铮无可奈何，就是因为他手中攥着几股势力，这几股势力只听他一人的吩咐，有这些势力在，他想做什么就任性而为。

英亲王府内，最牢固的地方，就是落梅居。

秦铮从出生到现在，虽然脾性不小，时阴时晴，但也从来没对谁下过如此狠手。

“这……这个孽子！”英亲王一时喘不过气来，站立半晌，才快步冲了进去。

一地的碎箭，无数黑亮的箭头，连落脚的地方都没有。

程铭见英亲王进去，随后就要跟进去。

王芜一把拽住他：“咱们还是别进去了！王妃和王爷都进去了，咱们虽然和秦铮兄交好，但这等大事儿，咱们总归是外人。”

程铭顿住脚步，见主屋门外站着几名婢女，显然是英亲王妃先一步来了，他点点头：“那咱们……”

“咱们先出去。”郑译道。

“不错，出去吧，秦铮兄这时候肯定也不乐意见咱们。”宋方道。

四人达成一致，齐齐离开，往回走。

一直出了英亲王府，四人还有些回不过神来。

在平阳城，他们都亲眼看到秦铮是如何在意谢芳华的，哪怕闹了矛盾，也是念着想着。就算现在真是怒极气极，要断情，也没必要真要将她杀了。

别说谢芳华的身份，就是任何一个女子，也不能说不喜欢就杀。

“李沐清哪里去了？”程铭这时才发现少了一人。

王芜四下看了一眼，摇头，猜测道：“他对芳华小姐似乎也不一般，大约是跟去忠勇侯府了。据说上次在临汾镇，他染了病，十分惊险，是芳华小姐把他治好的。”

程铭点点头：“咱们去哪里？”

“去茶楼吧。”宋方道。

其他人闻言没有什么异议，他们的确需要找个地方，将这一早上发生的事儿消化消化。

四人一路走到茶楼，路上隐隐听到有人在说铮二公子射杀芳华小姐的事儿，他们对看一眼，想着消息传得可真快，不过谢云澜带着浑身是血的谢芳华出了英亲王府，除了王府的婢女、小厮，还有大门口看到的路人，这样的大事儿自然是瞒不住的，早晚都会传开。

看来，他们曾经羡慕不已的美好姻缘恐怕是彻底完了。

四人心底不由得齐齐叹息一声，不知道是为秦铮，还是为谢芳华。

虽然都不太理解，不敢置信，但是心底又觉得，这样的事情，只有秦铮才做得出来，他自小便轻狂张扬，脾气古怪，任何事情，搁在他身上，似乎都理所当然了。

喜顺腿脚快，到了太医院，二话不说，拖了孙太医就走。

孙太医尚不知道发生了什么事儿，但是能劳动英亲王府的大管家来请，还这般急，他也知道肯定是有人情况危急，所以赶紧拿起药箱子，一路被喜顺拖着往英亲王府走。

走到半路上，春兰截住二人，急切地道："快，孙太医，快去忠勇侯府，是芳华小姐……"

孙太医哎哟了一声："芳华小姐的医术比老臣好。"

"可是她中了三箭，比您的医术再好，也不能自救。您快去吧，可不能耽搁，这是性命攸关的大事儿，就指望您了！"春兰道。

孙太医骇了一跳，急忙向忠勇侯府而去。

喜顺想了想，打发春兰回府报信，自己则跟着孙太医去了忠勇侯府。

谢云澜和谢芳华乘坐的马车很快就回到了忠勇侯府，忠勇侯府内早就得到了信。

忠勇侯和崔允没想到会发生这样的事情，惊得谁也坐不住了，都急急地赶到了大门口。

谢云澜抱着谢芳华下马车后，忠勇侯的老脸唰地白了。

"快，快去请太医！"福婶哆嗦得差点儿晕过去，眼泪哗哗地流了下来，哭着道，"铮二公子怎么这么狠心，我家小姐做了什么让他竟然要人命！小姐……"

"快，将华丫头送回海棠苑！"忠勇侯毕竟戎马大半生，定了定神，连忙道。

谢云澜点点头，抱着谢芳华疾步向海棠苑走去。

忠勇侯、崔允、福婶连忙跟在身后，侍书则骑马出府狂奔去太医院。

谢氏旁支族亲都安置在忠勇侯府，昨日从宗祠出来后，这些人大多数一夜没睡，拿不定主意，若是分了，舍不得；若是不分，又实在不知以后的路该怎样走。

清早，有很多人出来散步遛弯——除了不能出忠勇侯府外，内院可以随便走动。

谢云澜抱着谢芳华一路走向海棠苑，自然被很多人看到了，他们一个个惊得睁大了眼睛，不明白发生了什么事儿。

昨晚，据说谢云澜回了自己的府邸，他们隐约知道他犯了隐疾，谢芳华出宫救他了，二人谁也没回来，谁知今日一大早便出现了这么一幕。

谢氏族长和谢氏盐仓的掌家人反应最快，立即迎上前询问。

"都是秦铮那个混账！"忠勇侯气得大骂。

谢氏族长和谢氏盐仓的掌家人对看一眼，也知道这时不是问缘由的时候，谢氏族长毕竟是一族之长，立即道："咱们谁家有好的大夫，快去请来，芳华丫头这样重的伤，恐怕太医院的孙太医也救不了。”

“对！我家有一个大夫，医术不输孙太医。”谢氏盐仓掌家人立即道，“立刻让人去请！”

谢氏族长点头：“那就快去！”

谢氏盐仓的掌家人立即挥手招来府中一名护卫，吩咐了下去。

那名护卫立即去了。

崔允见谢云澜后背也中了一箭，还如此一路抱着谢芳华，便要接过来，谢云澜摇摇头。

不多时，一行人来到海棠苑。

谢云澜将谢芳华平放在床上，她的三箭，一箭中在肩膀，一箭中在手臂，一箭中在小腿，幸好都不影响她躺着。

谢芳华不知道什么时候昏迷了过去，被谢云澜放下后便无声无息地躺在床上。

“造孽！”忠勇侯到底是年纪大了，几乎老泪纵横，“若是我家的丫头出点儿什么事儿，他英亲王府别想好过！”

谢云澜放下谢芳华后，身子趔趄了一下，跌坐在床边。

“云澜，这怎么回事儿？我们只知道一点儿消息，你仔细说说。”崔允靠近谢云澜。

谢云澜似乎失了全部的力气，将经过简略地说了一遍。

“这个秦铮！”崔允听罢，气得够呛，大怒道，“我这就去找他！”

“站住！”忠勇侯也十分恼怒，“找他做什么？难道你现在再射他三箭？没听到落梅居除了他爹娘，进入的人都杀无赦吗？这也是华丫头自己活该，谁叫她非要进去！”

“可她就算进去了，依照这两个孩子的关系，他也不该真下杀手啊！”崔允的眼眶也红了。

忠勇侯不说话。

“孙太医来了！”侍书跟在谢墨含身边多年，早已经被培养出沉稳的性子，可是今日，他的声音却带着鲜有的慌张。

崔允立即道：“快请进来！”

福婶连忙挑开门帘。

孙太医走得急，满头大汗，一路踉踉跄跄地被请进屋，当看到床上的谢芳华时，他差点儿晕过去，三两步走到床前，颤抖着手去查看她的伤势。

忠勇侯、崔允等人都不敢打扰他。

好半晌，孙太医哆嗦地道：“老侯爷，芳华小姐这三箭虽然都不是伤在致命处，但是其中有一箭几乎透骨，老臣能保证平安拔了那两箭，但不敢拔了这一箭啊，若是一个不慎，可能会要了芳华小姐的命。”

“哪一箭不好拔？”忠勇侯勉强镇定地问。

“手臂上的这一箭。”孙太医的汗珠子直往下滚，“弄不好，这条手臂就废了。”

“你有几成把握？”忠勇侯问。

“这一箭，一成把握都没有。”孙太医快哭了，“这是九死一生啊，老侯爷，老臣可不敢虚言！”

“你先给她拔那两箭，这一箭……”忠勇侯拿不定主意，咬牙道，“等等看看能不能再请来把握更大一点儿的大夫。”

孙太医点点头，翻动药箱，这时才注意到床边地上坐着的谢云澜，他一惊：“云澜公子这一箭也很深，和芳华小姐手臂上的这一箭相差无几，老臣……”

“不用管我，先救芳华！”谢云澜冷静地道。

孙太医连忙点头。

他毕竟是太医院出类拔萃的老太医，很快就稳定了情绪，开始给谢芳华拔肩膀上和小腿上的箭。

凭孙太医的医术，这两箭对他来说是十拿九稳。

两盏茶的工夫，他便拔出了那两箭，不过额头上也是汗珠子滴滴答答，他擦了擦额头的汗，回头看忠勇侯：“老侯爷，另一箭必须尽快拔出来，可有大夫来了？”

忠勇侯对崔允道：“快出去看看可有人来。”

崔允立即出了房门，正看到一个护卫携着一个打扮成郎中模样的人来到，他一喜：“这是哪里找来的大夫？”

“是谢氏盐仓的家用大夫。”那侍卫立即道。

“好，你快进来！”崔允连忙将人请进屋。

那大夫四十多岁，比孙太医年轻许多，他走进来，打量了谢芳华手臂上的那一箭半晌，惶然地摇头：“这样的箭我不曾拔过。”

“若是要你拔，有几成把握？”忠勇侯立即问。

“顶多两成。”那大夫道。

忠勇侯不语。

“这可怎么办？”崔允急了，“小丫头的一条手臂难道就这么废了？”

“这位公子中的箭也是极深，和这位小姐相差无几。”那大夫又看向谢云澜，“弄不好，这位小姐顶多没了一条手臂，可是这位公子恐怕会牵连心脉，丢了命也说不准。”

忠勇侯和崔允齐齐面色大变，都没想到谢云澜的这一箭竟然更严重。

“云澜，一直跟在你身边的那位大夫呢，叫赵柯的那人？”谢氏盐仓的掌家人此时进了屋，他对谢云澜的了解更多。

谢云澜抿唇：“在平阳城。”

“这……派人去请，来不来得及？”崔允道。

“飞鸽传书的话，他赶到最快也要晌午，耽误不起。”孙太医摇头，“平阳城虽然不远，但也不近啊！”

“那可怎么办？小姐不能出事儿啊！女儿家，是极娇贵的，若是少了一条胳膊……”福婶的眼泪一直没断过，“云澜公子也不能出事儿……”

“你说你有两成把握，那就拔吧！”忠勇侯一咬牙，“这南秦京城里，除了你们，恐怕再也找不来医术更高绝的了。”

“老侯爷……”福婶惊呼。

“若是不拔，耽搁下去，等到午时，若是他们两个的血流尽了，就没命了！”忠勇侯喝道。

福婶立即噤了声，捂住嘴，不停地流泪。

那大夫的额头上也爬满了汗珠，他鼓起勇气，上前试着拔箭。

这时，侍书在外面急道；“老侯爷，右相府的李公子带了一位大夫来，说这位大夫医术高绝！”

忠勇侯还没开口，崔允立即大喊：“快请进来！”

侍书连忙请人。

本来要动手拔箭的那位大夫立即停了手，短短时间里，他已经汗流浃背。

不多时，门帘被挑开，李沐清顾不得这里是闺房，领着一位年轻男子冲了进来。

李沐清进来后，对忠勇侯和崔允见礼。

忠勇侯对他摆摆手，打量着这位跟他一起来的年轻男子。来人极其年轻，容貌极俊，丝毫不像是大夫，他不由得问：“李家小子，你是从哪里请来的这位大夫？他的医术当真厉害？”

李沐清点头：“他的医术非常厉害，老侯爷，我不会害芳华小姐。事不宜迟，快让他救人吧！”

忠勇侯点点头，让开路。

言宸来到床前，看了一眼谢芳华，打量了片刻她中箭的手臂，又看向旁边谢云澜的后背，片刻后，他镇定地道：“我能救他们，不过我有个条件：除了他们外，留一个人在这里帮我，其余人都出去。”

崔允一惊：“你当真能救？”

孙太医和那位大夫也万分惊异，齐齐道：“这位公子，这么重的伤，你当真有办法？”

言宸点头，毫不犹豫："有办法！"

忠勇侯见他说得肯定，而且气度沉稳，虽然年轻，但就是让人觉得他言出必行，于是点点头："福婶留下伺候，其余人都跟我出去。"

福婶喜极而泣，连忙点头，看向言宸的目光像是在看神仙，只要能救谢芳华和谢云澜，她就感激不尽。

"老侯爷，福婶不懂医术，在旁边怕是会手忙脚乱，这样吧，老臣留下，在旁边帮助这位公子。"孙太医对医术求知若渴，自然也想亲眼看看这位年轻公子如何施救。

"老侯爷，我也留下相助，这位公子虽然说留下一人，但是我和孙太医在这里，多个人手，也能多个帮忙的人。"那位大夫也立即道。

忠勇侯见言宸没说话，似乎没什么意见，于是点头："那好，你二人留下吧。"

话落，他带着一行人出了房门。

房门关上，言宸和那两位大夫一起留在了屋内。

"在下来得急，没带药箱，就用这位大人的药箱吧。"言宸对孙太医道。

"公子尽管用！"孙太医连连点头。

言宸不再耽搁，一手按住谢芳华的手臂，一手找准方位，稳稳地握在箭上。

孙太医和那位大夫眼睛一眨不眨地看着他。

言宸握着箭待了片刻，面色凝重，忽然，他手指微动，慢慢地用力，几乎刺入骨里的箭随着他的用力，一寸寸地向外移动。

孙太医和那位大夫的眼睛睁得大如铜铃，他们从来没有看过这样拔箭的，一般医者，如他们，都是用拔的方式，他却是让箭自己一寸寸地退出来。

虽然箭的移动极其缓慢，每一次移动的距离也很细微，但他们看得清楚，的确是往外退，而且丝毫没有牵连别处。

两人大气也不敢喘，想着真是天外有天，人外有人，虽然他们看得清楚，但也知道，这种方法他们做不到，这样做是需要内功的，可见这位年轻公子的内功极其深厚，内力就灌注在他握住谢芳华手臂的那只手上，那只手一直没动，却是最关键的因素。

大约用了半盏茶的时间，箭头全部拔了出来。

孙太医立即接过箭头放在一处，将药箱摆放到言宸面前。

那位大夫立即将清水端来。

言宸开始利落地给谢芳华的伤口消毒、清洗、包扎。他面色平静，不见丝毫异常，手上的动作毫不拖泥带水，干净、快速。

这一手包扎的手法，让孙太医和那位大夫都暗暗敬佩。

果然是人外有人，天外有天。

处理好谢芳华的伤，言宸回头看向谢云澜："去榻上坐好。"

谢云澜点点头，从地上站起身，走到榻上坐下。

言宸开始给他拔箭，使用的方法和给谢芳华拔箭的方法一样。

虽然看过一遍了，孙太医和那位大夫还是跟了过去，继续眼睛一眨不眨地看着。

谢云澜中的箭和谢芳华中的箭的深度相差无几，但是谢云澜耽搁的时间略长，再加上这一路上都是他抱着谢芳华，难免牵动箭伤，加重了伤势，此时他的后背已经血肉模糊，箭更难拔了。

等箭彻底从他后背退出来时，已经过了两盏茶的工夫。

孙太医立即接过箭，那位大夫连忙端来清水。

言宸给谢云澜包扎伤口，手法一样的干净、利落。

待将谢云澜的伤口包扎好，言宸看了他一眼，道："你不宜再走动，就在这里先歇着。"

"多谢！"谢云澜点头道谢。

言宸走到桌前，桌案上铺着宣纸，他提笔写了两张药方，分别标注好名字后，他拿着走出了房间。

孙太医和那位大夫对看一眼，齐齐用袖子抹了抹汗，拿着药箱跟在他身后走了出去。

忠勇侯等人都等在门外，从出来后就一直注意着房中的动静，无人说话。

这时见三人出来，众人立即问："怎么样？"

言宸面色平静地点头："芳华需要养两个月，谢云澜要养一个月。这是药方，分开煎药，并且注意，不能让他们的身体发热。"

侍书立即上前接过药方，连忙去了。

"谢天谢地！这位公子真是神医！"福婶大喜。

忠勇侯点点头："辛苦你了，你叫什么名字？"

"言宸。"

忠勇侯一愣，仔细地打量言宸。这个名字他自然知道，不但知道名字，更从谢墨含那里知道了言宸和谢芳华是何关系，只是对方从来没踏入忠勇侯府过，没想到这么年轻。他点点头，说道："从今日起，你就住在忠勇侯府吧，他们刚拔了箭，需要有大夫照看。"

言宸也不推辞，颔首："好。"

谢芳华和谢云澜性命无忧，众人提着的心放了下来。

孙太医和那位大夫虽然没帮上大忙，但也辛苦跑了一趟，由崔允亲自送二人出府。二人都分外敬佩言宸年纪轻轻便有如此医术，觉得亲眼目睹了他拔箭施救的过程，不枉来这一趟。

谢氏族长和谢氏盐仓掌家人见二人平安，也不好再在海棠苑多逗留，便离开了。刚到水榭，便被谢氏旁支的众人围住，二人将事情的始末简单地说了一遍，众人一时间分外惊异。

谁也没想到，铮二公子和芳华小姐竟然转眼间就到了势同水火的地步。

本来谢氏分族分宗的事情他们权衡不下，觉得谢氏目前的形势没有严重到需要分的地步，如今却不那么想了，都隐隐觉得，这天怕是真要变了。

李沐清并没有立即离开，而是询问言宸："她多久能醒来？"

言宸看了李沐清一眼，摇头："说不准。若是不发热，应该不会昏迷太久。"

李沐清点点头，对忠勇侯道："老侯爷，芳华小姐和云澜受伤之事，我觉得，您还是尽快修书一封给子归兄递个信去，告诉他二人平安。临汾镇距离京城不远，他若是从旁处得到消息，心急之下，一定会赶回来。本来修筑临汾桥两个月的时间就紧张，不能让他那里出岔子。"

"嗯，你说得对！"忠勇侯颔首，"我这就去给他传信。"话落，他向外走去，"李小子，今日多亏了你带人来，你随我去荣福堂喝杯茶吧，这里就辛苦这位懂医术的公子照看了。"

李沐清点点头，也不推托，跟随忠勇侯出了海棠苑。

在海棠苑门口，二人恰巧遇到送走孙太医和那位大夫回来的崔允，他依旧是一脸怒气："老侯爷，当初我在漠北，听说秦铮灵雀台逼婚，才迫使皇上下旨，我就觉得这婚事定然会不顺，可也不承想到他会这么混账！我还是忍不住，我要去英亲王府。"

"你去英亲王府又能做什么？"忠勇侯摇头。

"自然是找他算账！我的外甥女，怎么能让他这么欺负？"崔允怒道。

"账自然是要算的，但一切等华丫头醒了再说。"忠勇侯疲惫地摆摆手。

"丫头什么时候醒？"崔允向里面看了一眼。

"言宸说若是不发热，应该不会昏迷太久。"李沐清道。

崔允点点头，咬了咬牙："那就等她醒来再去算账。"话落，跟着忠勇侯和李沐清向荣福堂走去。

三人走在半路上，有一名守门人前来禀告："老侯爷，英亲王和王妃前来拜见！"

"他们来干什么？"崔允闻言，刚压下的怒意又蹿了上来。

那守门人摇摇头。

"不见！"忠勇侯摆手，"你去告诉他们，华丫头和云澜小子已经无性命之忧，他们若是来看望，就不必了，若是有别的事儿，一切等华丫头醒了再说。"

那人点点头，连忙去了。

崔允本来想冲出去质问英亲王和英亲王妃，但想着这事儿是秦铮做下的，他们虽然为人父母，但也不曾指使什么，只能压下怒气。

众人都离开海棠苑后，言宸重新进了房间。

谢芳华依旧昏迷不醒地躺在床上，谢云澜侧卧在软榻上，闭着眼睛，似乎睡着了。

侍画、侍墨、侍蓝、侍晚等八名婢女此时陆续走进屋，一个个红着眼圈开始打扫房中的血迹，将地面收拾妥当后，几人看着床上谢芳华染血的衣服，又看向谢云澜染血的衣服，犹豫了一下，走过去，对谢云澜轻声道："云澜公子，您还能动吗？奴婢们将您移去隔壁的厢房如何？"

谢云澜没动静。

言宸坐在窗前的桌边，看了几人一眼："一个时辰后你们再移动他，如今还不能动他。"

侍画等人立即点头，留下两人在房间，其余人都退了出去。

一个时辰后，福婶带着人端了两碗汤药进来，侍画、侍墨立即迎过去，福婶将药碗分别递给二人，嘱咐道："一碗是小姐的，一碗是云澜公子的。"

侍画、侍墨应声，一人端着汤药给谢芳华灌下，一人端去给谢云澜。

侍墨喊了两声，谢云澜都没动静，她端着药碗要给他灌下，忽然发现他面色潮红，她一惊："言宸公子，云澜公子似乎是发热昏迷过去了！"

言宸看了一眼，走过来，给谢云澜把脉，片刻后，蹙眉："将汤药给他灌下，然后把人移到隔壁的厢房去。我重新开一服药，煎好后再给他灌下。"

侍墨点头，连忙将一碗汤药给谢云澜灌下，又将外面候着的风梨喊进来，和他一起将昏迷的谢云澜移到了隔壁的厢房。

风梨安顿好昏迷的谢云澜，又跑回来，对言宸红着眼睛道："我家公子身上有焚心咒毒，昨日才发作过，这位公子，您可得斟酌着给我家公子用药啊！"

言宸闻言眉头微拧："我稍后去给他施针。"

风梨点点头。

言宸又坐了片刻，提笔在一张纸写下什么，然后递给侍画："按照这张纸上所写，去这个地方，将我要的东西带过来。"

侍画接过这张纸，看了一眼，点点头，出了房门。

言宸又提笔写了张药方，递给侍墨："按照这张药方，再给谢云澜煎药。"

侍墨连忙去了。

半个时辰后，另一服药煎好，给谢云澜灌下，侍画也拿了言宸需要的东西回来，言宸便去了隔壁的房间。

屋中再无他人，侍画、侍墨连忙动手给谢芳华擦洗身上的血迹，然后小心地换上干净的衣服和被褥。看她没像谢云澜一般发热，两人放下心来，喂了她一些水，然后守在一旁，不敢离开。

秦铮在落梅居射杀谢芳华这件事儿如风一般，一早上就传遍了整个京城。

各大府邸，满朝文武，所有人听到这件事情，都是惊异、震惊、不敢置信。

皇宫自然第一时间就得到了消息。那时还没早朝，皇帝听到吴权的禀告，好半晌才怀疑地问："此事当真？"

吴权点头："千真万确，英亲王府和忠勇侯府都炸开了锅。"

"谢芳华当真伤得极重？"皇帝皱眉，"秦铮那小子会舍得伤谢芳华？他又想搞什么幺蛾子？"

吴权叹息一声："芳华小姐身中三箭，云澜公子身中一箭，据说当时若不是云澜公子去得及时，芳华小姐就没命了，毕竟是乱箭齐发，落梅居那一地的碎箭不是闹着玩的。"

"既然是一地碎箭，谢芳华怎么才中了三箭？"皇帝百思不得其解。

"老奴打听了，据说芳华小姐因为自小缠绵病榻，这些年私下里跟谢世子学了些武功，又自学了医术，若不是这样，她那身子早就完了，哪里能好起来？"吴权道。

"朕以前怎么没看出来谢芳华有武功？"皇帝闻言冷哼一声，"这些年，忠勇侯府背地里不知道藏了什么秘密，谢芳华有没有病还是两说。"

吴权一惊："皇上，这不可能吧？当初太医院的太医都给芳华小姐把过脉，若说一个太医被忠勇侯府收买还说得过去，整个太医院的太医全部被收买不太可能。"

皇帝闻言没了反驳之语，算是默认了吴权的话，他暂且搁下了这茬，又问："查清楚了吗，到底是因为什么事儿，他们弄成这副样子？"

"虽然没从忠勇侯府和谢云澜的府邸查出什么来，但是从英亲王府流传出了些言语，说昨日夜晚，芳华小姐急急出宫后，住在了谢云澜的府邸。今日一大早，铮二公子出宫后直接去了谢云澜的府邸，回英亲王府后就大怒，想来……"吴权说到这，顿住，看了皇上一眼，揣测着道，"应该是芳华小姐和云澜公子发生了什么，才使得铮二公子大怒之下挥刀断情。"

皇帝闻言忽然大怒："谢芳华难道在和铮小子有婚约的情况下做了对不起他的事儿？"

吴权只能道："这个不好说，拿不准。"

"秦铮呢？谢芳华和谢云澜受伤离开后，他在干什么？"皇帝又问。

"王爷和王妃闯入落梅居，没待多大一会儿，就一脸怒气地出来了，直接去了忠勇侯府，可是忠勇侯没见他们。不知道铮二公子如何了。"吴权道。

皇帝冷着脸道："传旨下去，今日免朝，你去宣英亲王进宫，朕要见他！"

吴权垂首应声，立即去了。

从宫外传进皇宫的消息，在皇宫内也是传得极快的，所以，皇帝得到消息的同时，皇后和各宫的妃嫔亦得到了消息。

秦钰正在皇后宫中给他请安。

皇后听后同样不敢置信，扭头看着秦钰。

秦钰也愣了，看着如意：“此事当真？”

“奴婢是从吴公公身边的小篮子那里得来的消息，据说这是刚刚发生的事儿，错不了。”如意也觉得难以置信，她听到的时候还反复确认了好几遍，根本想不到铮二公子会对芳华小姐下如此狠手。

“为了什么？”皇后问。

如意将外面传来的只言片语谨慎地说了一遍。

皇后听罢，冷下脸：“怪不得秦铮怒，这谢芳华还是忠勇侯府的大家闺秀呢，怎么如此——”

“母后！”秦钰忽然截住皇后未出口的话，站起身，平淡地道，“母后执掌后宫，儿子回来后，您的身体已经无大碍了，总要将后宫治理起来，皇宫里若是流言满天飞，奴才们个个都碎嘴，就是您的失职了。儿臣出宫一趟，先告退了。”

皇后的话语戛然而止，想说什么，见秦钰脸色极淡，她便将话吞了回去，脸色不好地点点头。

秦钰出了凤鸾宫。

秦钰离开后，皇后沉默半晌，对如意道：“传本宫懿旨，三宫六院，但凡出现嚼舌头根子或者不安分的人，杖毙！”

如意领命去了。

皇宫内关于这件事儿的传言刚刚掀起，就被皇后的懿旨压下了。

整个京城的传言却没有人控制，还在疯狂地滋长，半日的工夫便传遍了京城方圆百里。

忠勇侯府内，谢云澜发起了高热，两剂猛药外加言宸施针，晌午时分，才堪堪控制住了热度，但是并没有退烧，只是维持在一个稳定的温度上。

他虽然只中了一箭，但是病情反而比谢芳华来得险。

谢芳华并没有发烧，可是到午时依然昏迷不醒。

晌午后，皇宫大总管吴权带着人送来了皇上赐的补品和药材。紧接着，皇后、林太妃以及两宫宠妃沈妃和柳妃也分别派近身之人送来了补品和药材。

皇宫内有了动静后，各府邸以大长公主府、右相府、永康侯府为首，也陆续派人送来了补品和药材。

英亲王和英亲王妃没有见到忠勇侯，离开后打发喜顺送来的药材等物被挡在了门口。

下午，未时三刻，一阵马蹄声从城外冲进了城——忠勇侯府的世子谢墨含得到消息后，扔下了临汾桥之事，马不停蹄地回了京。

左相和秦浩在两日前被皇上的圣旨召回京城，并没有急着赶路，直到今日才进京，二人刚到城门口，便看到了纵马疾驰而归的谢墨含，都愣了愣。

谢墨含脸色青白，在城门口遇见二人后，不理会秦浩的招呼，冲过了城门。

“看来这件事儿是真的了。”左相见谢墨含都赶回京了，对秦浩道。

秦浩目露精光：“若这件事儿是真的，那么英亲王府和忠勇侯府的联姻算是完了，无论谢芳华做了什么，秦铮差点儿杀人总是不对。”话落，他毫不掩饰语气中的欣喜，“忠勇侯府肯定会找他算账！”

左相皱眉，看了秦浩一眼，提点地训示道：“皇上一直不喜英亲王府和忠勇侯府联姻，这件事儿出了，虽然忠勇侯府不干，但是皇上没准欢喜得不行，事情还需观察，你也别高兴得太早，是好是坏，还要再看。”

“岳父大人说得极是。”秦浩当即收了喜意。

谢墨含纵马一回到忠勇侯府，便翻身下马，向海棠苑冲去。

侍书见谢墨含回来了，一惊，连忙迎上前：“公子！”

“芳华和云澜怎么样？”谢墨含疾步往里走，一边走一边问。

“公子没接到老侯爷给您的传书吗？有言宸公子在，他医术高超，救了小姐和云澜公子，他们没有性命之忧。”侍书连忙道。

“接到了，我知道没有性命之忧，我问的是如今是什么情形？”谢墨含不回来一趟，总归不放心。

侍书立即道：“都昏迷着。云澜公子发高热已经半日了，才稳定下来，却不退热。小姐虽然没发热，却至今昏迷着。”

谢墨含抿了抿唇，不再询问，不多时到了海棠苑。

侍画、侍墨等人见他回来，连忙迎上前。

谢墨含冲进主屋，一眼便看到谢芳华躺在床上，面上全无血色，苍白得几近透明，他颤着手握住她的手，喊了两声，却无人作答。

“世子您别担心，言宸公子说小姐没大碍，只是不知什么时候会醒来。”侍画轻声道。

谢墨含点点头，坐在床边，握着谢芳华的手不放开。

侍画等人见此，知道世子心中难受，都退了下去，不敢打扰。

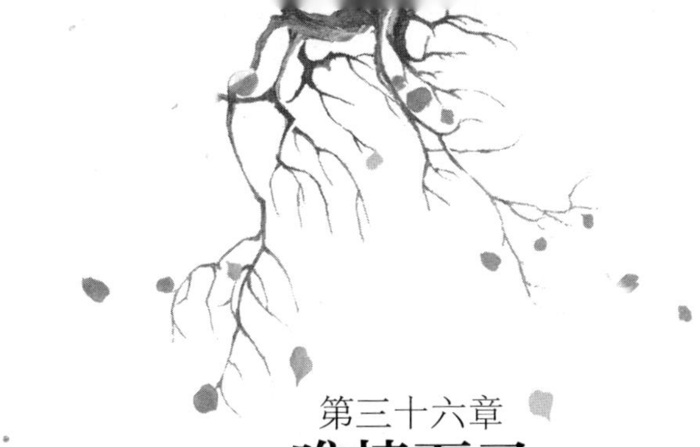

第三十六章

唯情而已

谢墨含陪着谢芳华坐了半个时辰才站起身，出了房间，询问：“云澜呢？”

“在隔壁的厢房。”侍画一指旁边的一间屋子。

谢墨含抬脚走了进去。

言宸半日的时间便给谢云澜施了三次针，才将高热稳住，第三次针刚施完，见谢墨含走进来，他对谢墨含点了点头。

“这位仁兄就是妹妹口中的言宸？”谢墨含此时平静了许多，打量起言宸。

言宸颔首：“谢世子。”

“多亏了你！”谢墨含来到床前，谢云澜的脸色比谢芳华的还要差些，眉心隐隐有气息浮动，似乎有什么要发作，他看了片刻，对言宸道，“他自小就中了魅族的焚心咒毒，看这样子，怕是要发作出来。”

言宸点点头：“据说昨日发作了一回，如今应该只是受到了牵引，我先施针帮他稳住。今日再施针两次，只要能让他彻底退热，咒毒应该就发作不出来了。”

谢墨含闻言宽了些心：“只能辛苦你了。”

言宸摇摇头。

二人闲话几句，侍书便来禀告：“老侯爷听说世子回府了，让您看完小姐和云澜公子后去荣福堂。”

谢墨含应了一声，出了海棠苑。

傍晚时分，谢芳华醒了，睁开眼睛，便看到了言宸，她张了张口，却没发出声音。

虽然她没发出声音，言宸却第一时间感觉到她醒来了，立即来到床前，温和地轻声询问："怎么样？可有哪里不适？"

谢芳华摇摇头，声音沙哑："我以为你离京了。"

"本来是打算今日走的，想走时再见你一面，可是还没动身，你就出事儿了。"言宸道。

谢芳华看了一眼天色，已经晚上了，她低声问："云澜哥哥呢？他可有事儿？"

言宸摇头："他在隔壁房间。有我在，不管多凶险都没大碍。"

谢芳华点点头，放下心来："是我连累了他。"

言宸看着她，见她神情黯淡，他转身给她倒了一杯水，扶着她喝了两口，对她道："你先躺着。你爷爷和舅舅、哥哥都急坏了，我这便将你醒来的消息传过去。"

谢芳华点点头。

侍画、侍墨等知道谢芳华醒了，欢喜不已，连忙去荣福堂报信。

听说谢芳华醒来，在忠勇侯府等了一日的李沐清顿时舒了一口气："既然她醒了，那我就回府了。"

"我送你出府。"谢墨含站起身。

李沐清摇头拒绝："你匆匆赶回来，本就劳累，不必送了，你我之间，不必客气。"

谢墨含摇摇头："我有话要与你说。"

李沐清闻言便不再推拒，二人一起离开了荣福堂。

崔允看着谢墨含送李沐清离开，和忠勇侯一起走向海棠苑，离得远了，他才道："这李家小子不错，对华丫头显然极在意，否则也不会在府内等她醒来等了一日。"

忠勇侯点点头，没说什么。

谢墨含和李沐清向外走，到了无人之处，他才缓缓开口："沐清兄，你觉得秦铮是会对我妹妹下狠手的人吗？"

李沐清想了想："我也在想他为何会如此。人人都觉得他不该如此也不会如此，可是他偏偏做了。"顿了顿，见谢墨含没说话，似乎在想着什么，他叹了口气，"不过话又说回来了，咱们一起长大，他自小脾性就让人猜不透，有时候觉得他一定不会做某件事儿，他偏偏就做了；有时候觉得他一定会做某件事儿，他偏偏就不做，总之，从来就拿不准。"

"是啊，从来就拿不准。"谢墨含看向英亲王府的方向，"我以为，他一辈子不会伤妹妹的。"

李沐清闻言沉默，他也觉得，秦铮一辈子都不会伤谢芳华，可是偏偏，真的伤了，毫不留情。

"我就是有些想不透，看来想不透的，也不是我一个人。"谢墨含道。

“大概整座南秦京城的人都想不透吧。”李沐清叹息，“不过他素来行事张狂，怒极的话，确实会做出这种事儿。”

“妹妹既然醒了，这件事情总要解决，妹妹骨子里其实是极倔的，未来如何倒不好说了。”谢墨含见已经来到门口，点点头，停住脚步，“无论是秦铮，还是秦钰，我如今反而觉得，都不适合妹妹。”话落，他看着李沐清，拱拱手，“沐清兄，慢走。”

李沐清点点头，也拱拱手，离开了忠勇侯府。

忠勇侯和崔允没多久便进了海棠苑，见谢芳华果然醒来，忠勇侯劈头就骂：“死丫头，老头子和你哥哥日日提心吊胆，好不容易盼到你活着回来，谁准许你拿命开玩笑的？”

谢芳华扯了扯嘴角，喊了一声：“爷爷！”

这一声“爷爷”极轻，极其虚弱，让忠勇侯一肚子骂人的话反而骂不出来了，他狠狠地剜了她一眼：“没死算你命大，你得谢云澜小子和与你有交情的言宸小子！”

谢芳华点点头。

“没事儿就好！”崔允舍不得骂谢芳华，“下次不可这么任性胡来了，天大的事情也没有性命要紧，你若是出了什么事儿，我们长辈就得白发人送黑发人，尤其是老侯爷，怎么受得了？”

谢芳华点点头：“舅舅说得是，以后不会了。”

这一声也是极轻，极虚弱，却极平静，让还想说什么的崔允只能叹息一声，住了口。

谢墨含进了屋便感觉到屋中沉闷的气氛，他走到床前，心疼地喊：“妹妹，你感觉怎样？”

谢芳华知道，得到消息，哥哥一定不放心，会快马赶回来，她摇摇头：“养些天就好了。”

“养些天？说得轻巧，言宸说你最短也要养两个月。”忠勇侯的胡子翘起，“谈个情，说个爱，到了你们这种夺命的地步，老头子活了一把年纪，还是第一次见到！”

谢芳华闻言垂下眼睫，沉默不语。

“你既然醒来了，现在就说，这件事儿，你打算如何处理？”忠勇侯看着她询问。

谢芳华不作声，沉默着。

“丫头刚醒来，经历了这么大的事儿，总该让她冷静冷静再作打算。”崔允这一日已经冷静下来，此时看着谢芳华的模样，无奈地开口。

谢墨含点点头：“爷爷，让妹妹休息吧。”

“没出息！”忠勇侯骂了一句，算是默认了，然后向外走去。

他刚走了两步，谢芳华忽然开口：“爷爷，明日你去一趟英亲王府，问问秦铮，若是他同意，这桩婚事就让他去皇上那里退了吧。”

忠勇侯的脚步猛地一顿：“凭什么他同意才退？你伤成这副样子，只要我去皇上那里，一句话，皇上就得把婚给退了。”

崔允忍不住开口：“丫头，事情都到这地步了，你怎么还……”他看着谢芳华，“还问他做什么？若是他不退婚，难道你还继续跟他保持婚约，还等着大婚？”

谢芳华闭上眼睛：“说起来，这桩婚约是因他而起，要结的话，让他来结，也没什么。”她抿了抿微干的唇，轻声道，“若是他不退婚……”她沉默许久，“我自然也不退。”

“什么？”忠勇侯闻言，眉头立了起来。

她曾经对秦铮说过，只要他不放手，她这一辈子，不会放手。

哪怕事情变成了如今这种局面。

哪怕她中了三箭，如今只能一动不动地躺在床上。

哪怕心底的某一处其实很疼，疼到身上的箭伤反而没什么感觉了。

谢芳华见忠勇侯的眉头立了起来，见崔允一脸震惊，见谢墨含的眉头紧紧皱起，三个人虽然表情不同，但不约而同地表现出了对她的不赞同，她迎上三人的视线，肯定地点点头：“他若是退婚，我就退；他若是不退，我就不退。”

“混账！”忠勇侯大骂了一句，声音震耳欲聋。

“丫头，他将你伤成这副样子，你怎么还对他……”崔允好半晌才开口，“就算不退婚，你们将来大婚之后，今日之事就会横在你们中间，就是一个大疙瘩、一道坎儿，以后还何谈情意，何谈幸福？你这一辈子，没准就完了。”

“是啊，妹妹，若是早知有今日之祸，我当初就算拼死也要拦住不让他靠近你。”谢墨含后悔不已，妹妹从无名山回来后，丢了感情，他不忍心妹妹一辈子都冷情冷性，恰逢秦铮纠缠，他犹豫了很久，见妹妹的心一点点被秦铮融化，他才狠心应了，可是不承想，她的一颗心交出去之后，反而变成如今这般情形，他焉能不恼恨自己？

谢芳华见谢墨含眼中有深深的自责，她困难地伸手抓住他的手，轻声道：“哥哥，你别自责，这种事情，怎么怪得了你？”

“就是怪我，我这个当哥哥的，没照顾好你。”谢墨含摇摇头，“我自小和秦铮相识，多年来兄弟相称，他的脾性我再清楚不过，当初就不该顾忌太多让他接近你，后来更不该不管任他缠着你，不然也就没有今日之事了。”

谢芳华叹了口气：“我都不曾后悔，你自责什么？在无名山，多少次我都要死了，却挣扎着不服输，一定要活着出来，你不知道我有多惜命。闯落梅居时，我就没想过丢了性命，被他所伤，是我甘愿的。”顿了顿，她笑了笑，“哥哥，我冷静了多年，终于也做了一件差点儿交付性命的不冷静之事，证明我的心总算没被埋在无名山的地狱里，活了过来，你该高兴才对。”

“你这样让我如何高兴得起来？”谢墨含看着她浅浅的笑，心中更疼，“情”字伤人，若是早知今日她懂情了反被情伤，还不如不懂情，不懂情的话，总归不会受伤。

“情有放，也应有收。”谢芳华收了笑意，幽幽地、轻轻地道，“若是他退婚，那么你放心，我也不会顾影自伤，收回来这份放出去的情就是了。”

“情哪是能说放就放，说收就收的！”谢墨含更是皱紧眉头。

“能的！”谢芳华看向窗外，傍晚天色昏暗，暮霭沉沉，“秦铮能断情收心，我也能。”

谢墨含看着她，满腔的话忽然都说不出来了。

忠勇侯和崔允一直在一旁听着，都沉默了。

过了好久，谢墨含才深吸了一口气，紧紧地握了握她的手：“哥哥信你能做到。”

谢芳华点点头。

“你刚醒来，说多了话容易累。你放心，明日一早，我和爷爷一起去英亲王府见他，这件事情让他给个痛快。”谢墨含说着，松开她的手，拍拍她，“我让人给你端些清粥小菜来吃，什么也别想了，交给爷爷和我，你好好养着。”

谢芳华点点头：“你突然回来，临汾镇……”

“无事儿，交给崔意芝了。”谢墨含道，“处理完这件事情我就回去，耽误不了什么。”

谢芳华点点头。

“丫头，既然你心中明白自己在做什么，我就不说什么了，好好养着吧。”崔允叹了口气。

“舅舅放心！”谢芳华心中微暖，这个时候，有亲人在身边，还如此关心，她似乎没那么疼了。

忠勇侯哼了一声，没再说什么，出了房门。

崔允和谢墨含也跟在他身后离开了海棠苑。

三人离去后，站在窗前的言宸回身看向谢芳华，静静地看了她片刻，见她也看过来，他一脸怅然：“世事难料！”

谢芳华懂他的意思，那一日，她带着秦铮去见他，执手相依，以为以后都会那样走一生了，可是突然生变，她都措手不及，更何况见过他们那般情形的言宸了，她也微微怅然：“是啊。”

“你说了这么多话，还想再喝点儿水吗？”言宸问。

谢芳华颔首。

言宸倒了一杯温水，复又走到床前，扶着她喝下。

侍画、侍墨早在谢芳华醒来，给荣福堂报了信后，就跑去了小厨房，如今见忠勇侯等人走了，连忙端了清粥小菜和药膳进来。

谢芳华只伤了一条手臂，虽然是右手，但是她的左手也灵活，上一世因为觉得好玩，还练过左手字，所以左手抓筷子倒也无碍。

用过饭后，她的身体受不住，又昏昏睡去。

言宸在谢芳华的床边待了许久，见她睡着了，眉却颦着，依着他对她的了解，自然知道，她虽然对谢墨含说了那样一番话，可是心底到肯定难受不已，情一旦动了，哪里能是轻易能放开的？

他不由得想起多年前，她拿婚约作交换，他那时若是不顾忌自己的婚约，答应的话，是否……

“言宸公子，我家公子又该施针了。”风梨站在门口，悄声对里面道。

言宸应了一声，出了房间，进了隔壁的房间。

一日施针五次，灌汤药三次，谢云澜的高热终于在午夜之时退了下去。

风梨长长地舒了一口气，对言宸千恩万谢地鞠了好几个躬。若是没有言宸公子在，芳华小姐又失血过多，就算公子的焚心二度发作，也是断然不能再取芳华小姐的血的，那样的话，公子的性命可就真正不保了。

言宸这一日也是极其疲惫，对于风梨的道谢，他点了点头，便去收拾出来的偏房休息了。

一夜无话。

第二日清早，忠勇侯和谢墨含赶在英亲王上早朝前到了英亲王府。

崔允也跟着二人去了。

谢芳华昏昏沉沉睡了一夜，睡梦中有不少片段在跳跃，清晨醒来的时候，她一时不知今夕是何夕，盯着屋顶，有些怔怔。

侍画、侍墨恐谢芳华半夜发热，轮流守在屋内，就睡在矮榻上，这样帷幔内的气息稍微改变，便能第一时间发现，所以谢芳华刚醒来不久，侍画就从软榻上跳起来，来到床前，轻声问：“小姐，您醒了？”

谢芳华回过神：“什么时辰了？”

“卯时整。”侍画轻声问，“您这一夜都没有要水喝，要喝水吗？”

谢芳华摇摇头：“扶我起来洗漱更衣吧。”

侍画点点头，将帷幔挂上，扶着谢芳华起身，小心地不碰到她的肩膀、手臂和小腿的伤处，然后端来清水盆，帮她净面、漱口，又伺候她换下了这一夜出虚汗沾湿的衣服，收拾妥当后，就让她靠在靠枕上。

侍墨听到屋内的动静，推门进来，打量着谢芳华道；“小姐休息了一夜，气色怎么还不见好？”

“这么重的伤，小姐没像云澜公子一样发热以致至今还昏迷不醒就不错了，气色慢慢养吧。”侍画的话语里是满满的心疼，“小姐这回一定要多养几个月，将以前的伤一起养好，否则落下病根就麻烦了。”

“没错，这回我们一定要监督小姐好好养身体。”侍墨点头。

听了二人说的话，谢芳华蹙眉：“云澜哥哥还昏迷不醒？”

“昨日言宸公子一日给云澜公子施针五次，子时才退了热，如今还未醒。”侍画怕她担心，宽慰道，“言宸公子说了，只要退了热，就没大碍了，早晚会醒，小姐您别担心。”

谢芳华点点头：“幸好有言宸在。”

“言宸公子的医术真好！”侍画敬佩地道，“如今京中都传遍了，说咱们府中住着一位年轻的神医，比太医院的孙太医医术还要好许多，不少闺阁小姐听了都芳心大动呢。”

侍墨抿着嘴笑：“是这样，昨日就传了——不知道怎么传开的——很多人觉得，神医都是年逾花甲的老头子，像孙太医那样，还是第一次听说言宸公子这么年轻的神医，尤其他的样貌不输医术，那些闺阁小姐不少估计都坐不住了想见他。”

谢芳华虽然心情不好，但此时听闻这事儿，也忍不住笑了：“曾经言宸都是戴着面具遮面的，如今不遮掩了，桃花就旺盛了。”

“胡说什么！看来你没事儿了。”言宸知道谢芳华醒了，推开门走进来，正巧听到她们这番话，顿时忍不住又气又笑。

谢芳华仔细打量言宸，他的容貌自然是没的挑的，此时眉目虽然依旧冷清，眼神却是罕见的温润，又气又笑的样子反而让他更吸引人，她继续笑着打趣道：“还是这般不遮面好看，你若是在我这里多住些时日，不知道这京中的闺阁小姐们会不会忍不住来串门。”

“反正如今你无碍了，若是再贫嘴，我可就离开了。”言宸走过来给她号脉。

谢芳华想了想，笑道；“面皮子真薄，好了，不打趣你了。云继哥哥被掠去北齐，但他是北齐皇帝和姑姑的儿子，齐云雪又是北齐皇帝请回来救治姑姑的人，他应该不会有性命之忧。我伤成这样，云澜哥哥还昏迷不醒，指不定他哪日焚心再发作，那可麻烦了，你就安心在这里住着吧，反正我们多年没这么一处住着了。”

言宸笑着点头，难得地打趣回去：“只要你保护好我，别让那些闺阁女子来找你串门，我住多少日子都没关系。”

谢芳华心情松快：“好，定然保护好你。”

这一段话说完，二人不由得都笑了。

侍画、侍墨暗暗松了一口气。刚刚小姐醒来时，气色真是极差，看着极让人揪心，如今有言宸公子在，说笑打趣让她开心，真是再好不过了。她们也不想言宸公子立马走，最好多住些日子。

陪着谢芳华用过早膳，言宸便去了隔壁的房间看谢云澜。

谢云澜虽然退了热，但依旧昏迷不醒，且没有短时间内醒来的迹象，状态比谢芳华要差太多。他面色苍白，眉目紧紧地绷着，虽然体内不再有浮动的气息，但心脉时而微弱时而强劲，微弱的时候几乎不闻心跳，强劲的时候又搏动得厉害。

这般情形言宸也是第一次见到，想着大约是跟他中的焚心咒毒有关，咒毒一日不解，他就要一日受制于咒毒的折磨。

这焚心咒毒，实在是天下最厉害的毒了。

魅族有些东西逆天而存，占尽天地灵气，一旦作用于人身，就是最恐怖的折磨。

言宸想了许久，又给他施了一次针，这一次，针施在了心口。

施针半个时辰后，谢云澜的心脉平稳下来。

晌午时分，去了英亲王府半日的忠勇侯、谢墨含、崔允三人回到了忠勇侯府。

忠勇侯和崔允去了荣福堂，谢墨含径直来到了海棠苑。

谢墨含的气色不太好，神情郁郁，谢芳华的手无意识地攥了一下被角，又缓缓松开，若无其事地看着他："哥哥去英亲王府回来了？"

谢墨含点点头，坐在床前，看着她。妹妹一日之间似乎瘦了许多，竟有孱弱之态，他沉默片刻："今日只见到了王爷和王妃，没见到秦铮。落梅居依然紧闭着，他说谁也不见，爷爷和我也不见。"

"你们起了个大早，如今才回来，既然没见到他，发生了何事让你们在英亲王府耽搁了这半日？"谢芳华轻声问。

"也没发生什么事儿，英亲王和爷爷下了半日棋。"谢墨含道。

谢芳华笑了笑，原来是下了半日棋，怪不得哥哥这般郁郁。

"爷爷真是……"谢墨含见谢芳华笑，心中郁气更甚，"爷爷的心胸未免也太开阔了。"

"哥哥，哪怕我和秦铮真退了婚约，也未必要视彼此为仇人。"谢芳华看着谢墨含，"这是我们自己的私事，不关王爷和王妃的事儿，哥哥以后不必因我迁怒王爷和王妃，也不必对秦铮如何，你们到底是自小相交。"

"不可能！"谢墨含抿唇，"王爷和王妃就罢了，但是秦铮他伤了你，在我这里，天大的交情也说不过去。"

"我在无名山受过比这重不知多少倍的伤，这点儿伤，倒也不算什么。"谢芳华道。

“那不一样！”谢墨含沉下脸，盯着谢芳华，“妹妹，你被他伤得这么重，怎么如此不在意？你对他可是真的……”后面的话顿住，他实在不想说出来。

谢芳华沉默了一下，还是说道：“总归是我们两个人的事儿，云澜哥哥有一句话说对了，他这么多年待我的深情，我如今受这一回伤，也算是相抵了，以后如何，以后再说，哥哥你这里就算了。”顿了顿，她抓住他的袖子摇了摇，声音温软，“哥哥！”

谢芳华这些年被磨砺得冷情冷性，小女儿的性情几乎丢光了，如今这般拽着袖子类似于撒娇的举动着实让谢墨含愣了半晌，半晌后，他无奈地消了抑郁和怒气，看着她道：“既然妹妹你不觉得委屈，哥哥还能说什么？只要你不怪他，我也没什么好怪的了。”

“哥哥从昨日回来便没好好休息吧，快去休息一下。”谢芳华放开他的袖子。

谢墨含也觉得疲惫。发生这么大的事儿，妹妹没伤心欲绝，没撕心裂肺，没萎靡不振，没出现让他担心的那些状态，反而还能这么心思通透，沉静平淡，实在是再好不过，可是正因为如此，反而更让他担心，不过他一时也不知道该说什么，只好点点头，出了房门，去隔壁看望了谢云澜一眼，便回芝兰苑休息去了。

他的确是需要休息了，昨夜想着今日见到秦铮后该如何做，几乎一夜没睡，不承想，秦铮还是封闭在落梅居内不见人。

一日无话，皇上并没有因为谢墨含私自回京而召见，除了昨日送来药材、补品，召了英亲王进宫确认此事外，并未对这件事情置喙，显然是在静观其变。

第二日，谢芳华依旧躺在床上养伤，谢云澜依旧没有醒来。

京中除了左相和秦浩回来外，也未发生别的事儿。

第三日傍晚，昏迷了三日三夜的谢云澜终于醒了。

听到谢云澜醒了，谢芳华让侍画、侍墨扶着去了隔壁的房间。

几日昏迷，谢云澜几乎瘦了一圈，极其虚弱苍白，看着都令人揪心。

谢芳华本来觉得受伤于她来说没什么大不了的，尽管伤她的那个人是秦铮，也没那么疼，可是见到谢云澜这副样子，她的心口不可抑制地疼了起来，一时间疼得脸都白了，只喊了一句“云澜哥哥”，便说不出别的话来。

谢云澜似乎看出了她是因他而难受，眸光动了动，落在她的心口上，想起秦钰说的话来，对她招手；“过来。”

谢芳华由侍画、侍墨扶着来到床边。

谢云澜想往里侧让让，发现身子有伤，动不了，侍墨立即放开谢芳华，搬来椅子放在床边。

侍画扶着谢芳华坐下。

谢云澜的视线从她的心口移开，看着她发白的脸蹙眉；“你伤还没好，不好好养着，过来干什么？”

“听说你醒了，来看看你。”谢芳华感觉心口的疼痛缓和了些，才舒了一口气，皱眉看着他，“你都昏迷三四天了，幸好有言宸在，否则短短时间内焚心两次发作，实在危险。”

“多少年了，焚心每回发作都是看着危险，可是也没让我死成，说明我没那么容易就死。”谢云澜语气淡极。

谢芳华看着他，心口又疼了起来，眼眶发酸：“哥哥说外公已经离开去魅族了，快的话，两年就能回来，一定能找到焚心的解法。”

谢云澜的身子微微僵了一下，忽然盯着谢芳华，声音轻了些：“芳华，你希望我解了焚心？”

“当然！”谢芳华毫不犹豫地点头。

“为什么？”谢云澜看着她，似乎要看进她的眼底。

“什么为什么啊？”谢芳华不满，“我自然希望你好好地活着，再不受它的折磨。”

谢云澜慢慢地收回视线，垂下眼睫，沉默半晌，才温和地道：“祖母去了，我在意的人也就剩下你了。你若是不好好地活着，我好好地活着又有什么意思。”

“谁说我不好好地活着了？”谢芳华看他意气消沉，知道焚心将他折磨得很辛苦，本来他中了一箭，而她中了三箭，按理说，她是女子，受伤又重，昏迷三四日高热不醒的该是她才对，偏偏这样的人是他，都是焚心的缘故。

“你那日闯落梅居，将生死都置之度外了。”谢云澜声音低沉，“若是我晚去一步……”

谢芳华忽然沉默下来，若是云澜哥哥晚去一步，她会如何？

是死，还是活？

时间不会倒流，这个问题恐怕永远都不会有答案了。

谢云澜抬起头，静静地看着她，面前坐着的女子纤细，沉静，似乎在想什么，眉目一半明一半暗。他想起第一次见到她，那时候，她的性情明明是伪装出来的，却偏偏给他一种她就该那样天真无忧的感觉，忠勇侯府的小姐似乎就该那样，可是如今再看她，又觉得，她似乎又该是这样。

无论她是什么样子，似乎都让人移不开眼睛。

“以后不会了！”谢芳华迎上谢云澜的视线，看着他，肯定地道，“云澜哥哥，我们一起好好地活着。”

对旁人来说，好好活着不难，而对谢云澜来说，好好活着却是极难。

这么多年来，在焚心咒毒的折磨下，他已经忘了怎样才算是活着的滋味，似乎有朝一日死亡降临，才能获得解脱。

如今听谢芳华如此说，他一时间心思百转，但见她眸光清澈纯净，对着他的时候，没有他心里这般百转千回的复杂情绪，他一时间说不出是什么感觉，只能沉默地点点头。

谢芳华看着他，那双眸子涌动的东西让她忽然间似乎感应到了什么，她怔住了，见他沉默地点头，她忽然什么也说不出来了，猛地想起谢氏米粮老夫人的遗言来，一时间觉得指尖都凉了。

屋中陷入了一种奇异的安静之中。

“云澜终于醒了吗？”谢墨含的声音从院外传来，才打破了屋中的安静。

“回世子，醒了。小姐刚刚来，正在和云澜公子叙话。”侍画立即道。

“醒了就好！”谢墨含说着，抬脚迈过门槛，见二人一个躺在床上，一个坐在床前，他微笑，“如今看来，我这个哥哥与妹妹的感情，却不如云澜你和妹妹的感情深。”

谢云澜的身子微微一僵。

“哥，你说什么呢！”谢芳华回头瞪了谢墨含一眼，“同样是哥哥，分什么彼此。”

谢墨含失笑：“说得是，我不该胡乱说话。”话落，他来到近前，看着谢云澜苍白的脸色，叹了口气，安慰道，“外公离开了，再回来时，一定能找到解焚心的办法。云澜，你一定要忍住，总能摆脱折磨的。”

“这么多年我都忍过来了，也不差两年，放心吧。”谢云澜平静地点点头。

“你刚醒来，吃些东西，好好养着。”谢墨含说着，拍拍谢芳华肩膀，“你来了许久了吧？回去歇着吧，我在这里陪云澜。”

谢芳华点点头，喊侍画、侍墨过来扶她回房。

谢墨含见谢芳华离开，在她刚坐的椅子上坐了下来，看着谢云澜，许久后，缓缓道：“云澜，你我也算是自小相识了。”

谢云澜看了他一眼，点点头。

“你对我说句实话，你是不是对妹妹……”谢墨含盯着他，犹豫了一下，到底还是将话说得明白，“对她起了别的心思？”

谢云澜忽然移开眼睛，不答他的话。

谢墨含见他移开眼睛，顿时面色大变，声音不由得有些激动：“你怎么能对妹妹有了这种心思？谢氏可从来没有同姓之好，尤其你还是谢氏米粮的人，虽然多少代下来血脉淡了，但忠勇侯府和谢氏米粮是谢氏的两大宗族。”

谢云澜垂下眼睫，依然没说话。

“云澜！”谢墨含轻喝一声。

“若是你不想她知晓我的心思，就别喊这么大声。”谢云澜终于开口，面色平静，声音也平静，“两个房间离得近，想必不太隔音。”

谢墨含顿时住了口，谢云澜这是直接承认了，他瞪着对方，一时无言：“你……”

谢云澜嘲讽一笑：“我虽然是长于谢氏，却不是生于谢氏，血脉什么的，同姓什么的，如今听来，却是个笑话。”

“你什么意思？”谢墨含一惊。

“你可知道祖母临终遗言是要我娶芳华？”谢云澜看着他。

谢墨含腾地站了起来，一时间惊异莫名，不敢置信：“有这种遗言？”

谢云澜笑笑，虽然是笑着，却不见笑意：“当时，我也奇怪怎么会有这种遗言，直到几日前从秦钰那里知道了一件事儿才明白了。可是即便明白了，却也不能做什么……”

“你说明白些！”谢墨含瞪着他，“从秦钰那里知道了何事？”

“你是怎么看出来我对芳华有心思的？”谢云澜不答反问。

谢墨含抿唇：“你不是不守礼之人，若是对妹妹没有心思，你断然不会孤男寡女留她同室照顾你。她照看的人若是我也就罢了，你们就算是堂兄妹，也该避嫌。芳华在无名山多年，对男女之防不在意，你却不同。”

谢云澜点点头。

“正因为有这件事儿，秦铮才会大怒，要和妹妹断情。妹妹闯落梅居，性命攸关之际，你救下了她。本来她伤得比你重，毕竟你只中了一箭而她中了三箭，可是你心底后悔，觉得是你的心思连累了她，引发了高热，险些二度引发焚心，病情反而比她严重。”谢墨含道。

谢云澜忽然闭上眼睛，承认不讳：“是，我是有些后悔那日留下她陪我，我明知道焚心发作那般情形下，我的要求，她是没法拒绝的。”

“你向来也是理智之人，怎么会做出让自己后悔之事？到底因为什么？哪怕你有心思，我也不相信你会借由你这心思间接伤害妹妹。”谢墨含还是了解谢云澜的，谢氏这么多人里，同辈人中，论冷静淡然，心思剔透，恐怕他都不如谢云澜，而且谢云澜对谢芳华有求必应，每每照拂，比他还像哥哥。

谢云澜沉默半晌，还是不想说，只道：“你若是想知道，去找秦钰。”

“秦钰？”谢墨含回来当天也算是弄明白了他离京后发生的这件大事儿，起因是谢云澜焚心发作，妹妹才匆匆出宫，他皱眉，“你刚说从秦钰那里知道了一件事儿？这件事儿有关芳华？所以你的焚心才会发作，后来才会那般行事，进而引发了这些事儿？”

谢云澜不答话，不承认，亦不否认。

“好，你好好休息，我去找秦钰。”谢墨含知道再问下去他也是不会说的，转身出了房门，走到院中，忽然想起什么，又返了回来，却是去了谢芳华的房间。

谢芳华从谢云澜的房间回来，便躺回了床上，睁着眼睛望着屋顶。

谢墨含去而复返，侍画、侍墨刚要向内禀告，谢墨含摆摆手，二人顿时噤声。他推开房门，一眼便看到谢芳华躺在床上，怔怔地望着屋顶，不知在想什么，他推开房门她都没发现。

谢墨含在门口看了她片刻，慢慢地关上了房门，转身出了海棠苑。

侍画、侍墨察觉谢墨含的脸色不好，对看一眼，又齐齐看向屋内，想了想，还是没将谢墨含这番举动告诉谢芳华。

谢墨含出了海棠苑后，招来侍书："派人去打听四皇子在何处。"

"是，世子。"侍书立即应声去了。

谢墨含回头看了海棠苑一眼，向芝兰苑走去。

不多时，侍书便打听到了消息，对谢墨含道："世子，四皇子在他新建的府邸里。"

"你亲自去一趟，就说我晚上约他吃饭，地点就定在……"谢墨含想了想，说道，"隐秘一些，城外的画舫吧。"

"是。"侍书立即去了。

半个时辰后，侍书回来禀告谢墨含，说四皇子应约，酉时见。

谢墨含看了一眼天色，距离酉时还有一个时辰，他换了一身衣服，出了忠勇侯府。

谢芳华在床上躺到天色彻底黑下来才简单地用了些饭菜，喝了药，便睡了。

夜半时分，前方忽然传来嘈杂声，谢芳华醒来，静静地听了一会儿，对外面喊："侍画！"

"小姐。"侍画立即出现在房间里，掌上灯。

"你去前面看看出了什么事儿。"谢芳华吩咐。

侍画自然也听到了前面的动静，点点头，立即去了。

不多时，她匆匆跑了回来，脸色有些发白："小姐，世子受伤了！"

"怎么回事儿？"谢芳华立即坐起身，却牵动了胳膊的伤口，顿时抽了一口气。

"傍晚，世子独自一人出了城，如今也是独自一人回来的，奴婢刚刚去查看，只知道世子受了伤，不知道其他。咱们的院子距离芝兰苑近，世子受伤，侍书惊了，才闹出了动静，荣福堂那边还不知道。"侍画道，"奴婢问侍书，侍书也不知道世子是怎么受的伤，但是据说伤得不重。"

"你现在立即去喊言宸，让他去给哥哥看看。"

侍画点头，冲出了房门。

"侍墨！"谢芳华又对外面喊。

"小姐。"侍墨连忙进了屋。

"扶我去芝兰苑。"谢芳华吩咐。

侍墨知道小姐担心世子，连忙给她穿好衣服，还比平时多裹了一层，才扶着她出了房门。

言宸本来就住在海棠苑的厢房，侍画说明事情后，他立即去了芝兰苑。

侍画则转回来，和侍墨一起，扶着谢芳华，落后一步向芝兰苑走去。

一盏茶后，三人来到芝兰苑。芝兰苑内静悄悄的，只有主屋内灯火明亮。

侍书见谢芳华来了，连忙挑开帘幕，请她进屋。

谢芳华进了房间，一眼便看到谢墨含躺在床上，脸色发青，眉间隐约有怒意翻涌，胸前的外衣被人拿剑划了一道口子，血迹斑斑，地上也有血迹，但不多，这样看来，他是与人交手了。

"夜深露重，你怎么来了？"谢墨含见谢芳华来了，皱眉。

"听说你受伤了，我如何睡得着，过来看看。"谢芳华话落，看向言宸，"他的伤势如何？"

"不重。"言宸摇头，"就是被剑划了一道，破了一层外皮，伤势轻，两日就好。"

谢芳华放下心，看着谢墨含，哥哥向来温和，今日看起来是动了真怒。她让侍画、侍墨扶着自己走到床边坐下，问他："哥哥，怎么回事儿？"

"没事儿。"谢墨含摇头。

"你这副样子，鬼才信没事儿！"谢芳华眉头竖起，"你若是不说实话，信不信我派人去查？你做了什么，我相信我手下的人还是能查出来的。"

谢墨含一噎，但还是不想对谢芳华说："不是大事儿，你不必管了。"

谢芳华打量着谢墨含的神色，作为忠勇侯府世子，加之他身体有隐疾，所以自小便养成了内敛稳重的性子，如今这般情形，他这样说，她是打死也不信的，没有大事儿才怪。她眯起眼睛；"哥哥不愿意说，那我就去查好了。"

"你不好好养伤，查什么！"谢墨含第一次对谢芳华发怒，"不准你查我！"

谢芳华的眉头更是蹙紧："不让我查也可以，那你自己告诉我，谁伤的你！"

谢墨含撇开脸，闭上眼睛，打定主意不说："谁伤了我，我也将那人伤了，谁也没讨得好处。我说没事儿就没事儿，你快回去睡觉！"

"哥哥！"谢芳华喊了一声。

谢墨含睁开眼睛，面上的一切情绪退去，语气温和："乖，听话，这事儿不是该你操心的事儿，别管了。"

谢芳华见他像哄小孩子一样哄她，无奈地道："那你好好休息吧。"

谢墨含点点头。

谢芳华示意侍画、侍墨扶着她离开。

谢墨含的伤不重，言宸之前简单给他包扎过，此时就随着谢芳华离开了。

第三十七章

识破心思

京　门　风　月

路上，谢芳华的眉头一直皱着：“言宸，哥哥从来没有这样过，你说我要不要查他？”

言宸看了她一眼：“你若是想查，天机阁是能查出来的。”

谢芳华想了想，还是放弃了：“算了，哥哥不想让我知道，必定有不想让我知道的理由。”

言宸点点头：“他是你哥哥，比你大，应该是不需要你操心的。”

谢芳华揉揉额头，叹了口气：“他身上隐约沾染了龙涎香的味道，这种香只有皇宫里爱熏。除了龙涎香外，还隐约有沉香的味道，这种沉香在我熟识的人里，只有秦钰用。他刚刚说也没让伤他的人讨了好，依我推断，他应该是今晚见了秦钰，这让我不太放心。”

言宸看着她：“这位四皇子不简单，若是他，那么……”

“若是他，查的话，只能查到他们去了哪里，做了什么，但是隐秘之事是查不出来的。”谢芳华道，“毕竟一个是哥哥，一个是秦钰，他们若是想瞒住一些事情，联手也是能瞒住的，天机阁也难查出来。”

言宸想了想：“要不然这样，我吩咐轻歌暗中多注意四皇子的动静。”

“也好。隐秘些，离得远些，不要让他察觉。有了七星那件事儿，他对我防备得很。”谢芳华道。

言宸点点头：“有我在，你放心，不会再出现七星的事情。”

谢芳华心里顿时一松，笑了笑：“是啊，有你在，我自然是放心的。”

二人说话间回了海棠苑。

一番折腾之下，第二日谢芳华便醒得晚了，醒来后，天已经大亮。

隔壁房间隐约有说话声，因为受伤，耳目自然没有受伤前清明，只隐约听到谢墨含的声音，她问侍画："哥哥在和云澜哥哥说话？"

"嗯，世子一早就来了，关上房门和云澜公子说话，已经说了一大早上了。"侍画低声道。

谢芳华蹙眉，揉揉额头："谢氏旁支那些人这几日有什么动静？"

侍画摇摇头："没什么动静。那日云澜公子抱着小姐您回来，大家都惊了。本来被困在府中，那些人虽然不说，但不少人都是不太满意的，这两日却甚是安静，安心地在府中住着呢。"

谢芳华点点头。

侍画服侍她梳洗，打理妥当后，隔壁的房门被推开，紧接着，谢墨含来到门口："妹妹醒了吗？"

"回世子，小姐醒了。"侍画立即道。

谢墨含推开房门进来。

谢芳华打量着他，发现昨日夜晚的那些情绪已经一扫而空，似乎没在他身上出现过，气色也不差，她询问："哥哥怎么大早上就跑来找云澜哥哥了？"

"我不能再耽搁了，今日就要出京去临汾镇，吃过饭后就赶路，早上见你睡得沉，我想着有些事情交代给他也一样。"谢墨含走过来坐下，"依我看，自从你和秦铮出了事儿，分族分宗这件事儿应该没人有意见了，十有八九能定下来，但是，你和谢云澜受了伤，这个时候，就算定下来，也不能公布出去，还得先拖着，等你们伤好了再公布，才能联手应付皇上的发难。"

谢芳华闻言点头，这样说来，哥哥一大早上来找云澜哥哥就说得过去了，看来是自己多心了："你要想入朝，就必须在既定的时间内修好临汾桥。因我的事儿，你回京这一趟已经耽搁了好几日，的确不能再耽搁了，关于分族分宗之事，回头我和云澜哥哥再商量商量，你放心吧！"

谢墨含点头，看着她，犹豫了一下："妹妹，事情过去好几日了，秦铮至今不表态，你……"

"等着吧。"谢芳华冷静地道，"他总不能在落梅居关一辈子。"

谢墨含闻言不再说什么，摸摸谢芳华的头，叹了口气，眸中闪过一丝无奈和怜惜。坐了片刻，他嘱咐她不要多思多想，只管好好养伤，之后离开了海棠苑。

一个时辰后，谢墨含离开了京城，前往临汾镇。

自从秦铮伤了谢芳华，南秦京中人茶余饭后一直关注着这件事情的结果，可是等了几日，忠勇侯府和英亲王府并没有什么动静，众人一时间都摸不清两府的想法。

谢芳华和谢云澜在忠勇侯府养伤，也没有什么动静。

秦铮依然紧闭落梅居，谁也不见。

高坐金銮殿的那人鲜见地没有对此事插手，也没有表现出什么态度。

七日一晃而过。

谢云澜没有伤到腿，七日后可以下床走动了，谢芳华伤了小腿，行走不便，想要下床行动，还需要侍画、侍墨扶着。

这一日，岭南裕谦王终于踏进了京城，皇帝在宫中设家宴款待。

裕谦王离京多年，走时风华正茂，如今华发已生。皇帝、英亲王和裕谦王是皇族仅剩的兄弟三人，别后重聚，皇帝传旨，一众皇子和宗室的公子都要参加此次家宴，与裕谦王认亲。

裕谦王两位公子已经提前进京，此次自然也在出席者之列。

英亲王府的大公子秦浩和二公子秦铮自然都要出席。

皇帝下了旨意后，吴公公前往英亲王府传旨。

众人纷纷猜测秦铮是否会出落梅居进宫参加宫宴。

圣旨下达后，裕谦王和皇帝、英亲王叙话之时，便询问起了忠勇侯可安好，说当年离京时，多亏了侯爷指点，才顺利到达岭南。皇帝大笑，说好不好看看就知道了，虽然是家宴，但忠勇侯也不是外人，于是派人传忠勇侯一起参加宴席。

传旨的人还没走，英亲王建议道："王弟多年没回京了，崔允也回了京城，记得当年崔允和王弟也有些交情，不如将他也请来。另外，左右相、永康侯，以及和王弟是旧识的几位大人连带家眷也一并请进宫，趁此机会都叙叙旧，人多也热闹。"

皇帝闻言没什么意见，笑着点点头，对传旨的人摆摆手。

传旨的人立即出了宫，不多时，旨意便传到了各府。

忠勇侯府接到旨意后，忠勇侯和崔允收拾了一番，去了皇宫。

宫宴于午时一刻开始，午时整，除了秦铮，所有人都进了宫。

皇帝和众人入席后，皇帝扫了一圈，见英亲王和英亲王妃在，二人身后坐着秦浩，秦浩身边空了一个座位，他开口询问："那小子的伤还没好？"

英亲王叹了口气，摇摇头："臣也不知。"

皇帝皱眉。

英亲王面上浮现出一丝怒意："那个孽子！"

皇帝又看向英亲王妃。

英亲王妃的脸色也不太好，见皇帝看来，她难得第一次提起儿子不是维护而是气怒不已："臣妾从那日冲进落梅居见他，他昏迷不醒，之后再没去过落梅居，不知道那个混账是死是活。若他不是我儿子，做出那种事情，我杀了他的心都有了！”

皇帝闻言似乎想起秦铮伤了谢芳华的事情来，看了忠勇侯一眼，对二人道：“都是你们以前一直纵容他，才使得他无法无天，竟然做出那等事情来！”

忠勇侯脸色难看，似乎也想起受伤的孙女来，冷冷地哼了一声。

众人听到忠勇侯的冷哼声，看他脸色难看，一时间都觉得，这件事情怕是到了结的时候了。

“老侯爷，芳华丫头的伤怎样了？”皇帝对忠勇侯明显温和许多。

“还在床上躺着呢！要养两三个月，三箭没要了她的命，是她造化大。”忠勇侯脸上隐隐带着怒气。

“秦铮的确是个混账！这么多年来，他的混账事儿不计其数，有时候将朕都气得跳脚，也奈何他不得，但朕没想到还出了一桩更不像样的。”皇帝看着忠勇侯，“这件事情的确是他不对，再如何也不能说杀人就杀人，老侯爷可想好让朕怎么处置他了吗？”

“处置？老臣都见不着他的人，”忠勇侯怒道，“怎么处置？”

“见不到他的人，也可以有想法，老侯爷尽管说，朕定然给芳华丫头做主。”皇帝话落，看向英亲王和英亲王妃，“王兄和王嫂想必这回也不会护着他了。”

“臣自然不护着他！”英亲王咬牙道。

英亲王妃点头：“尽管处置！我这次说什么也不护着他了，臣妾还不想以后被他气死。”

“老侯爷听到了？尽管说就是。”皇帝缓缓道，“这事情也过去七日了，朕一直没过问，也是想让你们都缓缓，冷静一番，如今时候也差不多了。”

“先让他从落梅居出来，我要问问他，因何对我家丫头下狠手。”忠勇侯道，“我先弄明白因果后再说。如今我还糊涂着，明明两个人之前互相喜欢得不行，怎么转眼就要死要活了。”

“老侯爷说得有理。”皇帝颔首，目光落在已经入席的秦钰身上，“钰儿，你现在就去英亲王府替朕看看他，若是无恙，务必让他来参加宴席。”

“是，父皇！”秦钰站起身。

众人的目光都落在秦钰身上，谁都知道秦铮和秦钰不对付，如今让他去看秦铮，这个“务必”的意思，就是只要秦铮没事儿，秦钰无论如何也要将秦铮带进宫。

秦钰刚离席，外面忽然有人喊：“铮二公子到！”

众人齐齐一怔，大殿内瞬间一寂。

“臭小子来了？”皇帝望向大殿门口。

英亲王和英亲王妃、忠勇侯、裕谦王、左右相等人也都看向大殿门口，一时间心思各异。

不多时，一道熟悉的身影出现在大殿门口，正是秦铮。

众人的目光齐刷刷地落在他的身上，只见他穿着一件素青锦缎长衫，缓步走来，衣带轻扬，明明还是以往的模样，但是分明比以往清冷了不知道多少，随着他走入大殿，大殿内因为人多聚在一起的潮热空气顿时一凝，多了丝寒意。

他瘦了很多，气色却不差，除了面无表情外，再看不出其他异常。

他进来后，随意地扫了众人一眼，喊了一声“皇叔”，算是请了安，然后走到英亲王和英亲王妃身后给他空出来的位置上坐下。

众人的目光一直追随着他，一时间无一人说话。

“你可算来了，朕正要四皇子去英亲王府喊你。你裕谦王叔今日进京，你从未见过吧？”皇帝的语气倒是平和，没因为秦铮没给他行礼而恼怒。

秦铮闻言看了裕谦王一眼，点点头，喊了一声：“裕谦王叔好。”

裕谦王点点头，对英亲王和英亲王妃笑道：“王兄和王嫂好福气，铮儿一见就是个好孩子。”

“好孩子？”英亲王没说话，英亲王妃忍不住回头狠狠地瞪了秦铮一眼，“他都被我惯坏了，我后悔生了他出来。王弟可别夸他了，我都觉得脸臊得慌！”

“王嫂哪里话！”裕谦王笑道，“谁年少的时候没做过些出格的事儿。”

英亲王哼了一声，回头对秦铮怒道：“你既然来了，没看到老侯爷吗？还不过去给老侯爷赔礼！”

“赔什么礼？”秦铮拿起酒壶，头也不抬，一边倒酒，一边漫不经心地问。

英亲王大怒：“你说赔什么礼！你那日将华丫头伤成那样，险些让她丢了命！”

“你情我愿而已。”秦铮面无表情地道。

“什么是你情我愿！你伤了她，那么严重，还有理了？”英亲王质问。

“她闯落梅居，难道是我让的？”秦铮放下酒壶，冷漠无情地反问，“是她硬闯，不知分寸，被箭所伤，活该。”顿了顿，他端起酒杯，一饮而尽，“我是不会赔礼的！”

“你……”英亲王一时噎住，额头青筋乱跳。

大殿上的众人都看着他，虽然都知道秦铮和谢芳华闹翻了，可是他亲口承认，态度、话语、表情，无一不让人心惊。

“混账！不赔礼你想做什么？”英亲王妃腾地站了起来，横眉怒目。

“想做什么？”秦铮重新给自己倒了一杯酒，眼皮都不抬，“不想做什么。”

“难道就这么算了？你可是差点儿要了华丫头的命！”英亲王妃劈手去打他的酒。

秦铮躲过，让她打了个空，挑眉：“那又如何？”

“你想气死我是不是？你这是什么态度！”英亲王妃伸手指着秦铮，“你既然出了落梅居，现在就给我滚去忠勇侯府给华丫头赔罪！”

“她都没跑到我面前来要我如何，娘你急着跳出来做什么？”秦铮又将杯中酒一饮而尽，因酒水熏染，他的目光似乎凉了几分，“给她赔罪？不可能！”

“她还如何跑到你面前做什么？你一回没杀了她，还想再杀她吗？”英亲王妃够不到秦铮的杯子，拿起自己桌子上的杯子打向他。

秦铮偏头，轻松地躲过，那杯子啪地打在地上碎了，响声清脆。

“你到底想如何？”英亲王妃不看碎了的杯子，死死地瞪着他。

“我已经说了不如何了。这是裕谦王叔回京的家宴，娘若是不想让人看笑话，就压着点儿火气。”秦铮又抬手倒酒。

英亲王妃忽然回过身，对忠勇侯道：“老侯爷，我多年来宠他惯他，从来没有后悔过，可是我今日实在是后悔了，不该将他宠成这样。我教子无方，如今也管教不了了，您要怎么处置他，尽管动手，就算是此时杀了他，我也没二话！”

“杀了他？”忠勇侯脸色难看，“崔家丫头，老头子老了，你家小子这副样子，我可杀不动。我孙女受伤不轻，我若是再被他伤了，一辈子的老脸可就丢尽了。”

“老侯爷若是想要他的命，您只说一句话，我今日就算是拼死也不让他活着了，不用您动手！”英亲王妃气道。

“王嫂，这话可不能说。我虽然今日才进京，但也听说了这件事儿，忠勇侯府的小姐不是没有性命之忧吗？让铮儿这孩子死还不至于。”裕谦王立即道。

“不错。”皇帝接过话，“芳华丫头若是没了性命，他抵偿也说得过去，如今芳华丫头性命无忧，自然不能拿命作抵。除却性命，老侯爷你想怎样处置他尽管说，朕为你做主。”

忠勇侯闻言，沉默片刻，盯着秦铮问：“铮小子，老头子问你一句话，你如实答复，不准搪塞。只要答复了，这件事情就作罢。”

众人闻言都看向秦铮。

秦铮将第三杯酒斟满，但是没喝，而是放在桌案上，他抬眼看着忠勇侯，语气平淡：“老侯爷请问，我向来不喜欢拖泥带水，能答复的话自然不搪塞。”

忠勇侯点点头，没立即问，而是看向皇帝，叹了口气：“皇上，老臣老了。”

皇帝一愣，连忙道：“老侯爷老了也是老当益壮。”

忠勇侯摇摇头：“人老了，就不顶用了，行事也力不从心了。”

皇帝一时不明白忠勇侯要说什么，便不再答话。

“我只有一个孙子，也只有一个孙女。他们的父母早逝，我一把年纪，眼看他们长大，以为可以省些心了，不承想，到老来，反而不省心。”忠勇侯缓缓开口，“含儿是因为他娘，自小落下了病根，得了弱症，崔荆修道回京，才给他治好了。华丫头则是因为我大寿时的血光之灾，卧病在床多年，除了自学了医术外，也是因为法佛寺大火，破了什么脏东西，好不容易好了。这两个孩子，从小到大，都受了不少苦。”

皇帝点点头，虽然知道谢芳华这病有内情，但没证据，此时也不能反驳什么。

“本来铮小子求娶华丫头，我这个老头子是高兴的，眼看他们情投意合，皇上赐婚，我也欢喜，不承想，如今险些酿成大错。”忠勇侯说着，站起身，对皇帝拱手，“老臣在这里求皇上，待我问完铮小子一句话，他若是答复了，无论他答复什么，都请皇上准了。”

皇帝闻言皱眉，一时间思潮翻涌，没说话。

众人闻言也心思各异，揣测着忠勇侯要问的话。

“老侯爷，你这是让皇上为难。你知道，皇上金口玉言，不能随意答应什么事情，尤其还是在不知道是什么事情的情况下。”皇后此时缓缓开口，“干系重大，不如老侯爷先问了铮二公子，再由皇上论断。”

“不错！”左相此时开口，“老侯爷，您是老了，难道也糊涂了？皇上是一国之君，天子之言，一句话就是天下大事，岂能随意应允？”

“是啊，不能随意应允。”其他几位大臣齐齐附和。

“老侯爷，众位爱卿说得有理。你要问铮小子什么，尽管问出来，朕若是觉得他的答复可行，合情合理，不出格，自然没有不准的。”皇帝自然不想就这样答应忠勇侯，他对谢氏是势必除去，自然要小心谨慎。

“也罢！”忠勇侯倒不坚持，重新看向秦铮，沉声问，“铮小子，我问你，婚约之事，你还想不想要了？”

众人闻言都觉得这话问得再合理不过，目前横在中间的，就是二人的婚约了。这婚约是圣旨赐婚，所以拿到大殿上来，摆在皇上面前，自然谁也说不出什么来。

秦铮闻言却不立即答复，反问：“想要如何？不想要又如何？”

“想要的话，有想要的说法；不想要的话，如今正是个机会，皇上在这里，你父母在这里，老头子也在这里，趁此机会求了皇上准许，收回赐婚，取消婚事。”忠勇侯道。

“想要是什么说法？”秦铮漫不经心地问。

“想要，你现在就前往忠勇侯府跟她和好！她若是愿意跟你和好，伤好后，求皇上将大婚提前，嫁出去的女儿泼出去的水，以后她就不再是忠勇侯府的人，与忠勇侯府无关，你们以后是打是杀，是死是活，都是她自找的，老头子不会管。她若是不愿跟你和好，就请皇上取消婚事。”忠勇侯道。

“您觉得，我伤了她三箭，她还会跟我和好吗？”秦铮问。

忠勇侯摇头：“老头子不知道，你别问我。”

秦铮端起酒杯，忽然冷笑：“就算她想跟我和好，我也不想跟她和好。”

“秦铮！”英亲王妃大怒，警告地看着他，“你敢给我退婚试试！我就认华丫头是我儿媳妇儿了，你若是敢，我死给你看！”

“我有何不敢？”秦铮看着英亲王妃，“娘，您别威胁我，您的命不是我的，是父王的，我倒要看看父王让不让您死。”

“混账！”英亲王此时也彻底怒了，“你这个……”

“孽子！”秦铮替他说了，语气嘲讽，“爹，除了会说这个，你还会说什么？”

“你……”英亲王的手哆嗦起来，忽然转过身，“皇上，臣请求将这个混账从宗室里除名，就当臣没有这个儿子！臣愧对列祖列宗！给他除名后，臣以后在老侯爷面前也不必总觉得愧疚，在朝臣同僚面前抬不起头来！”

他一言既出，满堂皆惊。

皇帝、皇后也齐齐惊了。

一时间，大殿又是一寂。

秦铮忽然笑了一声：“除名就除名。我这个混账父王早就不喜了，我也不想做这个英亲王府的二公子了。”

“秦铮！”英亲王妃气得哆嗦起来，瞪着秦铮，见他不以为然，她气得转过头，大声附和英亲王，豁出去了，“皇上下旨吧，我同意，就当我没生过这个儿子！臣妾也觉得愧对死去的玉婉。”

众人又是一惊。若是英亲王这般处置秦铮，众人还觉得可以理解，毕竟英亲王的确一直管束不了秦铮，每次都气得跳脚，可是英亲王妃也豁出去要给秦铮除名实在令人意外，可见真是气得狠了。

众人都想着，这么多年来，英亲王妃护子的名声在外，谁知竟然会有今日，都不由得心下唏嘘，齐齐看向皇上，人家父母都求了，一旦皇上准了，那么，秦铮就从宗室除名了。

一旦将秦铮除名，他以后就不是秦氏的子孙了，就不是英亲王府的二公子了，一切笼罩在他头上的光环都不在了，一下子就从王孙公子变成了平民百姓。

众人都觉得，英亲王和英亲王妃拿这点给忠勇侯府交代，可算是给秦铮重罚了，虽然秦铮不以为然，可是在座的除了他外都觉得，这是比杀了他还要重的处置。

秦浩一直坐在一旁，见此，袖中的手攥紧了，只要皇上答应将秦铮除名，那么，以后英亲王府的公子就只有他一人了，他就是理所当然的承袭爵位之人了。

皇上会答应吗？

他想着秦铮自小就横行无忌，惹得皇帝头疼，近年来越发无法无天，皇帝被气得跳脚，恨不得杀了他，无奈杀不了而已，如今有这个机会，皇帝能放过吗？

他觉得皇上一定会准的。

只要一想到皇帝会准，他就不可抑制地激动起来，面上却是越发不敢表露内心的激动，连坐着的身子都僵硬了。

“今日是裕谦王叔回京的喜庆日子，大伯父和大伯母快起来！”秦钰在寂静中开口，“除名可是大事儿，不是开玩笑的，堂兄虽然做了错事儿，但也用不着这么大的惩罚。”

众人都看向秦钰，纷纷惊异，四皇子竟然不同意给秦铮除名？

秦铮和秦钰不对付，这些年来一直明里暗里斗得你死我活，今日却奇怪了。要知道，皇上恼怒秦铮不是一日两日了，今日是否会答应除名还真说不准。

皇帝也看向秦钰。

秦钰淡淡一笑：“大伯父和大伯母也没有必要动怒，如今老侯爷的话堂兄还没给答复。”

“他还能如何答复？他刚刚都说了，就算华丫头同意跟他和好，他也不想跟她和好了，这不是明摆着要悔婚？”英亲王妃怒道，“就算死，我也不会同意！”

“那您如何才会同意？”秦铮询问。

“你就死了这份心吧！”英亲王妃看向忠勇侯，坚决地道，“老侯爷，不用问他了，这婚我不同意取消。没有他这个儿子，我也要华丫头这个儿媳妇儿。”

忠勇侯摇摇头：“崔家丫头，你说了不算，老头子就等铮小子一句话了。”

“你给我说不同意取消婚约！”英亲王妃回头死死地瞪着秦铮，“你若是敢给我说同意，我就——”

“就死吗，或者给我除名？”秦铮的笑容发冷，“娘，从小到大，我想做什么事情，谁能阻止我？皇祖母在世时都不能阻止我，您和我父王就更不能了。”

英亲王妃一噎。

秦铮不再看英亲王妃，将杯中酒一饮而尽，然后忽然将酒杯扔了出去，与英亲王妃早先扔来砸他的酒杯摔在一起，冷冰冰地道：“不取消婚约可以，下个月我就娶她，但是我会提前写好休书，娶了她的第二日就休了她——这就是我的答复，老侯爷若是同意，就这样办；若是不同意，你现在就可以请求皇叔取消婚约，我没意见。”

“你……”英亲王妃忽然一口气上不来，身子一软，气晕了过去。

英亲王面色大变，立即接住英亲王妃，大骂：“孽障，你说的是人话吗？！”

“是她逼我的！”秦铮看着昏倒的英亲王妃和抱着她的英亲王道，“我是孽子还是孽障，都是你们的儿子。为了一个不知羞耻没心没肺的女人，你们不要儿子，这是为人父母该做的？”

“你……”英亲王气得也要晕过去。

“好，好，好！”忠勇侯一连说了三个“好”，满面怒气地起身离席，跪在地上，“老臣有眼无珠，竟然在灵雀台答应婚事，如今实在是悔恨！这个小子既然对我家丫头已经无情，我家丫头也不会任他羞辱，求皇上收回圣旨，取消婚约！”

秦铮答复之后，忠勇侯大怒请旨取消婚约，满堂震惊，一时无声。

众人都将视线定在上座的皇帝身上。明显秦铮无意再娶谢芳华，在英亲王妃的逼迫下，他说了个先娶后休，忠勇侯怎么肯让自己的孙女如此受辱，请求退婚理所当然。

这赐婚圣旨是皇帝下的，如今想要取消婚约，自然要皇帝首肯。

皇帝的目光扫了一圈，从昏迷的英亲王妃身上移到气极的英亲王身上，再移到不以为然的秦铮身上，最后移到压制着怒意的忠勇侯身上，沉默不语。

“皇上，老臣就一个孙女！求皇上念在老臣死去的儿子、儿媳的分上，收回赐婚！”忠勇侯说着，几乎老泪纵横。

大殿上的众人一时被他的情绪感染，想起英年早逝的谢英夫妇，都有些戚戚然。

皇帝似在考虑，依旧沉默。

“父皇，既然堂兄无意再求娶芳华小姐，老侯爷也无意再将孙女嫁给他，不如您就准了。这世上人人都向往夫妻和睦、百年佳偶，不希望看到痴男怨女、夫妻如仇人。”秦钰缓缓开口，“他们到了这般境地，自然不是天作之合了。”

皇帝忽然看向秦钰。

秦钰对他挑了挑眉。

皇帝的脸色蓦地一沉，想起秦钰心喜谢芳华来，脸色顿时难看至极。

“求皇上做主！四皇子说得极是，到了这般境地，老臣再不能将孙女嫁给秦铮。”忠勇侯又求道。

“皇上，既然如此，依臣妾看，不如就应了老侯爷吧，老侯爷一把年纪了。”皇后犹豫了片刻，看了一眼秦钰，咬了咬牙，开口，“芳华小姐中了三箭，女儿家金贵，以后说不定会落下疤痕。”

皇帝偏过头，看向皇后。

皇后压住心底的想法，对皇帝端庄地微笑：“铮二公子自小性情古怪，时阴时晴，行事张狂随意，这是我们都知道的事儿，毕竟他是我们看着长大的孩子。彼时，他对忠勇侯府的小姐一见钟情，自然是捧在手心里；此时，他对忠勇侯府的小姐绝情了，自然看她如何都不顺眼。这件事情幸好出来得早，他们还未大婚，及时取消婚约，也不至于以后出现更大的乱子。”

“老臣求皇上做主！”忠勇侯一求再求。

皇帝终于打破沉默，缓缓开口：“老侯爷，这桩婚事，朕本来也觉得不合适，是不同意的，奈何铮小子非礼芳华丫头，女儿家的闺誉要紧，朕无奈才圣旨赐婚。赐婚后，朕还是觉得他们的性情南辕北辙，恐怕出乱子，数日前，临汾桥塌后，芳华丫头回京，朕在灵雀台召见了她，有意给她退婚，她却推拒了，朕看在老侯爷和早逝的谢英夫妇的面子上也没为难她。如今，朕觉得，是否将芳华丫头请上大殿，朕再问问她的意思比较妥当。”

“皇上，老臣的孙女如今在床上养伤。”老侯爷摇头，“老头子就能给她做主了，不必询问她，求皇上退婚。”

“朕听闻谢世子离京去临汾镇修桥前，将忠勇侯府的事务都交给了她，朕看芳华丫头也是个有主见的人，否则也打理不来偌大的忠勇侯府。”皇帝似乎打定了主意，“朕知晓芳华丫头中了三箭，一箭在肩膀，一箭在手臂，一箭在小腿，如今养伤已经七日，虽然不能自己走动，但是抬的话，也能将她抬上大殿。”

忠勇侯闻言还是摇头：“皇上……”

“老侯爷，这可是大事儿，朕不想耽搁了芳华丫头的一生，还是问问她的好。您年纪大了，朕的年纪也不小了，孩子们的想法和咱们的想法未必一样。”皇帝打断忠勇侯的话。

忠勇侯闻言住了口。

“吴权，你去忠勇侯府，请芳华小姐即刻进宫！”皇帝对吴权吩咐。

“是，皇上！”吴权立即去了。

“来人，扶老侯爷起身入座。”皇帝对身后又摆了摆手，吩咐道。

两名内侍立即走到忠勇侯身边，一左一右将他从地上扶了起来。

“去传孙太医给王嫂看诊！”皇帝又看向昏迷不醒的英亲王妃，吩咐道。

“是！”有人立即去了。

每逢宫宴，为防宴席上出事，太医院的太医都会在不远处的偏殿候着，所以内侍下去后，不多时，孙太医便被请进了大殿。

孙太医进了大殿后，先给皇帝见了礼，然后连忙走到英亲王妃近前，英亲王让开了些许，孙太医给她号脉。

片刻后，孙太医抬头对英亲王道：“回王爷，王妃急火攻心，老臣给她施一针，她很快就会醒来。”

“那好，你施针吧。”英亲王松了一口气。

孙太医拿出金针，给英亲王妃扎了一针，针刚扎上，英亲王妃便醒来了，她睁开眼睛，一眼便看到了秦铮，怒道：“你给我滚！”

秦铮闲闲散散地坐在那里，闻言漫不经心地道：“娘，儿子也想滚，可是皇叔派人去请谢芳华了，您确定让我现在就滚？”

英亲王妃一惊，立即看向皇帝：“请华丫头来做什么？”

“铮小子说娶了再休，老侯爷请求退婚，朕觉得该问问芳华丫头的意思，便派人去请她了。”皇帝见英亲王妃脸色苍白，气怒交加，有些不忍，语气温和地道，“你少安毋躁，等人来了再作定夺。”

“你个混账！”英亲王妃劈手去打秦铮。

秦铮躲过：“你若是再打，我可就走了！”

英亲王妃气极，眼睛发红，忍不住抓住英亲王的衣角哭出了眼泪：“王爷，我不该不听你的，不该对他纵容，这么多年来，我实在是错了……”

王爷立即抓住她的手，叹了口气：“儿子是我们俩的，又不是你一个人的，你有错，我也有，快别哭了。他这么混账，我们只当没有这个儿子就是了。”

英亲王妃哭得伤心，不再说话。

英亲王扶着她坐在座位上，拿出帕子帮她擦眼泪。

众人看着英亲王和英亲王妃，不由得想起当年那桩事情来，都偷偷地看皇帝。皇帝撇开脸，不看那二人。

大殿内的气氛越发沉闷，只听得到英亲王妃的哭声。

“先开宴吧。芳华小姐进宫的话，怕是也有一会儿，皇上您说呢？”皇后轻声询问皇帝。

皇帝点点头，对身后摆摆手。

不多时，珍馐佳肴被一盘盘地端上桌，大殿上香气四溢。

过了片刻，裕谦王和挨着他坐的右相以及崔允闲聊起来，三人开了头，众人也纷纷各找对得上眼儿的说起话来，才打破了僵硬的气氛。

忠勇侯府。

谢芳华知道忠勇侯和崔允进宫了，她拿了一本账本，倚靠在床上翻看。

言宸在她的房间，正坐在窗前，手里同样拿了一本账本，但与她手里的账本不同。

屋中甚是安静，谁也不说话，但气氛平和。

谢芳华手中的账本看了一半时，侍画推开门冲了进来：“小姐……”

谢芳华被惊了一下，抬头看向侍画，见她一脸怒气，神色激动，不由得询问：“怎么了？出了什么事儿？”

“刚刚宫里传出消息，说……”侍画想冲口而出，却又顿住。

“照实说！”谢芳华正了神色。

侍画看着她，又见言宸放下了账本，也看着她，她咬牙，气愤地道：“铮二公子实在欺人太甚！”话落，将宫里传出忠勇侯如何要秦铮一句答复，秦铮如何答复的话原原本本地说了一遍。

谢芳华听罢，脸色变幻，没说话。

言宸沉默片刻后，询问侍画：“这是刚刚发生的事儿？”

侍画点头：“咱们府中在宫中有眼线，世子虽然离开了，但是侍书在，消息递出宫后，侍书一收到就来告诉奴婢了，确定无疑。”

“老侯爷如何说？”言宸又问。

“老侯爷请求皇上退婚！”侍画看着谢芳华，见她拿着账本，一动不动，又忍不住开口，“小姐……”

“知道了！”谢芳华重新拿起账本，翻了一页。

侍画还想再说什么，见了谢芳华的神色，只好闭上嘴，退出了房间。

言宸看了谢芳华片刻，也重新拿起账本看了起来。

过了大约两盏茶的时间，侍书匆匆进了海棠苑：“小姐，皇上派吴公公前来请您进宫！”

谢芳华眼皮也不抬：“我养伤呢。”

“吴公公说，是关于婚约一事，请您立即进宫——老侯爷退婚，皇上没准，说要询问您的意见。”侍书顿了一下，“铮二公子也在皇宫。”

谢芳华闻言沉默片刻：“你去回话，就说……”顿了顿，她沉静地道，“我无法进宫，也不想再见铮二公子，请吴公公带话回去，我请求皇上退婚。”

侍书点点头，转身去了。

谢芳华重新又看向账本。

言宸抬头看了谢芳华一眼，见她还保持着原来的姿势半躺在床上，一缕青丝垂在耳畔，脸在帷幔下明暗不清，他收回视线，也继续看账本。

第三十八章
顺利成事

过了片刻，侍书去而复返，领着吴权进了海棠苑。

来到门口，侍书禀告：“小姐，吴公公说奉旨前来请您进宫，您若是不想被抬着进宫，刚刚那话要当面对他说，他得见到您的人，确定是您自己的意思，才好回去回话。”

谢芳华闻言，对言宸道：“扶我到窗前。”

言宸放下账本，走过去，扶着谢芳华来到窗前。

窗子打开，谢芳华便看到了站在院外的吴权，她平静地道：“吴公公，刚刚那些话是我本人的意思，你尽管回宫回复皇上。”

吴权自然从敞开的窗子看到了谢芳华，闻言躬身：“既然如此，老奴就回宫复旨了。”话落，他转身出了海棠苑。

言宸见吴权走了，偏头看向谢芳华：“你真要退婚？”

“退了也没什么不好，总不能让他第一天娶了我，第二天就休了我。”谢芳华道。

“也不见得是真休。”言宸想了想道。

谢芳华笑了笑：“就算如此，忠勇侯府的名声呢？谢氏的名声呢？这样我都同意嫁的话，让天下人如何看待谢氏的女儿？我不能一人连累所有的谢氏女儿吧？多少人还等着嫁人，有我受辱在前，以后其他姐妹还如何能许得好人家？”

言宸点点头：“你的确不必如此委曲求全。”

“是啊，我何必委曲求全。”谢芳华看着窗外，清风吹起，几瓣海棠花瓣飘飞，“就算我不懂何为爱，何为情，但也知道爱情本是两情相悦之事。若是不能两情相悦，给彼此的只有痛苦，那又何必？”

“回床上躺着吧。”言宸不再多言。

谢芳华点点头，亦不再多说，任由言宸扶着她上床。

吴权很快就回了皇宫，进了大殿，向皇帝禀明了谢芳华的意思。

众人都噤了声，有的人看向皇帝，有的人看向秦铮，有的人看向忠勇侯，有的人看向英亲王和英亲王妃，都觉得谢芳华不进宫，只回复了一句话，也合乎情理，毕竟是女儿家，这种事情拿到这么多人面前来说，她多少会觉得难堪。

皇帝闻言没有怪罪，但是也没有表态。

忠勇侯又离席跪地请求；“皇上，既然臣的孙女也是此意，就请皇上收回赐婚吧！”

崔允也起身与忠勇侯一同跪地请求：“皇上，臣虽然只是芳华丫头的舅舅，但娘亲舅大，这等事情，臣也不能置之不理。芳华丫头既然也同意取消婚约，臣也恳请皇上收回赐婚！”

“皇上，我不同意！”英亲王妃立即站起身，“我早就将华丫头当作我的儿媳妇儿了，即便这个儿子不要，我也要这个儿媳妇儿！”

“崔家丫头，你不要胡闹！你儿子都不要了，哪里来的儿媳妇儿？”忠勇侯沉下脸。

“老侯爷，只要皇上将这个混账除名，我就从宗室中再选个儿子过继到我名下，一定选个懂事乖巧的，让他娶了华丫头，她就还是我的儿媳妇儿！”英亲王妃似乎口不择言了。

忠勇侯闻言更是沉下脸：“我家的孙女不是非要嫁入你家！”

“老侯爷说得是，王妃还是不要打这个主意了。”崔允附和，“芳华丫头不是非你的儿子不能嫁。”

“秦铮，你现在就给我说，你不悔婚！你说啊！”英亲王妃转过头，狠狠地瞪着秦铮。

“她要退婚正合我意，我为何不同意？”秦铮扫了英亲王妃一眼，站起身，向外走去。

“你要去哪里？给我站住！”英亲王妃见他要走，立即喝问。

“皇叔早先答应过我，说等我伤好了，就让我去西山军营。是将我除名，还是退婚，你们随便。”秦铮丢下一句话，头也不回地出了大殿。

“来人，给我拦住他！”英亲王妃大怒。

守卫在殿门口的人刚要上前拦阻，可是触到秦铮凌厉的眼神，哪里还动得了脚。

不多时，秦铮就出了大殿，走没了影。

英亲王妃追到大殿门口，气恨地看着殿外，半晌，忽然扶着门框咳嗽起来。

英亲王立即到了英亲王妃面前，扶住她，恼怒地道："他就是个混账！他这副样子，你还如何能硬霸着芳华丫头，还是算了吧，我们不能毁了人家的女儿。"

"可是我喜欢华丫头！"英亲王妃气得又哭起来，"我当初就和玉婉有指腹为婚的约定。"

"她在天之灵会谅解你的。"英亲王沉默片刻，劝道，"你喜欢也不一定要娶回来，依我看，他们的性格也不合适，如今既然两方都有意，就算了吧。若是强行捆在一起，说不定以后会出更大的事儿。"

英亲王妃哭得伤心，再也说不出话来。

"皇上，下旨吧！"忠勇侯再度开口请求。

"不行，我还是不能答应！"英亲王妃摇头，"皇上，你若是收回赐婚，我就不活了。"

皇帝闻言看向英亲王妃，脸色黑沉："你儿子都想退婚了，芳华丫头也想退婚，你一个为人父母的，执着什么？"

"我就喜欢华丫头！除非你选择给他除名，他不是我的儿子了，取消婚约我也就管不着了。若不然，他总归是我儿子，只要是我儿子，我就要让他娶玉婉的女儿！"英亲王妃咬牙道。

大殿上的众人都看着她，她连儿子都不要了也要谢芳华，实在令人惊骇。

"你儿子胡闹，你也胡闹！朕若是偏要取消婚约呢？"皇帝似乎也怒了。

"你若是取消婚约……"英亲王妃发狠地道，"臣妾就自请下堂，离开英亲王府，以后再不是秦氏的人。"

"你……"皇帝没想到她会如此，顿时怒不可遏。

"你在胡说什么？"英亲王也怒了，"那个混账胡闹，你也胡闹？这话你也说得出来？"

"我怎么就说不出来了？儿子是我生的，是我养的，是我教的，我没养好，没教好，责任全在我，我自请下堂怎么了？"英亲王妃甩开英亲王的手，"皇上看着办吧！"丢下这句话，她气冲冲地出了大殿。

英亲王站在门口，脸色一会儿青一会儿白，还是追了出去。

"真是岂有此理！"皇帝大怒，伸手猛地一拍桌子，桌案顿时发出砰的一声巨响。

众人心下都颤了颤，觉得今日这顿宴席吃得可真是心惊肉跳。

"皇兄，依臣弟看，这件事儿还是先缓缓再说吧。"裕谦王叹了口气，没想到他回京便赶上了这么一件大事儿，给他摆的这顿宴席被弄得一团糟。

"是啊，王弟说得不错，皇上先缓缓吧。"皇后此时也开口。

众人也觉得今日这事儿没法了结，皇上同意退婚，英亲王妃死活不干；不同意退婚，忠勇侯不干。双方争执不下，这可真是一道难题。事情到了这个地步，反而与秦铮和谢芳华这两个当事人没太大干系了。

皇帝深吸了一口气，离开席面，走到忠勇侯面前，亲自伸手扶他："老侯爷，你先起来，这事儿回头再议。"

"皇上若是不答应，老臣跪地不起！"忠勇侯避开皇帝。

皇帝一叹，无奈地道："今日是裕谦王弟回京的宫宴，这件事情这般麻烦，如今不好再谈了。你让朕再想想，朕肯定不亏待你和芳华丫头就是。"话落，再度伸手扶他。

忠勇侯躲不过皇帝的手，大庭广众之下，也不能一而再地避开皇帝，只能不甘地站起身。

"崔爱卿请起。"皇帝又伸手去扶崔允。

崔允避开皇帝，无奈地叹了口气，自己站起了身。

"虽然他们走了，但是这顿宴席不能就此作罢！"皇帝走回座位，"我们继续！"

众人无异议。

走了英亲王一家，虽然忠勇侯和崔允留下了，但到底失了心情，这一顿宫宴众人都吃得索然无味，草草就结束了。

宴席结束后，裕谦王带着秦毅、秦佩回了裕谦王府。

忠勇侯等人也陆续出了皇宫。

宫中的消息自然一早就传到了谢芳华的耳里。

谢芳华听罢，久久不语，眼睛盯着账本最后一页看了许久，方才将账本合上，抬起头，对言宸道："等爷爷回府，便将谢氏旁支那些人召集在一起，集体表态。若是他们同意，我想今日就将谢氏分族分宗的消息放出去。"

言宸放下账本，看着她："这么急？不等你的伤好了？"

"如今正是时候。"谢芳华道，"皇上此时心中定然有火，我不如加一把干柴，看这把火能烧到什么程度。"

言宸看着她，见她眸光深沉，他想：烧到什么程度？目前来说，无非是烧到将这桩婚约迅速决定的地步。他想了片刻，点点头："也好。有我在，即便这把火烧大了，也能护住你。"

谢芳华做了决定之后，便让侍画、侍墨扶着她去找谢云澜商议。

宫中的消息自然瞒不过谢云澜，他听了谢芳华的决定，沉默许久，才低声开口："芳华，你对秦铮……"

"云澜哥哥，婚约一日未悔，我一日就还是他的未婚妻。"谢芳华轻声道。

谢云澜抬眼凝视她。

谢芳华不躲不避，对上他的眼睛。

过了片刻，谢云澜偏开头，淡淡一笑，那笑容中有些微的苦意，他垂下眼睫："你知道，只要你做了决定，我是不会说'不'字的。"

谢芳华心下一痛，一时没了言语。

"你何其聪明，让我……"谢云澜看着地面，声音极轻，"实在是……"

谢芳华的身子几乎坐不稳，若不是腿上的伤不能动，她几乎想夺门而出。

谢云澜忽然抬起头，看着谢芳华，浅浅地笑了："芳华，你怕我突然做什么？"

谢芳华一时不敢看他，但又不能不看他，她僵硬地坐在椅子上，好半晌才暗哑地开口："云澜哥哥，我不承想到你……你本来不会……我……"

她说话从来没有如此断断续续过，一时间攥紧衣袖，脑中纷乱。

"我也以为我本来不会……"谢云澜看着她，神色带着微微的自嘲，"却没想到不由自主。"

谢芳华垂下头。

谢云澜忽然叹气，面上冷静了些，他低声道："你放心，我不会让你为难，只要你的婚约在一日，或者，你不想对我……我就不会强人所难。祖母临终之言，你若不愿意，就当她没说过。"

谢芳华眼眶发酸，想起上一世，她伸手捂住心口，想说什么，却发现说不出口，只能点头。

谢云澜看着她，温和又宠溺地笑了："傻丫头！"

谢芳华更是难受，终于抬起头看向他："云澜哥哥！"

"世间最难掌控的便是人心，有时候，自己的心自己都不能做主，但其实自己也能做主，心也有两面的，只看你怎么做主了。"谢云澜听到院外有脚步声传来，他撤回手，看向窗外，神色如常地道，"你答应我，若是这一把火烧过了，烧没了这桩婚约，你就收回心，换一面，将它给我吧。"

谢芳华的身子再度僵住。

"是老侯爷和崔舅舅从宫里回来了。"谢云澜收回视线，凝视着她，"事情到了这个地步，伤己伤人，若是还不能成事，以后就更难说了。芳华，给我没那么难吧？"

谢芳华的心咚咚地跳了两下，听到那两人的脚步声到了门口，马上就要推门进来，她闭了闭眼睛："若是不能……我就……"

门咣当一声被从外面推开，忠勇侯、崔允大步走了进来。

谢芳华猛地转头看向门口。

"臭丫头，你那是什么表情？今日宫中秦铮那个混账说的话让你伤心了？"忠勇侯进来后便见谢芳华脸色不对，"老头子求了多次，皇上也不开口取消婚约。你放心，明日一早，我还进宫去见皇上，求他收回赐婚。”

谢芳华没说话。

崔允叹了口气，不解地道：“皇上不是一直不喜欢这桩婚约吗？按理说，今日正是个好时候，他该同意才是，不明白为何不同意。”

“还能为何？这件事情发生得太突然了。秦铮那个混账以前一味地强行求娶，如今突然要悔婚，他措手不及，生怕有诈。”忠勇侯道。

“还如何有诈？华丫头这一身的伤可不是作假。”崔允揉揉额头，“我多年没回京，发现皇上真是和以前不一样了，比以前更深沉狠辣了。”

忠勇侯哼了一声：“他是命不久矣了，能抓住机会就死活不会放手。”

崔允面色一变。

“爷爷，我刚刚和云澜哥哥商议，现在就召集在咱们府中的那些族亲，都没有异议的话，今日就分族分宗。”谢芳华对忠勇侯道。

忠勇侯一愣：“今日？”

谢芳华点点头。

忠勇侯思索一番，正色地看着谢芳华：“华丫头，如今正说着你们这桩婚事，一个不小心，可就无法挽回了啊！”

“我知道。”谢芳华抿唇。

“那好，就这样吧。”忠勇侯摆摆手，“你们俩收拾一下，我现在就去找族长。”

谢芳华颔首，忠勇侯和崔允一起走了出去，她让侍画、侍墨扶着回了自己的房间。

风梨进屋帮助谢云澜重新束了发，换了衣服。

二人打点妥当后，侍书前来禀告，老侯爷和族长召集了众人，如今在议事厅，请二人过去。

谢云澜伤在后背，如今七日过去，已经能自己缓步行走。

谢芳华由侍画、侍墨扶着前往议事厅，因为失血过多，就算是慢走，这一路上，她身上也出了薄薄的一层汗。

他们二人一到来，几百人的目光都落在了二人身上。

有很多人从来没有见过谢芳华，此时不由得打量起她，这位忠勇侯府唯一的小姐，之前数年都悄无声息地病着，然而这大半年来，关于她的传言实在多得数不过来。

如今得见，她一袭锦绣曳地长裙，身段纤细，容貌清艳，虽然受了伤由婢女左右扶着，却不失端庄优雅，尤其是面色如碧湖清水，平静至极，那一双眸子扫过来，似乎将每个人都看了一遍，虽然只是一眼，但让人觉得自己的底细似乎都被她所知。

本来还有些人因为让一个刚及笄的女儿家执掌谢氏，参与这么大的事儿心下不快，只是碍于老侯爷和谢世子鼎力扶持，才不敢多言，可是如今见了她，顿时压下了轻视之心。

再想到今日宫中传出的消息，但从她面上丝毫看不出伤心之色，众人又提起了心。

谢芳华来到忠勇侯身边，给谢氏族长等人见礼。

“贤侄女有伤在身，快别多礼！”谢氏族长连忙道。

谢芳华笑了笑，侍画、侍墨扶着她坐在了忠勇侯身边的椅子上，谢云澜也走过来，坐在了她旁边，在他身后，风梨和侍书一人抱了一大摞账本。

众人的目光都落在那些账本上，一时间面色都凝重起来。

忠勇侯摆摆手，让众人都坐下，然后缓缓开口：“已经过了这么多天，你们可都想好了？今日华丫头在这里，分族分宗是她提议的，你们有什么问题，现在尽管问她，她会回答的，我们今日便将这件事情定下来，不要再拖延了。”

“不错，各位叔伯兄弟若是有什么不解之处、为难之处，都可以对我说。”谢芳华看着众人，“我虽然是女儿家，但生在谢氏，生在忠勇侯府，一日未踏出这扇门，一日就是谢氏的人，就算以后踏出了门，也不会忘记自己姓谢。”

她话落，众人互相对看，然后都看向谢氏族长。

谢氏族长想了想，开口道：“这几日，我已经与众位私下都交谈过了，除了个别几位宗亲家中目前无继承人，分宗后，没了家族倚仗，恐怕不好立足，其余人大体没什么意见，都同意分族分宗。”

“这个别几位都是哪几个？”谢芳华问。

“你们都出来。”谢氏族长招呼了一声。

有四五个人应声而出。

谢芳华打量了他们一遍，想了想道：“几位叔伯可以选择宗亲依傍，在座的众位，可有愿意接纳他们的？”

众人一愣，也就是说，大分之下，小门户愿意合并的还是可以合为一家人，他们又思量起利弊来。

“利就是收纳合并之后就是一家人了，要去官衙盖印，此后，财产也是一体，子嗣继承问题自然就不必忧心了，自家人过继，总是容易的。当然，弊处是相应的，多了照应，也就多了负担。”谢芳华分析完利弊之后，对那几个人道，“也可以选择不依傍，我早先说过，我们谢氏虽然分了，但都姓谢，谁家有了难处，最起码，忠勇侯府是不会袖手旁观的。”

“几位叔伯若是看得起云澜，可以记在我名下，不必去官衙盖印，各位的财产还是自主的。云澜虽然不才，各位叔伯一旦有事情，我护住几位还是没问题的。”谢云澜此时开口，“另外，我亲口允诺，有生之年，一定尽心照料各位叔伯，而我出了事情，也不会牵扯各位，还会托付人安顿好各位。”

几人一听，对看一眼，感觉这完全是没有弊处只有利处的好事儿，犹豫了片刻，齐齐点头。

“这样就解决了，云澜以后费心了。”谢氏族长道。

“还有谁有问题吗？”谢芳华看向众人。

众人又互相对看，片刻后，都摇摇头。分宗分族虽然突然，但是那日开了祠堂，转日，谢云澜将财产等一系列需要分配之物列了一张单子，人手一份，注明了哪门哪户分得多少，同时注明了缘由，十分详细和醒目，也合情合理，让任何人都挑不出错处来，众人自然没有异议。

“既然没有异议，这件事情就这样定了！”忠勇侯一锤定音。

“总要有见证人。爷爷，让人去请李右相、郑御史和永康侯前来做个见证人吧。”谢芳华没想到事情这么顺利，但想想又觉得那日她和谢云澜那般浑身是血地回来，他们想必都看到了，这么顺利也正常。是人就有弱点，都喜欢和乐顺遂，不喜欢腥风血雨，如今忠勇侯府虽然繁荣，但是已经飘在了风口浪尖上。

忠勇侯点点头，吩咐侍书去请人。

侍书离开后，谢芳华吩咐侍画、侍墨将分好的账本都发下去。

有的人一本，有的人两本，有的人几本，握在手中的时候，很多人脸上的神情是又喜又悲。

喜的是，这些年来，忠勇侯府一脉一直攥着整个谢氏的命脉，虽然谢氏富贵滔天，但顶尖的富贵是忠勇侯府的，说白了，旁支族亲哪怕吃的是山珍海味，也是忠勇侯府分下来的。如今分了，脱离了忠勇侯府的钳制，自己以后吃山珍海味就不用再看忠勇侯府的脸色。

悲的是，自此与忠勇侯府一脉脱离了，忠勇侯府以后再荣光，也不是他们的荣光，当然，忠勇侯府受难，也牵连不到他们。谢氏再不是一荣俱荣，一损俱损，千年大族再不复了。

半个时辰后，李右相、郑御史、永康侯三人一起来了忠勇侯府。

侍书请三人的时候并没有说明原因，只说老侯爷有请，三人没耽搁，只是一路揣测着忠勇侯请他们做什么，直到进了议事厅，忠勇侯说明了请三人的来意，三人才惊立当地。

分族分宗？

这是何等大事儿！

他们从来没有想过这等事情会出现在谢氏身上，一时间怀疑自己听错了，直到忠勇侯肯定地点头，他们又看向众人，见他们都点头，才回过神来。

三人毕竟都是朝中忠臣，大半辈子纵横朝堂，也算是经历了许多风雨，虽然这件事情太过惊人，但不久后，他们三人还是镇定了下来。

永康侯忍不住道："老侯爷，皇上可知晓这件事儿？"

忠勇侯摇头："这是谢氏族内之事，不牵扯皇室，不必禀告皇上。有三位大人做见证人，然后报了府衙办完了手续，也就行了。"

"虽然不牵扯皇室，但是这么大的事儿，会牵动南秦的命脉啊……"永康侯惊道，"怎么能不禀告皇上就自作主张？"

"永康侯啊，你夫人前些日子险些一尸两命，将你吓到了吧。"忠勇侯拍拍永康侯的肩膀，他比永康侯大一轮，像对待小辈一样，"你以前可没有这么胆小，不经事儿，如今退步了，年纪轻轻的，还不如我这个老头子。"

永康侯忽然想起谢芳华救了他夫人的事，顿时白着脸没了声。

"李廷，你是一人之下万人之上的丞相，向来圆滑稳妥，你觉得老头子说得对不对？"忠勇侯堵住了永康侯的嘴，又看向右相。

右相想着这件事情可不是突然发生，看来忠勇侯府早就下定决心，只等着今日了，就算他反对，也不可能不做。他暗暗一叹，不知道皇上知道后会如何震惊，点点头："老侯爷说得有理，这的确是谢氏族内之事。"

忠勇侯点点头，看向郑御史。

郑御史见右相李廷都表态了，自己自然也得表态，他点点头："老侯爷说得是。"

"那好，就有劳你们三人做个见证了。"忠勇侯照着右相和郑御史的肩膀又各拍了一下，感慨道，"祖宗的基业我也不舍啊，但是你们知道，忠勇侯府如今处于风口浪尖上，能保住族人性命和基业就不错了。待我九泉之下去向列祖列宗请罪。"

永康侯、右相、郑御史三人闻言，都觉得忠勇侯这话听上去恁地心酸，想到忠勇侯府如今的处境，会做出这等大事儿也不奇怪了。

有了三人做证，在场的谢氏族人分别签了字，盖上私印，分族分宗就算做完了。

事罢，忠勇侯留三人在府中设宴款待，三人哪里有心情留宴，都推托了。忠勇侯知道三人是急着进宫，也不强留，送三人出了府。

三人出府后，果然一起急急向皇宫而去。

三人离开后，忠勇侯吩咐摆宴，旁支族亲集体吃一顿分宗分族的晚宴。晚宴之后，大家除了同姓一谢，以后就是各自支撑门庭了。

众人齐齐点头，都分外珍惜这一顿晚宴。

永康侯、右相、郑御史三人被请去忠勇侯府时，皇帝便得到了消息，沉着脸揣测："忠勇侯府想要做什么？"

"老奴正派人去查。"吴权立即道，"除了请了这三人外，忠勇侯府再没别的动静，想来出不了事儿，皇上少安毋躁。”

皇帝在御书房踱了两圈：“四皇子呢？”

“在皇后娘娘处。”吴权道。

“去将他给朕找来！”皇帝烦躁地挥手。

吴权应了一声“是”，立即去了凤鸾宫。

皇后正拉着秦钰猜测皇上会如何决定秦铮和谢芳华这桩婚事，见吴权来请，她试探地询问：“吴公公，皇上找钰儿去所为何事？”

“回皇后娘娘，永康侯、右相、郑御史三人被请去忠勇侯府了，皇上听说后，派老奴来请四皇子。”吴权也不隐瞒。

皇后疑惑地看向秦钰。

“母后歇着吧，我去父皇那里。”秦钰闻言，思量片刻，站起身跟着吴权出了凤鸾宫。

秦钰刚到御书房，还没跟皇帝说上话，那三人已经进了宫，听到外面的通报，皇帝立即道：“让他们三人进来！”

右相、郑御史、永康侯三人进了御书房，给皇上和四皇子秦钰见礼。

“你们去忠勇侯府所为何事？”皇帝摆手让三人起来，开门见山地询问。

三人对看一眼，右相开口：“回皇上，谢氏决定了在今日分族分宗，请我三人前去做见证人。”

“什么？”皇帝大惊。

秦钰也惊了，原来将谢氏的旁支族亲召进忠勇侯府，就是为了这件事儿？

“皇上，是真的，老臣也不相信，但谢氏真的分了。”永康侯连忙道，“老臣听到的时候也以为听错了，谁知道是真分。”

“忠勇侯怎么突然要分族分宗？”皇帝好半晌才回过神来。

“老臣也不晓得，听忠勇侯的意思，这件事情是芳华小姐提出来的。”永康侯道，“谢世子前往临汾镇，谢氏的事务不是都交给芳华小姐了吗？老臣猜测，她是女儿家，打点不来，所以干脆分了。”

“可是谢氏是世家大族，怎么会她一个女子提议分就同意分？”皇帝摇头，“就算她打点不来事务，谢氏也不是没有别的有才华之人。”

“这……”永康侯小心地道，“谢氏莫不是有什么阴谋？”

“有什么阴谋？”皇帝立即问。

永康侯身子一颤，顿时冒汗：“老臣也就是猜测，猜测……”

皇帝冷哼一声，看向一直没言语的秦钰：“你怎么看？”

秦钰看向三人：“已经分了？”

郑御史叹息着点头："之前未闻风声。我们三人去了之后，老侯爷和谢氏诸人一口咬定这是谢氏族内的事情，只需要我三人做个见证，我三人也只能给做了见证。"

"也就是说做完见证，分完了，你们就进宫了？"秦钰又问。

郑御史点点头。

"好个忠勇侯，好个谢氏，竟然将消息瞒得这么紧，这是故意隐瞒朕呢！"皇帝挥手打翻了玉案，奏折噼里啪啦地落了一地。

右相、郑御史、永康侯立刻避开了些，不敢抬头。

"父皇何必动怒，谢氏分宗分族又不是坏事儿。"秦钰思索片刻，面色如常地劝了一句。

"你给朕说说，谢氏分族分宗如何不是坏事儿？谢氏把握了南秦多少命脉，分了岂不是会动摇江山？"皇帝恼怒，"南秦都是朕的，可是就在朕的眼皮子底下，谢氏发生了这么大的事儿竟然都不禀明朕一声，谢氏这是欺君罔上！"

秦钰顿时笑了："父皇说的话未免太强词夺理。普天之下，的确是莫非王土，可是天皇也未必什么事情都要管，尤其这分族分宗，说大不大，说小不小，的确是人家的家务事儿，是否要禀明您知道，也是两可。"

皇帝更是恼怒："谢氏分族分宗滑天下之大稽！别人家分不奇怪，谢氏分怎么可能？"

秦钰一叹："谁都觉得不可能，可是谢氏就是分了，难道三位大人跑来和父皇说笑不成？"

"老臣三人自然不是说笑！"右相三人齐齐惶然地表态，心想四皇子不惧皇上，能与皇上这般说笑，已经超越父子君臣了，其他皇子见到皇上跟老鼠见到猫一般，难怪皇上中意四皇子。

"依儿臣看，父皇大可不必恼怒，谢氏这般分了，也就是说明，谢氏没有不臣之心。"秦钰缓缓道，"若是有不臣之心，就该恨不得壮大谢氏，将谢氏拧成一股绳，与父皇对抗。如今千年大族分了个彻底，以后再无'谢氏一族'之说，无论从哪方面来看，于父皇都是有利的，于南秦也是有利的。"

"有不臣之心能叫你看得清楚明白？"皇帝依然气怒不减，"若谢氏没有不臣之心，为何瞒着藏着掖着不让朕知晓？本来是一棵千疮百孔的大树，蝼蚁都能伐了它，可是如今自己将自己砍了个七零八落，让朕如何动手？可恨！这是摆明了和朕作对，你敢说不是对抗皇权？"

秦钰摇摇头，看着皇帝的眼底有着失望之色："父皇，谢氏自己将自己砍了个七零八落，不用您动手，难道不好？为何非要除去谢氏，动摇江山根本？您要知道，经济命脉一旦动摇，后果难以预料。"

“你少跟朕说这种话！谢氏是蛀虫，南秦江山谢氏占据了一半，朕还没动手，它就分了，以后每一门每一户都能成精了，一棵千疮百孔的大树和一千棵新树怎可比拟？谢氏这是置之死地而后生！届时还了得？”皇帝说着，便觉得胆寒起来。

秦钰扶额：“父皇，您为何只看到害处，看不到益处？南秦江山若想千秋永固，不能靠日日防着臣子，而要靠君主富国强兵。您别忘了，还有一个北齐在虎视眈眈。”

“不用你来教训朕！朕活了大半辈子，还不如你？你给朕滚！”皇帝勃然大怒，抬脚将地上的奏折踢向秦钰。

奏折被踢得稀烂。

秦钰见此，转身就出了御书房。

“你们看看，看看，这就是朕的好儿子！他从回京后，不知怎的，就被谢芳华给迷住了，一心要护着谢氏！”皇帝气得身子哆嗦，指着房门怒道。

右相、郑御史、永康侯三人都不敢吱声。

“难道你们也觉得他说得有理，想让朕忍下这口气？”皇帝收回视线，狠狠地瞪着三人。

“皇上息怒！”右相连忙道。

“你让朕息怒，谢氏这样了，你让朕如何息怒？”皇帝说着，猛地咳嗽起来。

吴权立即从外面蹿进来，扶住皇帝，给他拍背。

“皇上保重龙体要紧！”三人听着皇上似乎要将胸腔咳出来的咳嗽声，齐齐惶恐。

皇帝咳得一时喘不上来气。

吴权拿着绢帕给皇上擦嘴，见绢帕上有血，顿时惊骇地喊道：“快，来人，快去请御医！”

因为吴权挡住了皇上的半边身子，所以三人并没有看到血，永康侯闻言连忙出去喊：“快去请孙太医！”

有人立即领命去了。

“你们，你们都给朕出去！”皇帝挣扎着吐出一句话。

三人对看一眼，都觉得皇帝气过头了，不敢多言，连忙退出了御书房。

不多时，孙太医提着药箱子匆匆来到御书房。

右相三人虽然被皇帝赶出御书房，但是没有皇帝的指示，却是不敢离开出宫，只能等在御书房外，齐齐想着，谢氏真是皇上的一块心病，一日不除去，一日便难受得不行。

其实他们这些跟随皇帝这么多年的人心里多少明白皇上的心思，这片江山到他手中不易，是他用多少东西换来的，生恐自己百年之后毁在儿孙手里，那么，他在九泉之下，也难瞑目。究其原因，还是英亲王妃使得他落下的病根。

孙太医进去许久才提着药箱子抹着汗出来。

三人立即围上前，悄悄问："皇上如何了？"

孙太医摇摇头，朝三人拱了拱手，提着药箱离开了御书房。

三人对看一眼，知道孙太医不说，他们为臣子的就不能打探皇上的状况。

不多时，吴权从里面走出来，对三人道："皇上吩咐了，三位大人请回吧。"

三人一怔，右相立即低声问："那谢氏之事……"

"皇上没说，只说三位大人回去吧。"吴权道。

三人对看一眼，点点头，离开了御书房，一同出了皇宫。

到了宫门外，永康侯才憋不住开口："你们说皇上会如何处理这件事儿？"

"这件事儿，谢氏做得干脆，做完了皇上才得到消息，已经回天乏力。恐怕皇上如今心中正怄得慌，也不知道如何处理，咱们三人偏偏还是谢氏的见证人。"右相叹了口气，"忠勇侯实在是老谋深算啊！"

"忠勇侯确实老谋深算，但是这件事儿是芳华小姐一力主张，女儿家能做出这等大事儿才是了不起。"郑御史叹道，"怪不得我家那小子说芳华小姐不同于一般女儿家。"

右相和永康侯闻言齐齐想起自家的儿子，都叹了口气，南秦有这种女子，不知道是福还是祸。

三人站在宫门口叹息半天，才各自回了府。

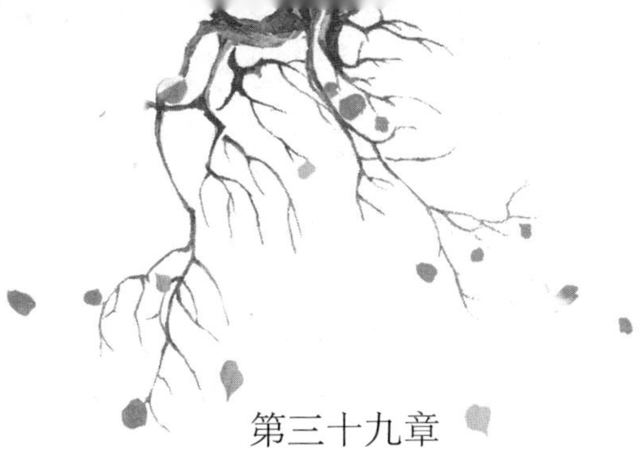

第三十九章

取消婚约

京　门　风　月

皇帝病了的消息当日便传出了皇宫，据说皇后和一众妃嫔纷纷探望，都被挡在了外面。

谢芳华听说后顿时笑了，这等事情，他若是不气个半死就不是皇上了。

当晚，忠勇侯府设宴，旁支族亲人人喝得大醉。

谢氏分族分宗的消息疾风一般地传出，京城一时间炸开了锅。

正如谢芳华所说，这件事情震惊了所有人。

京城各大府邸、茶楼酒肆、沿街商铺、来往行人，无一不是在谈论这件事儿，都在揣测，千年的世家大族，怎么突然说分就分了？

在天下人的心目中，谢氏不知道繁衍了多少代，即便皇朝易主，江山换代，谢氏也会一直存在，谢氏是多少代人心中不可磨灭的世家神话。

可是突然间，世家大族就这么没了！别说各大勋贵世家，就是贫民百姓，也觉得难以置信。

这一夜，多少人夜不能寐。

谢芳华却破天荒地睡了个好觉，这是这么多天来，她第一次晚上没做梦好眠了一宿。

第二日一早，宫中便传出了皇上龙体欠安罢朝的消息。

早上吃过饭后，旁支族亲陆续离开了忠勇侯府。

忠勇侯在众人离开后，便以进宫探望皇帝为由，继续请求皇帝退了跟英亲王府的婚事。

忠勇侯刚进宫，英亲王和英亲王妃也匆匆进了皇宫。

秦钰却在这时来到了忠勇侯府。

侍书禀告秦钰来了，要见她的时候，谢芳华正躺在窗下的躺椅上晒太阳。如今已经四月，春日正暖，院中有微风，不冷也不太热，正是晒太阳的好时候。

谢芳华的身上盖了一层薄被，手中捧了一卷闲书懒洋洋地翻看着，听说秦钰要见她，她头也不抬地道："不见！"

侍书转身出去了，刚走到门口，一惊："四皇子，您怎么进来了？"

谢芳华抬起头，果然见秦钰进了海棠苑，她蹙了蹙眉。

"若是我不自作主张不请自入，又怎么能见到你家小姐？"秦钰对侍书摆摆手，"她虽然说不见我，但我来了，她总不能赶我走，你让开吧。"

侍书看向谢芳华，见她没发作，便让开了路。

秦钰缓步走到她面前，上下打量了她一眼，微笑："看来你养伤的日子过得不错。"

"四皇子的日子过得也不错。"谢芳华不咸不淡地收回视线，继续看书。

秦钰也不在意她的冷淡，在她的身边坐下，温和地问："看的什么书？"

谢芳华不答话。

"不会是堂兄养伤期间捧着的才子佳人的戏本子吧？"秦钰见封皮被牛皮纸包着，看不到名字，笑着问。

谢芳华想起数日前在皇宫养病时的秦铮，眸光暗了暗："不是！"

"给我看看。"秦钰对她伸出手。

谢芳华扫了他一眼，合上手中的书，淡漠地看着他："四皇子屈尊驾临，有事儿直说。"

"没什么事儿，就是想来看看你。"秦钰见她不给书，慢慢地撤回手。

"看过了，你可以走了。"谢芳华冷下脸。

"我如今很是后悔，当初不该那么自负，你派七星去找我合作时，我就该抓住机会。"秦钰身子向后靠了靠，没有走的打算，"至少，不会到如今与你一见面你就冷眼相向的地步。"

谢芳华不看他，重新拿起书看了起来。

"其实，皇室和宗室，皇宫和英亲王府，也没多大区别，只不过一个执掌南秦的江山，一个守护南秦的江山。同是姓秦，你对秦铮和对我，却有天大的不同，我当真让你如此讨厌？"秦钰幽幽地看着她。

谢芳华不答话，听而不闻。

秦钰笑了笑："记得第一次见面，你便用匕首对着我，若没有月落，你险些杀了我。对秦铮，你从来不曾这样吧，太不公平了。”

谢芳华翻了一页书，神色都不变一下。

“我也不觉得我做了什么十恶不赦之事，有些事情，我做了，但都是既定的事实，不过是借由我的手翻了出来；有些事情，我一点儿也不想做，只不过，我不做，就没人去做。”秦钰似乎叹了口气。

“我哥哥从未与人当面动过手，你做了什么让他大怒？”谢芳华忽然问。

秦钰本来以为她不会开口了，没想到她忽然询问，他看了她一眼，见她眼神平静，他闭上眼睛，靠在藤椅上：“你还是不知道的好。”

谢芳华眯起眼睛。

“相信我，你不会想知道的。”秦钰又补充道。

谢芳华看着他，她总共见秦钰不过几面，对他实在说不上了解，可是今日的秦钰又与她往日见过的那些面不同，身上有一种隐隐的疲惫和无奈，情绪似乎十分低沉落寞，她移开眼睛，不再问他。

秦钰也不再说话。

谢芳华继续看书，不多时，身边传来均匀的呼吸声，她偏过头，发现他竟然睡着了，她不由得一愣，合着他是跑她这里睡觉来了？

她看了片刻，发现他的确睡着了，而且睡得很熟，她收回视线，将书摊开盖在脸上，闭上了眼睛。

不多时，又有脚步声传来，步履很轻，呼吸却微微浊重，显然，来人身上有伤。

“四皇子？”谢云澜的声音响起。

谢芳华拿掉盖在脸上的书——即便谢云澜进来，秦钰也没醒——问：“云澜哥哥，那些族亲都送走了？”

谢云澜点点头：“他怎么睡在这里？”

谢芳华摇摇头。

谢云澜坐到她身边，看着她问：“你似乎不太反感他？”

谢芳华想，她反感秦钰吗？自然是反感的，而且是有因由的，最让她恨不得杀了他的不是因为他夺了舅舅的兵权，而是因为他算计她中同心咒，后来秦铮为她挡了，自此，她看到他就想绕道走，但是现在……

她对谢云澜笑笑，刚要说什么，外面侍书忽然急匆匆地走过来：“小姐，宫里传出消息……”顿了顿，见谢芳华和谢云澜同时看向他，他看了一旁依然睡着的秦钰一眼，低声道，“皇上答应了老侯爷的请求，取消了您和铮二公子的婚约。”

侍书话落，看着谢芳华。

谢芳华唇角的笑意慢慢地收回，随即，唇瓣紧紧地抿在了一起。

犹记得赐婚那日，秦铮拿着圣旨，在皇后的凤鸾宫里，将圣旨摊开在她眼前，让她睁大眼睛看，她看到的是“秦铮”两个字。

之后，法佛寺后山的碧天崖上，他抱着她说：“浮沉一世，只抓住一样就够了。”

后来，齐云雪走后，她告诉他，从今往后，她会试着爱他，她不会的、不懂的，他可以教她，哪怕她做错了事情，他对她失望透顶，也一定不要放手，不要放弃，任何时候。

他说：“谢芳华，你知不知道，这样的话说出来，就算到死，我也不会放手，你别后悔！”

她说：“不后悔。”

当时，他重重地点头说：“好！”

这才过去多久，天便换了一重，雾霭漫漫。

“芳华！”谢云澜轻轻地喊她。

她想答应，但是头沉沉的，身子重重的，手脚如灌了铅一般，嘴无法出声，身子动弹不得。

谢云澜忽然站起身，走到近前，将她抱在怀里，发现她身体僵硬，周身冰冷，他心疼不已，低哑地道：“你若是想哭，就哭出来。”

谢芳华手中的书掉在地上，她哑声问：“云澜哥哥，我没听错吧？是取消婚约了？”

“你没听错，取消了。”谢云澜道。

谢芳华忽然泄了力气，身子软了下来，低声道：“你扶我回屋吧。”

“好！”谢云澜将她抱起，向房间走去。

二人进了屋，秦钰忽然睁开了眼睛，问侍书：“老侯爷可出宫了？”

侍书点点头：“皇上答应取消婚约后，老侯爷立即就出宫了。”

“英亲王和王妃呢？”秦钰又问。

侍书摇摇头，含糊地道：“不晓得。”他听到皇上答应取消婚约就回来了，哪里顾得上询问英亲王和英亲王妃如何了。

秦钰低下头，看向地面，风吹来，落下的那卷书打开着，他弯腰捡起来，翻看了一眼，脸色微微变化了一番，忽然起身向房间走去。

“四皇子！”侍书见秦钰要进房间，立即喊了一声。

秦钰回头看了侍书一眼，这一眼，有些凌厉。

侍书顿时后退了一步，噤了声。

房门开着，秦钰挑开帘幕走了进去。只见谢芳华已经坐在床上，谢云澜坐在床边，后背有血透出，显然是刚刚抱谢芳华进屋时牵动了伤口。

他走到近前，将书摊开在谢芳华面前："才子佳人的戏本子，你不是说不是吗？这是什么？"

谢芳华看了他一眼，没说话。

秦钰忽然一笑："你对秦铮还真是上心了！即便他如此伤你，几乎废了你一条胳膊，宫宴上说你不知羞耻没心没肺，你却还心念着他，养伤期间还看他养伤时看的书，可真是情深一片。"

谢芳华的指尖颤了颤。

"四皇子！"谢云澜沉下脸，"落井下石，不是君子所为！"

"君子？"秦钰看向谢云澜，微微一笑，"云澜，你可觉得你自己是君子？"

谢云澜抿起唇角，沉沉地看着秦钰。

"人人都说，右相府的李沐清是君子，可是李沐清是吗？"秦钰见他不语，笑着道，"可见君子只不过比小人会装罢了。我从来不觉得自己是君子！"

谢云澜的眼神越发深沉："你费尽心思，到底想做什么？若你是为了和秦铮斗，如今他的婚约已经取消，你可以不必为难她了，尽管去找秦铮。"

"云澜，我记得我告诉过你，我心喜芳华。"秦钰一叹，"你们似乎都以为我是为了和秦铮斗气，不是的。"

"可是她不喜欢你！"谢云澜断然道。

"她不喜欢我也没关系，喜欢一个人，也不是说她不喜欢我，我就能不喜欢她的。"秦钰扬了扬眉，"云澜，我那日在茶楼与你说的话，你还记得吧？"

谢云澜忽然露出杀意："永远难忘！"

"不会忘记就好。"秦钰不在意他的杀意，笑了笑，"我给你两个月的时间，若是你还不动手，我可就要动手了。"话落，他看了谢芳华一眼，意有所指。

谢云澜死死地盯着他。

"芳华，未来一段时间，你的院落最好护好了，否则，海棠花太娇嫩，禁不住太多的杀气。"秦钰又看向谢芳华，对她说了一句话，不等她答话，转身出了房门，离开了海棠苑。

侍书在门口等着，见秦钰出来，松了一口气。

谢芳华对秦钰的离开无动于衷，她静静地坐在床上，低着头，看着被子。

屋中静了下来。

秦钰走到海棠苑门口，正碰到言宸。

秦钰停住脚步，上下打量言宸，微微眯起眼睛："北齐的小国舅？"

言宸不否认，淡淡地看着他："四皇子。"

"看来传言不可信。"秦钰打量言宸半晌，说道。

“传言的确不太可信。”言宸点头。

“既然有你在，想必能护住海棠亭里那些海棠花。”秦钰丢下一句话，出了府。

言宸慢慢地转过身，目送秦钰离开。

半个时辰后，忠勇侯回了忠勇侯府，直奔海棠苑。

进了房间后，忠勇侯看了谢芳华几眼，骂道：“臭丫头，你这是什么表情？取消婚约是你同意的，如今你这是后悔了？想嫁给他，再让他休了你？”

谢芳华摇摇头。

“不后悔就好！”忠勇侯看着她，“反正皇上答应了，稍后就下旨。你和秦铮的婚约取消了，以后和他就没关系了。”

谢芳华点点头。

“我去给你哥哥传信。既然路是自己选的，你是我的孙女，就给我将谢氏的骨气撑起来，别自怨自艾，你又不是除了他就没人可嫁。”话落，忠勇侯出了房门。

忠勇侯前脚出了海棠苑，后脚吴权便进了忠勇侯府。

侍书将他领到海棠苑，他尖着嗓子道：“芳华小姐，皇上有旨，你出来接旨吧！”

谢芳华由侍画、侍墨扶着出了房门。

吴权呵呵一笑：“芳华小姐有伤在身，就不必拘泥礼数了。皇上口谕；即日起，取消秦铮和谢芳华的婚约，各自嫁娶！钦此！”

“谢皇上。”谢芳华平静地谢恩。

吴权眉开眼笑：“皇上还是心向着忠勇侯府的，老侯爷请旨数次，英亲王妃一直不依，闹到了皇上跟前，但皇上还是没理会王妃，准了老侯爷的奏请。”

“皇上隆恩，是忠勇侯府的福气。”谢芳华也跟着笑了。

吴权仔细地打量谢芳华，见她神态平和，他拱了拱手：“老奴回宫复旨了。”

“公公慢走。”谢芳华倚在门框上，看着他由侍书送出门。

吴权离开后，皇上取消了英亲王府铮二公子和芳华小姐赐婚的消息再次传扬开了，京城的百姓们再度炸开了锅。

虽然谢芳华闯落梅居受伤，众人都觉得这桩婚约悬了，可是大多数人还是觉得铮二公子是在闹脾气，也许转眼就后悔了，没想到，拖了七八日后，皇上下旨取消了婚约。

取消婚约的消息传出没多久，就传出了英亲王妃大闹皇宫的消息。

据说英亲王妃尾随忠勇侯追进了宫，可是皇上已经先一步答应了忠勇侯，她一气之下砸了皇上养病的寝殿，之后犹不解气，出了皇宫，奔向皇陵，发狠要从看守皇陵的人手里拿到玉牒，划掉她的名字，自请下堂。

英亲王无奈之下，又气又怒地敲晕了英亲王妃。

皇上气得昏了过去。

一时间，太医院里人仰马翻。

灵雀台逼婚，圣旨赐婚，沸沸扬扬，大闹了一场，本来以为已经是古来罕见，可是取消婚约比赐婚时闹得更厉害，实在是令人唏嘘。

皇宫因皇帝被气病了不平静，英亲王府因英亲王妃被敲晕了不平静，忠勇侯府夜晚有数名黑衣死士闯入海棠苑，同样不平静。

这一次的黑衣死士比那日探察忠勇侯府书房的死士来得要多，也更凶猛狠辣。

数百死士如地狱里的修罗，顷刻间就覆盖了海棠苑。

可想而知是冲着谢芳华的命来的！

言宸早已在秦钰走后重新布置了海棠苑的阵法，数百死士一夜之间全部覆没在了海棠苑，无一人能够离开。

当然，忠勇侯府的隐卫即便有阵法掩护，也折损了百人之多。

言宸处理了那些死士后，疲惫地对谢芳华道："没想到皇帝对你的杀心这么大。"

"他一直将谢氏看作被无数蛀虫侵袭的大树，认为只要抓住机会动手，就能连根拔起，却没想到我直接将这棵大树砍了个七零八落。他被打了个措手不及，自然恨不得杀了我。"谢芳华眯起眼睛，"他已经派了两次死士了。自从无名山毁了之后，皇室隐卫死士的老巢便被毁了，不知道他的手里从今日之后还能剩下多少人，还会不会再派人来。"

"不管他再派不派人来，总之你伤没好的这段时间还是要小心。"言宸道。

谢芳华点点头："几百人全军覆没，他估计要气得吐血了，不知道会不会提前病发。"

言宸笑了笑："气怒攻心容易加重病情，还真说不准。"

谢芳华闻言看着窗外，不再说话。

果然不出谢芳华所料，皇帝听说派到忠勇侯府的几百隐卫一个未回后，便不停地咳血，大片大片的血染红了手帕，吴权看得心惊肉跳。

"好一个忠勇侯府，好一个海棠苑，好一个谢芳华！"皇帝一边咳，手一边敲着桌子，"去给朕喊秦钰！"

"皇上，您这时候喊四皇子，您的病……"吴权小心翼翼地道，"可就瞒不住四皇子了啊！"

"什么瞒得住他？朕想问问他，昨日他去忠勇侯府，是不是料准朕要杀谢芳华，给她报信了，否则为何上一次隐卫死士尚能靠近小书房，这一次竟然连她房门的边都没碰到就都死了？真是朕的好儿子！"皇帝怒得拍床板。

吴权惊住了："这……不能吧！您属意四皇子，要传给他皇位，这隐卫早晚也要传给他的啊，就这么折损了，对他有什么好处？"

“他什么做不出来！”皇帝更怒，“朕怎么有这么一个儿子！那谢芳华有什么好？就是个狐狸精！”

吴权不吱声了。

“去给朕喊他来！”皇帝又命令。

吴权应是，连忙出了寝殿。

“算了，你给朕回来吧，不用去喊他了。”皇帝又作罢，“朕一时半会儿死不了，说不准他见我得了这个病，便盼着我死了，他好为所欲为，想都别想！”

吴权转回来，看着皇帝，暗暗地叹了口气。

“你去传旨，就说朕病了，不能处理朝政，朕病好之前，命三皇子和五皇子监朝，左右相辅政。”皇帝停止了咳嗽，思索片刻，对吴权吩咐道。

吴权一惊：“皇上？”

皇帝冷哼一声：“都是朕的皇子，都有机会！朕要让他知道，朕还没死呢，这江山未必就是要给他坐！”

吴权垂下头，应了一声，退出了皇帝的寝宫。

半个时辰后，三皇子、五皇子共同监朝，左右相辅政的消息便传出了皇宫。

一时间举朝哗然，纷纷猜测皇上此举的用意。

皇后在凤鸾宫听后，顿时惊得花容失色，再也坐不住了，立即抓住如意：“快，快去看看四皇子在哪里，请他来！”

如意连连点头，冲出了凤鸾宫。

不多时，如意转了回来：“四皇子在右相处学参政，奴婢去请，他说晚些时候过来给您请安，让奴婢告诉您一句话，您是后宫之主，多少年了，别一有风吹草动就慌。”

皇后闻言勉强定住了心神，讷讷地道：“是啊，我是后宫之主，可是如今那两个贱人该得意了。皇上这是摆明了要排除我的钰儿，提拔那两个贱人的儿子，我如何不急？”

“皇后娘娘，不是奴婢夸四皇子，就是三皇子、五皇子加起来，也不及咱们四皇子一人。四皇子在漠北时他们都没能如何，如今四皇子就在这宫中，他们更不可能如何了。”如意宽慰皇后，“您就放宽心。”

“也是！”皇后果然松了一口气。

倚翠宫的柳妃和玉芙宫的沈妃听到这个消息，一时间还有些不敢置信，直到消息得以确认，才欢喜起来，但又觉得皇上这番举动实在太突然，让人不踏实。她们连忙各自传话出宫，向柳家、沈家询问皇上的用意。

柳家和沈家自从上次临汾桥不但没能杀了秦钰，自家还险些覆灭之后，也谨小慎微起来，此时自然不明白皇上的用意，便悄悄派人递信进忠勇侯府，询问谢芳华的意见。

谢芳华对柳家、沈家没什么好感，若不是为了牵制秦钰，她也不会出手保两家。这两家虽然行事够狠决，但是家中都无大才之人，三皇子、五皇子又平庸至极，不足以和秦钰抗衡，利用他们也就是短时间的事，扶持其一上位不太可能，他们不是秦钰的对手，但既然他们上门求助，她也愿意给他们点儿意见，便递话回去："皇上既然要扶持三皇子、五皇子，就是要他们立起来，以抗衡四皇子，所以，依着皇帝的意思行事，不会有错的。"

柳家、沈家得了她的话，如吃了一颗定心丸，立即传话进宫。

柳妃和沈妃大喜，分别叫来三皇子、五皇子提点了一番。两人被四皇子秦钰的才华掩盖了这么多年，如今既然皇上有意让他们出头，那还等什么？两人自然也打起了精神。

当日，被三皇子、五皇子拉拢的官员便递了一道奏折，说如今临汾桥被毁，眼看春汛将近，国库银两紧缺，虽然有各大府邸和商贾捐赠了修桥的银两，但若是其他地方再出现此等灾害，就需要动用国库了，所以朝中上下应当戒奢节俭，首当其冲就是四皇子新修建的府邸。

这明显是冲着秦钰而来。

三皇子、五皇子拿着奏折不敢做主，当即跑去了皇帝的寝宫请旨。

皇上看了奏折，二话不说便准了，所以秦钰府邸的拨款便给减了一半。

秦钰知道后，不但不恼，反而主动请旨，说自己的府邸可以暂且停工，百姓疾苦才是应该考虑的头等大事。

之后，被秦钰拉拢的一名官员便上了折子，弹劾三皇子、五皇子府邸豪奢，既然四皇子都能够为民着想暂不建府，三皇子、五皇子也该为民着想。

三皇子、五皇子刚监朝，多少双眼睛都看着呢，自然不能将火烧到自己身上，于是狠狠心，咬咬牙，将自己院中的珍贵摆设一律搬进了国库。

此一回合，秦钰什么也没损失，三皇子、五皇子却损失了不少。

一时间，朝野大赞三皇子、五皇子颇有清正之风。

谢芳华听罢，摇摇头："果然斗不过秦钰！一个回合就败北，真是两个废物！"

"皇上估计更要气吐血了。同样是儿子，他钳制不住秦钰了，利用他的两个儿子同样莫可奈何。这回他会看清楚，这片江山非秦钰莫属，有些人是烂泥扶不上墙。"言宸看着谢芳华，"正因为这样，你才更要小心了。"

谢芳华听罢，不置可否，皇上更想要她的命了，但也要有本事要得走才行。

三皇子、五皇子获得的清正之风的评价并没有让皇上的病情好转，据说又严重了些。

三皇子、五皇子心里虽然在滴血，但觉得这番获得朝野上下的认可实在是值得，商量着下一步如何让秦钰出血。

秦钰却没什么动作，只安静地跟在右相身边学参政。

一晃又是七日过去了。

这一日，在谢氏分宗分族，谢芳华、秦铮婚约取消，英亲王妃大闹皇宫被英亲王敲晕，三皇子、五皇子监朝等事情刚平息之后，又发生了一件大事儿。

右相府公子李沐清闯了西山军营，据说和英亲王府铮二公子大打了一架，之后，他出了西山军营便直奔忠勇侯府，向忠勇侯府的芳华小姐提亲。

提亲一事刚起头，一直关注着忠勇侯府动静的各大府邸便得到了消息。

京城里的人们再度哗然。

右相府公子李沐清，谦谦君子，温润如玉，在京城诸公子里，口碑一直不错。

有许多闺中小姐心仪李沐清，但右相府门槛高，而且李公子曾经扬言，不立业，不成家，媒婆才没有踏破右相府的门槛。

如今他突然亲自前往忠勇侯府提亲，打破了曾经的说法，实在是令所有人都意想不到，尤其还是在秦铮和谢芳华刚取消婚约几日后。

所有人都关注起忠勇侯府会不会应下这桩亲事。

可是，还没给众人猜测的工夫，忠勇侯府便传出了消息：老侯爷在李沐清踏过门槛的第一时间问明来意，之后，没等芳华小姐点头，便欣然应允了。

应允了！

竟然应允了！

忠勇侯应了李沐清求亲的消息，如雪花一般覆盖了整座南秦京城。

谢芳华知道的时候，这件事情早已经在京城传扬开了。

她坐在院中的躺椅上，一时回不过神来，愣愣地看向不远处正在下棋的谢云澜和言宸。

那二人也齐齐愣了一下。

“小姐，是真的，李公子如今还没走呢。”侍画低声道，“老侯爷问明李公子的来意，很爽快地就应了，似乎极其开心。他说早先就有意李公子，只是右相那老头子太过圆滑，他家又清高，怕是不愿意得罪皇上和忠勇侯府结亲，也就作罢了。如今既然李公子一心来求，态度如此诚恳，而且他对小姐的心意只多不少，所以没有不应的道理。”

“我现在就去找老侯爷！”谢云澜扔了棋子，站起身，向外走去。

谢芳华回过神，见谢云澜疾步离去的背影，张了张嘴，到底没喊住他。

言宸见谢云澜离开，又看到谢芳华呆呆的样子，忽然笑了：“真是一家有女百家求。老侯爷说对了，你确实不是嫁不出去。”

谢芳华回头瞪了言宸一眼。

“依我看，这事情十有八九定了，老侯爷不会让你嫁给谢云澜的。”言宸又道。

谢芳华面色一僵，看着他：“为何？”

言宸叹了口气：“同姓一谢不说，只说魅族的身份，老侯爷给你父亲娶亲，焉能不知晓你母亲的身份？当年你母亲掩盖身份嫁入忠勇侯府，这桩秘辛一直不为人知，想来其中便有老侯爷的手笔。”

谢芳华不语。

言宸继续道：“谢云澜身中魅族焚心之术，若是被皇帝知晓，细查下去，那么总能寻到蛛丝马迹查出他的身份。若是你与他许婚，牵扯在一起，届时，你的身份也掩盖不了。”顿了顿，他低声道，“恐怕以后你的一生就不平静了。要知道，魅族圣女一脉的血液能活万物，是至宝，谁不想得你？”

谢芳华面色一变。

“天下人的言论、眼光，集中在你和谁的身上都没关系，那不过是风月情事，不过是茶余饭后的谈资，挖不出更多东西来，唯独不能集中在你和谢云澜身上，因为你们两人身上都有秘密。世人大多好奇心重，一旦目光集在你们二人身上，势必要寻根究底，查出什么来是早晚之事。”言宸看着她，“你想想，这种时候，老侯爷如何会同意谢云澜？”

谢芳华抿起嘴角。

“忠勇侯府小姐的身份，与魅族圣女一脉继承人的身份相比，实在是小巫和大巫之别。”言宸缓缓道，“只有一种可能，能让老侯爷应允谢云澜。”

“什么可能？”谢芳华轻声问。

“那就是你和谢云澜离开南秦，或者隐世，或者去魅族。”言宸看着她，“这样，一能防止世人窥探，二能防止牵连忠勇侯府，但你能做到舍弃忠勇侯府吗？”

谢芳华摇摇头：“不能！”

“这就是了。保护忠勇侯府，是你自小的信念，你将之奉为自己肩上的责任，并有着比你哥哥谢墨含还坚韧的执着。老侯爷心知肚明，如何会应允谢云澜？”言宸看着她，“这个时候，李沐清反而是最好的选择。”

谢芳华不说话。

言宸继续道：“右相府公子李沐清，比之其父，青出于蓝而胜于蓝。右相圆滑世故，老谋深算，但是目前看来，也管不住他儿子的主张。右相的朝中地位一人之下万人之上，门楣配忠勇侯府足矣，而李沐清又对你有心，自然再好不过。”

谢芳华闻言叹了口气，幽幽地道：“言宸，你在我身边，我觉得极好，心中踏实，但如今你把什么东西都摊开在我面前，让我看得明白，我又觉得不好。”

言宸莞尔：“当年在无名山的山洞中，我若是应了你就好了，如今也不必……倒是有些后悔。”

谢芳华闻言讶异地看着他，忽然失笑：“我以为你一直不会说出后悔的话呢。”

言宸坦然地看着她：“有时候我就在想，我与齐云雪自小未曾相处，没有情分，若是当时与你说明我会悔了那桩婚事，拿婚姻作为条件，与你合作，后来我们惺惺相惜，有些情意，情况也许比现在要好些，最起码，我多年游荡在外，不算玉家人了，做个入赘的女婿也不错。”

谢芳华点头：“是啊，可是当初你不应我。”

言宸怅然：“当初没应，是个错误。”

谢芳华好笑地看着他。

“不过，这些日子里，我在想，‘情’字害人，我没应你也好，也许这一生，我都会有些后悔，有些遗憾，但能做挚友，又比做情人少些折磨。”言宸说着，自己也笑了，“大约我是知道，我们错过了，就是错过了，再没机会了，所以才如此说吧，也算是宽慰自己。”

谢芳华慢慢地收了笑意，低声道：“言宸，你很好，极好，只是我没福气。”

言宸笑看着她。

“齐云雪那样的女子，我与她见面时虽然不快，但是我不得不承认，她是配得上你的。”谢芳华看着他，“待我的伤好了，你就回北齐吧。”

“她能不能做我的妻子我不知道，但这一生，只要你用得到我，不远万里，我也会来。”言宸笑了笑，“想娶你的人太多，我就不凑热闹了，做个看客算了。”

“不是看客，是娘家人吧。”谢芳华笑道。

“嗯，娘家人。”言宸微笑。

二人话落，院外有脚步声传来，侍画向外看了一眼，低声道：“小姐，是李公子。”

谢芳华点点头。

不多时，李沐清进了海棠苑，一眼便看到了倚在躺椅上的谢芳华和坐在不远处拿着棋子把玩的言宸，他停住脚步，静静地看着谢芳华。

谢芳华被他看了片刻，实在受不住了，笑着道：“看什么？怎么不进来？”

李沐清露出笑意：“我以为你不会欢迎我。”话落，走了进来。

“看看，这是君子之风吗？”谢芳华回头笑问言宸。

言宸笑着摇头：“我看是近情情怯。”

谢芳华闻言翻了个白眼，拿书本盖在脸上。

李沐清听到二人的对话，脚步一顿，咳嗽了一声，脸不由得微红，走到近前，伸手去拿谢芳华盖在脸上的书。

谢芳华死拽着不让他拿。

“你难道忘了法佛寺我陪你盗取经书？难道忘了你吃不了拨到我碗里的阳春面？难道忘了清河崔氏地下密道里走不动时是我背你？难道忘了我下厨给你做菜？”李沐清一连问了好几个问题。

谢芳华听到最后，手不由得松了。

李沐清拿过书，不看一眼，扔到一旁，对她微笑：“再问你一句，我求娶你，可有意见？”

谢芳华看到他温润如玉的笑脸，一时发作不得，瞪了他一眼：“我爷爷都答应了，你还来问我做什么？”

“这算是默认了吗？”李沐清瞧着她。

谢芳华闭上眼睛：“言宸，快将这个讨厌的人给我扔出墙外去！”

言宸失笑：“李公子武功不错，我这几日为了护住海棠苑的海棠花，每夜不得安寝，甚是疲乏，不见得能将他扔出去。”顿了顿，他看着二人，话锋一转，“不过，我可以邀他下一盘棋，帮你支开这个讨厌的人，不知道李公子可愿赏脸？”

李沐清叹了口气：“我本是忐忑而来，奈何所有的紧张不过片刻便烟消云散，这到底是好事还是坏事？”

“南秦京城里的人的眼睛都瞎了，这是君子吗？”谢芳华嗤笑。

“果然是唯女子难养。”李沐清转身，走到言宸对面坐下，“言宸兄有请，莫敢不从。”

言宸笑着将棋盒推给他。

二人你来我往，对弈起来。

谢芳华换了个舒服的姿势，看着头顶上的天空，入目是湛蓝一片。

二人的棋下了一半，谢云澜回到了海棠苑，看了那二人一眼，来到谢芳华身边坐下，一言不发。

谢芳华扭过头，见到他眉目间隐隐的暗影，心下一疼，伸手拽住他的衣袖，轻声道：“云澜哥哥，我不喜欢你这样煎熬，我们还和以前一样吧，好不好？”

谢云澜扭头看着她。

谢芳华低声道：“忠勇侯府一日在南秦，我就不会自己脱身而去。你虽然身中焚心，但安稳低调了这么多年，一旦暴露，平静的日子就没了。就先这样吧。”

谢云澜忽然闭上眼睛：“芳华，你总是让我不忍心……”

谢芳华松开手，弯腰捡起地上被李沐清扔掉的书本，摊开，盖在了谢云澜的脸上：“你先盖一会儿，等书拿开，就会发现，天真的很蓝。”

谢云澜忽然失笑：“芳华，你对我不必小心翼翼，我说过，你不愿，我不会强求。

虽然侯爷的意思我明白，但是，我是不怕不惧的，我怕的惧的，唯你而已。”

谢芳华本来想故作轻松，闻言又不知该说什么了。

“你看你，以前在我面前，想说什么便说什么，如今谨小慎微，一颗心总提着，一句话反复斟酌才吞吞吐吐地开口。这不是原本的你，也不是我的目的。若是我对你的心思成了你的负担，那又何必？”谢云澜叹息一声，“是我愚了，还是你愚了？”

谢芳华想起上一世，对比这一世，到底是不同了，她眼眶一酸，重新拽住他的袖子：“是我愚了。不管什么时候，你都是我的云澜哥哥，我不该因为明了你的心思，便吓得不敢与你说话了，是我不对。”

谢云澜闻言顿时笑了，拿掉她放在他脸上的书本：“是啊，你知道就好，不管什么时候，我都是你的云澜哥哥，所以，我不强求，你也不要有负担，就让所有的事情都顺其自然，好不好，不管是对的，还是错的。路总要走的，没有路的时候，我们再做决定就是了。”

谢芳华点头。

“乖，以后不要连看我一眼都心惊肉跳了。”谢云澜拍拍她。

谢芳华心中的一块大石缓缓地落了地，眼眶微湿地点点头。若不是她的心已经……

李沐清和言宸各赢了一局，之后看天色晚了，李沐清对谢芳华道：“三日后，我会请媒人上门，交换庚帖。”

庚帖一旦更换，婚事就是定下了。

谢芳华点头：“好。”

李沐清笑着离开了海棠苑。

第四十章

碧湖泛舟

京　门　风　月

老侯爷答应了亲事，李公子前往海棠苑见芳华小姐，芳华小姐默认了亲事的消息又如风一般传开了。

李沐清回到右相府，右相李延和夫人正在等着他。

众人都知道前往忠勇侯府登门求娶谢芳华是李沐清自己的意思，越过了右相和夫人，于是都在猜测，如今忠勇侯应允了，右相和夫人是否会应允。

人人都分外关注右相府。

李沐清回府后，右相府却没掀起风浪，一如既往地平静。

众人都心下奇怪，难道右相和夫人也应了？又都将目光转向英亲王府。

英亲王府内，自从王妃大闹了一场，砸了皇上的寝宫，之后要去皇陵，被王爷敲晕后，就一直没有动静。再过几日就是英亲王的寿辰了，英亲王府却一点儿喜意也无。

皇帝看重跟英亲王的兄弟之情，特意召裕谦王进京来给英亲王庆祝，没想到接连出了这么多事儿。如今皇帝病了，英亲王妃因取消婚约气怒交加被敲晕，众人都在猜测，这寿辰还过不过。

这样一来又想起铮二公子。据说铮二公子到军营后，第一天便寻人打斗，一个人单挑百人，西山军营的一众兵将都被他给打趴下了。不过几日时间，他便在西山军营里横着走了，谁也不敢找他的麻烦，更不敢惹他。

西山军营毕竟距离京城有三十里，加之京城最近热闹得不行，所以众人都忽视了他。

京城的贵胄公子们各有一套生存之道，但军中和京城不一样，军中大体靠的是拳头说话。秦铮这个贵胄公子在京城就是小魔王，他的拳头去了西山军营照样好使，短短时间里，在西山军营里可谓是混得风生水起。

他似乎忘了京城，忘了英亲王府，忘了谢芳华，在西山军营里折腾起人来心无旁骛。

西山军营一时间怨声载道，可是偏偏，再大的怨声也不敢说出去。

李沐清求娶谢芳华的第二日又登了门，说她养伤有半个月了，怕她闷坏了，要带她去游湖。

忠勇侯大手一挥，答应得痛快："反正你们早晚要结亲，尽管去。"

李沐清笑着去海棠苑接谢芳华，对她道："这时候的湖水最清，湖里的鱼一冬天都没吃什么，内脏干净，烤来最香，我可以给你烤鱼。"

谢芳华想起李沐清的手艺，点了点头。

"除了带上你的两个婢女，就不要让别人跟着了。人多虽然热闹，但是游湖反而会破坏静谧之美。"李沐清看了谢云澜和言宸一眼，又笑道。

"我还要看账册，自然没闲心。"谢云澜摇头。

"我倒是无事儿，不过你们想要清静，我不跟着就是了。"言宸微笑。

"也好。"谢芳华颔首。

李沐清看着她，建议道："你要不要梳洗打扮一番？"顿了顿，唔了一声，有些不好意思地道，"如今万物复苏，绿意盎然，你就穿一身粉红色衣服吧。粉红嫩绿相间，坐在湖中，不知是山水美，还是人美。"

谢芳华第一次在他面前红了脸，瞪了他一眼："你确定你不是登徒子？"

李沐清摇头："不是说女为悦己者容吗？"

"我心不悦你！"谢芳华咬牙道。

李沐清有些失望，叹道；"那也该精心打扮一番。你在府中养伤半个月了，第一次走出府，你不顾虑自己，也该为我考虑吧。我厚着脸皮自己来提亲，若是身边的女子不心悦我，以后何以立足？"

谢芳华看着他，忽然扑哧一声笑了，对侍画、侍墨招手："听到了吗？就按照李公子说的，你们给我……嗯，精心打扮。"

"是，小姐！"侍画、侍墨难得见谢芳华的笑容，连连点头，同时对李沐清保证："李公子放心，我们一定把我家小姐打扮得漂漂亮亮的，让您带出去倍儿有面子。"

李沐清的失望一扫而空，含笑点头："那就有劳你们了。"

侍画、侍墨扶着谢芳华进屋梳洗换衣。

李沐清便在院中的椅子上坐着等着。

谢云澜多看了李沐清两眼，见他今日穿的是一身绛红色的新衣，平添了几分俊逸。

谢云澜笑笑："湖里恐怕不平静，李公子可别让新衣服沾了脏水，否则就不太般配了。"

"放心！带她出去，自然不能让她碰到脏水。"李沐清笑着点头。

谢云澜不再多言。

大约半个时辰后，侍画、侍墨扶着谢芳华从房间里走出来。珠钗云鬓，蛾眉淡扫，彩带粉妆，精心打扮后的人儿便如沐浴着月光的玉石，光华炫目，令人移不开眼睛。

李沐清看着她，一时呆住了，片刻后才回过神来，咳嗽了一声，不自然地道："今日湖里的鱼一定很好打捞。"

"为什么？"谢芳华看着他。

"小姐，李公子的意思您还没明白吗？就是鱼儿看到您都不会游了。"侍画捂着嘴笑。

"是啊。"侍墨笑着附和。

谢芳华一愣之后，也忍不住好笑。

李沐清走过来，对她伸出手。

谢芳华看着伸来的手，犹豫了一下，将手放在了他的手里。

李沐清微笑，扶着她向外走去。

侍画、侍墨各自退后一步，跟在二人身后，出了海棠苑。

二人离开后，言宸忽然对谢云澜道："若是她真能嫁给李沐清，倒是一桩好姻缘。云澜兄，你说呢？"

谢云澜看了言宸一眼，没答话，起身去了书房。

言宸见他离开，笑了笑，闲闲散散地坐在椅子上，摆弄起桌子上的棋子，不过不是自己与自己对弈，而是在研究阵法。

李沐清扶着谢芳华出了内院，来到忠勇侯府角门处，扶着她上了马车，自己跟着坐了进去。

天气转暖，车厢四周围着的厚重帘幕已经换成轻薄的绢帘。

车厢内布置得很舒适，靠枕、薄被、茶点、果品一应俱全。

谢芳华上了车后便懒洋洋地靠在靠枕上，那三箭伤得太重，虽然养了半个月，但是从内院走到门口这么几步路，她就出了一身薄汗。

"喝水吗？"李沐清看着她，轻声问。

谢芳华摇摇头，掏出绢帕，擦了擦额角的汗。

"也许我今日不该带你出府游玩，要不算了？"李沐清问。

"我的确闷得慌了。"谢芳华摇头，"若是不走动一下，都觉得自己成废人了。"

李沐清看了她拳着的小腿一眼，眸光微微流露出心疼，然后撇开眼，对车外吩咐了一声。

车夫立即一挥马鞭，离开了忠勇侯府门前。

今日天气好，街上人潮涌动，不过马车还是顺利地出了城，向城外的青湖而去。

南秦京城有两处山水最为人乐道，一处是玉女河，一处就是青湖。玉女河集中了所有的画舫，是歌舞升平红袖招展之地，青湖比玉女河距离远，要走十几里路，两旁青山依傍，鲜少有人前去，十分清幽，故名青湖。

十几里的路虽然不远，但也不近，李沐清问谢芳华："下棋打发一下时间？"

谢芳华摇头："不想下。"

"看书？"李沐清又问。

"不想看。"谢芳华摇头。

"那……"李沐清头疼，"你想做什么？"

"什么也不想做。"谢芳华摇头。

李沐清看着她，长叹一声："可真是难伺候！我得考虑一下，娶了你后，怎样才能取悦你。"

谢芳华闭上眼睛："你真娶了我时再说吧。也许那时不用你取悦我，我便要费心思取悦你。"

李沐清愕然一下，失笑："也对，这世上大多数女子都是要取悦夫君的。"话落，他不再找事情做，和她一起靠在了靠枕上，"若是依我自己的意思，今日便要换庚帖，可是父亲不同意，在我的争取下，才定了三日后。"

谢芳华默然地点点头。

李沐清不再说话，与她一样，静静地躺着。

一个半时辰后，马车停下，车夫在外面道："公子，到了。"

李沐清坐起身，先下了车，之后扶谢芳华下车。

谢芳华抬眼看去，这一处是一片湖的岸边，湖边停着两艘小船，湖水清澈，两旁青山葱翠。

那船极小，一艘船上只能容下两三个人。

"我们坐那艘，另外一艘留给你的婢女。"李沐清笑着道，"你不晕水吧？"

"不晕。"谢芳华摇头。

李沐清扶着她向那艘船走去，先扶她上了小船，然后解开绳索，自己也跳了上去，对侍画、侍墨道："你们若是不会划船，我的书童可以给你们划船。"

侍画、侍墨看向给李沐清充当车夫的书童，那书童连忙点头，二人松了一口气，跳上了船，心想李公子也真是的，只弄了这么两艘小船，看着一点儿也不舒适，偏偏小姐没意见，她们也只能跟着了。

小船内早已经铺了茸茸的毛毯，谢芳华上了船后，觉得这样靠水很近，仿佛坐在水上一般，淡淡的水汽从湖中飘上来，伴随着草木的清气，别有一番滋味，是她从来没感受过的，她笑着对李沐清道：“坐这种小船比坐大画舫好。”

“自然！”李沐清见她没有不喜，他眉眼间的笑意多了些，划动船桨，“坐稳了，开船了。”

谢芳华笑着点点头。

李沐清轻轻划动船桨，小船离开岸边，向前驶去。

谢芳华见他指挥小船往哪里走，小船就往哪里走，不由得赞扬道：“你划船的技术不错，特意学的？”

“几年前，我去南方巡查商铺，那时初涉商事，尽管小心谨慎，还是被人害了，掉进了水里，幸好有一个老农夫救了我，算是吃了一个大亏，从那以后，我便学了浮水和划船。”李沐清道。

谢芳华挑眉：“你这么聪明，竟然还被人给耍了。”

“世人都说商人多狡诈，这话是不错的，我即便聪明……”李沐清说到这儿，不由得好笑地看了谢芳华一眼，“难得你夸我聪明。”顿了顿，又道，“可是聪明人也有被聪明误的时候，吃一堑，长一智。”

“可惜我有伤，否则我也能帮你划船。”谢芳华笑着道，“今日只能辛苦你了。”

“你也会划船？”李沐清讶异。

谢芳华点头：“除了会划船，我也会浮水。”

李沐清见她不似说假，沉默了一下：“女子太聪明，太有才华，懂得太多，会得太多，不是好事儿。”

谢芳华想起上一世她什么都不懂，什么都不会，只能看着举族倾覆，什么也做不了，于是摇摇头：“怎么不是好事儿？可以靠自己护住想护的东西，保住想保的人。”

“你一心想要护住忠勇侯府，可是你自己呢？你将自己放在什么位置？”李沐清看着她。

“我自己啊……”谢芳华看着前方，湖水清澈、澄净，四周笼着淡淡的水雾，她摇摇头，“我自己是小事儿，没有位置也无所谓。”

李沐清忽然放下双桨，踏进舱内，与她并肩坐着。

“怎么不划了？”谢芳华偏头问。

“这会儿是顺风顺水，让它顺着水漂吧。漂到下游，我们就上山去烤鱼。”李沐清道。

谢芳华点点头。

李沐清不再说话，陪着她静静地坐着。

青山葱翠，碧湖幽幽，风景宜人，身边的人温文有礼，令人舒心。

侍画、侍墨所乘的小船始终与李沐清、谢芳华那条船保持着不远不近的距离，二人听不见前面俩人交谈，不由得窃窃私语。

“李公子和小姐都不怎么说话？”侍画低声道。

侍墨点点头：“是啊。”

“不过，即便不怎么说话，也是郎才女貌，看着就舒服。”侍画道。

侍墨又点点头。

“你觉得，小姐真会嫁给李公子吗？”侍画低声问。

侍墨想起秦铮，又想到谢芳华的伤，再想到两人如今连婚约都取消了，闹到这个地步，还如何挽回？即便小姐心中还有他，也不可能挽回了吧。她点点头：“老侯爷都答应了，小姐也不反对，再过两日换了庚帖，就定下了。”

“我看李公子真的挺好的。”侍画看着那二人，“跟他在一处，小姐平平淡淡，不用牵扯太深，也就不会受伤了，而且也挺般配的。”

侍墨又点点头。

“喂，你们两个别乱说话！你家小姐虽然受了伤，耳目不太灵，但是我家公子的听力极好，听得见的。”那书童低声提醒二人。

侍画、侍墨闻言立即住了嘴。

恰在这时，李沐清笑着回头看了二人一眼，没说什么，又转过头去。

侍画、侍墨对看一眼，想着李公子也不可小视，事情还没成，她们真不能乱说话。

坐了片刻，李沐清从船头拿了两个渔网做的打捞鱼兜，一个拿在手里，一个递给谢芳华：“看我们谁一兜打捞上来的鱼多。”

“行啊。”谢芳华用自己那条没受伤的手臂接过来，先将渔网兜放进了水里。

李沐清失笑：“你倒是会抢得先机。”

谢芳华丝毫不脸红：“我是受伤的人。”

李沐清扫了她一眼，见她气色不错，他笑着点点头。

船顺水而行，不多时，谢芳华便感觉自己的网兜沉了一下，但她不动声色，也不拿出来。

李沐清忽然偏头看了她一眼。

谢芳华也看了他一眼。

“看来遇到捕鱼的高手了。”李沐清微笑，“打个赌吧。”

“怎么赌？”谢芳华也笑着问。

李沐清想了想：“输的人答应赢的人一个条件，换句话说，就是为赢的人做一件事情，只要是能做到的事情，就不准食言。期限是……一辈子。”

谢芳华眸光动了动："你就那么确定你能赢？"

"我不怕输。"李沐清微笑着看着她。

谢芳华低头看了一眼湖面，忽然笑了："既然你不怕输，我又有什么好怕的，赌了。"

"痛快！"李沐清轻笑。

谢芳华不再说话，静静地看着湖面，她和李沐清的网兜都一动不动地浸在水中。

一个时辰后，小船转过这座青山，漂到了一处山坳处，不走了。

"提网？"李沐清笑问。

谢芳华点点头："好。"

二人一起抬手，两个网兜哗啦一下子破水而出。

后面的小船上传来侍画、侍墨和李沐清的书童的惊呼声。

只见两个网兜，不仅兜内网的都是鱼，兜外的丝网上挂的也都是鱼，满满当当的两兜鱼，看不出谁多谁少。

"你猜，我们谁网得多。"李沐清笑问。

"数数就知道了。"谢芳华也被带出了兴致。

李沐清点点头，先拿过谢芳华的渔网，将她网兜里的鱼都倒向一旁的一个小舱里，开始数起来："一条，两条……"

谢芳华看着他。

不多一会儿，数完了，李沐清笑着道："大鱼五条，小鱼十条。"

谢芳华点点头。

李沐清又将自己网的那兜鱼倒到了另一个小舱里，开始数。

后面的小船靠近，侍画三人也好奇地盯着他数鱼。

"大鱼同样五条，小鱼……唔，十一条。"李沐清数完后，用手捏起一条拇指般大的鱼看向谢芳华，"这条也是鱼，不是吗？"

谢芳华终于忍不住乐了："不错，是鱼，我输了。"

"那赌约？"李沐清看着她，眸光粲然。

"自然作数！"谢芳华愿赌服输，"不管你以后提什么条件，只要我能做到，自当履行。"

李沐清颔首："即便为你烤鱼，今日也不虚此行。"话落，他扫了身后三人一眼，"我们几个人有这几条大鱼就够吃了，小鱼就放生吧。"

谢芳华没意见。

李沐清对那书童招招手，书童立即跳上这艘船，捡了大鱼放在早已经备好的木桶里提着，其余的小鱼都放回了湖里。

“这座山上，有一座亭子，石桌石椅俱全，我背你上山吧。”李沐清扶着谢芳华到了岸边，对她道。

谢芳华站着不动，看着这座山：“这是西山吧？”

李沐清点头：“不错，正是西山。”

“从这山顶往下看去，岂不就是西山大营了？”虽然是问句，但谢芳华的语气很肯定。

李沐清抿了一下唇：“是西山大营。”

谢芳华又看了片刻，转身看着李沐清：“你带我游湖，又要背我爬山，兜了这么一个大圈子，只是为了让我来看西山大营？”

李沐清忽然抿起唇角。

谢芳华看着他：“李沐清，你不是向我爷爷求亲了吗，如今这是做什么？”

“我以为……也许……”李沐清看着她，斟酌着用词，片刻后，见她静静地看着他，他忽然叹了口气，“也许我做错了，不该乱插一脚。”

谢芳华忽然冷下脸：“既然你觉得做错了，你现在就可以回去，跟我爷爷说，我谢芳华不是嫁不出去，用不着谁来好心接收。”

“我不是这个意思。”李沐清面色一变，立即上前一步，对她解释，“在你还是听音的时候，我遇到后，识破你的身份，我便已然心动，想娶你，但是他先了一步，没给我机会。那日我去西山大营找他，他竟然说谁爱娶你就娶你，与他无关，说我若是愿意娶你，只管娶，别来烦他，我一气之下，便去了忠勇侯府，没想到老侯爷答应了……”

“所以，你这是后悔了？”谢芳华看着他。

“不是后悔，只是你的心……”李沐清看着她，“万一庚帖真的换了，我不想你后悔。我这样做，岂不真成了乘虚而入的小人？我不怕他，但是怕你将来恼我怒我恨我……”

谢芳华静静地看着他，眸光清冷，不说话。

李沐清说不下去了，也看着她。

过了片刻，谢芳华沉声对侍画、侍墨道：“扶我回去！”

侍画、侍墨没想到这一路都好好的两个人，竟然说翻脸就翻脸了，二人不敢多言，过来扶谢芳华。

李沐清忽然先两人一步上前，一把抱住谢芳华，苦笑道：“对不起，你这么聪明，我不该自作聪明伤你，我……对不起，你别恼，我……不会哄人，但我保证，再没下次了。就算枉做小人，我也认了。若是真的换了庚帖，那么就是别人放弃了，我又为何不能娶你？我会对你好一辈子。”

侍画、侍墨不知道该不该上前打开李沐清，都看向谢芳华。

谢芳华身子僵硬，听着李沐清的话，一言不发。

“除夕夜翻城墙，法佛寺盗经书，以及那些压在我心中多年、从来没说过的我娘的事情，还有这么久以来你做的那几件大事儿，我都参与了。那日教你编的草蚂蚱，我还留着……”李沐清抱着谢芳华的手轻颤，“你们两情相悦时，我中了媚术，鬼门关前走了一遭后，虽然想通放弃过，但此一时彼一时，我还想再要个机会……你原谅我今日的糊涂好不好？”

谢芳华依旧不言。

“若是庚帖换了，我誓不放手；若是庚帖换不成，我就彻底死心了。”李沐清声音渐低，“闲看花木，碧湖泛舟，就像这般，我愿与你一起护你在意的人，也愿与你这般平平淡淡地过一生……”

闲看花木，碧湖泛舟，平平淡淡过一生……

世间多少人能随手而得的平凡幸福，对忠勇侯府的小姐来说，却是奢求。

谢芳华闭上眼睛，本来要推开李沐清的手缓缓地垂落，低声道：“我有些累了，我们回去吧。”

“可是我答应你的烤鱼……”李沐清见她不生气了，暗暗松了一口气，嗓音柔和。

“回府后，你下厨，清蒸啊，红烧啊，水煮啊，在府里烤鱼也行。”谢芳华道，“让爷爷、舅舅、云澜哥哥、言宸都尝尝你的手艺。”

李沐清顿时笑了：“好！”

侍画三人见二人和好了，齐齐松了一口气。侍画、侍墨想：李公子哪里不会哄人？明明很会哄人，句句都说到了小姐的心里。

李沐清放开谢芳华，扶着她重新在船上坐好。

侍画三人也连忙上了船。

两条小船不多时按原路返回。

来的时候是顺风顺水，回去的时候自然是逆风逆水，但是李沐清划船的样子很轻松，看不出多费力。

谢芳华在船上静静地坐着，看着青山绿水，双桨划动，卷起一层层波纹，似乎投到了她的心湖上，她似乎想了些什么，又似乎没想什么。

李沐清再未说话。

一个时辰后，两艘小船靠了岸。

李沐清扔了桨，扶着谢芳华下船，向马车走去。

二人刚走两步，忽然树林中有一股杀气扑面而来，紧接着，数十黑衣人挥刀向二人砍来。

李沐清瞬间揽着谢芳华退了三丈，退回小船上。

侍画三人大惊失色，纷纷抽出剑，拦在了二人面前。

李沐清在船上站稳后，轻轻地吹了声口哨，哨声响起后，从两侧的山峦处，冲出大约百人，瞬间将这些黑衣人团团围困住。

侍画三人见自己再无用武之地，便退出了战圈，立在一旁。

谢芳华认出这些黑衣人与分族分宗那日闯入忠勇侯府海棠苑的数百黑衣人气息相同，显然是皇室隐卫死士，不用猜测，自然是来杀她的。

皇帝可真是不死心啊。

李沐清的这些人显然是一早就埋伏在这里，恐怕这片青湖四周都有他的人。

她偏头去看李沐清。

李沐清对她微笑："带你出来玩，自然要护住你的安全。"

"这些人是皇室隐卫。"谢芳华道。

李沐清对她眨眨眼睛："暗杀不敢暴露令牌和身份，拿的是密旨。"顿了顿，又低声道，"就算是明旨，我也不怕，一个不留后毁尸灭迹，皇上也没办法怪罪。"

谢芳华不再说话。

这片河岸顿时弥漫着杀戮声和血腥味。

半个时辰后，数十皇室隐卫死士全倒在了地上，李沐清的人也折损了二十几人。

他摆摆手："都处理了，别留痕迹！"

"是！"一人躬身。

李沐清扶着谢芳华下了船，上了马车，离开了青湖。

谢芳华上了车后便懒洋洋地躺下，闭上了眼睛。

李沐清伸手扯过薄被盖在了她身上，温声道："累了就睡一觉。"

谢芳华嗯了一声。

马车还未进城，宫中的皇帝已经得到了消息。李沐清和谢芳华游青湖时的一举一动都被禀告给了皇帝，最后听说派出的数十隐卫死士都折损在了李沐清的手里时，他一怒之下摔了药碗。

"皇上……"吴权看着摔碎的药碗惊呼。

"去将右相给朕叫来！"皇帝恼怒，"朕要问问他，他真想让他的儿子娶谢芳华是不是？"

吴权连忙道："皇上息怒！去忠勇侯府提亲的人是李沐清自己，右相当时不知道。"

"他的儿子他也管不了吗？不是说三日后换庚帖是他应的吗？"皇帝拍床板，"快去给朕把他喊来！"

"是！"吴权立即退出了寝殿。

半个时辰后，右相匆匆进了宫。

李沐清的马车入了城，便有人给他传消息，说皇上将右相召进宫去了，他点点头，说了声“知道了”，便继续向忠勇侯府而去。

刚走不远，有两个人拦住了马车，其中一人恼怒地喊：“李沐清，停车！”

赶车的书童看了挡在马车前的两人一眼，只能将车停下，对车内道：“公子，是程公子和宋公子拦住了马车。”

谢芳华折腾了一番的确累了，上了马车还真睡着了，这时又被这一声吵醒了，她蹙了蹙眉，睁开了眼睛。

李沐清见她醒来，伸手挑开车帘幕，面色温和：“程铭兄，宋方兄，寻我所为何事？”

“你当真要娶谢芳华？”程铭的脸色十分难看，见李沐清露面，劈头就问。

李沐清点点头：“我提亲，老侯爷应了。”

“你怎么能娶她？你不知道秦铮对她的心？你这是往他身上捅刀子！”程铭似乎十分激动，“朋友妻不可欺，你这是做什么？我们自小白相识一场了！你怎么能做乘虚而入的小人？”

李沐清眼睛眯了眯，神色淡下来：“众所周知，是秦铮绝情悔婚在前。如今他们的婚约已取消，我如何不能求娶？程铭，你来替他打抱不平，可知道他的想法？”

程铭一噎：“我自然知道他的想法，他怎么会放弃？”

“可是婚约已悔，我去忠勇侯府提亲之前去西山大营找过他，他对我说，我愿意娶谁尽管娶，不要去烦他。”李沐清平静地道，“我虽然是乘虚而入，但也算是打过招呼了，他也表了态了。你与其来怨我不顾相识之情，不如去找他问问。”

程铭面色一变：“他当真这样说？”

“我难道还说虚言不成？”李沐清放下了帘幕，不愿再与他说。

书童见此，立即道：“请两位公子让路！”

程铭看向宋方，宋方对他摇摇头，让开了路，他有些不甘心，又冲上前，抓住车帘幕：“我听说你今日带忠勇侯府的小姐出城游青湖了，如今她可在你的车中？”

李沐清皱眉：“你还想说什么？”

“她在不在？我想见见她，问她一句话。”程铭立即道。

李沐清看向谢芳华。

谢芳华坐起身，靠近李沐清，伸手挑开了帘幕，淡然地看着程铭：“程公子，你想对我说什么话？”

程铭见谢芳华真的在李沐清的马车内，而且明显一副刚睡醒的样子，身上盖着薄被，与李沐清靠得极近，他面色一变，看着她：“你……你……”

谢芳华挑眉，等着他说话。

程铭看着她，一咬牙："你与秦铮兄在一起时，据说曾同寝同食，如今你当真要嫁李沐清？"

谢芳华的脸色忽然一寒。

李沐清的面色也沉了，眉目间染上恼怒："程铭！"

程铭豁出去一般看着李沐清。

谢芳华看着程铭片刻，脸上的寒意退去，忽然笑了："当初我以为，他灵雀台逼婚，使得皇上圣旨赐婚，对我情深义重，也说过死不放手，我便信了，觉得这一辈子非他不可。彼时同寝同食，也算是认定了他是良人。可是他后来断情，我弄了一身的伤，也算是做了我能做的，全了这份情意，却依然无法挽回。如今，婚约已悔，前情也就过去了。李公子求娶，爷爷做主应允婚事，只要他不嫌弃我，我自然要嫁他。"

"你……"程铭一时讷讷，半晌才道，"你可喜欢他？能忘了秦铮兄？"

谢芳华嘲讽一笑："他能断情悔约，我也能收心忘却。李公子喜欢我，我虽然现在还没喜欢上他，但是有好感就够了，若是换了庚帖，以后数十年，我可以慢慢地喜欢上他。一辈子长得很，不是吗？"

程铭张了张口，看着谢芳华，再说不出什么来。

谢芳华放下帘幕，隔断了程铭的视线："程公子，我回答完你的问题了，可以走了吗？"

程铭后退了两步，让开了路。

书童一挥马鞭，马车向忠勇侯府而去。

一路再无话。

回到忠勇侯府，下了马车，右相府的大管家正好来到，见到李沐清，立即擦着汗道："公子，老爷请您立即回府！"

"父亲不是进宫了吗？"李沐清问。

"已经从宫中回府了。"大管家立即道。

"我晚些时候再回去。你回去告诉父亲，若是他等不及，可以来忠勇侯府。"李沐清摆摆手，扶着谢芳华进了府门。

大管家还要再说，书童立即拦住他，低声道："公子答应给芳华小姐做鱼，你快回去吧。"

大管家无奈，只能匆匆离开回了右相府。

"右相急着找你，想必有重要的事情。"谢芳华道。

"还能有什么重要的事情，皇上最近屡次受挫，受不住了，无非是叫了父亲进宫训斥一顿。"李沐清不以为意，"父亲也算是老臣了，皇上的脾性他摸得清楚，急急找我，也不是真的有事儿，只不过做做样子。”

谢芳华闻言笑笑：“你心里有数就行。将右相府拖下水，实在是非我所愿。”

“是我甘愿的。”李沐清道。

谢芳华闻言不再说话。

将谢芳华送回房后，李沐清便如他承诺的下了厨房，用的是忠勇侯府的大厨房。

福婶见他竟然要亲自下厨，惊得哎哟了好几声：“李公子，这怎么可以？若是传扬出去，人家可要笑话忠勇侯府没规矩，竟然让您下厨……”

“是我答应芳华的，传出去也无碍。”李沐清微笑，态度温和，彬彬有礼，“我一个人也做不来，您给我打下手吧。”

福婶听说是小姐答应的，犹豫了一下，见李沐清态度极好，人也和气，不由得喜欢上了，于是点了点头，给他打下手，同时也好奇，这位李公子虽然说不上金尊玉贵，但也是出身相府，首屈一指的公子爷，难道真会下厨做菜？

很快，她就打消了好奇——李沐清不但会做菜，还做得不错。

到后来，福婶都佩服地看着他，心中更为欢喜了，又想起那日她家小姐受伤，他在府中等了一日等她醒来才离开，还是他请来了言宸公子，保住了小姐的胳膊。

一顿饭做下来，福婶已经将李沐清当作未来的姑爷了，欢喜得眉开眼笑。

饭菜摆在了荣福堂，这一顿饭，称得上“全鱼宴”。

正如谢芳华所说，清蒸鱼，红烧鱼，糖醋鱼，水煮鱼，酸菜鱼，烤全鱼，等等。

谢芳华看到的时候，险些被晃花了眼睛。

李沐清看到她呆呆的样子，不由得失笑，他还是第一次看到她一改沉静的表情，这般呆怔。

“你……”谢芳华回过神，“都是你做的？”

福婶不等李沐清开口，在一旁笑呵呵地接话：“是啊，小姐，都是李公子做的，奴婢只是给他打下手。李公子这手艺啊，要我说，比皇宫里的御厨也不遑多让，看看这些菜，真是色香味俱全，一般人可真做不出来，若不是奴婢亲眼所见，打死也是不信的。小姐以后有口福了。”

“这真是……”谢芳华一时不知该说什么，低声道，“辛苦你了。”

她只不过随意说了几种鱼而已，他竟然各种都做了。

“赔礼总不能只拿嘴说说，就拿这些菜赔礼吧。”李沐清凑近她，悄声道，“你不生气了？”

谢芳华想笑，却无言地点了点头。

忠勇侯拍拍身边的座位，夸奖道：“李小子啊，老头子今日也算是开了眼界了！”话落，他对外面喊，“来人，去右相府请李老儿过府用饭。这么好的全鱼宴，我得和亲家喝两杯。”

“是。”侍书立即去了。

“李延年轻的时候可做不出这些菜来，果然是青出于蓝而胜于蓝。”崔允也拍拍李沐清的肩膀，对他喜爱得紧，“当年我和你父亲相交甚深，他若是拿这么一手追我妹妹，可轮不到谢英了。”

李沐清脸色微红：“崔舅舅说笑了。”

“没说笑。”崔允叹了口气，看了谢芳华一眼，“丫头啊，过去的让它过去就算了，年轻的时候没有几场风月情事的话，那都不叫年少轻狂。依我看，沐清还真是最适合你不过。你这丫头性子冷清，脾气执拗，认死理，而沐清脾气好，性情也温和，能包容你让着你，这样的性情才最易相处。”

谢芳华揉揉额头：“舅舅，你们不能被他一顿饭就收买了啊！”

崔允哈哈大笑：“这顿饭可不是谁都能做出来的，至少你舅舅我就做不出来。”话落，他看向一旁的谢云澜和言宸：“你们做得出来吗？”

谢云澜看了李沐清和谢芳华一眼，摇摇头。

言宸微笑地道：“我不会做菜。”

“看看，这就是了，我们在座的人可都做不出来。”崔允道，“等李延来了，我也要跟他多喝几杯。待成了亲家，我得看着他，不准欺负我的外甥女。”

众人连说带笑等了不多久，右相李延便匆匆来到了荣福堂。

进了正堂，李延也被桌子上的全鱼宴给惊了一下，听说是李沐清做的，他睁大眼睛，似乎刚认识他这个儿子一般，不敢置信地问：“你还会做菜？”

“这可不仅仅是会做，而是精通。”崔允大笑，“自己的儿子自己都不熟悉，该罚酒。”

李延看着李沐清，李沐清对他微笑着点头，李延叹了口气：“这小子自小便有主意，很小的时候就不听我的话了，我说什么虽然不常反驳，但惯于阳奉阴违，你们可不要被他的外表给骗了啊。”

“有你这么拆自己儿子台的爹吗？”崔允使劲拍了李延一下，“照我看，比你那时候强多了。”

“他做的好事儿，让他老子挨皇上的骂，是比我强，我当年就没让父亲给我顶骂声。”李延想起今日被皇上劈头盖脸地训，一肚子憋屈。

“怎么，我孙女嫁你儿子，李老儿你还委屈了？”忠勇侯不高兴了。

李延咳嗽了一声，连忙笑道：“哪里哪里，犬子三生有幸！只是臣怕皇上……”他想说什么，看了谢芳华一眼，摆摆手，“罢了，事已至此，尽力而为吧。若是犬子能娶到芳华小姐，右相府定然不会亏待了她。”

“这还像人话！”忠勇侯的脸色阴转晴，亲自给李延倒了一杯酒。

李延吓了一跳，老侯爷给谁倒过酒？他连忙夺过酒壶，给忠勇侯也斟了一杯。

右相毕竟是右相，圆滑处世，为人谦和，善于审时度势，在哪里都吃得开，自然不会因为刚被皇上骂，便立即与忠勇侯断绝关系，所以，这顿饭，众人吃得热闹欢喜，直吃了两个时辰才结束。

李沐清在忠勇侯府做的全鱼宴不知怎的就流传了出去，一时间举京城哗然。

人人都道右相府李公子谦和有礼，君子如兰，没想到竟然还下得了厨房，做得了一手好菜，很多心仪李沐清的闺阁女子都芳心欲碎，暗暗嫉妒谢芳华好命，即便和英亲王府铮二公子的婚约取消了，也能让李公子一心求娶。

秦铮和谢芳华退婚的风波渐渐被李沐清求娶谢芳华的言论掩盖。

据说老侯爷对李沐清甚是喜欢，舅老爷对李沐清赞不绝口，右相对这桩婚事也不反对，还有促成之意。两府虽然一个贵胄，一个清流，但也般配互补，加上李沐清和谢芳华游湖时相处融洽，一时间，京城很多人都很是看好这桩婚事。

全鱼宴第二日，大长公主府的金燕郡主下了帖子，说要来忠勇侯府看望谢芳华。

谢芳华左右无事，对金燕又有些好感，便应了她。

当日金燕便来了忠勇侯府，与她一同来的还有秦怜。

金燕的帖子里没说秦怜要跟来，人来了之后谢芳华才知道。

侍画、侍墨将二人请进了海棠苑，谢芳华如往日一般在躺椅上看书，见二人进来，她放下书：“恕我腿还没好，没法迎接你们。”

金燕快走两步来到她面前，道：“你有伤在身，能来你的府中玩，我就很高兴了。咱们有交情，不是外人，就别见外了。”

谢芳华笑着点点头，请二人入座。

秦怜后一步走过来，伸手拉住谢芳华的手：“自从我哥哥伤了你，我想来看你，又怕你将我打出去。想了好些天，才敢求着表姐带我来。你不会把我打出去吧？”

谢芳华失笑，看着她：“我认识的秦怜郡主可不是这么胆小的人，你哥哥是你哥哥，你是你。”

秦怜松了一口气，顿时笑逐颜开：“就知道芳华姐姐最好了！是我哥哥混账！”

谢芳华笑笑，最近她听得最多的话就是秦铮是混账。

金燕发现谢芳华的笑似乎带着一种极力掩饰的难受，心下也跟着难受起来，低声问：“铮表哥对你一直那么好，我就纳闷，你们怎么变成了如今这副样子？”

谢芳华垂下头。

“表姐，事已至此就别问了，问了也白问，又不能让他们再变回去。”秦怜挨着谢芳华坐下，“反正你要嫁给李沐清了。李沐清这个人像只狐狸，但是人还不错，听说还给你做了全鱼宴，啧啧，比我哥哥强多了，他一定做不出来。”

谢芳华想着这桌全鱼宴，可谓是人尽皆知了。

金燕闻言瞪了秦怜一眼；“铮表哥据说也会下厨做菜的，秦怜，他可是你亲哥哥。”

“帮理不帮亲！”秦怜扬起脖子，“路都是自己走的，不能因为他是我的亲哥哥，我就说他做的事情一定对。况且他脾气奇差，毛病一大堆，说翻脸就翻脸，哪个女人受得了他？看他以后娶个什么样的媳妇儿，没准孤老一生。”

金燕看了谢芳华一眼，叹了口气。

“他说了，不喜欢我了，以后会喜欢上别的女人的，这天下又不是只有我一个能喜欢。”谢芳华摇头，见二人看着她，她嘴角露出淡淡的微笑，“你们来看我，总不能一直坐在这里说话，我带你们去后园子的海棠亭赏海棠吧。”

“要温酒煮海棠。”秦怜立即道。

“如今天已经暖了。”谢芳华提醒她，“再说你喝一杯就倒，实在没量。”

“我没酒量，表姐有啊！”秦怜看着金燕，“你还没试过温酒煮海棠吧？可好喝了。”

金燕看向谢芳华：“她有伤在身，不能喝酒。”

“芳华姐姐——”秦怜拽住谢芳华的衣袖。

谢芳华无奈：“好吧。”话落，她吩咐侍画、侍墨去准备火炉。

秦怜主动扶起谢芳华，嘻嘻地笑：“芳华姐姐，你真好，不管你以后嫁给谁，我都认准你是我的姐姐了。”

“臭丫头，现在说这种话了，早些天是谁想来看人又不敢来的？”金燕白了秦怜一眼。

“噢，我忘了，还有表姐，以后不管表姐嫁给谁，我都祝那个人一定是疼你的。”秦怜嬉皮笑脸地看着金燕。

金燕脸一红：“你再胡言乱语，看我不撕烂了你的嘴！”

秦怜故意对她努努嘴。

金燕又笑骂了她一句，三个人进了海棠苑。

侍画、侍墨已经生起了火炉，火炉上放了酒壶，她们又去采摘海棠花，放在酒壶里。

不多时，香味便飘散了出来。

秦怜如馋猫一样地盯着酒壶，样子十分垂涎，她对谢芳华道：“我从第一次温酒煮海棠之后，就再也忘不了这个滋味了。幸好你这里的海棠和落梅居的梅花一样，四季盛开，花开不败，想这样喝酒就可以喝到。”

谢芳华不说话。

“不过可惜，你若是嫁给李沐清，就要进右相府了，右相府可没有海棠亭。”秦怜又建议，“芳华姐姐，你会舍不得这里的海棠花吗？会不会将它们搬去右相府？”

谢芳华摇摇头：“不搬去，听说右相府有座青竹园，也是极好。”

“是极好。我去过右相府，不过也没看到，青竹园是李公子的园子。”金燕看着她，“你若是喜欢，嫁给他后，每日都可以看到了。”

秦怜嘟起嘴：“比海棠亭的海棠和落梅居的落梅还要好吗？”

“各有风味。虽然不是开花的物种，但是青竹四季常青，”金燕摇头，“各有各的好。”

三人正说着话，侍书来报：“小姐，右相府的李小姐、永康侯府的燕小郡主来了。没提前下帖子，您见吗？”

“哎哟，她们两个怎么也和咱们凑一块儿来了？”秦怜看向金燕，奇怪地问，“李如碧她们知道咱们来这里？”

金燕摇头：“我没说。”

秦怜看向谢芳华：“你的前小姑子和未来的小姑子撞在一起不太好吧。让她们明天来，否则，没准我一个忍不住，就要跟她打架了。”

“那你就为了酒忍着点儿，别打起来。”谢芳华瞥了她一眼，对侍书道，“将人请来这里。”

侍书应了一声，去了。

秦怜有些不高兴：“她们两个都是喜欢我哥哥的，以前有多不待见你啊！如今看你和我哥哥退婚了，心里指不定怎么高兴呢。”

“你也说了是以前的事儿了。”谢芳华听到壶盖被烧热的酒顶得轻响，她拿开壶盖，放在桌子上，淡淡道，“不管怎么说，她快要是我小姑子了，不能拒之门外。”

秦怜顿时吃味地咂咂嘴，但也说不出反驳的话来。

不多时，侍书便领着李如碧和燕岚来到了海棠亭。

第四十一章

三月完婚

谢芳华扭头看去，李如碧还如昔日一般，容貌姣好，端庄娟秀，燕岚的容貌比她稍逊，但行止不差多少。谢芳华想着南秦高门府邸的女儿们，论家族底蕴，她最当得起大家闺秀的称呼，可其实她徒然背了这个称呼而已，是最不是大家闺秀的闺秀。

李如碧和燕岚来到，见到金燕和秦怜，似乎并不意外。

谢芳华含笑请两人入座。

“唔，好香！”燕岚看着温酒的那个玉壶，问，“里面煮的海棠？”

秦怜白了她一眼：“是我要求温酒煮海棠的，你们两个有口福了。”

李如碧对谢芳华微笑，语气虽然淡，但是比以往见面时多了些和气：“哥哥本来想来找你，但听说金燕郡主和秦怜郡主都来了府中，料想你不会闷，便说明日再来找你。”

谢芳华点点头。

秦怜转头瞪了李如碧一眼。

李如碧不以为意，反而对秦怜笑着问：“听说王妃病了，如今可好了？”

“不劳你操心！”秦怜哼了一声，又看了谢芳华一眼，“我娘得的是心病。”

谢芳华仿佛没听见，拿过酒壶，给每个人都斟了一杯酒：“火候差不多了，你们尝尝。”话落，又问燕岚，“夫人这些日子情况可稳当？”

燕岚点头：“我娘如今大部分时间都躺在床上小心翼翼地养身子，按照你列出的单子安排每日的药膳，若不是不能走动，她肯定亲自来谢你了。”

谢芳华闻言不再多问，端起酒杯，对四人示意。

“小姐，您不能喝酒！”侍画走过来劝谢芳华。

“你的这杯归我了。”秦怜一把夺了过去。

谢芳华本想说喝一杯没事儿，但也不想争执，侍画给她倒了一杯茶，她接过来：“那我就喝茶，你们自便吧。”

“你本来就该喝茶！”秦怜嘟囔了一句，自己捧着酒杯喝了起来。

金燕、李如碧、燕岚三人都是有些酒量的，端起酒杯，优雅地品着。

两杯酒下肚，秦怜果然倒在了桌上。

“是将她先送回去，还是稍后跟你一起走？”谢芳华问金燕。

“先把她安置在你这里的客房里吧，我走时带上她。”金燕道，“刚来不久，这小妮子就先醉倒了，我却还没待够。”

“也好。”

谢芳华对侍画、侍墨吩咐了一句，二人将秦怜托出了海棠亭，去了客房。

剩下的四人便在海棠亭一边品着酒，一边闲聊起来。

谢芳华两世加起来都鲜少参加这种女儿家的聚会，她也不善与人相处，但此时倒发现，若是没有那些纠缠不休的情事、嫉妒、钩心斗角、攀比，其实女子在一起，也是很好相处的。

她与这三个人虽然以前的交情都不好，但是后来打交道的每一件事儿都印象深刻。

与金燕，自然是因为茶楼她诉说了一番心事，然后又因她的告知，谢芳华才冲去皇宫，救了中了“锁情引”的秦铮，进而撞破了李如碧对秦铮不计后果的爱。与燕岚，则是她因她娘来求谢芳华。

经历了种种事情，如今反而能平和地坐在一起闲谈说笑。

三个人在府中待了大半日，午饭则是在海棠亭用的，天色将晚，三人才带着秦怜离开。

谢芳华回到房间后，便倦得睡了。

第二日，李沐清果然吃过早饭后就来了，见谢芳华气色不错，他微笑地道：“听说昨日你太累，睡得早，可休息过来了？”

谢芳华偏头瞅着他：“你今日来找我，是来陪我解闷，还是有什么安排？”

李沐清看着她：“若是你不太累，我想今日请你去我府里逛园子。”

谢芳华一怔。

李沐清温柔地道：“昨日妹妹回去与我说，听你提了右相府的青竹园，今日便打算带你去逛逛，也让你看看我的院子和园子。”

谢芳华想了一下：“以后多的是时间。”

李沐清认真地看着她，低声道：“你真这么觉得？我却不敢肯定。”

谢芳华看着他，半晌后，笑了笑：“好吧。今日就去先赏一赏右相府，我的确还没去过。”

“右相府虽然没有温酒煮海棠，但是有一种庄子送上来的果子酒，酒味极淡，你有伤也能喝一些。”李沐清道。

谢芳华笑着点头。

侍画、侍墨给谢芳华收拾装扮了一番，二人去了荣福堂，忠勇侯自然不拦着，大手一挥，让他们出了门。

忠勇侯府跟右相府隔了三条街，不是太远，不多时就到了。

李沐清扶着谢芳华下车，向府内走去，过了大门，便见右相夫人带着人等在二门的垂花门外，她一怔：“你娘……”

李沐清笑看着她：“她听说我要去请你，便等在了这里。”

谢芳华说不出是什么感觉，走上前，给李夫人见礼。

李夫人一把拉住她，笑得和气：“你身上有伤，快别多礼。清儿今日临出府才跟我说了要请你来，我匆忙之下没什么准备，就怕怠慢了你。”

“夫人客气了！”谢芳华看向李沐清。

“娘，我带她去我的园子赏青竹，自己人就不用您客套陪着了。您不是今日打算出府去看永康侯夫人吗？去吧。”李沐清对李夫人道。

李夫人瞪了他一眼：“不去了，改日再去。”

李沐清一叹:“娘，您就去吧，让妹妹留下来就行。您是长辈，有您在，我们不自在。”

李夫人似乎没想到自己的儿子会如此直白地赶她，噎了一下，点头，对谢芳华道：“那你们自己玩，我去去就回，中午你留下来吃饭，咱们再闲聊。”

谢芳华自然点头：“好！”

李夫人又对李沐清道：“你妹妹在准备果子酒和茶点，你们先去你的院子，她稍后应该就会找去。”话落，她又嘱咐了两句才离开。

李夫人带着人离开，谢芳华暗暗松了一口气。

李沐清揶揄地看着她：“你看到我娘似乎有些紧张？”

谢芳华想着右相夫人这种女人，哪怕心里再不喜欢什么，应该也会笑脸相迎。她不见得喜欢自己，毕竟没有哪个母亲愿意看着自己的儿子娶一个为了别的男人闹得轰轰烈烈还受伤的女子做儿媳妇儿。

“估计受你曾经给我说的那些事情的影响。”谢芳华低声道，她自然不会对李沐清说她的感觉。

李沐清笑了一声：“别怕！稍后让妹妹给永康侯府的燕小郡主传个信，让她想办法尽量留我娘在永康侯府待一日。”

谢芳华的嘴角微微抽了一下：“这样不好吧？”

“没什么不好，免得谁都不自在。”李沐清扶着她向他的院子走去。

谢芳华不再说什么。

不多时，来到李沐清的院子，他的院子里只有三两个小厮，院中有几株花木，甚是寻常。小厮见李沐清扶着谢芳华进来，连忙见礼，之后悄悄避远了。

“青竹园在后院。”李沐清笑着道，“跟你的海棠苑差不多，是个园中园。”

谢芳华点头。

李沐清扶着她直接越过前院，来到后园。入眼处，亭台水榭，两旁种植的全是青竹，绿油油的，甚是葱翠，水榭上是竹子编的桌椅。不远处有一间暖阁，窗帘没落下，隐隐可见到藏书。

“那是书房？”谢芳华指着暖阁问。

“嗯。夏天，这里的水榭凉快，我大多数时候就在这里看书，冬天便在院中的书房。”李沐清笑着道，“要去看看吗？”

谢芳华摇摇头。

“那就去亭子里坐吧。歇一会儿，你又出汗了。”李沐清扶着她向亭子走去。

来到亭子里，谢芳华坐下，便见李如碧和婢女端着茶点匆匆走来。

李如碧的笑容比昨日多了些，在李沐清的面前，显然是个被宠的妹妹。她先是瞪了李沐清一眼：“昨天我回来见你的时候，你可没告诉我要接她来，今天一大早就接了人来，让我好一阵忙乱。”话落，又对谢芳华笑着道，“我从来没有见过哥哥急成这副样子。”

“右相府实在是太客气了。”谢芳华笑了笑。

李如碧放茶点的手一顿，随即便若无其事地笑着坐下：“若是只有我和哥哥，也不会大张旗鼓，可是我娘有命，一定要好好招待你，我就不敢怠慢了。”

“娘被我支走了，你可以怠慢她。”李沐清给谢芳华倒了一杯果子酒，“你尝尝，喜不喜欢？”

李如碧扑哧一声笑了：“哥，真有你的。你没看到，娘离开的时候，脸都被你气紫了。”

谢芳华端起酒杯，品了一口：“挺好喝的。”

“你若是喜欢，稍后给你送去一些。”李沐清道。

谢芳华点点头。

李沐清见她没拒绝，笑容深了些。

这一日，果然如李沐清所说，右相夫人去了永康侯府，便被养胎多日不能出府门的永康侯夫人拖住，聊了一日的闲话，而右相府内，李沐清、李如碧陪着谢芳华，从水榭的凉亭到李沐清的小书房，又到李如碧的院落，逛了一圈，中午在右相府留饭，消磨了一日才被李沐清送回府。

一直关注李沐清和谢芳华动静的人纷纷宣扬这二人情投意合，有成就美满姻缘之像。

转日便到了右相府和忠勇侯府约定换庚帖的日子。

本来这样的日子，谢芳华身为闺阁女儿，是不方便露面的，但是父母早逝，兄长又不在府中，老侯爷也不是古板避讳之人，一早就派人去请了谢芳华。

侍画、侍墨精心地给谢芳华装扮了一番，然后扶她去了荣福堂。

右相今日早朝特意请了假，见辰时已过，便和李沐清进了忠勇侯府，还带了媒人，请的是翰林院王大人。

众人在画厅入座后，王大人很好地充当了媒人的角色，将男女双方夸了一番，简单地走了个过场，然后请双方拿出庚帖，只要交换了庚帖，婚事便定下了。

庚帖刚拿出，外面便传来一声尖着嗓子的高喊："圣旨到！"

众人齐齐一惊。

右相和忠勇侯对看了一眼。

李沐清看向谢芳华，抿起嘴角。

谢芳华也看着李沐清，片刻后，也抿起唇角。

片刻寂静后，忠勇侯摆手，众人随他一起出外接旨。

传旨的人是吴权，他并没有进府，而是高喊了之后便等在府门口，见一行人出来，他笑道："老侯爷、相爷、王大人有礼了！咱家手里有两份圣旨，一份是给忠勇侯府的，一份是给右相府的。"

忠勇侯和右相齐齐点了点头。

吴权拿出一卷圣旨，展开宣读。

"奉天承运，皇帝诏曰：兹有忠勇侯府小姐谢芳华，温婉端庄，知书达理，才貌过人，贤良淑德，英亲王妃心甚喜之，宁死也愿得此儿媳。英亲王于南秦有护卫江山之功，朕不愿其晚年孤苦。另，谢芳华对秦铮情深义重，痴心一片，不惜性命闯落梅居以验其情其心。秦铮虽然自小顽劣，秉性奇差，但也非无故伤人之辈，中间定有误会。忠勇侯府于南秦江山有鞍前马后之功劳，朕再三思索之下，不愿坏此姻缘。今开古之未有之先例，特在收回圣旨之后复下旨，特赐婚于二人，秦铮有生之年不准休妻。圣旨下达后，三个月内完婚。钦此！"

圣旨一经宣读，满堂皆惊。

谁也没想到，皇上在今日竟然下了这样一道圣旨。

竟然开古之未有的先例，赐婚，悔婚，收回赐婚圣旨之后，又下了圣旨赐婚，真是古来未闻，不仅忠勇侯愣在了当地，右相和王大人在朝堂大半辈子，也仿佛第一次才认识当今皇上一般，惊异不已。

李沐清紧紧地抿着唇，看着吴权手里那卷明黄色的圣旨，眼底昏暗一片，脸色却是出奇地平静。

谢芳华也看着那卷明黄色的圣旨，侍画、侍墨扶着她站着，那些字眼飘进耳中，“不准休妻”“三个月内完婚”，她的面色有些恍惚。

圣旨读罢，大门口黑压压的一群人静寂无声。

吴权读完圣旨，看到众人的神色，想笑，却怎么也笑不出来，只好咳嗽了一声，十分和气地道：“芳华小姐，上前接旨吧。”

神色各异的众人被这一声惊醒，回过神来。

谢芳华由侍画、侍墨扶着上前一步，看着吴权道：“英亲王府是不是也该有这样一份圣旨？”

“回芳华小姐，皇上派人去西山军营传旨了，英亲王府那份圣旨送去西山军营给铮二公子了。”吴权看着她道，“宫中的侍卫比咱家腿脚利落，那份圣旨又是先一步出宫的，这时候估计该到铮二公子手里了。”

“秦铮不会拒不接旨吧？”谢芳华又问。

吴权连忙摇头：“哪儿能呢！昨日深夜，皇上派人传了信儿给铮二公子，谈论了此事，铮二公子没反对，如今圣旨过去，铮二公子肯定会接的。”

谢芳华垂下头，伸出手：“那公公将圣旨给我吧。”

吴权连忙将圣旨递给她。

谢芳华有伤在身，不便行大礼，便垂首道谢：“谢芳华谢皇上恩典！有劳公公了！”

吴权总算是呵呵地笑了，然后转过身，对右相道：“相爷，这里有右相府的圣旨，咱家是在这里宣读，还是随您去右相府？”

右相稳了稳心神，看儿子一眼，又看了谢芳华手里的圣旨一眼，说道：“既然赶在了这里，就在这里宣读吧。”

吴权点点头，拿出第二份圣旨，展开宣读：

“奉天承运，皇帝诏曰：兹有右相府小姐李如碧，性情温和，才貌双全，端庄识理，颇有大家闺秀风范，朕有四子秦钰，才华满腹，仪表出众，是一众皇子典范，今特将李如碧赐予四皇子秦钰为妃，三个月内完婚！钦此！”

众人又是一惊。

吴权宣读这份圣旨的语气明显比刚刚轻松，读罢，见右相愣神，笑呵呵地道：“相爷，接旨吧！咱家喝完忠勇侯府的喜茶，稍后也随您去相府讨一杯喜茶喝。”

右相醒过神，连忙接过圣旨：“老臣谢主隆恩！”

皇上这也算是打一巴掌给了一颗枣，搅了李沐清的婚事，却将李如碧赐婚给了秦钰。

南秦只要有眼睛有耳朵的人都知道，哪怕如今三皇子、五皇子监朝，风头无两，但也不敌四皇子秦钰，未来能继承大统的人非四皇子莫属。李如碧赐婚给秦钰，无疑是将右相府的荣华又推到了一个高峰，秦钰一旦登基，身为正妃的四皇子妃便是正宫皇后，母仪天下。

皇上也算是弥补了今日第二次赐婚打了右相府脸的损失，谁也指责不了什么，相反还会羡慕右相府能得此富贵。

“恭喜老侯爷，恭喜相爷。”王大人此时也从刚刚压抑的气氛中拔出来，笑着对二人道喜。

忠勇侯叹了口气，对右相道：“我是真看重你家的小子，可惜，我就一个孙女。”

右相看了李沐清一眼。到底是父亲，虽然女儿被指了一门好亲事，但是儿子的姻缘谁来补救？但他也不敢表露出来，只能道：“是犬子没有福气娶芳华小姐。”

忠勇侯拍拍李沐清的肩膀：“李小子，若是你不嫌弃，以后你尽管喊我爷爷，华丫头没福气嫁你，以后你能娶个比她好十倍的。”

李沐清低下头，神色黯然却平静：“是沐清没福气。难得爷爷不嫌弃，即便婚事不成，我对忠勇侯府也不会拿自己当外人的。”

“好，好小子！”忠勇侯又拍拍他的肩膀，然后转身请右相、王大人、吴公公入府。

右相和王大人自然不能就这么离开，跟着进了府。

下人们散去，三三两两聚在一起，说着今天这两道圣旨。

不多时，门口便只剩下谢芳华、李沐清以及扶着谢芳华的侍画、侍墨。

二人一时都没说话，静静地站着。

似乎过了许久，谢芳华才开口：“你送我回去如何？”

李沐清点点头。

一路无话，回到海棠苑，李沐清在门口停住脚步，低声道：“虽然我觉得求娶你十有八九不会成，但还是义无反顾地做了。至少我做了，心中便再无遗憾。”

谢芳华看着他：“其实，我一点儿也不好，当不得你一番情意。”

李沐清终于浅浅地笑着摇头，伸出手，似乎想将她乱了的发丝拢起，但手伸到一半又收了回去，轻声道：“你与这京城里的大家闺秀都不同。京中这些女儿家，仿佛都是一个模子里刻出来的，包括我的妹妹，长久的礼数使得她失了性情，只困在闺阁的一方天地，再聪明，眼里也只装着儿女情长。你可能不晓得，即便你什么都不做，也能让人看出不同，而这份不同有多引人注目。”

谢芳华看着他，静静地听着。

“你不觉得自己哪里好这一点更难能可贵。你看似戴着面具，其实又没戴面具，你维护忠勇侯府，将家族重担挑在肩上，并视之为信念，这种精神是多么光彩夺目。从你身上，能看到很多别人没有的东西。明明被世家大族的条框束缚，可是或坐或立，都有一种自发的随性。”李沐清笑看着她，“不了解的时候，只是被你的不同吸引，了解之后，才更移不开眼睛。”

谢芳华摇摇头：“没你说的这么好，我其实冷情冷性，执拗认死理，不撞南墙不回头。”

李沐清失笑：“对不了解和你不熟悉的人，你的确是冷情冷性，但对熟悉的人，你却最是心软。”顿了顿，他摊手，“你看，就比如你对我，明明不甚喜欢，但念着我对你的情，便不想伤我，你心里明明清楚，我们不可能结得了亲，却还是依照我想要塑造的美好回忆陪了我两日。尤其是昨日，我会一生铭记。”

谢芳华低下头。

“昨日送你回来后，我就想，我请你逛了我出生就住的院子、寻常生活的地方，即便今日不能与你结亲，有这一日，我喜欢的女子在我生活的地方陪了我一日，我也无憾了。”李沐清看着她，“你看你，心难道不是软得跟水一样？尽你所能，给了我你能给的。你这样的女子，谁会不喜欢？哪怕我求而不得，给人添了茶余饭后的谈资和乐子，我都不觉得后悔。”

谢芳华抬起头，轻轻一叹：“李沐清，你很好，你会娶一个比我好十倍的女子，待你始终如一。”

李沐清看着她，眸中有些潮意，片刻后，他终于上前一步，轻轻将她抱在怀里，似笑似恼地道：“以后怕是再没机会抱你了，再让我抱一下吧。都说兄弟如手足，女人如衣服，可是好面子的人，哪怕断了手足，也不会光着身子不穿衣服是不是？以后，秦铮若是再敢伤你，不管他出于什么目的，我都定不饶他。我才不会和燕亭一样背井离乡，远走天涯，独自伤心，我会入朝，在朝中稳稳地待着，子归护不了你的时候还有我。我不当哥哥，也不要你当妹妹，我就当你用得到的盾牌，无论是谁，你都可以拿我去挡。”

谢芳华本不是感性的人，那日游青湖，李沐清的话只是说到了她的心里，可是今日，他这一番话，终于成功地让她泪流满面，哽咽着说不出一个字来。

无以为报，不求回报，才最是令人难受。

片刻后，她的眼泪便打湿了李沐清的衣襟。

李沐清慢慢地放开她，掏出帕子，轻轻给她擦了擦泪，须臾，绽开笑容，打趣道：“你看你，还说什么冷情冷性，明明性子最软，我说两句好话，你便感动了。你这样子，会让我忍不住这一辈子都用好话哄你，哪怕你嫁了秦铮，我若是以后娶了个不如意的媳妇儿，便跑去你府里蹭吃蹭喝蹭住，就算他黑脸，也未必能打走我。”

谢芳华忍不住破涕为笑。

李沐清收起帕子，又凝神看了她片刻，之后，不再多言，慢慢地转过身，离开了海棠苑。

谢芳华目送着他，他的背影笔直，如他后园子的青竹，虽然走得慢，但是再未回头。她嘴角的笑慢慢地收起，唇瓣轻轻抿紧，他的身影消失之后，她许久未动。

侍画、侍墨在李沐清上前的时候已经退去了一旁，如今见他走了，二人上前扶住谢芳华，眼眶发红：“小姐，李公子真好……”

是啊，李沐清真好。

可是她还是心甘情愿地接了这道第二次赐婚的圣旨……

“皇上怎么又突然赐婚了？”侍画、侍墨低声问，都十分不解。

谢芳华收回视线，看着手里的圣旨，手指攥紧，圣旨上很快被她掐出了印痕。她沉默许久，才笑了笑：“右相府是皇上早就准备给秦钰的辅助之臣，怎么能让它与忠勇侯府沾边？李沐清自然不能娶我。”

“就算如此，为何还要给您和铮二公子赐婚？皇上不是最不喜英亲王府和忠勇侯府结亲吗？”二人还是不解，这道圣旨来得太突然了，几乎是将不可能变成了可能。

“此一时，彼一时。”谢芳华轻声道，“皇上病情加重，控制不了英亲王府，也控制不了忠勇侯府，但英亲王府毕竟姓秦，守护的是秦家的江山，英亲王和皇上一样看重祖宗基业，只要英亲王在一日，就不会让江山易主。皇上杀不了我，又不能任我脱离掌控，比较起来，还是将我推到英亲王府比较妥当。”

“可是您和铮二公子……”二人担心地看着她。

“我和秦铮……”谢芳华抓着圣旨的手忽然松了松，然后又攥紧，摇摇头，“扶我回房。”

侍画、侍墨见此，不敢再问，连忙扶着她向房中走去。

进了房间，谢芳华将圣旨放在桌案上，然后疲惫地躺在软榻上，闭上了眼睛。侍画、侍墨不敢打扰她，悄悄出了房间。

半个时辰后，言宸推开门，走了进来，见到桌子上的圣旨，他打开看了一眼：“我鲜少有佩服的人，如今倒是不得不佩服他了。”

谢芳华睁开眼睛看了言宸一眼，知道他口中说的“他”是谁，没搭话。

“置之死地而后生，谋定而后动，狠得下心，手段果决。”言宸放下圣旨，叹了口气，“这一辈子，你恐怕都脱离不了他的手心，不知是好还是坏。”

谢芳华复又闭上眼睛，忽然问：“言宸，北齐好吗？”

言宸一愣。

“我从出生起就没见过姑姑，虽然无名山已经在北齐的边境，我却也未踏上北齐的土地。”谢芳华轻声道，“不知道以后有没有机会去北齐。”

言宸看着她，笑了笑：“这一生漫长得很，你若是想去北齐，总会有机会去的。”

谢芳华点点头。

外面又有脚步声传来，不多时，谢云澜推门而入。他进来后，先看了二人一眼，然后也走到桌前看展开的圣旨。片刻后，他将圣旨合上，缓缓落座，并未说话。

屋中虽然坐了三个人，却甚是安静。

直到福婶匆匆而来，才打破了这份安静。福婶进了画堂，看到三人，先是一怔，须臾，她苦着脸走过来：“小姐，您真的要嫁给铮二公子啊？”

“圣旨已下，不嫁的话，就是抗旨。”言宸道。

福婶叹了口气，忧心忡忡地道：“李公子多好的人，真是可惜了！”话落，她走到近前，“铮二公子伤您的伤还没好呢，若是嫁了他，你们俩以后可怎么相处？”

“福婶，你来找我，可是有事儿？”谢芳华睁开眼睛问。

福婶抹了抹眼泪，点点头：“如今既然圣旨命令三个月内完婚，准备嫁妆便不用私下了，可以大张旗鼓地准备。今日圣旨赐婚后，多不过两日，就会换庚帖，纳采，下小定之礼，然后还有大定之礼，我过来问问您的意思。”

“准备吧。”谢芳华道。

福婶点点头：“那早先选中的嫁衣和那些布料，可还照用？您受伤后，我恼怒之下，都给停工了。”

“照用吧。”谢芳华又道。

福婶又为难地道：“咱们府中没个女主人，如今又分族分宗了，也不好再请六房的夫人来……”

“我虽然在养伤，但这等小事儿也可以办办，福婶若是信得过，就交给我吧。”谢云澜忽然道，“采办所需之物，打点事情，我还是做得来的。”

“那敢情好！”福婶一喜，“老侯爷不可能亲自去办这些，我需要打点小姐的陪嫁衣物、首饰，还要负责绣活等琐事，侍书要负责迎来送往，人手还真不够。世子不在，没个主持大局的，有公子您在，老奴就宽心了。您不是外人，出面做这些正好。”

谢云澜点点头，面色平静。

“右相和王大人刚走，英亲王和王妃就来了，老侯爷正在和英亲王叙话，商定各礼的具体日期。”福婶又道，“王妃这段日子瘦了一大圈，今日见了她，我吓了一跳。不过还好，人倒是精神。铮二公子没来，人据说还在西山大营。”

谢芳华点点头。

“王妃和老侯爷商讨完事情，估计会来您这里。”福婶又道。

谢芳华又点点头。

福婶又絮絮叨叨地说了些别的话，最后对谢云澜道：“公子您既然要帮着筹备婚事，现在就跟我去前边吧。老侯爷在和王爷、王妃商量事情，您也去听听，就能知道大概的期限，需要准备什么，这样也能尽快着手。”

谢云澜颔首，站起身，和福婶一起出了海棠苑。

谢芳华看着谢云澜离开，心下难受，对言宸低声道：“我其实对不起云澜哥哥。”

“感情的事儿，不可强求。在我看来，只要你好，他便会好。”言宸伸出手来给她把脉，“身体太虚，思虑过甚，这些日子外伤倒是养得不错，再有一月，外伤就能痊愈，内伤却不见起色，再这样下去，早晚会拖垮你的身体。”

“哪儿那么容易就垮了。”谢芳华摇头。

言宸正色看着她：“如今你的婚事不说尘埃落定，也是十之八九，不会再有变数了。你不能再如此下去，该放宽心养内伤了。从今日起，我一心盯着你养伤，大婚前，一定要给你养好了，你不准说不。”

谢芳华忍不住笑了：“好，好，好，公子有命，莫敢不从。”

右相等人离开后，英亲王和英亲王妃与忠勇侯商议了足足一上午。

事无巨细地商议妥当之后，英亲王妃便来了海棠苑。

谢芳华让侍画、侍墨扶着自己出去迎接英亲王妃，跨出门槛的时候，正见英亲王妃进了院子。多日不见，英亲王妃瘦了一大圈，曾经合身的衣服如今穿在身上有些松垮。

谢芳华的脚步猛地停住，看着她，一时惊愣得说不出话来。

“你这孩子，伤还没好，出来迎我做什么？”英亲王妃却在看见她的时候快步走了过来，一把抓住她的手，嗔怪地看着她。

“王妃，你怎么……”离得近了，谢芳华能清晰地看到她眼下浓浓的黑影。

英亲王妃叹了口气，握紧她的手：“还不是因为你们两个孩子不让我省心，我生怕一步出错，你们这桩婚事就真告吹了。”

谢芳华一时无言。

“走吧，进屋说。”英亲王妃拉着她进屋。

到了房间，二人在软榻上坐下，英亲王妃松开手：“让我看看你的伤怎么样了。”

谢芳华摇摇头：“好得差不多了。”

“伤得那么重，这才多少日子，怎么能会好得差不多？”英亲王妃看着她，“让我看看。”

谢芳华再次摇头："包扎着呢，已经结疤了，最多再养一个月。您别看了。"

英亲王妃闻言作罢，掏出帕子擦眼睛，恨恨地骂："秦铮这个混账东西！就算再怎么算计皇上，也不该搭上一个你，让你伤成这样！这些日子真是气死我了！"

谢芳华伸手拉住她。英亲王妃是真的对自己好，自己能做她的儿媳妇儿也是福气："我如今好模好样的，您快别哭了。"

"是啊王妃，您可别再糟蹋自己的身子了。而且芳华小姐还在养伤，勾起她心中的郁结，这伤好得就慢了。"春兰跟进屋，见此在一旁劝道。

英亲王妃用力地擦擦眼睛："好，我不哭了。幸好这次是彻底定下了婚期，否则我就跟那个小浑蛋没完没了！我怎么生了他这样不知道怜香惜玉的东西！"

谢芳华抿起嘴角，不搭话。

"芳华小姐，您不知道，王妃这些日子啊，每日都气得哭一通，跟王爷闹了两场。您看王妃瘦了是不是？王爷也比王妃好不了多少。"春兰叹了口气，"王爷和王妃昨天晚上一夜没睡，直到今天早上圣旨下了，王妃这才松了一口气。王爷连连说王妃好了，他也活过来了。"

谢芳华想着怪不得王妃这么重的黑眼圈，连忙道："您快回府休息吧！"

英亲王妃笑了："我心里高兴，还挺得住，好些日子不能见你，多跟你说会儿话。昨天我生怕你今天真跟李沐清那小子换了庚帖，我这早就准备做你婆婆的人反而弄丢了儿媳妇儿，便宜了右相府那个面泥捏的菩萨，那我可就真该跳河去了。"

谢芳华想起昨天见的右相夫人，不由得笑了笑。

"那日你闯落梅居出了事情，我冲进去时，那混账东西已经昏了过去，后来我气得再没见他，但是还是特意叫了他身边的青岩问了话。青岩的嘴紧得跟闷葫芦似的，什么也不说。我心下就奇怪，若是为了你们的婚事，也不至于非要伤你成这样才能提前大婚，他定然是还有什么难言之隐。"英亲王妃收了笑，"但是我想了这些天，怎么也想不明白。华丫头，你是聪明人，你可知道？"

谢芳华想起那日她在云澜哥哥的府邸，打开窗子，便见到了一脸阴沉的秦铮。

英亲王妃见她不说话，回想道："我这些日子重新捋了捋那两天发生的事情：先是他进宫去找皇上要去西山大营，然后他被皇上下令布置的龙门阵伤得不能动弹，后来忠勇侯府召集了族亲进府，然后皇上召你入宫陪他，后来你匆匆离宫出府，之后深夜时分，秦钰去了德安宫找他，然后他气得摔了杯盏，第二日一早便闹着出宫，然后就发生了落梅居用箭伤你之事。"

"秦钰找他那夜，与他说了什么？"谢芳华开口问。

"我那时候早就睡下了，没听到他们说了什么，就看到秦钰那小子走后，他气得脸色铁青。"英亲王妃揉揉眉心，"要我看来，事情大抵就出在秦钰那小子的身上。他当着我的面都言明对你有心思，不会放手，更遑论在别人面前。”

谢芳华不再说话。

英亲王妃也沉默了一会儿，拉着她的手道：“华丫头，说心里话，虽然我心里怄他，嘴上骂他，但是我生的儿子我知道，若不是万不得已，他不会伤你这么深。我养他这么大，除了你外，他从来不曾对任何女子假以辞色。从身为听音的你，到如今的你，他从未移开过眼睛。这么长时间以来，他如何护你你也知道。我在想，若是有办法，他宁愿自己受伤，应该也不会伤你。”

谢芳华垂下眼睫。

英亲王妃的手攥紧了：“如今皇上下了明旨，三个月内大婚，我和王爷跟老侯爷商议之下，将婚期定在了俩月后。你可能对他已经生了心结，有了怨气和怒气，你身上落下的疤痕可能总会提醒你他在落梅居毫不留情地伤你，可是，他未必好过。若是你们最终大婚了，绑在了一起，却过不去这一关，以后何谈幸福？”

谢芳华抿紧嘴角。

“我是他的娘，这些话本来不该我跟你说，但是想想，除了我，不见得有人理解他。你以后是我的儿媳妇儿，我也一直是拿你当女儿看的。”英亲王妃叹了口气，伤感地道，“我也是过来人，曾经为了年少时那点儿情事，和王爷蹉跎了多年，无非就是因了‘心结’两个字，我真是不希望你们步我们的后尘。”

谢芳华沉默不语。

“华丫头，我的意思你能明白吗？你们两个都是聪明的孩子，别聪明反被聪明误。”英亲王妃见她一直不语，担忧地看着她，“他看起来混账，内里的心思你可知道？”

谢芳华抬起头，看着英亲王妃，紧抿的嘴角松开，轻声道：“您放宽心，大婚后，他就是我的夫君，这些伤，不算什么。”

英亲王妃见她如此说，松了一口气，但又心疼起来，伸手抱住她：“有你这句话我就放心了。你这孩子比我强，不是糊涂人。那个混账若再有下次，别说你不饶他，我再也不认这个儿子了！”

谢芳华靠在她身上，任她抱着。

英亲王妃拍拍她，过了片刻，放开她，收了愁绪，笑着道：“跟你说说婚事安排，让你心里也有个谱。明日是王爷寿辰，这几日我也无心准备，明日就简办了。你的伤还没好，就不必过府了。给王爷祝寿的人不会太多，若不是因为裕谦王被皇上刻意因此召回京，依着王爷的意思，这寿辰就不过了，但既然他进京了，就不能不热闹一番。”

谢芳华点点头。

“今日呢，我和王爷来的时候就将庚帖带来了，刚刚已经和老侯爷换了。你们是天作之合，这换庚帖、合八字一项就是走个过场，简化就是，虽然不合规制，但是为免耽误时间，打破了这项规制也不碍事。”英亲王妃笑着道，“后日便来行纳采之礼。再十日后，行文定之礼。再二十日后，行纳征之礼。之后请期这一礼呢，今日我们已经商定了婚期，就简化略过了。婚期定在了俩月后，也就是六月初六，取意六六大顺，是大吉之兆！”

谢芳华想着今日是四月初八，算起来不满两个月。

“虽然紧得很，但该有的礼数都不会少，你看可行？”英亲王妃抓着她的手，叹道，“圣旨虽然是说三个月内，但我实在怕夜长梦多。”

谢芳华点头：“可行。”

英亲王妃见她答应，欣慰地拍拍她，又闲聊了两句，实在疲惫得受不住了，才由春兰扶着离开了海棠苑。

英亲王妃走后，谢芳华靠在躺椅上久久不动。

两道圣旨赐婚的消息覆盖了整座南秦京城，大街小巷，议论纷纷。

最令人惊异的是复又给秦铮和谢芳华赐婚的圣旨，无异于一道惊雷。

古来未有这样的先例，但是当朝天子开了先例，谁又敢多言半句?

也许是秦铮和谢芳华第二道赐婚的圣旨给人们带来的惊异太大，右相府小姐李如碧赐婚四皇子的旨意反而给掩盖得没惊起多大波澜。

京城的百姓们都注意着接下来的动静。

英亲王和英亲王妃在忠勇侯府待了大半日，英亲王府的二公子秦铮在西山军营却并没有出来，据说接了圣旨就随意地搁下，然后便照常待在西山大营与众人一起操练。

第四十二章

俩月婚期

第二日，英亲王寿辰。

一大早，朝中官员以及京中与英亲王交好的世家勋贵的亲眷便陆续上门。

英亲王妃虽说要简办，但上门的宾客自然不可能赶出去，而且比她预想的要多很多，一时间，英亲王府热闹非凡，英亲王妃自己操持不来，便将刘侧妃和府中的内眷派出来接待。

谢芳华继续在府中养伤，并没有去英亲王府，好在忠勇侯府常年不出外走动的老侯爷和崔允这个舅老爷都过府给英亲王贺寿，谢芳华就算不去也不算失礼。

众人本来都想看看昨日被重新赐婚的谢芳华是个什么态度，可惜没看到，不过父亲寿辰，秦铮自然是要回来的。

秦铮是中午从西山大营回了英亲王府给英亲王祝寿的。

他一出现，众人的目光就集中到了他的身上。

西山军营里滚爬跌打起早贪黑的操练并没有将这位二公子身上张狂肆意的气质磨灭，反而短短时间内，让他身上有了一种武将特有的凌厉和肃然。

当然，他脸上那种洒脱不羁的笑意没了，取而代之的是冷冷的寒峭之意。

他纵马回府自然不用通报，几乎是无声无息地出现在喧闹的大堂里。

他一出现，喧闹顿时停了，众人齐齐地看向他。

明明还是个少年，却让朝中活了一把年纪的众臣都为之一悸。明明是春暖的日子，很多人偏偏觉得冷如秋霜，感觉周遭的温度都低了好几度。

“你回来做什么？”看到秦铮，坐在主位上的英亲王的脸顿时沉了。

"回来看看。"秦铮道，"百善孝为先，距离这么近，父王的寿辰我若是不回来就是大逆不道了。"

"你还懂得百善孝为先？"英亲王大怒，"看看你前些日子都做了些什么混账事儿！如今你可知道错了？"

"错？"秦铮笑了一声，虽然是笑，却无笑意，"儿子不知道哪里错了。我回来贺寿，父王似乎不乐意见到我，既然心意到了，那我就走了。"话落，他转身向外走去。

"你……"英亲王腾地站起身，"你给我站住！"

秦铮回头："父王还有何事？"

"老侯爷今日在此，你不过来见礼吗？"英亲王看着满堂宾客，尽力压下怒意。

秦铮闻言看向忠勇侯，似乎才看到一般："没看到老侯爷，真是对不住您了。"话落，他漫不经心地行了一礼，直起身时，口中道，"可惜了您老三番五次进宫求皇叔取消婚约，最后反而弄了个让我不准休妻的赐婚圣旨出来，您老的雄风不及当年了。"话落，他转身向外走去。

忠勇侯闻言脸色沉沉，一言未发。

"混账！"英亲王快要气晕了，"你怎么说话呢！"

秦铮仿佛没听见，脚步不停。

"既然圣旨赐婚你没在，现在回来了，就给我去忠勇侯府向你的未婚妻赔礼道歉！"英亲王在他身后大喝，"婚期定在两个月后，这般急，已然委屈了她，但她也同意了，你也该拿出个态度。"

"今日没空！"秦铮丢下一句话，出了大堂，人走远了。

"你看看他！你这些日子还为他操碎了心，日夜不得安寝，可他呢？这副样子，真是气死我了！"英亲王转向身边的英亲王妃，几乎被气得喘不过气来，"他还不如不回来，这是专程回来气我的！"

"王爷息怒吧。以后华丫头过了门，我们有了儿媳妇儿，不要他也行。"英亲王妃的脸色也极其难看，"今日是你的寿辰，别因他闹得不快。那一日裕谦王弟的宫宴就被他搅了，今日可不能再被他搅了。"

英亲王闻言顺了顺气，招呼众人。

众人都暗暗猜测着皇上再度赐婚的用意——圣旨已下，忠勇侯府和英亲王府都不能抗旨，可是铮二公子和芳华小姐明明已经相互生厌，真是为大婚以后二人的相处而揪心。

"皇上驾到！"

众人正在暗自摇头的时候，大门外传来一声尖着嗓子的高喊声，众人一惊，连忙起身。

英亲王和英亲王妃一愣，对看了一眼，然后齐齐起身带着众人迎了出去。

众人刚走到半路，一身明黄龙袍的皇帝径自进了内院。

"吾皇万岁！"众人呼啦啦地跪了一地。

皇帝一脸病态，似乎卧床的短短几日便苍老了十多岁。他站定，摆摆手，咳嗽了两声："众位爱卿平身吧。今日朕是来给王兄贺寿的，无须多礼。"

众人叩谢起身。

英亲王和英亲王妃一众人将皇帝迎了进去。

皇帝坐在上首之后摆摆手，众人落座后，他看向忠勇侯："老侯爷，朕复又赐婚，你可怪朕？"

忠勇侯起身，苍老的声音恭谨地道："皇上隆恩，厚待忠勇侯府，老臣不敢怪皇上。"

"刚刚朕在门口碰到那个臭小子了！朕嘱咐了他，令他明日纳采务必亲自去忠勇侯府过礼。"皇帝说着，又咳嗽了两声。

忠勇侯颔首："多谢皇上顾全孙女的面子！"

皇帝摆摆手："谁都年轻过，朕只是给他们一个机会。"

忠勇侯闻言不再多言。

皇帝暂且搁下话，转头和英亲王叙话。

皇帝来了，气氛又和早先不同，英亲王府伺候的下人们，端茶倒水更是小心谨慎数倍。

酒过三巡，菜过五味，寿宴接近尾声的时候，皇帝转头，带着三分醉意地对忠勇侯道："谢氏如今分宗分族了，朕记得谢氏长房的事情还没有决断，朕的御林军还围困着谢氏长房。这么长时间过去了，法佛寺的事情还没查明白，裕谦王弟两位公子手中的墨珠仍在。如今就差一人未验证了，就是离家出走的永康侯府的燕亭。短时间内，怕是难以找到他，你看，谢氏长房的事情，该如何处理？"

忠勇侯闻言思忖片刻，说道："皇上，臣的孙女自幼卧床不起，法佛寺失火也算是因祸得福。谢氏长房犯罪前，谢氏还未分族分宗，如今御林军围困谢氏长房也够久了，为了给华丫头积福，老臣请求皇上，对谢氏长房从轻发落。"

皇帝点点头："你说得有道理，但是当日，谢氏长房差点儿谋害的人可不止一个芳华丫头，还有王妃和秦铮。谋害近支族亲，谋害王族宗亲，若是从轻发落了，以后争相效仿怎么办？"

"皇上说得极是。"忠勇侯又沉思片刻，"老臣以为，将谢氏长房驱逐出京，发配到漠北的苦寒之地，以儆效尤！"

皇帝皱眉："这是轻罚，朕觉得不足以警醒世人，依朕看，满门抄斩才能以儆天下！"

忠勇侯一惊。

众人也齐齐一惊。

"朕这样处置，老侯爷以为如何？"皇帝又咳嗽两声，盯着忠勇侯，"老侯爷年纪大了，有些事儿上容易心软，但有些事儿却不该心软。谢氏已经分宗分族了，难道你还念着同族宗亲？若是如此，分与不分，有何区别？”

忠勇侯垂下头：“皇上说得有理，老臣确实老迈了，忠勇侯府一府的事情都已经疲于乏力，管不了了，孙女的事儿也让老臣力不从心，遑论别人，皇上决断就是。”

皇帝闻言偏头看向英亲王：“王兄觉得呢？”

“法佛寺的事情怕是要成为无头公案了，谢氏长房这样拖着也不是办法，臣觉得……”英亲王看了一眼忠勇侯，又扫了一圈大气也不出的众人，知道这是皇上和忠勇侯府在分族分宗后的一次较量，他暗暗叹了口气，小心谨慎地道，“皇上说得有理，谢氏长房是不该轻罚。法佛寺失火，那一房本就该锒铛入狱，但是皇上仁慈，只派御林军围困月余而已。”

“那就这样吧！即刻传旨，谢氏长房一门，满门抄斩，以儆天下！明日午时行刑！”皇帝一锤定音，对吴权道，“你去传旨！”

“是！”吴权应声而去。

吴权领旨一踏出英亲王府的大门，忠勇侯府海棠苑就得到了消息。

谢芳华的脸瞬间沉了下来，握着茶杯的手猛地攥紧，唇瓣紧紧地抿起。谢氏分族分宗后，皇上积攒数日的怒气爆发了出来，趁机给了忠勇侯府好大一个巴掌。

若是忠勇侯府誓死反对，那么谢氏分族分宗就是一个笑话；若是忠勇侯府不管，那么谢氏长房一门就会被满门诛杀，这也算是给整个谢氏提了个醒，分了就是分了，忠勇侯府以后再不管他们死活，那么分族时暗中所说的相互照料就成了一句空话，以后整个谢氏就是真正的分崩离析了。

对谢氏长房，谢芳华虽然一直没好感，但也不至于想要他们断绝血脉。

谢氏长房虽然在法佛寺趁机害她，但只是别人的一颗棋子，背后那人利用了谢氏长房对忠勇侯府的妒心，略施手段，想拉出整个谢氏。

只是因为当日有英亲王妃和秦铮在，所以，便不单单是谋害谢氏自己人的事儿了。

皇帝给谢氏长房安上了一个谋害同族宗亲、谋害宗室的罪名，这算是大罪，判个满门抄斩也的确让人无法反驳。但满门抄斩，在谢氏分族分宗后，对整个谢氏，便是一个雷霆般的震慑。

不得不说，病了数日之后，皇上这一招可谓是利刃封喉。

“明日午时行刑的话，时间太紧了。让皇上反口收回圣旨不可能，但若是想要救人，数千御林军围困着谢氏长房，不好救。若是劫法场，那就更难了，皇上想要谢氏长房死，就不会不在法场上严防死守。”谢云澜看着谢芳华，见她久久不语，他沉声开口。

“谢氏长房不能就这么全部被杀。”谢芳华放下杯子，看着谢云澜，“我曾经答应过，林溪哥哥若是与我合作，我会保住谢氏长房，虽然他还没起太大作用就出了法佛寺之事，但是他也尽力做了些事儿，一定程度上制衡了当初的谢氏长房。更何况，如今全天下都看着谢氏分族分宗后如何与皇室相处。若是这一局让皇上胜了，那么，谢氏真就分崩离析了，保不准有的门户就会自此惧怕皇权刀刃，被皇上趁机收买，反过来对付忠勇侯府，知谢氏甚深的，还是谢氏自己人。若是分族分宗后同室操戈，谢氏因此而亡，还被史书记载下来，就是个大笑话了。”

“是啊，皇上这一招真狠。”谢云澜颔首，“想要救下来，只能在这一日间找出个法子。幸好皇上下的命令不是今日就斩首，还有些时间。”

“今日是英亲王寿辰，皇帝若是让今日见血，便是不顾兄弟情分。”谢芳华冷嘲。

“明日虽然是纳采之礼，但也是你和……秦铮的第一道礼，皇上这也是一箭双雕。”谢云澜抿唇道，“谢氏长房被灭门，忠勇侯府却行喜庆之事，这传扬出去……”

“我记得法佛寺失火，那具叫无忘的尸体凭空消失，若是谢氏长房那些人凭空消失呢？云澜哥哥，你说会如何？”谢芳华忽然问。

谢云澜一惊：“如何让他们凭空消失？”

谢芳华不说话，似乎在思索。

谢云澜看着她：“法佛寺失火，那个无忘大师的事情我知道一些，但他毕竟是一个人，而谢氏长房里，算起来，长房的大伯父、大伯母、三个兄弟、两个姐妹，一共七口人。在数千御林军的看守下，不是说凭空消失就能凭空消失的。”

谢芳华思索片刻后，忽然问：“言宸呢？”

“今日一早便没见过他。”谢云澜摇头。

谢芳华低头看了一眼自己的伤，叹了口气：“幸好他在京城。”

“你是想让他去救？”谢云澜看着谢芳华。

“我受伤不能动，云澜哥哥你的伤也未好，也避不开御林军。”谢芳华捻着手指，“况且，皇上一直监视着忠勇侯府的动静，自从你回京，协助我处理事务，皇上便也盯紧了你。我们动手都不方便，只能让言宸出手了。”

“就算让他出手，怎样才能神不知鬼不觉地救出谢氏长房的人？让他们凭空消失？”谢云澜看着他。

“谢氏长房是因为法佛寺大火有难，那么如今，谢氏长房也可以借火而遁。”谢芳华思考着，“不如就让这件事情败在火，成也在火。”

谢云澜有些想不透：“在我看来，这就是一个死局，如何从火中逃生？难道有密道不成？”他思索了一会儿，眼睛忽然一亮，“很多大家高门建造府邸时，都留了密道出城，谢氏长房有密道的话，自然是再好不过。”

“谢氏长房的府里没有密道。”谢芳华摇头，“云继哥哥在京城时，我令他助我查过整个谢氏，除了忠勇侯府、谢氏盐仓、谢氏米粮、谢氏族长这几个谢氏主脉家中，其余人家，多不过是修筑了几间暗室，也有几家有密道，但无非是内院私通苟且之用，派不上大用场。”

“既然如此，你打算怎么办？”谢云澜皱眉。

“没有密道，就挖一条密道出来。”谢芳华眯起眼睛，“一日夜的时间虽短，但也不是不能完成。”

谢云澜一惊。

“云澜哥哥，你现在就找人拿一张谢氏长房四邻地形的图纸来。”谢芳华看着他。

“你真的认为可行？”谢云澜眉头皱紧，“就算能这样救出人，但真成功了，就是一件大事儿，恐怕会吵得沸沸扬扬，人凭空消失了，皇上必然知道是忠勇侯府做的。”

“那也要他抓住把柄才行。抓不住把柄，那么只能作罢。”谢芳华冷笑，“他想诛杀谁，一句话就能诛杀吗？就算是天子，也不能视人命如草芥。”

“既然如此，就试试吧，的确不能看着谢氏长房一门被诛杀。”谢云澜颔首，站起身，对她道，“你等一下，我去拿地形图纸。”话落，他转身走了出去。

谢芳华等他出了门，将侍画喊来，吩咐她：“去看看言宸去了哪里，让他立即回来。”

“是，小姐。”侍画应声而去。

不多时，谢云澜拿了两张地形图回来，一张是谢氏长房的地形图，一张是四邻的地形方位图。

谢芳华将两张图纸放在一起，看了片刻，目光锁定了谢氏长房后方的一个院落，问道：“这是谁家的院子？”

谢云澜看着那个院落叹了口气：“是四皇子的。”

“怎么是他的？”谢芳华凝眉。

“不知道为什么是他的。”谢云澜摇头，“可是这处院子的的确确在四皇子名下。”

谢芳华忽然嗤笑：“谢氏长房左右两面挨着的那两家院落都临湖，正门则由御林军把守，唯有后面可以利用，可偏偏是秦钰的院子。”

“皇室早就已经将谢氏长房当作突破口，这个院子归在四皇子名下多年了。若不是你回京后一连串的动作没让皇上抢得先机，再加上四皇子回京后似乎对谢氏没了敌意，谢氏不可能现在还安然无恙。”谢云澜也觉得这一招怕是行不通了。

“谢氏长房……”谢芳华眼神深沉，“为了荣华，暗中投诚皇室，想要拉忠勇侯府下马，如今获得个满门抄斩的下场也不冤。”

谢云澜点头：“四皇子火烧宫闱被贬去漠北之前，针对谢氏的动作颇多。谢氏长房恋慕富贵权势，甘心为皇室所用，最后反噬自家。多年来，老侯爷与皇室心照不宣，一个退，一个进。”

“若论忠心，谢氏先辈可谓第一。”谢芳华想起前世忠勇侯府被满门抄斩、株连九族，何尝不是跟爷爷的一味退让有关。他总想着皇室不会太狠，会留有余地，可是他不知道这个皇上没有历代皇上仁慈，竟然一点儿生机也不给谢氏，将谢氏连根拔起，最后悔之晚矣。

“若不然，不救就是了，谢氏长房也算是咎由自取。”谢云澜感觉谢芳华的气息波动，想到若不是谢氏长房的敏夫人想害她，不至于有今日之难。

“分族分宗后出了这样的事情，谢氏长房虽然该死，但是不能不救，不救的后果太严重。虽然不是同族亲属了，但也不能演变成同室操戈。”谢芳华道。

“若是照你的方法，在四皇子面前动土，一定会惊动他的。”谢云澜道，“皇上自小便培养秦钰，在除去谢氏一事上，他最得用的，还是秦钰。”

谢芳华忽然站起身：“我明白了。”

“明白了什么？”谢云澜看着她，见她的脸色一瞬间极其难看，他不由得担忧起来。

谢芳华紧紧地攥住桌沿：“云澜哥哥，你将刚你那句话再说一遍。”

“哪句？”谢云澜看着她，疑惑地问道。

“就是刚刚，你说除去谢氏，秦钰……”谢芳华盯着他。

谢云澜点头：“我说，皇上自小便培养秦钰，在除去谢氏一事上，他最得用的，还是秦钰。”

“是了，就是这个！”谢芳华的身子忽然剧烈地颤了起来，“我一直不解，今天终于明白了。”

“芳华，可有什么不妥？”谢云澜从来不曾见过谢芳华这副样子，生怕她一不留神栽倒，不由得起身要伸手扶她。

谢芳华避开他的手，忽然闭上了眼睛。

谢云澜看着她。

好半晌，谢芳华才睁开眼睛，眼底尽是浓浓的黑色：“我明白了秦钰纵火烧宫闱的原因，他要的，不仅仅是舅舅在漠北掌控的三十万兵马，还有舅舅、姑姑、北齐、忠勇侯府联系甚密的证据，意图制造忠勇侯府勾结北齐谋反的证据，等他回京后，在收了舅舅兵权的情况下，出手置忠勇侯府于死地。”

谢云澜一怔。

谢芳华继续道：“法佛寺那场大火，虽然他当时没在京中，但一定是他指使人做的，因为那时他已经在赶回京城的途中。他自小长在京城，就算去了漠北，又岂会与京中的势力断绝联系？查出谢氏长房迫害我，拿住一个谢氏长房，然后由谢氏长房串起整个谢氏——谢氏长房背后指不定做了多少不容于律法的事儿，其余的谢氏背后也不干净——再寻个时机，将这些都捅出来，有忠勇侯府勾结别国叛乱在前，谢氏危害南秦基业在后，这样一连串下来，皇室便有理由一举铲除整个谢氏了。”

谢云澜听罢，面色大变。

“四皇子秦钰，真是让人不能小看啊！”谢芳华一口气说了长长的一段话，忽然坐下，怒极而笑，“好一个才华满腹的四皇子，好一个皇上最有出息最器重的儿子！若是照他这般，谢氏何存？”

“照你这般说法，秦钰在背后筹谋这些，皇上定然知道，所以，你突然分宗分族，将整个谢氏分得七零八落，一举打碎了这筹备了多年的计划，保住了整个谢氏，皇上才大怒得卧床不起。”谢云澜好半晌才缓和了情绪，心惊地道。

谢芳华点头。

谢云澜抿唇：“这么多年来，谢氏一族的各个旁支他定然都摸通透了才去了漠北，还以那么大的罪名被贬黜去了漠北军营夺得兵权。他回京之时，就是谢氏倾覆灭族之时。真是好筹谋，好手段，世子和我这么多年来也算盯着皇室的动静，竟然一直没发觉。”

“没警觉那是因为没出大事儿。一个谢氏长房，一个谢氏盐仓，还有其余被皇室掌控的谢氏旁支，他都是悄无声息用了多年一点点渗透的。火烧宫闱虽然天下瞩目，但也只注意了突然被贬黜的四皇子和皇后的境遇，根本注意不到谢氏。”谢芳华深吸一口气，“明修栈道，暗度陈仓，我回京这么久竟然也没发觉，若不是……”她说着，顿住了。

若不是凭着上一世的记忆，知道忠勇侯府被灭门、谢氏被株连九族的惨烈结局，知道皇上除去谢氏的决心，为了制衡，才想出分族分宗的法子，只要整个谢氏还是连在一起，秦钰手中攥着的东西，一定会成为一柄顷刻间就能彻底诛杀谢氏连抵挡都来不及的利剑。

“还有齐言轻和玉云水。”言宸忽然道，“他们来南秦的目的，恐怕不单单是为了云继。”

谢芳华点点头，心底发寒，她肯定地道：“他们一定和秦钰认识，也许，交情比认识还要深。”

谢云澜点头：“照你刚刚的推断，皇上和四皇子筹谋多年，然而忠勇侯府一直忠心为国，从无二话。即便姑姑嫁去北齐，也是为了代替大长公主。这么多年来，姑姑和忠勇侯府几乎断绝来往，一年不过一封信。皇室想将忠勇侯府和整个谢氏连根拔起，自然要扣上通敌叛国的大罪。谢氏蛀虫颇多，秦钰筹谋这么多年，准备妥当之后，前去漠北，一为军权，二为制造证据，可是什么证据都不如两个证人。有了证据，再有证人，那么，株连之下，忠勇侯府和谢氏还如何自保？还有何人敢作保？”

谢芳华这时连冷笑都发不出了，只觉得遍体生寒，原来上一世，谢氏竟然是这样倾覆的。怪不得那么快，快得让几百年甚至上千年的世家大族连还手的余地也无。

“幸好谢氏分族分宗了，如今只不过推出个谢氏长房。”谢云澜倒了一杯热水递给谢芳华，“比起整个谢氏被株连，如今算是险险躲过一劫。”

“我是否该感谢秦钰回京后动作慢了？或者说，他是陡然良心发现，意识到北齐能容下玉家，为何南秦不能容下谢氏？”谢芳华声音沉冷，“怪不得那日他连夜从临汾桥回来，半路拦住齐言轻和玉云水，而秦铮劫了人之后，第二日一早，皇上和秦钰便急匆匆去要人。”

“那二人幸好被秦铮拦下。”谢云澜道，“后来他将人给了我。”顿了顿，他忽然想到什么，又看着谢芳华道，“可是就在世子去了临汾桥，你接管事务，我帮你后，我又将那二人转手给了秦铮，如今那二人在他手上……”

“你后来又转给了他？”谢芳华一怔。

谢云澜点点头。

谢芳华沉默片刻，忽然一笑：“在他那儿就在他那儿，他总归不会对谢氏如何。”顿了顿，她沉声道，“云澜哥哥，你去请秦钰来一趟。”

“你是要……”谢云澜看着她。

“我想看看秦钰手里的底牌，够不够让我承担不救谢氏长房的后果。”谢芳华道。

谢云澜蹙眉，沉默片刻，点点头，出了海棠苑。

谢云澜刚刚离开，侍书便匆匆进了海棠苑。

“小姐，谢氏族长府邸的云青公子、谢氏五房的林炎公子、谢氏四房的谢琦小姐、谢氏六房的谢伊小姐一起来了，要见小姐您和云澜公子。”

谢芳华一怔。

“您见还是不见？”侍书等了片刻，没听见谢芳华的回应，轻声询问。

谢芳华站起身，挪到窗前，目光越过高墙，看向忠勇侯府的角门，淡淡道：“你去告诉他们，若是为了谢氏长房而来，我自会尽力想办法搭救，让他们回去吧。”

“是。”侍书转身出了海棠苑。

不多时，侍书又返回来，低声道：“两位公子和两位小姐确实是为了救谢氏长房而来，听完小姐您的话，都回府了。云青公子离开前让我转告小姐一句话，说若是救整个谢氏长房难以施为，尽可能地救出林溪公子就成，若是有用得到他的地方，小姐一定要知会他相助。”

谢芳华点点头。

半个时辰后，谢云澜和秦钰一起进了海棠苑。

谢芳华出了内室，来到外面待客的画堂。

秦钰一身华美锦缎，面容微带酒意，显然是刚从英亲王府出来。进了画堂后，看到谢芳华，他一笑："你第一次特意请我来你这里，真是有些意外。"

谢芳华看着他："皇上下旨诛杀谢氏长房满门，你意外不意外？"

秦钰脚步一顿，不过只有一瞬，便缓缓地坐下，笑道："原来是为了这件事儿，怪不得请了我来。"

谢芳华将两张图纸拿出，放在了他的面前，指着一处院落道："这一个院子是四皇子的吧？我很好奇，四皇子买了这么一个院子，是做什么用的？"

"买了院子，自然是为了偶尔出宫时在外落脚的。去年父皇才给我分了府邸，如今府邸才建了一半又搁置了。"秦钰看了一眼那两张图纸，赞道，"绘图纸的人可真是精细，将院中的每一处都绘得清清楚楚。"

"爷爷这些年一味地后退，在这京城中成了半归隐之态。哥哥这些年病弱，只能费力地支撑谢氏门庭，有些事情，他听爷爷的话，睁一只眼闭一只眼。皇上和四皇子这些年来暗中筹谋，顺利无比，悄无声息地吞噬了大半的谢氏，想必很是得意。"谢芳华的声音微冷。

秦钰偏头看她。

谢芳华也看着他。

过了片刻，秦钰哂笑："我来你这里做客，是否能劳动芳华小姐给我斟一杯茶？在大伯父的府邸喝了些酒，却是一口茶也没喝，如今渴得很。"

谢芳华撤回视线，拿起茶壶，给他倒了一杯茶。

秦钰端起来，也不管茶水热不热，一饮而尽，之后又将茶盏推到了谢芳华的面前。

谢芳华又给他倒了一杯。

秦钰又端起来，一饮而尽，之后又将茶盏放在谢芳华面前。

谢芳华又倒了一杯。

最后一杯茶秦钰只抿了一口，便将茶盏握在手里，轻轻晃动："以前，确切地说是我从漠北回来踏入京城之前，的确是有些得意的。然而，在平阳城遇到你之后，便没那么得意了。"

谢芳华放下茶壶，看着他。

"如今你既然找我来说这一番话，看来是对父皇和我这么多年的筹谋算计了若指掌了？"秦钰扫了谢云澜一眼，见对方坐在一旁不言不语，他又看向谢芳华。

谢芳华不语。

"不错，多年筹谋，悄无声息，只为一朝倾覆谢氏。"秦钰见她不语，径自一笑，"你是什么时候知道的？在我踏入平阳城之前？"话落，他似是回忆，"那时见你，你便毫不留情地要杀我。”

“我若是那时就知道，便不会让你耽搁时间，以致让你躲过了一劫。”谢芳华冷然地看着他，“是在今日，圣旨下达后，要诛杀谢氏长房满门，我忽然想通了。”

秦钰摇头：“我不相信。若是你今日才想通，怎么会提前就做了分族分宗的大事儿？你可知道，父皇听到谢氏分族分宗后，气得昏厥了过去。”

谢芳华嘲讽地看着他；“分族分宗不过为自保。皇上和你的眼里只有皇权，超越皇权的存在，便是其心可诛的乱臣，势必要除去，又怎知谢氏有谢氏的骄傲，忠勇侯府更不白担祖宗传下来的世代簪缨之家的傲骨。只不过谢氏人才辈出，一代代传下来，自然主弱臣强，当君者，需要有天海般的包容之心。显然，当今圣上没有，至于你……”

“我怎样？”秦钰看着她，“你是想说，我有，还是和父皇一样没有？”

“问我做什么？四皇子问问自己的心，到底有没有！”谢芳华盯着他。

“外臣坐大，最终黄袍加身者，古来有很多，否则又哪里有那么多改朝换代。”秦钰道。

“千百年来，谢氏有多少机会能黄袍加身，却至今没有加身。”谢芳华冷笑，“坐大就意味着稀罕皇权吗？笑话！”

秦钰忽然叹了一口气：“谢氏不仅仅是坐大这么简单，而是太大了。南秦姓秦没错，可是半壁江山都姓谢。忠勇侯府一直没有乱臣之心，不但我知道，父皇也知道，可是，忠勇侯府没有，就代表谢氏族人都没有吗？放眼天下，随便一个谢氏主系族亲的门第，都当得上一个世家大族了，更何况谢氏有这么多门户和这么多才华横溢之人。”

“所以，皇室怕了，皇上怕了。”谢芳华看着他。

“是啊，皇室里，只有我一人有些才华，秦氏宗亲里，只出了一个秦铮，放眼秦家皇族，只我二人而已，可是谢氏有多少人你自己算算。谢世子谢墨含不说，谢氏米粮的谢云澜、谢氏盐仓的谢云继、谢氏长房的谢林溪、谢氏族长府的谢云青……就连谢氏五房年纪颇小的一个谢林炎都有才，连女儿家也算上的话，不说你谢芳华，谢氏六房的谢伊也是弱质骨强，这样的谢氏，皇室如何不怕？”

“你说错了，云继哥哥是北齐的皇子，云澜哥哥嘛……”谢芳华看着他，“我不信你不知道他的真实身份。”

秦钰忽然哂笑：“那又如何？还不是姓谢？只要姓谢，不就是谢氏的人？”

谢芳华不语。

“更何况，谢云继是北齐皇子，这更让皇室忌惮。谢云澜的身份我自然知道，但也是不久前知道的。这么多年来，父皇多次试图对谢氏米粮出手，可也只吞了小半，大半都让他攥在了自己的手里。”秦钰又看了谢云澜一眼，见他仍一言不发，于是笑笑，“说起来，无非是各有立场。”

“是啊，各有立场。”谢芳华不得不承认他说得有理，她自然一早就有这样的认知，只怪谢氏人才济济。她看着秦钰，“如今已然分族分宗，我想问问四皇子，谢氏要再做到哪一步，你才会觉得威胁不到皇权，从而撤掉悬在谢氏头上的锋刃？”

秦钰挑眉：“我有些明白了，原来芳华小姐今日请我来，不只是想救谢氏长房这么简单。”

“自然。”谢芳华也不隐瞒，直言道，“忠勇侯府的忠心天地可鉴，但那是我回京之前。”

“哦？”秦钰看着她，忽然放下茶盏，“若是我说，我想要你，只要你在我身边，我就撤手，你以为如何？”

“四皇子似乎忘了自己已经有赐婚的皇子妃了。”谢芳华冷冷地看着他。

“赐婚而已，未必能嫁给我。”秦钰回看她。

谢芳华收回视线，倒了一杯茶，递给身边的谢云澜：“其实，我不在乎鱼死网破。”

“怎样鱼死网破？”秦钰看了谢云澜一眼。

谢芳华又给自己倒了一杯，眉目冷然：“这片江山若是因秦谢争斗而毁，必然硝烟再起，北齐长驱而入，南秦不复，北齐统一。”

“看来，你虽然出身忠勇侯府，虽然姓谢，身上却没有半点儿谢氏的忠心和谢氏女儿该有的闺仪。”秦钰面色不变，笑看着她，“你这样的说法，与通敌卖国何异？”

“我这样的说法，还不是取决于秦家是不是还要置谢氏于死地。”谢芳华面无表情，“我是没有学好闺训，所以，一个我，更不值得你付出多年筹谋毁于一旦的代价，四皇子三思。”

“若是我就觉得你值得这个代价，就要你呢？”秦钰盯着她。

“看来，这件事情是谈不成了。”谢芳华撇开眼睛，“那就换个条件。救出谢氏长房，四皇子若是帮忙，需要什么条件。”

秦钰也撇开脸，身子靠在椅背上，忽然有些意兴阑珊：“谢氏长房被围困月余了，芳华小姐不闻不问，我还以为谢氏长房在你眼里没有大用，如今又为何要救？”

“我一直不闻不问，不过是想给谢氏长房一个深刻的教训，另外也是为了顺利地分族分宗——谢氏长房的教训摆在那里，就犹如悬在头上的剑，那些族亲总会多两分思量。再者，法佛寺的事情，说大不大，说小不小，本以为不至于满门覆灭，却是我料错了，皇上心狠，竟要诛杀满门。”

“父皇的心狠不是一日两日了。当年登基时，他是踏着自己摔碎了的心和别人的血骨走上去的，至于如今，心狠更胜以往十倍。你也不是不知原因，林太妃让她的人来找你，你不是知道他命不久矣了吗？一个不久于人世之人，你还能指望他心软？”秦钰似乎有些乏了。

“四皇子不愧是四皇子，看来没有什么是你不知道的。”谢芳华看着他，“你只说，我要救谢氏长房，你有何条件？”

“你只想要他们活命不是吗？”秦钰忽然一笑，站起身，“刚刚我们说的整个谢氏，我手里攥着的东西，足够跟你等价交换。反正不急，就这样吧。谢氏长房就白送你，当作我的诚意了。”话落，他转身向外走去。

谢芳华看着他痛快地出了门，她偏头看向谢云澜。

“我送四皇子。”谢云澜看了她一眼，站起身，跟随在秦钰身后出了房门。

秦钰也没推托，二人一前一后出了海棠苑。

谢芳华忽然端起茶盏，一饮而尽，须臾，她放下茶盏，泄气一般地将身子靠在了椅背上。

不多时，言宸脚步轻浅地走了进来，看到谢芳华脸色昏暗地坐在椅子上，他一愣：“是为谢氏长房的事情？”

谢芳华睁开眼睛，神色有些疲惫：“你去了哪里？”

“轻歌找我。”言宸顿了一下，“有了谢云继的消息——齐云雪已经将他带到了北齐境内，可是没看住他，据说还没有进北齐京城，更没有见到皇上和皇后，他就从齐云雪的手上逃脱了。”

“哦？”谢芳华一笑，“云继哥哥竟然从齐云雪的手里逃脱了？按理说，他的武功不是齐云雪的对手。”

“谢氏盐仓培养了这么多年的继承人，焉能没有点儿手段？齐云雪待在情花谷多年，几乎避世，武功媚术她在行，手段算计她却不行，没看住也不太意外。”言宸道。

“也是。”谢芳华的心情轻松了些，“总算听到了一件让人高兴点儿的事儿。”

言宸不置可否：“我看到四皇子刚刚离开？”

“嗯，别人在法佛寺利用谢氏长房，我想反利用，所以才不闻不问不搭救，让谢氏长房被御林军围困。没想到……”谢芳华顿住不说话。

“可要我出手？”言宸看着她。

谢芳华沉默了一下，摇摇头：“算了，秦钰说他手里攥着致命的东西，不差一个谢氏长房，白送给我了。我倒要看看，皇上圣旨已下，四皇子怎么才能践诺。”

“那就是不出手了？”言宸蹙眉。

“嗯。”谢芳华点头。

“也罢。听到圣旨后，我研究了一番，在短时间内，想越过四皇子救人，做不到。”言宸道。

谢芳华揉揉眉心。

“你回房躺着。一个谢氏长房而已，事已至此，就别再多思多虑了。别忘了，你就是忧思太甚，如今必须养好身体。”言宸挥手赶人。

谢芳华放下揉眉心的手，对他微笑：“好，回房躺着。”话落，她站起身，“虽然咱们不能出手，但给谢氏长房传个话不难。你给谢林溪传个话吧，让他少安毋躁，会救谢氏长房的。”

“告诉你不要多思，转眼就多思了。”言宸看着她。

谢芳华无奈地笑笑，听话地回了房。

言宸见她离开，珠帘随着她进屋轻轻晃荡，他笑着摇了摇头。

忠勇侯和崔允一个时辰后回了忠勇侯府，二人径直前往海棠苑，走到半路，碰到了谢云澜。

谢云澜将秦钰和谢芳华的交谈简略地说了一遍，二人对看一眼，面色都有些凝重，忠勇侯沉默片刻，喊了谢云澜和崔允，折回了荣福堂商议。

傍晚，英亲王府送走宾客，收拾妥当，英亲王妃派了春兰前来忠勇侯府询问谢芳华关于谢氏长房之事，同时询问明日纳采之礼是否照常进行。

谢芳华也不隐瞒，如实地将秦钰的事情说了，然后点头说纳采之礼照常。

春兰听说秦钰相帮，有些惊异，得了回话便回了英亲王府。

当日，圣旨命令查抄谢氏长房满门。这是谢氏分族分宗后的第一桩大事儿，在整个谢氏惊起了巨浪。富贵平静了多少年多少代的谢氏，第一次面临刀锋，绝大多数人都惊惧不已。

第二日一早，英亲王府依照约定前来忠勇侯府行纳采之礼。

英亲王和英亲王妃携着礼先到了忠勇侯府，对上忠勇侯探寻的视线，英亲王尽量让脸色不那么难看：“昨日晚上派人去询问了，他说今日会来过礼。”

“他”指的自然是秦铮。

忠勇侯点点头，没说什么。

英亲王妃没看到谢芳华，询问：“华丫头呢？”

“稍后铮小子来了，他若是愿意见她，就让她出来；他若是不愿意见，那就算了，过礼不一定非要女儿家露面。”忠勇侯道。

英亲王妃明白忠勇侯的意思，点点头。

将近午时，就在英亲王和英亲王妃的脸色难看得要滴出水来时，秦铮终于姗姗来迟，手中提着一对活捉的大雁，出现在了忠勇侯府门口。